Stefanie Scheurich

Streuner

Verflucht liebenswert

Fantasyroman

Sternensand

www.sternensand-verlag.ch | info@sternensand-verlag.ch

2. Auflage, Februar 2018

Umschlaggestaltung: Alexander Kopainski
Lektorat: Sternensand Verlag GmbH | Martina König
Korrektorat: Sternensand Verlag GmbH | Jennifer Papendick
Satz: Sternensand Verlag GmbH
Druck und Bindung: Smilkov Print Ltd.

ISBN-13: 978-3-906829-74-6
ISBN-10: 3-906829-74-6

Für alle,
die auf ihr Herz
hören

Boru

Das Holz in meiner Hand fing an, zu zittern, weil am anderen Ende der magischen Verbindung Mutters Stimme schon wieder laut wurde. Ich steckte mir einen Finger ins Ohr und hielt den Zauberstab weit weg von meinem Kopf, um ihr schrilles Gezeter auszublenden, doch selbst jetzt konnte ich ihre Vorwürfe noch hören. Ich sei undankbar, faul, würde sie unglücklich machen – absichtlich natürlich –, der Schandfleck in unserer Familie sein, wenn ich kein Hexer wurde, und ich solle mir endlich diese Flausen aus dem Kopf schlagen.

Dass sie meinen Traum als ›Flausen‹ bezeichnete, tat weh. Ich glaubte nicht, dass Gesang etwas Unehrenhaftes oder Schlechtes war. Ganz im Gegenteil! Musik war Glück in seiner reinsten Form. Und Glück konnte doch kein Unfug sein.

»Warum darf ich nicht das tun, was ich möchte, Mutter?«, versuchte ich, an ihr vermutlich nicht vorhandenes Gewissen zu appellieren. »Es ist mein Leben!«

In Gedanken geigte ich ihr in angemessenem, wütendem Tonfall die Meinung. Die Realität sah allerdings etwas anders aus. Verzweifelt und unfähig, ihr meine Wut ungefiltert über den Zauberstab zu vermitteln, packte ich meinen Haarschopf und zog an den schwarzen Strähnen, bis ich das Stechen auf meiner Kopfhaut nicht mehr aushielt.

Als sie erneut herumschrie, ohne auf meine Einwände oder Träume einzugehen, unterbrach ich schließlich die Verbindung und legte den Zauberstab beiseite.

Mit ihr zu diskutieren, war sinnlos. Sie hatte noch nie die Gabe besessen, sich in andere hineinversetzen zu können. Empathie war für Mutter ein Fremdwort. Also blieb mir nur eine Möglichkeit, um endlich das tun zu können, was ich liebte. Und ich würde meinen spontanen Einfall in die Tat umsetzen, ganz egal, was Mutter darüber dachte. Dann wurde ich eben das schwarze Schaf der Familie – meinem Traum durfte das nicht im Weg stehen. Außerdem musste es doch reichen, wenn meine Schwester nach Mutters Pfeife tanzte.

Bessie schien es nichts auszumachen, keine eigenen Wünsche zu haben, und da sie ohnehin nach Lob und Anerkennung lechzte, war sie geradezu prädestiniert für die Stelle als Mutters willenlose Vorzeigemarionette.

In Rekordzeit packte ich meinen Kram zusammen. Es war nicht viel, denn das meiste würde ich bei den Normalos – wie wir Menschen ohne magische Fähigkeiten nannten – nicht benötigen.

Mein Zauberstab funktionierte außerhalb der Schule nicht, also verstaute ich ihn in meinem Nachtschrank. Mein Umhang, der lediglich verdeutlichte, welchen Rang ich innerhalb der Schulhierarchie besaß, und die Schulbücher, in denen so nützliche Dinge wie ›Wie bringe ich einen Wurm zum Husten‹ gelehrt wurden, waren außerhalb dieser Gemäuer ebenfalls völlig nutz- und wertlos.

Am Ende blieb nur das Nötigste übrig. Ein paar Klamotten zum Wechseln, meine Zahnbürste, der Kamm für meine allseits verknoteten schwarzen Haare, der Rasierapparat, den Tante Emma mir mit einem stolzen Grinsen und diesem vielsagenden Zwinkern, begleitet von den Worten ›Du bist ja bereits ein richtiger Mann, Boru‹, überreicht hatte, und der MP3-Player der Normalos, den ich ebenfalls Emma verdankte – wovon Mutter selbstverständlich nichts wusste.

Ein kurzer Blick auf den Stundenplan verriet mir, dass wir in ein paar Minuten Flugkunde hatten. Perfekt. Meine Klasse würde sich im Garten aufhalten und versuchen, nicht vom Besen zu fallen, während ich unauffällig durch den Haupteingang verschwinden konnte. Dass ich in der Regel unpünktlich war, sollte also endlich mal für etwas gut sein.

Ich schulterte meinen Rucksack und schloss beim Hinausgehen leise die Tür hinter mir. Im Flur kamen mir ein paar unbekannte Schüler entgegen, alle jünger als ich und daher ein paar Stufen unter mir, und ich freute mich schon über meinen unauffälligen Abgang … bis mein Kumpel Gregorian um die Ecke bog.

Er hatte schwarze Flecken im Gesicht, das normalerweise keine Makel aufwies und seinem Gegenüber immer ein bisschen das Gefühl gab, völlig desinteressiert an einer Unterhaltung zu sein, und ein elektrisierendes Knistern ging von seinen braunen Haaren aus.

»Was ist denn mit dir passiert?«, platzte es aus mir heraus. Das Lachen konnte ich mir nur schwer verkneifen.

Gregorian, der seit dem ersten Schultag vor sieben Jahren, als wir noch die Frischlinge gewesen waren, mein einziger Freund und Zimmergenosse war, schenkte mir einen bösen Blick und verschränkte die Arme vor dem Oberkörper. »Die dumme Davarne ist passiert. Ich geb der Gans Nachhilfe in ›Trankrezepte‹ und was macht das Mädel? Mich in die Luft jagen.« Er schnaubte entrüstet.

Jetzt kicherte ich doch, verstummte aber sofort, weil Gregorian mich mit einem weiteren finsteren Blick zum Schweigen brachte.

Plötzlich weiteten sich seine Augen und er musterte den Rucksack, der über meiner Schulter baumelte. »Was willst du denn mit dem Teil?«, fragte er misstrauisch und beäugte mich von Kopf bis Fuß. »Ziemlich unpraktisch beim Fliegen, meinst du nicht?«

Ich legte den Zeigefinger an die Lippen und flüsterte: »Pst. Bitte verpfeif mich nicht, aber ich kratz die Kurve.«

Überrascht zog mein Kumpel die Augenbrauen nach oben. »Echt jetzt?«

Ich nahm den Hauch von Bewunderung in seiner Stimme wahr und drückte daraufhin den Rücken durch. Seine stumme Anerkennung für meinen Mut machte mich stolz. Er wusste nur allzu gut, wie sehr ich unter Mutters strengem Regiment litt und wie schwer mir die Entscheidung, ihre Befehle zu missachten, gefallen sein musste.

Dass ich mehr aus einem Affekt heraus handelte und mir bei der Vorstellung von Mutters Reaktion beinahe in die Hosen machte, brauchte er ja nicht zu wissen.

»Ja«, nickte ich bestätigend und grinste schräg. »Mir reicht es hier. Das ist nichts für mich, aber Mutter möchte das nicht akzeptieren«, gab ich mich lässig.

»Also haust du ab«, schlussfolgerte Gregorian lächelnd.

Seine stumme Zustimmung für mein Vorhaben wertete ich als gutes Zeichen.

»Genau«, bekräftigte ich meinen Entschluss, wissend, dass mein Mut und meine Zuversicht jederzeit bröckeln und mir wie ein nachlässig konstruierter Besen ihre Dienste verweigern konnten.

Gregorian kam ein paar Schritte auf mich zu und klopfte mir zum Abschied auf die Schulter. »Viel Glück. Und mach keinen Scheiß da draußen«, war alles, was er mir mit auf den Weg gab. Zu großartigen Abschiedsszenen war mein bester Freund eindeutig nicht fähig. Seine entspannte, manchmal auch aufgesetzt coole Art verbot es ihm, tiefschürfende Gefühle zu zeigen.

Wie sagte Tante Emma immer so schön? Wir waren eben echte Männer.

Dass mir als Strafe für meine Flucht eine einsame Insel und der darauf befindliche Onkla – eine langweilige Glaskugel mit hellseherischen Fähigkeiten – drohen konnten, sollte mir daher auch keine Angst machen. Sollte …

Nachdem Gregorian an mir vorübergegangen und außer Sichtweite war, stellte ich mit Bedauern fest, dass ich ihn vermissen würde.

Aber nur ihn.

Die große Eingangshalle mit den hohen Decken war leer. Ich konnte mein Glück kaum fassen und beschleunigte meine Schritte.

In Nullkommanichts hatte ich das Tor passiert und rannte den Schotterweg entlang.

Als die magische Grenze in Sichtweite kam, die wie eine verschmutzte Scheibe im Sonnenlicht glitzerte und hinter der ich einen weitläufigen Wald vorfinden würde, begann ich wieder, zu zweifeln. Zögernd drehte ich mich um und starrte auf das altertümliche Gebäude aus Stein mit seinen hässlichen grünen Dächern und dem protzigen Gartengelände.

Was sollte ich tun, wenn ich diesen Ort verlassen hatte? Ich wusste nicht einmal, wo genau ich mich außerhalb meiner vertrauten Welt wiederfinden würde. Womit fing ich an, meinen Traum zu verwirklichen?

Ich hatte keinen Plan. Nur eine Leidenschaft. Und den unbändigen Wunsch, Mutter einen Strich durch meine Zukunftsplanung zu machen. Dafür würde ich auch einem nichtmagischen Beruf nachgehen und notfalls unter einer Brücke schlafen. Irgendwie würde ich schon eine Möglichkeit finden, mich da draußen durchzuschlagen. Und sollte ich dennoch scheitern, echote die leise Stimme der Vernunft, die ich in den letzten Minuten beinahe gänzlich ausgeblendet hatte, könnte ich immer noch zurückkommen und auf allen vieren um Vergebung flehen.

Bei dieser beschämenden Vorstellung schüttelte es mich. *Zuversichtlich bleiben*, ermahnte ich mich und verbannte die Zweifel und Ängste in die hinterste Ecke meines Kopfes. Ich würde sie so lange ignorieren, bis es einen Grund gab, es nicht mehr zu tun.

Im Moment war Abhauen auf jeden Fall besser, als meine Zeit hier abzusitzen.

Mutig wagte ich den letzten Schritt und durchquerte die trübe Schutzbarriere. Auf der anderen Seite erwartete mich ein neues Leben. Und, wie ich mit Entsetzen feststellte, auch ein neuer Körper.

Greta

Herr Grauhoff schnäuzte sich geräuschvoll und verstaute anschließend das Taschentuch in seiner Hose. Mit seiner dicken Nase und der Glatze sah er aus wie eine deformierte Pomelo. Ich hasste dieses Obst. Also hatten die beiden eine weitere Gemeinsamkeit.

Mein Mathelehrer pinselte eine Gleichung nach der anderen an die Tafel und kommentierte jede einzelne mit schlauen Erklärungen, die ich nicht mal ansatzweise verstand. Doch das störte mich nicht, denn ich hatte ohnehin nicht vor, ein weiteres Schuljahr in diesem Internat in dem winzigen Kaff, das sich Schwammberg nannte, zu verbringen.

Mama hatte keine Ahnung, was sie mir damit antat, mich in dieses Gefängnis abzuschieben. Bei uns zu Hause in Buxtehude war ich schon ungern zur Schule gegangen, doch nun war es mir nicht einmal vergönnt, nach dem Unterricht meine Sachen zu packen und mich aus dem Staub zu machen, weil meine Schule auch gleichzeitig der Ort war, an dem ich lebte.

Meiner Ansicht nach hatte ich nie etwas getan, das meiner Mutter Gründe lieferte, mich von zu Hause wegzuschicken. Ihrer Begründung, es sei so besser für uns beide, fehlten die Argumente. Wenn man es also genau betrachtete, wollte sie mich einfach nur loswerden, damit sie genügend Zeit für ihre Affären oder weiß der Geier was hatte. In ihren Augen musste ich der verachtenswerteste und nervigste Mensch auf der ganzen Welt sein.

Leider wurde diese Vermutung von der Tatsache untermauert, dass ich keine Freunde hatte. Natürlich war dieser Umstand von mir beabsichtigt. Mit den ganzen Klugscheißern und Tussis aus meiner Klasse wollte ich nichts zu tun haben.

Lustlos kritzelte ich auf meinem Block herum und verzierte eine hässliche Karikatur von Herrn Grauhoff mit Popeln, die aus seiner Nase hingen. Noch ein paar eklige Pickel und schon war mein Kunstwerk fertig.

Ich strich mir das rabenschwarze Haar hinters Ohr und betrachtete mein Bild voller Stolz. Die Nachbildung kam dem Original ziemlich nahe – fand ich zumindest. Als ich meine Meinung überprüfen wollte und den Kopf hob, blinzelte mir das unfreiwillige Modell auch schon entgegen.

Mein Lehrer betrachtete mich mit einem strengen Blick. »Wärst du so freundlich, deinen Freizeitaktivitäten in deiner Freizeit nachzugehen, Greta?«, fragte er mit schäumendem Mund.

Saß man im Matheunterricht bei Herrn Grauhoff in der ersten Reihe, musste man sich vor fliegenden Spuckefäden in Acht nehmen. Und je höher sein Stresslevel wurde, desto mehr Spucke produzierte er.

Er senkte den Kopf und musterte meinen Block. Augenblicklich rümpfte er die Nase und runzelte die Stirn. »Kannst du mir sagen, wen du da gemalt hast?«

Ich sah erst ihn, dann das Bild und schließlich wieder meinen Mathelehrer an. Unschuldig klimperte ich mit meinen langen Wimpern und lächelte. »Aber erkennen Sie sich denn nicht wieder?«

Herrn Grauhoffs Kopf lief rot an. Sein Stresslevel musste bereits ziemlich hoch sein.

Ich unterdrückte den Drang, mir zum Schutz die Hand vor das Gesicht zu halten, und wartete ab, bis er seinem Zorn Luft verschaffte. Die Pomelo war nun offensichtlich ziemlich ungenießbar.

»Zum Direktor! Sofort!«, brüllte er.

Zufrieden stellte ich fest, dass es ihn viel Selbstbeherrschung kostete, mir nicht hier und jetzt eine zu scheuern. Ob ich das letzte bisschen Beherrschung doch noch aus ihm herauskitzeln sollte? Nur zur Sicherheit? Ich wollte nicht riskieren, mit einer milderen Strafe als dem Schulverweis gemaßregelt zu werden.

Denn das war mein Ziel: von der Schule fliegen.

Seelenruhig packte ich den Block und die wenigen Stifte ein, die ich besaß, und erhob mich von meinem Platz. Ein paar Mitschüler warfen mir abschätzige oder schadenfrohe Blicke zu. Ich ignorierte sie.

Darin hatte ich Übung.

Als ich am Pult vorbeiging, zu dem Herr Grauhoff zurückgekehrt war, hielt er mich auf und sagte: »Deinen Block überlässt du mir.«

»Wieso? Wollen Sie sich Ihr Portrait auf die Toilette hängen?«, wollte ich in arglosem Tonfall wissen und legte den Kopf schief. »Ich denke, da würde es ganz gut hinpassen.«

Ich hatte es nicht für möglich gehalten, doch das Rot seines Gesichts wurde noch eine Nuance kräftiger. Er riss mir das Blatt, das ich aus meinem Rucksack gekramt hatte und ihm entgegenhielt, aus der Hand und fügte hinzu: »Dein Grinsen und deine Überheblichkeit werden dir schon noch vergehen. Und jetzt wird dich Peter ins Sekretariat begleiten.«

Sobald er seinen Namen gehört hatte, sprang der Liebling der deformierten Pomelo auf und meldete sich zum Dienst.

Ich stöhnte hörbar.

»Begleite Greta bitte zum Direktor und sorge dafür, dass er das hier erhält«, befahl mein Lieblingslehrer und deutete mit seinem Wurstfinger in Richtung Tür, während er meinem Schulkameraden das Blatt Papier aushändigte.

Peter nickte eifrig und nahm meine Kritzelei an sich.

Warum salutierst du nicht auch noch, wie es sich für einen guten Laufburschen gehört?, dachte ich gehässig und hatte in diesem Moment die Vorlage für mein nächstes Kunstprojekt auserkoren.

Auf dem Weg zum Büro des Rektors warf mir Peter alle fünf Sekunden einen misstrauischen Blick zu. Womöglich befürchtete er, ich würde jeden Augenblick davonrennen. Das konnte er vergessen, immerhin wollte ich ganz offiziell von der Schule geworfen werden. Weglaufen passte nun wirklich nicht zu meinem Plan.

Peter legte einen Zahn zu, überholte mich und klopfte vorbildlich in einem gleichmäßigen Rhythmus an die Tür. Dann drückte er die Klinke hinunter und stolzierte ins Sekretariat.

»Ich soll Greta zum Direktor bringen und das hier abgeben«, verkündete er Frau Birkdorn, die gelangweilt auf ihren Computer gestarrt hatte und nun Peter ihre Aufmerksamkeit zukommen ließ.

Von ihrem Platz betrachtete die Sekretärin den Zettel, den er in seiner Hand hielt, und stemmte sich schließlich aus ihrem bequemen Bürostuhl. Langsam wie eine alte Schildkröte – mit der sie sich vor allem das gemächliche Verhalten und die runzlig anmutende Haut teilte – schlurfte sie in unsere Richtung. Warum sie sich über meine Anwesenheit nicht wunderte, bedurfte wohl keiner Erklärung.

Sie nahm mein Kunstwerk an sich und ich hätte schwören können, ich sah ein kleines Schmunzeln über ihre schmalen Lippen huschen, das allerdings im selben Moment wieder verblasste.

»Danke, Peter. Du kannst jetzt wieder zum Unterricht«, schickte sie den Pomelo-Liebling davon.

Dieser nickte höflich und verschwand.

Frau Birkdorn wandte sich mir zu. »So, Greta, ist es mal wieder so weit?«

»Sie wissen doch, wie sehr ich unsere wöchentlichen Treffen schätze.« Ich zwinkerte ihr zu und schlug den Weg zum Büro des Rektors ein. »Ich weiß schon, wo es lang geht. Machen Sie sich keine Umstände«, wollte ich sie abwimmeln, die Tür am Ende des

Raumes fest im Blick, doch die Sekretärin heftete sich an meine Fersen.

Als würde ich über ihren Schreibtisch hechten und aus dem Fenster neben selbigem springen wollen!

Tatsächlich war sie mir aber wegen des Beweismaterials gefolgt, das sie, nachdem wir in dem Büro ihres Chefs angekommen waren, auf seinem Schreibtisch platzierte.

»Warte hier«, meinte sie und wandte sich wieder zum Gehen. »Herr Traube ist noch in einer Besprechung, aber er sollte bald zurück sein.«

Ich dankte ihr und warf mich seufzend in den Sessel vor dem Tisch. Gelangweilt ließ ich meinen Blick im Zimmer umherschweifen. Eine Menge Regale standen an den Wänden, vollgestopft mit Ordnern, Papierkram und Akten. Ich kannte diesen Raum fast so gut wie mein Zimmer hier im Internat, weil ich viel Zeit in ihm verbrachte. Daher bemerkte ich auch die neue Zimmerpflanze, die vor wenigen Tagen noch nicht neben der Vitrine mit den vielen Familienfotos und Reiseandenken gestanden hatte.

Über Herrn Traubes Sentimentalität in Bezug auf schöne Erinnerungen und deren Aufbewahrung konnte ich nur lächeln. Ich könnte nicht einmal eine einzige Sache vorweisen, die mir wichtig wäre.

Fünf Minuten später erschien der Herr Direktor höchstpersönlich in seinem Büro. Ich nickte ihm lässig und wenig respektvoll zu, während ich eine Haarsträhne um meinen Finger wickelte.

Herr Traube nahm Platz, lehnte sich zurück und musterte mich. »Was ist es dieses Mal?«, wollte er nach einigen Sekunden des

Schweigens wissen. Er klang nicht frustriert, doch das würde ich schon noch aus ihm herauskitzeln.

Mit einem unüberhörbaren Hauch Arroganz in der Stimme antwortete ich: »Suchen Sie sich was aus.«

»Vor zwei Wochen das Gekritzel auf dem Tisch, letzte Woche die Essensschlacht in der Cafeteria, gestern die Beleidigung gegenüber einer Mitschülerin, und jetzt das.« Er nahm meine Karikatur vom Tisch und betrachtete sie eingehend. »Ich nehme an, das soll Herrn Grauhoff darstellen?«

»Endlich jemand, der die Ähnlichkeit erkennt«, schmunzelte ich und lehnte mich zufrieden im Sessel zurück.

»Das ist alles andere als lustig, Greta«, brummte Herr Traube in vorwurfsvollem Tonfall und sah mich streng an.

Ich verdrehte die Augen und verschränkte die Arme vor meinem Oberkörper, während ich seinen Blick stumm erwiderte.

»Das passiert wirklich nicht häufig, aber mir gehen langsam die Bestrafungen aus«, fuhr der Direktor resigniert fort. »Nichts scheint bei dir zu helfen. Was ist los mit dir?« Ein weiterer strenger Blick von ihm und Augenrollen meinerseits. »Gibt es etwas, das dir zu schaffen macht? Hast du mit jemandem Streit? Oder Probleme?«

Genervt stöhnte ich und schüttelte den Kopf. Das einzige Problem, das ich hatte, war mein Aufenthalt in dieser Irrenanstalt.

»Gut.« Er nickte und fuhr sich mit einer Hand durch das schüttere Haar. »Dann sehe ich keine andere Möglichkeit …«

Ich spitzte die Ohren. Konnte es sein …?

In freudiger Erwartung meines Internatsverweises richtete ich mich kerzengerade auf und schaffte es nur mit Mühe, mein Grinsen zu unterdrücken. Bald würde ich wieder nach Hause dürfen.

Gespannt hing ich an seinen Lippen, als Herr Traube fortfuhr: »Du kannst über dein Verhalten nachdenken.«

Wie bitte?

»Während des Hofdienstes.«

Sollte das ein Witz sein?

»Jedes Wochenende.«

Ganz klar ein Scherz.

»Und zwar für die nächsten zwei Monate.«

Boru

Das musste ein Traum sein. Ein Albtraum. Ich war mir ziemlich sicher, dass ich gleich in meinem Bett aufwachen und den Schock abschütteln würde.

Steif wie ein Kuscheltier, rührte ich mich nicht von der Stelle. Hinter mir surrte die magische Grenze, die ihr Innenleben vor der Welt versteckte.

Ich war mir sicher, ich würde gleich aufwachen.

Blinzelnd hob ich mein Bein, doch alles, was sich bewegte, war eine mit Fell überzogene schwarze Pfote.

Zufälle gibt's.

Ich senkte mein Bein wieder und das Büschel machte es mir nach.

Na gut, das war beunruhigend.

Langsam drehte ich den Kopf, um zu sehen, ob sich vielleicht eine spiegelnde Oberfläche in der Nähe befand, in der ich mich betrachten könnte.

Doch dieses Glück war mir nicht vergönnt. Vor und neben mir erstreckte sich nur der große Wald. Die Zauberschule war mitten in das Herzstück eines Baumdschungels gesetzt worden.

Ruhe bewahren, befahl ich mir. Womöglich war ich nur in eine Falle getappt. Ein Dummer-Jungen-Streich, ein Zauber, der nur wenige Minuten oder eventuell ein paar Stunden anhalten und sich dann verflüchtigen würde.

Das klang plausibel und nach etwas, womit ich leben konnte. Denn ich hatte mich gerade ganz offensichtlich in ein Tier mit vier Pfoten verwandelt.

Plötzlich fiel mir auf, dass ich meinen Rucksack nicht mehr auf dem Rücken trug. Panisch blickte ich mich um und entdeckte ein Knäuel aus Stoffen am Boden, unter dem ein Riemen hervorlugte.

Unsicher setzte ich eine Pfote vor die andere. Auf vier Beinen zu laufen, war eine vollkommen neue Erfahrung. Es fühlte sich gleichzeitig fremd und vertraut an. Fremd, weil ich mich immer als Mensch fortbewegt hatte, und vertraut, weil mein neuer pelziger Körper wusste, was er tat. Als hätte man mein Hirn in einen Kater gepflanzt, was ja scheinbar auch stimmte.

Mein neuer, hoffentlich zeitlich begrenzter Körper erkannte sofort, was er war. Die Tatsache sickerte allerdings nur langsam in mein Hirn, wie eine zu dickflüssigem Schleim verarbeitete Information.

Verflucht, ich war ein Kater.

Ein schwarzes, flauschiges, pelziges, wendiges Raubtier mit spitzen Reißzähnen und einem – wie ich feststellte – weitaus größerem Blickfeld als dem eines Menschen. Ich war ein Tier, das sich seinen Hintern ableckte, mit Mäusen spielte und Vögel jagte.

Jetzt, wo ich so darüber nachdachte, verspürte ich den Wunsch nach einer Hetzjagd. Ich wollte meine Krallen ausfahren und in dem erdigen Waldboden versenken, wollte das Laub unter mir rascheln hören.

Schnell schüttelte ich dieses Bedürfnis ab und versuchte, mich auf die wichtigen Dinge zu fokussieren. Schließlich war ich nicht wirklich eine Katze. Ich war ein Mensch mit Sinn und Verstand, der sich nicht von Trieben und purem Instinkt leiten ließ.

Wie konnte das passieren? Wie konnte ich meine Gestalt wechseln?

Hatte ich vielleicht eine Gabe, von der ich nichts wusste und die sich in den unpassendsten Momenten zeigte? Gerade dann, wenn ich mich heimlich davonstehlen wollte? Was sich allerdings als Katze durchaus einfacher gestalten dürfte.

Ich schüttelte meinen Kopf und starrte auf einen kleinen Vogel, der sich auf einen tief hängenden Ast gesetzt hatte.

Nein. Das konnte nur Mutters Werk sein. Sie hatte mich verhext, um dafür zu sorgen, dass ich diese Schule niemals als Mensch verließ. Was zur Folge hatte, dass ich meinen Traum nicht verwirklichen würde. Welcher Kater konnte schon singen?

Ich testete meine Stimmbänder und stellte enttäuscht fest, dass ich lediglich ein Katzenjammern erzeugte. Und es klang nicht mal schön. Meine Karriere bei den Normalos war ruiniert, bevor sie angefangen hatte.

Diese Erkenntnis versetzte mir einen schmerzhaften Stich ins Herz. Wut, Angst, Hass, Traurigkeit und eine Menge negativer

Gedanken versammelten sich in meinem Kopf und kämpften um die Oberhand.

Das Rennen machte der Zorn auf Mutter. Was hatte sie nur getan? Hatte sie mich … verflucht?

Ein heiseres Krächzen verließ meine Kehle.

Das kam davon, wenn man handelte, bevor man nachdachte. Ich hätte ahnen müssen, dass ich diesen Ort nicht ohne Weiteres verlassen konnte. Mutter hatte immer ein Ass im Ärmel. Sie vertraute mir nicht und traf daher offenbar sämtliche Sicherheitsvorkehrungen, die gewährleisten sollten, dass ich mich ihrem Willen beugte.

Doch ein Fluch war selbst für sie unter der Gürtellinie. Wer verfluchte denn sein eigenes Kind? Hasste sie mich so sehr? War ich ihr mit meinem Wunsch nach Selbstbestimmung ein solcher Dorn im Auge? Zahlreiche Meinungsverschiedenheiten, die sich um das Thema ›Ich habe keine Lust, so zu werden wie du‹ gedreht und mehr einer Schimpftirade als einer ebenbürtigen Diskussion geglichen hatten, sprachen dafür.

Doch wie konnte sie derartige Drohungen wahr machen, die, wenn ich im Nachhinein darüber nachdachte, tatsächlich von ihr erwähnt worden waren?! Flüche waren gefährlich. Als ausgebildete Hexenmeisterin wusste sie das nur allzu gut.

Was, wenn sie doch nicht so perfekt war, wie sie dachte, und ihr ein Fehler unterlief? Besonders gefährlich wurde es, wenn man eine Person aus weiter Entfernung verfluchte. Der Zauber konnte schiefgehen. Er konnte seine Wirkung verfehlen, aus Versehen die falsche Person treffen!

Mein Herz polterte in nachhallender Panik vor allem, was hätte schiefgehen können, in meinem Brustkorb umher. Ich hätte ein Bein verlieren können. Meine Arme. Womöglich meine Seele!

In meinem Kopf rotierten die Gedanken. Da mein Katzenkörper in Ordnung schien, waren ihr anscheinend keine Fehler unterlaufen. Gut, das bedeutete … Was bedeutete das? Blieb ich jetzt ein Kater? Würde sie mich in einen Zwinger sperren und bis an mein Lebensende als Haustier halten? Hatte die Grenzüberschreitung den Fluch aktiviert? Würde sie es wissen, wenn es so war?

Ich hätte im Fach ›Flüche und ihre Tücken‹ besser aufpassen sollen. Wenn ich mich recht erinnerte, gab es permanente Flüche und zeitlich begrenzte, dann diejenigen, die je nach Gefühlslage des Opfers zuschlugen, und solche, die eine bestimmte Tat voraussetzten.

Hatten wir nicht letztes Jahr das Beispiel eines Lehrlings durchgenommen, der sich immer dann in ein unförmiges Stück Gold verwandelte, wenn er dringend auf die Toilette musste? Laut unserem Lehrer hatte der arme Teufel einen Esel mittels eines Fluchs in einen Goldesel verwandeln wollen, nur leider vergessen, dass Tiere nicht mit Flüchen belegt werden konnten. Ebenso wie Pflanzen. Die Unschuld der Natur war für uns Hexer und Hexen unantastbar. Es hatte im Laufe der Jahre mehrere Fälle gegeben, in denen versucht worden war, dieses ungeschriebene Gesetz zu missachten und die negative Zauberei zum eigenen Vorteil zu nutzen. Und alle hatten sie damit geendet, dass der Fluch des Verantwortlichen mit meist unschönen Nebenwirkungen auf ihn übergegangen war.

Genau. Deshalb die Geschichte. Damit wir gar nicht erst auf dumme Gedanken kamen. Aber das passte nicht auf meine Situation. Es musste eine weitere Fluchart geben.

Angestrengt aktivierte ich meine grauen Zellen, versuchte, mich an den Unterrichtsstoff zu erinnern.

Wie eine Erleuchtung erschien plötzlich das Wort *Ortsabhängigkeit* vor meinem geistigen Auge. Das musste es sein! Ein Fluch, der an den Ort, an dem sich der Träger befand, gekoppelt war. Indem ich die Grenze überschritten hatte, hatte ich den Fluch entfesselt. Ich war zur Katze geworden.

Übelkeit drehte mir den Magen um. Was sollte ich jetzt tun? Hier abbrechen? Aufgeben? Meinen Traum begraben? Umkehren? Wusste Mutter, was passiert war?

Ein verärgertes Fauchen verließ meine Kehle. Wieso hatte ich im Unterricht nicht besser aufgepasst?

Spürte der Peiniger, wenn sein Opfer einen Fehler gemacht hatte?

So viele Fragen, auf die ich keine Antwort fand. Andererseits … Was änderte sich, wenn meine Vermutungen und Befürchtungen zutrafen? Oder eben nicht? Ich wollte nicht einen Tag länger mit einem Leben verschwenden, das ich mir nicht ausgesucht hatte.

Wen kümmerte es schon, ob Mutter bereits über meinen Ungehorsam Bescheid wusste? Offensichtlich mich, denn bei dem Gedanken, ihr in naher Zukunft gegenüberzustehen, schüttelte sich mein neuer Körper, als würde er sein Fell verlieren wollen.

Wenn Mutter unterwegs war, wusste ich, was ich tun musste.

Ich ließ meine Habseligkeiten und Kleidung Habseligkeiten und Kleidung sein und stürzte in den Wald. Ich rannte zwischen Büschen hindurch und an Bäumen vorbei, die sich dicht aneinanderdrängten, und wurde immer schneller. Ich flog beinahe und stellte erfreut fest, dass ich als Kater um einiges schneller unterwegs war als in Menschenform.

Schon bald lag die Zauberschule weit hinter mir und die Baumdichte wurde höher. Auf einer kleinen Lichtung machte ich eine Pause und überließ meinen Instinkten die Führung.

Mein Katzenkörper brachte mich zu einem kleinen Bächlein, an dem ich meinen Durst stillte. Ich schlabberte das kühle Wasser und ließ meinen Puls etwas herunterfahren. Der Sprint hatte meinen Kopf klarer werden lassen.

Im Moment war ich unsicher, wie es weitergehen sollte, aber eines war gewiss: Ich war nicht derjenige, der nachgeben würde. Mutter konnte nach mir suchen, bis sie schwarz wurde. Wenn sie mich finden wollte, musste sie jeden Stein einzeln herumdrehen. Ich würde mich so gut verstecken, dass nicht einmal ein Ortungszauber meinen Aufenthaltsort herausfinden konnte. Lieber blieb ich ein Kater, als mir meinen Willen brechen und Träume zerstören zu lassen.

Nachdem ich eine Weile die Sonnenstrahlen auf meinem Fell genossen hatte, streckte ich mich und gähnte herzhaft. Die neu gewonnene Energie verlieh mir Zuversicht, daher setzte ich mutig meinen Weg fort.

Als eine Waldmaus meinen Weg kreuzte, jagte ich ihr hinterher, ohne meinem Körper den Befehl dazu gegeben zu haben. An meine Impulsivität würde ich mich noch gewöhnen müssen.

Ich verfolgte das kleine Nagetier durchs Unterholz und verlor ein paar Büschel Fell an Geäst, das mich kratzte und schnitt. Als das Vieh in einem Erdloch verschwand, buddelte ich verzweifelt in der Erde, doch ich hatte seine Spur längst verloren.

Mein Magen knurrte. Mir wurde mulmig zumute, als ich daran dachte, was ich als streunender Kater würde essen müssen. Viel Auswahl hatte ich nicht. Entweder jagte ich oder sah zu, dass ich jenseits des Waldes, fern von allem Magischen, einen barmherzigen Normalo fand, der mich durchfüttern würde. Abfall war natürlich auch eine Alternative.

Was sollte ich allerdings tun, wenn Mutter niemals nachgab? Musste ich in diesem Fall für alle Zeit mein Dasein als schwarzer Kater fristen?

Ich beschloss, meine Sorgen in die hinterste Ecke meines Kopfes zu verbannen – darin war ich schließlich Experte – und mich erst einmal um das Hungerproblem zu kümmern.

GRETA

Ich war stinksauer. Da benahm man sich schon so daneben, wie es nur ging, und dann wurde man nicht mal der Schule verwiesen.

Wer glaubte Herr Traube, zu sein, dass er den netten und verständnisvollen Rektor spielen konnte? Wäre mein Mathelehrer Herr Grauhoff an seiner Stelle, würde ich bereits im Zug Richtung Heimat sitzen.

Es war zum Haareausreißen.

Wütend stapfte ich den Flur entlang und beschloss kurzerhand, den restlichen Unterricht für heute zu schwänzen. Noch verständnisvoller konnte ich nicht behandelt werden. Vermutlich könnte ich den Rektor persönlich beleidigen und er würde mich nicht von seiner Schule schmeißen. Wen also kümmerte es, wie ich mich benahm?

Zielstrebig ließ ich die hässlichen gelb gestrichenen Flure mit ihren spartanisch eingerichteten Klassenzimmern links liegen, hastete an der Mensa vorbei, wo bereits fleißig das Mittagessen vorbereitet wurde und mir ein großer Schwall Bratenduft entgegenkam, bog in den Wohntrakt ab, ignorierte einen Lehrer, der mir entgegenkam und mich misstrauisch beäugte, und riss die Tür zu meinem Zimmer auf.

Im Internat gab es zwei Arten von Unterkünften. Die eine besaß zwei Stockbetten, also vier Schlafmöglichkeiten, und die andere nur ein Etagenbett plus ein Einzelbett.

Die ersten Wochen nach meiner Ankunft vor ungefähr vierzehn Monaten hatte ich in einem Dreibettzimmer verbracht. Dass ich dieses große Zimmer inzwischen für mich allein hatte, war meiner unbeugsamen Hartnäckigkeit und meinem einnehmenden Charakter zu verdanken.

In einer schnellen Zusammenfassung der damaligen Ereignisse würde man meinen Mitbewohnerinnen dabei zusehen, wie sie hysterisch kreischend die Flucht ergriffen.

Herr Grauhoff wäre mich wohl am liebsten damals schon losgeworden. Wir waren nicht sonderlich gut aufeinander zu sprechen, was hauptsächlich daran lag, dass er das Auge und ich den Dorn darin symbolisierte.

Dass man mir das Dreibettzimmer beinahe widerstandslos überlassen hatte, führte ich auf die Faulheit und die Problemumschiffung des Personals zurück. Warum mich in die Schulgemeinschaft eingliedern, wenn doch genügend freie Betten zur Verfügung standen? Mir war es recht und so kam es, dass sich meine Wenigkeit eines Privatraumes erfreuen konnte – mit drei Schlafmöglichkeiten.

Ich öffnete das Fenster, das mir einen wunderschönen Blick in den Garten bot, und warf mich auf mein Bett. Heute war Mittwoch, was bedeutete, ich musste in zwei Tagen meine Strafe antreten. Leider hatte Herr Traube mir erklärt, dass er, wenn er ›Wochenende‹ sagte, den Freitagabend mit einschloss.

Mein verlängertes Wochenende würde ich also damit verbringen, achtlos weggeworfenen Verpackungsmüll, alte Kaugummis, Zigarettenstummel (streng genommen sollte es die eigentlich nicht geben, denn man durfte auf dem Gelände nicht rauchen, wir Minderjährigen schon gar nicht, aber wen kümmerte das?), leere Dosen und Flaschen, vergessene Hausaufgaben und Plastik aller Art vom Gelände aufzulesen.

Bei diesen Aussichten hätte ich meinen Frust am liebsten materialisiert und gegen die Wand gepfeffert – und den Kopf von Herrn Grauhoff gleich mit dazu.

Es klopfte. Ich tat, als würde ich schlafen. Doch es klopfte wieder und wieder und wieder. Deshalb sprang ich genervt von der Matratze und stürzte zur Tür. Mit einem Ruck riss ich sie auf und hätte beinahe eine Kopfnuss kassiert, weil Cassie gerade ihre Faust erhoben hatte, um erneut zu klopfen. Erschrocken zuckte sie zusammen, gewann jedoch schnell ihre Fassung wieder und stürmte an mir vorbei ins Zimmer.

Meine Cousine war ein Mensch mit wenigen guten und vielen nervigen Eigenschaften. Zum Beispiel konnte sie es einfach nicht lassen, ihre Nase in meine Angelegenheiten zu stecken. Mein Leben ging sie wirklich nichts an, aber das akzeptierte sie nicht. Sie plapperte, wenn sie besser den Mund halten sollte, ärgerte sich, wenn es keinen Grund dafür gab, motzte mich an, obwohl ich nichts getan hatte, und blieb hartnäckig an dem Wunsch kleben, mich ›erziehen‹ zu wollen, auch wenn ich ihr jedes Mal zeigte, dass sie sich an mir die Zähne ausbeißen würde. Sie glaubte an das Gute in den Menschen – was ich ziemlich naiv fand. Und auch wenn sie wie ein blond gelockter, wunderschöner Engel aussah, mir gegenüber war sie manchmal – natürlich nur zu meinem Besten – der Teufel in Person.

»Ich kann mich nicht daran erinnern, dich hereingebeten zu haben«, blaffte ich. Dann drehte ich mich zu ihr herum und verschränkte die Arme vor der Brust.

»Ach, halt die Klappe, Greta«, erwiderte sie unwirsch. »Milow hat mir erzählt, dass du schon wieder zum Rektor musstest.«

»Ja und?« Ich zuckte gleichgültig mit den Schultern und schlenderte zurück zu meinem Bett.

»Fliegst du von der Schule?« Cassie baute sich vor mir auf und sah streng auf mich herunter.

Sie wollte nicht einmal mehr wissen, was ich verbrochen hatte. Das überraschte mich etwas, da sie normalerweise erst in Erfahrung brachte, ob ich zu Unrecht bestraft wurde. Diese Hoffnung hatte sie offensichtlich aufgegeben. Es war noch nie vorgekommen, dass ich meine Erziehungsmaßnahme nicht verdient hatte, was jedoch völlig plausibel war, da ich ja Mist bauen *wollte*, um hier offiziell wegzukönnen.

Ich hatte schon darüber nachgedacht, einfach abzuhauen, aber dafür war ich dann wohl doch zu feige. Ich gab es nicht gern zu, aber leugnen konnte ich es nicht.

Ich streckte meine Arme von mir und gähnte herzhaft, was Cassie die Zornesröte ins Gesicht trieb. »Ich kann dich beruhigen, Cousinchen. Sie haben mir nur den Hofdienst für die nächsten Jahrzehnte aufgehalst«, erklärte ich ihr herablassend.

Wie ein wütender Stier stampfte sie im Zimmer auf und ab und warf mir immer wieder böse Blicke zu. Mit ihren eins fünfundsechzig und den blonden Locken war sie jedoch alles andere als einschüchternd.

Ich belächelte ihre Dramaqualitäten und entschied, sie zu ignorieren. Cassie wurde man nicht los, wenn man sie zum Gehen zwingen wollte. Je mehr man gegen sie ankämpfte, desto mehr blieb sie haften. Wie ein ekliger Ausschlag. Bei ihrem Kaliber kam man nur mit Resignation weiter. Was so viel hieß wie: Ich musste ihr zeigen, was für ein hoffnungsloser Fall ich war.

»Ich weiß echt nicht, was ich noch machen soll«, stöhnte sie und warf theatralisch die Hände in die Luft. »Was denkst du dir eigentlich dabei? Was geht in deinem abgedrehten Hirn vor, Greta? Nimmst du Drogen?«

Offenbar übertrieb sie es mit dem Auge, das sie auf mich werfen sollte. Wer weiß, was meine Mutter ihrer Schwester – also Cassies Mutter – alles über mich erzählte?

»Wo sollte ich denn bitte Drogen herbekommen?«, blaffte ich sie an.

Eher würde Elvis von den Toten auferstehen, als dass einer dieser polierten Streber hier Dealer-Potenzial entwickelte. Noch dazu befanden wir uns so ziemlich am Arsch der Welt. Eine Pleite für jeden Geschäftsmann, der seine Geschäfte mit Stoff machte. Man konnte nicht einmal legale Güter im Internet bestellen, weil das verboten war und nur durch einen schriftlichen Antrag genehmigt werden konnte. Mit dieser Regel hatte ich schon Bekanntschaft gemacht.

Vor ein paar Monaten hatte ich versucht, einen Film über Amazon zu ordern. Das Paket war sogar verschickt, im Internat dann allerdings ausgerechnet von Herrn Grauhoff abgefangen worden, der es natürlich sofort seinem Chef gepetzt hatte. Das Ende vom Lied war eine Woche Nachsitzen gewesen. Seitdem wurde die Internetnutzung noch stärker eingeschränkt. Etwas, was mir meine Mitschüler immer noch übel nahmen.

Aber die Lehrer hatten kein Verständnis dafür. Wozu sollten Jugendliche auch Dinge bestellen wollen, wenn man doch hier wie ein Kaiser behandelt wurde und alles bekam, was man wollte? Seine Freiheit ausgenommen.

»Du treibst mich noch in den Wahnsinn«, setzte Cassie ihren Vortrag fort. »Deine Mutter hat dich nicht hierhergeschickt, damit du noch verkorkster wirst.«

Jetzt rappelte ich mich doch auf und stützte mich auf den Unterarmen ab, während ich sie aus schmalen Augen anfunkelte. »Was soll das denn heißen?«

»Ich habe es so satt, nett zu dir zu sein.« In einer arroganten Geste warf sie sich die blonden Haare über die Schultern und verschränkte die Arme vor dem Oberkörper. »Du bist die pure Zeitverschwendung.«

»Keiner zwingt dich, dich mit mir abzugeben«, knurrte ich und ließ mich wieder aufs Bett fallen.

»Ich wüsste echt gern, was dein verdammtes Problem ist!« Ihre Stimme schnellte eine Oktave nach oben und weckte in mir das Bedürfnis, mir die Ohren zuzuhalten. Cassies Stimme war beinahe noch nervtötender als die Worte, die sie damit von sich gab.

Da ich jedoch kein kleines Kind war, unterdrückte ich das trotzige Verhalten, das ich bei ihr an den Tag legen wollte, und blaffte stattdessen: »Im Moment bist *du* mein Problem!«

»Argh!« Sie funkelte mich böse an – weil sie ganz offensichtlich keine Ahnung hatte, was sie erwidern sollte – und rauschte dann endlich davon. Mit einem lauten Knall fiel die Tür hinter ihr ins Schloss und sie hinterließ eine mit Wut beladene Stille.

Ich streckte ihr im Nachhinein die Zunge raus – ein kleines Zugeständnis an das beleidigte Kind in mir, das nun doch seine Gefühle zum Ausdruck bringen wollte – und vergrub meinen Kopf im Kissen.

Dass meine Cousine dasselbe Internat besuchte wie ich, war kein Zufall. Unsere Mütter hatten das arrangiert, damit Cassie mich ein bisschen ›leiten‹ konnte. Mama hatte wohl gehofft, sie würde auf mich abfärben und ein paar ihrer Manieren würden an mir kleben bleiben wie Kaugummi in den Haaren.

Aber Mama hatte mich auch unterschätzt. Dank ihres Desinteresses an der eigenen Tochter kannte sie mich zu wenig. Meine Ausdauer und Sturheit ließen sich nicht so leicht brechen. Zwei der wenigen Dinge, die wir gemein hatten.

Boru

Angewidert starrte ich auf meine zukünftige Mahlzeit. Im Augenblick bezweifelte ich sehr, dass ich mich dazu überwinden konnte, in eine tote Maus zu beißen, an der schon ein anderes Tier geknabbert hatte. Eine ihrer winzigen Pfoten fehlte, ebenso ihr Kopf. Ich hätte meinen unsinnigen Plan, der eigentlich keiner war, beinahe über Bord geworfen und meiner Mutter ihren Willen gegeben, aber … eben nur fast, denn mein Magen knurrte und lechzte nach dem Stück totem Getier, das zu meinen Pfoten lag.

Ich schloss die Augen und tat, was ich tun musste.

Nach meiner Mahlzeit schwor ich mir hoch und heilig, nie wieder frische – oder leicht abgestandene frische – Beute zu verspeisen und mir einen Futtergeber zu suchen. Denn nicht nur Hexen hielten sich Katzen als Haustiere.

Bald ließ ich den Wald ebenso wie meine verstörende Fresserfahrung hinter mir und rannte über ein gigantisches Feld, das sich vor mir erstreckte. Aus dieser Perspektive wirkte alles viel größer und weitläufiger. Die Welt roch nach Freiheit und Abenteuer. Ich bekam das Gefühl, alles erreichen zu können, was ich mir vornahm. Mein Traum rückte augenscheinlich in greifbare Nähe, ganz egal, ob ich im Moment noch ein Kater war.

Natürlich wäre es ein Leichtes, umzukehren und bei Mutter um die Rücknahme des Fluches zu betteln. Doch noch brannte in mir die Hoffnung, eine Lösung für meinen Zustand finden zu können und dann ein neues Leben zu beginnen. Ein Leben, in dem ich nicht als Enttäuschung und Träumer bezeichnet wurde und meine Zukunft gestalten durfte, wie ich es wollte. Mutter musste sich endlich eingestehen, dass ich niemals so sein würde, wie sie mich haben wollte.

Halme peitschten gegen meinen Körper, die mir als Mensch lediglich bis zu den Knien gereicht hätten. In einigen hundert Metern Entfernung konnte ich die Umrisse einer Kirche erkennen. Zumindest nahm ich an, dass es eine war, denn das Gebäude besaß einen Glockenturm. Dort musste ein Dorf sein, und wo ein Dorf war, gab es Menschen, die Tiere hielten. Und wo Tiere lebten, fiel ein Kater nicht auf.

Je näher ich meinem Ziel kam, desto deutlicher waren Scheunen und Wohnhäuser auszumachen. Das Gras wurde niedriger und streifte schließlich nur noch meine seidigen Beine. Die Sonne und das Rennen hatten meinem Körper ordentlich eingeheizt und ich hechelte wie ein Teilnehmer an einem Flusen-Match. (Nur zur Info: Ein Flusen-Match ist ein Wettkampf mit Flugbesen, bei dem es Ziel ist, seine Gegner abzuhängen, als Erster eine von drei Flaggen zu finden und sie zum Startpunkt zurückzubringen. Ich hatte von Normalos gehört, die glaubten, man könne mit jedem x-beliebigen Besen fliegen. Was für ein Blödsinn.)

In meinem Hirn übernahm ein einziger Gedanke die Oberhand: trinken. Ich war kurz vorm Verdursten. So fühlte es sich jedenfalls an.

So schnell ich konnte, flitzte ich durch Gassen, rannte Straßen entlang und hielt permanent nach einem Brunnen, Teich oder einer Katzenklappe Ausschau.

Schon bald wurde ich fündig. Das Gatter zu einem eingezäunten Garten stand offen und lud mich förmlich ein, sein Grundstück zu erkunden. Es grenzte an ein kleines, aber hübsches Bauernhäuschen. Die Besitzer waren offenbar nicht zu Hause, denn eine gespenstische Stille lag über dem Anwesen. Die Terrassentür und damit das Innere des Hauses konnte ich vergessen, denn die war verschlossen. Stattdessen weckte ein sanftes Plätschern meine Aufmerksamkeit.

Ich folgte dem Geräusch und fand zu meiner Freude einen kleinen Teich. Ein Frosch aus Plastik thronte auf einem fetten Stein und spie Wasser in das verlockend glitzernde Nass.

Wie ein schwarzer Komet schoss ich auf diese kleine Oase zu und schlabberte drauflos. Es schmeckte etwas abgestanden und nach Algen, aber damit konnte ich leben.

Erfrischt und wieder klar im Kopf, streckte ich mich auf der Wiese aus und leckte über meine Pfoten, meinen Bauch, mein Gesicht und …

Schockiert erstarrte ich und ließ dann ganz langsam mein Bein sinken. Was hatte ich da gerade getan? Offenbar war in mir mehr Kater, als ich befürchtet hatte.

Es war an der Zeit, mein weiteres Vorgehen zu planen. Die Schnapsidee, einfach abzuwarten, dass sich der Fluch von allein verflüchtigte, warf ich über Bord, denn in mir keimte der Verdacht, dass das nicht funktionieren, ich mich in dem Fall irgendwann vergessen und ein richtiger Kater werden würde.

In der Zauberschule hatten wir von Hexern erfahren, die ihren Wandlungszauber überstrapaziert hatten. Je länger man in dem Körper eines Tieres steckte, desto mehr vergaß man sich. Die Natur gewann die Oberhand und passte den Geist, in diesem Falle den des Hexers oder der Hexe, seiner physischen Erscheinung an. Ich durfte nicht länger als ein Jahr ein Kater bleiben. Ich musste einen Weg finden, wie ich wieder *ich* werden konnte, was sich schwierig gestalten dürfte, da ich außerhalb der Schule nicht zaubern konnte und durfte.

Ob Mutter mein Dilemma geplant hatte? Ohne sie konnte ich nicht singen und mit ihr durfte ich es nicht. Vielleicht war es das i-Tüpfelchen ihrer Bestrafung.

Unschlüssig erhob ich mich und trottete zurück zur Straße. Menschen kreuzten meinen Weg, doch keiner nahm sonderlich Notiz von mir. Der Hund, der kläffend auf mich zu rannte, allerdings schon. Ich nahm meine vier Beine in die Hand und rannte um mein Leben.

GRETA

Das Abendessen war mir die meist verhasste Zeit des Tages. Ich hatte diese Mahlzeit schon mehr als einmal ausgelassen, aber heute trieb mich der Hunger in den Speisesaal. Ich nahm mir ein Tablett, holte eine Portion an der Essensausgabe und suchte den Raum nach einem freien Plätzchen ab.

Wollte man die Hierarchie innerhalb einer Schule verstehen, musste man nur einen Blick auf die Sitzverteilung während der kollektiven Nahrungsaufnahme werfen.

Die coolen Kids – zumindest diejenigen, die glaubten, es zu sein, und ihre Bestätigung bei den weniger beliebten fanden – saßen gemeinsam an zwei Tischen, die sie zusammengeschoben hatten. Ihre Gruppe war wie eine eigene Welt und ein Teil davon wurde man nur, wenn man einen Gönner innerhalb dieses Gebildes fand.

Dann gab es noch den Lehrertisch, der abseits in einer Nische stand und ebenfalls ein unabhängiges Universum bildete.

Des Weiteren existierten die Arbeits- oder Interessengemeinschaften und zum Schluss noch die ganz normalen Schüler, die ein, zwei Freunde hatten und auch mal wild durcheinander saßen.

Richtige Außenseiter hatten wir seltsamerweise nicht. Vielleicht bildete ich mir das aber auch nur ein, weil *ich* diejenige war, die immer allein aß.

Wer in der Nahrungskette weiter oben stand und wer nicht, verstand sich wohl von selbst.

Als ich durch die Reihen lief, warfen mir vereinzelte Mitschüler ihre mir bekannten abschätzigen Blicke zu. Ich ignorierte hier und da und zeigte hier und da Leuten den Finger, wenn sie besonders dämlich glotzten.

Normalerweise setzte ich mich zu Cassie und ihren Freundinnen, damit ich sie und sie mich ignorieren konnten, aber heute war das nicht möglich. Wir waren zerstritten und wenn es nach mir ginge, würde das auch noch eine Weile so bleiben. Also steuerte ich den Flur an, schlüpfte aus dem Speisesaal und suchte mir ein ruhiges Plätzchen im Garten.

Zum Glück war es nicht allzu kalt und noch hell. Grillen zirpten und Vögel zwitscherten. Ich sah ein Eichhörnchen über die Wiese flitzen und kleine Mäuse in der Erde wühlen. Das war der einzige Vorteil, wenn man auf ein Internat am Arsch der Welt ging: Man konnte sich vollkommen zurückziehen.

Zufrieden saß ich auf einer Bank in der Nähe meines Fensters an der Ostseite des Gebäudes und stocherte in der undefinierbaren Pampe herum, die nach Kartoffelbrei schmeckte. Auf die Fleischbeilagen verzichtete ich schon lange, da mir bei dem Gedanken, ein Tier zu essen, nicht wohl war.

Plötzlich hörte ich ein Rascheln im Gebüsch und keine zwei Sekunden später schoss etwas Pechschwarzes über die Wiese. Ich erkannte das Tier nicht sofort und sprang erschrocken auf. Dabei flog mein Teller durch die Luft und landete verkehrt herum im Dreck.

Das Vieh verschwand hinter der nächsten Hausecke und dann entdeckte ich Kunibert, der mit am Boden klebender Nase schnüffelnd über das Grundstück wuselte.

Kunibert war der Labrador des Hausmeisters. Dieser wohnte allein mit seinem Hund ein paar Feldwege weiter unten im Dorf. Man konnte sie unmöglich als Straßen bezeichnen, denn das waren diese unebenen, unbefestigten, holprigen Was-auch-immer wirklich nicht.

Eigentlich könnte man Kunibert auch als Streuner bezeichnen, denn nichts anderes tat er den lieben langen Tag. Herumstreunen und Tauben aufschrecken oder Feldmäuse jagen. Sein jetziges Opfer war wohl ein armer Kater, der vermutlich einem Herzinfarkt erliegen würde, wenn Kunibert nicht bald aufgab.

Aus Sorge und Mitgefühl sah ich nach den beiden, doch sie waren schon längst vom Gelände verschwunden. Wahrscheinlich hatte der Köter sein Opfer durch die Latten des Zauns gehetzt, der das Internat eingrenzte, und die beiden waren hinter dem nächsten Hügel abgetaucht.

Boru

Zeit, anzuhalten und das Mädchen, das seinen Teller von sich geworfen hatte, um Hilfe zu bitten, hatte ich keine. Vermutlich hätte sie mich sowieso nicht verstanden, denn ich bezweifelte stark, dass sie die Sprache der Katzentiere beherrschte. Daher war ich einfach weitergerannt und betete, dass ich mich irgendwie vor diesem dummen Köter in Sicherheit bringen konnte. Am liebsten, noch bevor ich vor Erschöpfung tot umfiel.

Mein Wunsch ging in Erfüllung. Allerdings erst ein paar Minuten später und auch nur, weil ich panisch auf einen Baum flüchtete. Dort verharrte ich auf einem Ast, verschnaufte und sah meinem Verfolger dabei zu, wie er bellend zu mir aufschaute und aufgekratzt von einem Bein auf das andere trat.

Wenn ich Glück hatte, würde er bald das Interesse verlieren und seiner Wege gehen.

Also wartete ich.

Und wartete.

Und wartete …

Der Hund war zwar ruhiger geworden, aber immer noch da. Wie ein Stalker saß er auf dem Boden und starrte in die Äste. Sabber lief aus seinem Maul und ließ seine Lefzen im dämmrigen Sonnenlicht glitzern.

Ich verzog angewidert das Gesicht, was ein Fauchen zur Folge hatte. Das war jetzt aber nicht geplant gewesen! Der Köter reagierte sofort und fing wieder an, zu kläffen.

Na toll.

Lauernd fixierte er mich mit seinen braunen Augen, als würde er sagen wollen: *Ich habe die ganze Nacht Zeit.*

Hatte er kein Herrchen oder Frauchen, das sich Sorgen machte?

Frustriert ließ ich mich auf einem breiten Ast nieder, leckte mir die mit Dreck verschmutzten Pfoten sauber, entstaubte die imaginäre Schatulle, in der ich meine Geduld aufbewahrte, und dachte herausfordernd: *Ich habe auch Zeit, Kollege.*

Die Sonne war bereits untergegangen und am Horizont nur noch als ein orangefarbenes Glühen auszumachen. Die Temperatur sank deutlich. Ich zitterte.

Jemand pfiff in der Ferne und urplötzlich trabte mein Verfolger davon. Er vergaß mich wohl im selben Moment, als er sich umdrehte, denn er verschwand, ohne einen Blick zurückzuwerfen.

Blöder Köter. Dank ihm hatte ich viele Stunden verplempert, in denen ich mich meiner Problemlösung hätte widmen können.

Ich seufzte, insofern Katzen eben seufzten – so ein seltsames Geräusch zwischen Maunzen und Atmen –, und erhob mich. Dann linste ich nach unten und augenblicklich wurde mir schlecht.

Wie war ich hier heraufgekommen? Der Boden schien Kilometer weit entfernt zu sein. Ich erkannte nicht einmal, ob das dort am Grund Gras oder einfach nur grün angemalte Erde war.

Schwankend fuhr ich die Krallen aus und schlug sie in die raue Rinde, bevor ich vollends das Gleichgewicht verlor.

Verdammt! Ich saß fest. Niemals würde ich einfach springen. Was, wenn meine Beine brachen? Oder wenn ich mir den Schädel zertrümmerte? Was, wenn ich mir das Rückgrat oder das Genick verbog?

Moment … Landeten Katzen nicht immer auf allen vieren?

Konnte sein, aber ich *war* überhaupt keine echte Katze. Ich hatte keine Garantie dafür, dass auch ich neun Leben besaß.

Deshalb tat ich das Einzige, was ich in dieser misslichen Lage tun konnte: Ich schrie um Hilfe.

»Miau! Miau! Miaaaaauuuuu!«

Natürlich kam niemand. Wer sollte mich auch hören, hier am Hintern der Welt, abseits eines Zauns, der vermutlich dieses Gebäude, vor dem das Mädchen gesessen hatte, von öffentlichem Gelände abgrenzte.

Ich stimmte ein furchtbares Katzengejammer an und wollte mir am liebsten selbst die Ohren zuhalten. Was war nur aus meiner wunderschönen Stimme geworden? Ich brachte nicht einen geraden Ton heraus.

Das war eindeutig der Tiefpunkt meines heutigen Tages. In diesem Augenblick war die Versuchung, frühzeitig aufzugeben und Mutter zu bitten, meinen in ihren Augen sicherlich unverzeihlichen Fehler zu verzeihen, größer denn je.

Ich wollte kein stimmenloser Kater sein, ich wollte Boru sein. Nur nicht der Boru, der in der Zauberschule auf mich wartete.

Dann reiß dich verdammt noch mal zusammen und finde eine Lösung, motzte die aufgebrachte Stimme in meinem Kopf, die pro Träume war.

Sie – also ich – hatte recht. Wer es nicht einmal versuchte, hatte schon verloren. Und ich wollte es wenigstens versucht haben.

Also räusperte ich mich gedanklich, verscheuchte ein paar lästige Mücken, die um mich kreisten, und jammerte weiter.

Greta

Ich ließ abends und in der Nacht immer mein Fenster gekippt. Ohne eine frische Brise konnte ich nicht schlafen. Allerdings lullte mich normalerweise das Rauschen des Windes ein, der zwischen den Bäumen im Garten und den Sträuchern hindurchfegte. Katzengejaule gehörte definitiv nicht zu meinem Schlaflied.

Ich presste mir stöhnend das Kissen auf die Ohren und vergrub mich zusätzlich unter der Decke. Doch es half nichts. Wenn das verzweifelte Geräusch nicht an meine Ohren drang, hallte es wie ein Echo in meinem Kopf wider.

Vielleicht war das Tier verletzt? War es womöglich der schwarze Kater, den Kunibert quer durch den Garten gejagt hatte? Was, wenn er ihn gebissen hatte? Wenn das arme Tier irgendwo im Sterben lag?

Ich ballte meine Hände zu Fäusten und öffnete sie wieder. Ein markerschütternder Katzenschrei durchbrach die Nacht. Mein Herz blutete.

»Scheiße!«

Fluchend sprang ich aus dem Bett und schmiss dabei meine Decke zu Boden. Gott sei Dank hatte ich keine Mitbewohnerinnen mehr. Ich war mir sicher, dass ich in dem Fall für meine nächtliche Aktion morgen schon wieder bei Herrn Traube hätte antanzen dürfen.

Hektisch wühlte ich in meinem Schrank, auf der Suche nach einer dünnen Decke. Nachdem ich fündig geworden war, schlüpfte ich in meine Jacke und schob meine Füße in die leichten Sneaker, die keine Schnürsenkel besaßen.

Über den Haupteingang das Gebäude zu verlassen, war keine Option. Ich konnte nicht riskieren, gesehen zu werden, daher stieg ich aus dem Fenster. Praktischerweise war unser Internat klein und hatte nur drei Stockwerke. Und ich Glückspilz lebte im Erdgeschoss.

Vorsichtig und darauf bedacht, keine Geräusche zu verursachen, öffnete ich das Fenster, stieg auf die Wiese hinaus und zog es leise hinter mir in den Rahmen, sodass ich es bei meiner Rückkehr einfach nach innen aufdrücken konnte. Dann folgte ich dem Wehklagen der Katze.

Meine Augen gewöhnten sich schnell an die Dunkelheit und dank des Mondlichts waren bald alle Umrisse der Umgebung zu erkennen. Im Hintergrund hob sich unheilvoll der Rand des Waldes ab und davor erstreckten sich die Weiten eines Weizenfeldes, das zurzeit brachlag.

Bei jedem meiner Schritte raschelte das Gras und mehr als einmal zuckte ich erschrocken zusammen, weil ich immer wieder vergaß, woher das Geräusch stammte. Ich atmete flach, spitzte die Ohren und presste die Decke an meine Brust.

Das Jammern der Katze wurde lauter und ein paar Meter weiter wurde ich an der Südseite des Gebäudes fündig.

Abseits des Zauns, außerhalb des Schulgeländes, in der alten Kastanie, die schon seit mehreren Jahrzehnten blühte und gedieh, blinkten mir zwei leuchtende Katzenaugen entgegen. Der Körper des Tieres wurde von der Dunkelheit verschluckt und für einen Moment fröstelte ich bei diesem Anblick. Es war in der Tat gruselig. Als wäre der Baum zum Leben erwacht und würde mich anstarren.

Sobald ich seinen Blick erwiderte, hörte das Vieh auf, zu jammern. Wahrscheinlich hatte es Angst und war total verstört. Kunibert musste das arme Wesen bis hierher verfolgt haben. Der Kerl kannte keine Gnade.

»Na? Sitzt du fest?«, flüsterte ich in die Stille hinein.

Ein leises, vorsichtiges Miauen war die Antwort.

Ich trat näher, warf mir die Decke über die Schulter und streckte meine Arme aus. »Ich fang dich auf, wenn du springst. Sonst sitzt du morgen noch da oben und ich kann nicht schlafen.«

Keine Ahnung, was ich mir dabei dachte, schließlich konnte mich das Vieh nicht verstehen.

Die Katze legte den Kopf schräg, was ich daran erkannte, dass das Augenpaar auf einmal in Schieflage in der Luft hing.

»Na komm, ich fang dich. Versprochen«, versuchte ich es erneut und das Tier sprang tatsächlich.

Vor Schreck hätte ich es bei seiner Landung beinahe fallen gelassen, aber seine Krallen bohrten sich in meine Schultern. Ich stöhnte vor Schmerz auf und presste die Zähne aufeinander. Kurz hielt ich den Atem an, kämpfte den Fluch hinunter, der mir bereits auf der Zunge lag, und konzentrierte mich auf das Bündel Fell in meinen Armen.

Die Katze wog mehr, als ich erwartet hatte. Ihr Fell war flauschig und kitzelte mich an der Wange.

Um den Sprung abzufedern, war ich in die Knie gegangen und hockte nun im feuchten Gras. Ich lächelte. »Du bist aber weich«, flüsterte ich verwundert und setzte das Tier anschließend auf seine Pfoten.

Ehrlich gesagt hatte ich mit einer schnellen Flucht und einer nicht vorhandenen Dankesbekundung gerechnet, doch die Katze strich um meine Beine und rieb ihren Kopf an meinem Oberschenkel.

Überrascht tätschelte ich ihr das niedliche Köpfchen. »Gern geschehen«, erwiderte ich und blieb noch eine Weile sitzen, um sie zu betrachten.

Während ich vorsichtig über ihren Rücken strich und die langen Schnurrhaare bestaunte, entschied ich, dass es keine Katze, sondern ein Kater sein musste. Und verletzt war *er* glücklicherweise auch nicht.

Nach einer Weile riss ich mich los, sammelte die Decke vom Boden auf, die mir bei der kleinen Rettungsaktion von der Schulter gerutscht war, und freute mich darüber, dass ich keinen kranken, verletzten Kater darin einwickeln musste.

Als das Tier keine Anstalten machte, zu verschwinden, zog ich fragend die Augenbrauen nach oben. »Musst du nicht nach Hause?«, appellierte ich an sein Gewissen. Hatten Katzen ein Gewissen? Oder etwas Vergleichbares? »Deine Familie macht sich sicher Sorgen«, gab ich zu bedenken.

Als würde er mir das Gegenteil klarmachen wollen, setzte der Kater sich auf sein Hinterteil und starrte mich an.

»Du bist wohl ein Streuner, hm?«, mutmaßte ich. »Dann nimm dich vor dem Hund des Hausmeisters in Acht. Kunibert stromert ebenfalls den ganzen Tag umher. Mit dem musstest du heute Nachmittag ja schon Bekanntschaft machen.«

Ich bezweifelte, dass er meinen Tipp verstanden hatte, doch er würde sich schon zurechtfinden. Vor unserer Begegnung war er ja sicherlich auch schon anderen Hunden über den Weg gelaufen.

Schulterzuckend warf ich ihm einen letzten Blick zu, klopfte mir den Dreck von den Klamotten und winkte zum Abschied.

Boru

Ich vermutete, dass Kunibert der Name des blöden Köters war, der mich in diese missliche Lage gebracht hatte. Dass er mir noch öfter über den Weg laufen konnte, schmälerte die Freude über meine Rettung.

Das Mädchen hatte ich sofort wiedererkannt. An ihr war ich vorbeigerannt, als ich dank Kunibert meine Ausdauer trainieren durfte.

Ob der Teller noch auf der Wiese lag?

Wie zur Bestätigung meines Vorhabens, zu schauen, ob ich etwas Essbares fand, knurrte mein Magen und ich machte mich auf den Weg, um dem netten Mädchen zu folgen, das mich dankenswerterweise aus dieser luftigen Höhe aufgefangen und gerettet hatte.

Ich umrundete das Gebäude und suchte die Bank, auf der sie heute Abend gesessen hatte. Als ein Fenster zuschlug, zuckte ich zusammen, und gleich darauf erneut, weil es gekippt wurde.

Dann lief ich mit der Schnauze am Boden über die Wiese und schnüffelte.

Der Rest Kartoffelpüree, der vereinzelt an Grashalmen klebte, war alles andere als appetitlich. Da ich jedoch meine Mahlzeit von heute Morgen nicht wiederholen wollte, schleckte ich das Zeug ab und musste frustriert feststellen, dass mein Bauch nicht besänftigt war.

Dachten Katzen an nichts anderes als ans Fressen und Trinken? Und zwischenzeitliche Todesängste? Nein, das konnte ich nicht glauben. Es musste meine Gesamtsituation sein.

Ich hatte weder ein Dach über dem Kopf noch jemanden, der mich fütterte. Natürlich war es mir da nicht möglich, meine Zeit mit sinnlosem Kram zu verschwenden.

Wehmütig dachte ich an meinen MP3-Player, der jetzt mutterseelenallein vor der magischen Grenze lag und den ich wahrscheinlich so schnell nicht wiedersehen würde. Abgesehen davon, dass ich ihn mit meinen Pfoten und ohne Daumen gar nicht benutzen konnte.

Ein Rascheln im Gebüsch, das vor einer braunen Mauer thronte und später von dem Zaun abgelöst wurde, durch den ich gesprungen war, als Kunibert mich gejagt hatte, riss mich aus meinem Selbstmitleid und forderte meine gesamte Aufmerksamkeit.

Plötzlich raschelte es wieder. Die Dunkelheit schien auf einmal noch erdrückender. Der Wind hatte aufgehört, sein Lied zu spielen. Es war still. Zu still.

Mein kleines Raubtierherz pochte wie wild und ich schlich langsam in die Richtung, aus der die Geräusche kamen. Ein kleiner Strauch wackelte in der Dunkelheit.

Oder bildete ich mir das nur ein?

Lautlos pirschte ich mich näher heran und hüpfte mindestens drei Meter in die Luft, als ein Kaninchen zwischen den Blättern hervorstürzte. Es schlug einen gewaltigen Haken, streifte meine spitzen Ohren und verharrte anschließend hinter mir. Ich wirbelte herum. Wie ein Hypnotiseur starrte es mir in die Augen. Sein Näschen zuckte unaufhaltsam.

Da es dunkel war, erkannte ich die Augenfarbe und den vorwurfsvollen Blick nicht sofort, doch bald dämmerte mir, wen ich da vor mir hatte. Diese Haltung, diese Selbstgefälligkeit.

Respektlos.

Und diese Stimme in meinem Kopf. So klang nur meine ältere Schwester …

Was glaubst du, tust du hier?!

Bessie?

Mutter verwandelt sich noch in eine Furie, wenn du nicht bald nach Hause kommst.

Dann hatte ich recht. Sie hat mich mit einem Fluch belegt!

Nein, sie hat dir einen Aktivierungszauber aufgehalst.

Ein fetter Stein polterte von meinem Herzen. Sie hatte mich also nicht verflucht. Sollte ich mich deswegen freuen? Ich beschloss, es nicht zu tun, denn ob es nun ein harmloser Zauber oder ein Fluch war, Mutter kontrollierte mich. Selbst wenn sie nicht anwesend war.

Der Zauber wurde aktiv, sobald ich die Grenze übertreten hatte!

Sehr richtig, kleiner Bruder.

Weiß sie, wo ich bin?

Natürlich weiß sie, wo du bist! Was glaubst du, weshalb ich hier bin?

Du sollst mich nach Hause holen?

Nein, du Dummkopf. Zurück in die Schule bringen.

Das kannst du vergessen!

Dann vergiss du deinen Traum vom Singen.

Warum ist sie nicht selbst gekommen?

Würde sie sich freiwillig in ein Tier verwandeln und sich im Dreck wälzen?

Warum hilfst du ihr?

Weil ich immer deine Suppe auslöffeln muss. Jetzt reiß dich gefälligst zusammen und sei nicht so ein Sturkopf.

Bessie kratzte sich grazil an ihrem wackelnden Näschen und dem linken Ohr und hoppelte los.

Wie ein Stein blieb ich, wo ich war, und schaltete auf Durchzug.

Boru!, sagte sie warnend in meinen Gedanken, doch ich beachtete sie gar nicht.

Wieso eigentlich ein Kaninchen?, versuchte ich, sie abzulenken, und leckte nebenbei über meine Pfote.

Bessie ließ sich aus dem Konzept bringen und stutzte. *Hä?*

Na, wieso nicht ein Hund oder ein Vogel oder auch eine Katze?

Kaninchen sind niedlich.

Aber auch blöd.

Das stimmt doch gar nicht.

Ich finde sie einfältig.

Halt die Klappe, Boru!

Halt sie doch selbst.

Bessie klopfte wütend mit ihren Hinterbeinen. *Ich habe keine Zeit für deine dummen Spielchen. Komm jetzt!*

Nein!

Boru, ich warne dich! Wenn du dich weigerst …

Dann was?, unterbrach ich ihren Gedanken.

Dann verwandele ich mich in einen Falken und bringe dich gewaltsam zurück.

Das kannst du gar nicht, erinnerte ich sie.

Außerhalb der Schule konnte kein Lehrling zaubern, der seine Abschlussprüfung nicht bestanden hatte und nicht vom Hexenrat von seiner Sperre befreit wurde. Bessie war zwar im Abschlussjahr, doch vormachen konnte sie mir nichts.

Mutter wird höchstpersönlich kommen, wenn du dich weiterhin weigerst.

Nun klang sie eher besorgt als streng.

Soll sie. Bis sie ihren Stolz überwindet und den kleinen Ausreißer selbst einfängt, wird eine Menge Zeit vergangen sein.

Und was nützt dir die?

Vielleicht habe ich bis dahin eine Lösung gefunden?!

Boru …

Mach dir keine Gedanken um mich, Bessie. Ich komme wunderbar zurecht.

Du bist so ein Sturkopf. Sie hoppelte neben mich und strich mit ihren flauschigen Pfötchen über mein Fell. *Pass auf dich auf. Und nenn mich nicht immer Bessie.*

Meine Schwester hasste ihren Spitznamen, doch das war der Grund, weshalb ich ihn benutzte. Und weil ihr voller Name so lang war. Sie sagte immer, man könne nur eine Seekuh Bessie nennen und sie sei schließlich keine, doch ich ärgerte sie damit einfach zu gern.

Bis dann, Schwesterchen.

Sie hoppelte zurück ins Gebüsch und verschwand. Ich war mir ziemlich sicher, dass sie eines von Mutters Portalen benutzt hatte.

Für einen sehr kurzen Moment überlegte ich tatsächlich, ihr einfach zu folgen, und wägte diese Möglichkeit gegen die Aussicht auf eine kalte, einsame Nacht im Gebüsch ab. Ich könnte hier und jetzt aufgeben.

Doch ich tat es nicht.

Greta

Trotz des geretteten Katers hatte ich eher schlecht geschlafen. Als mein Wecker klingelte, hätte ich das Teil am liebsten gegen die Wand gepfeffert. Doch das tat ich nicht.

Mürrisch begann ich den Tag mit einer warmen Dusche, wickelte mich anschließend in meine kuschelige Sweatjacke ein, verzichtete auf einen Aufenthalt in der vollen und lauten Mensa und nahm mein Frühstück mit nach draußen.

Die Idee, dort zu essen, gefiel mir, daher beschloss ich, das ab jetzt immer zu tun.

Obwohl Cassie mir in der Cafeteria verstohlene Blicke zuwarf, sie sicher ein schlechtes Gewissen hatte und mit dem Gedanken spielte, sich zu entschuldigen, ignorierte ich ihre stumme Einladung, an ihrem Tisch zu sitzen, und machte mich mit meinem Brötchen auf den Weg zu der hölzernen Bank in der Nähe meines Fensters.

Die ersten Sonnenstrahlen des Tages prickelten warm auf meiner Haut und kleine Spatzen sprangen zwitschernd von Baum zu Baum. Ich kaute und döste noch etwas vor mich hin, als ein warmer Körper meine Beine streifte und schnurrte.

Überrascht schaute ich auf den Kater hinab, den ich in der Nacht vom Baum heruntergeholt hatte. »Guten Morgen, du Streuner.« Ich musterte sein struppiges Fell und die dreckigen Pfoten. Mit meiner Vermutung lag ich offenbar richtig. »Hast du auch so schlecht geschlafen wie ich?«

Der Kater sprang neben mir auf die Bank und blickte mich mit seinen dunkelgrünen Augen an. Sie funkelten wie Smaragde.

»Zur Hälfte ist das übrigens deine Schuld. Bei deinem Gejammer bekommt man ja kein Auge zu.«

Sein Schwanz peitschte hin und her und sein Blick fiel auf mein Brötchen, das ich in den Händen hielt.

»Hast du Hunger?« Fragend sah ich ihn an und schaute anschließend auf mein Essen, von dem er ganz gebannt zu sein schien.

Seine Reaktion interpretierte ich als ein *Ja,* denn er kam näher und rieb seinen Kopf an meinem Oberschenkel.

Ich blickte mich um, doch es war niemand zu sehen. Alle saßen beim Frühstück.

Haustiere waren hier – bis auf den eigenwilligen Labrador des Hausmeisters – strengstens verboten und ich konnte mir gut vorstellen, dass die Lehrer und Betreuer es nicht gerade begrüßen würden, wenn jemand streunende Tiere fütterte und damit unweigerlich weitere anlockte. Ein Grund mehr, warum ich dem Kerlchen hier etwas von meinem Essen abgeben sollte.

Ich zupfte an dem Brot herum und warf ihm ein paar Krumen vor die Pfoten. Für einen Moment sah er mir in die Augen und lächelte – das konnte ich mir allerdings auch eingebildet haben, denn ich war mir ziemlich sicher, dass Katzen nicht lächeln konnten –, dann fiel er über sein Fressen her. In Windeseile hatte er seinen Teil weggefuttert und bettelte erneut.

Ich seufzte und gab ihm noch mehr. Und wieder verschlang er die Brotfetzen schneller, als ich *schwarzer Kater* sagen konnte.

»Du bist aber hungrig. Vielleicht sollte ich uns einen Nachschlag holen.« Ich überließ ihm die Reste meines Brötchens und stiefelte in den Speisesaal.

Blöderweise kreuzte Cassie meinen Weg und zog mich am Ärmel zur Seite. »Hör mal, ich bin gestern ausgerastet und das tut mir leid, aber du machst es mir auch nicht gerade einfach. Vielleicht können wir ja mal in Ruhe reden?«

Vermutlich hatte das eine Entschuldigung sein sollen, wenn auch eine schlechte.

»Lass gut sein, Cassie. Du bist nicht für mich verantwortlich. Und das solltest du langsam mal kapieren.« Mit einer schnellen Bewegung riss ich ihr den Stoff meiner Sweatjacke aus den Fingern.

Ihr Blick wurde kalt, aber ich hatte nun wirklich keine Lust auf eine Therapiestunde mit meiner nervigen Cousine. »Um dich bemüht man sich auch vergeblich.« Sie wandte sich schwungvoll von mir ab, dass ihre blonden Locken nur so flogen, und stolzierte zurück zu ihrem Tisch, wo sie sich mit allergrößter Wahrscheinlichkeit bei ihren Freundinnen auskotzen würde.

So schnell, wie der Streuner mein Brot verschlungen hatte, vergaß ich Cassie und schnappte mir ausnahmsweise eine Wurst und zwei Brotscheiben.

»Du musst kurz vorm Verhungern sein, oder? Wenn du weiter so schlingst, wird dir schlecht«, erklärte ich meinem neuen Kumpel, der auf meiner Bank saß und in rekordverdächtiger Zeit das Fleisch und eine ganze Scheibe Brot aufgegessen hatte. Nun lag er zufrieden schnurrend neben mir und ließ sich hinter den Ohren kraulen. »Hast du eigentlich einen Namen?«

Der Kater schnurrte, weil ich wohl gerade eine besonders angenehme Stelle erwischt hatte, und setzte sich dann aufrecht hin.

»Muo«, machte er.

Ich runzelte die Stirn. »Heißt du Muo?«

Er schüttelte den Kopf und schnurrte: »Ruuooo.«

Ich überlegte weiter. »Ro?«

Er schüttelte wieder den Kopf und maunzte: »Biou.«

Bevor ich weiter raten konnte, wurde mir plötzlich bewusst, was hier nicht ganz koscher war.

Ich sprach mit einem Kater!

Ich sprach mit einem Kater und es machte den Anschein, als würde ich tatsächlich eine Unterhaltung mit ihm führen, als würde er mich … verstehen. Immerhin schüttelte er verdammt noch mal den Kopf!

Aus einem Impuls heraus hüpfte ich von der Bank und wich ein paar Schritte zurück. »Oh mein Gott«, flüsterte ich. »Oh mein … Warte mal.« Ich tigerte auf der Wiese umher. »Verstehst du, was ich sage?«

Wenn er jetzt nickte, war ich reif für die Klapsmühle. Vielleicht hatten die anderen recht, wenn sie mir Blicke zuwarfen, die aussagten: Schaut euch die irre Außenseiterin an. Jetzt verliert sie den Verstand.

Vielleicht hatte ich wirklich ein Problem.

Womöglich war ich geisteskrank.

Verrückt.

Gaga.

Ich traute mich kaum, den Kater anzusehen. Er würde bestimmt nicken und mir damit bestätigen, dass ich komplett übergeschnappt war. Also lief ich weiterhin unruhig auf und ab und war kurz davor, hysterisch die Hände über dem Kopf zusammenzuschlagen.

Aber das war nicht meine Art. Also hielt ich an und fragte erneut: »Verstehst du mich?«

Und dann sah ich ihn an.

Der Kater nickte. Er nickte wirklich. Er nickte, nickte, nickte.

Ich lachte. »Bin ich verrückt?!«

Er schüttelte den Kopf.

»Du verstehst mich also wirklich, Streuner, oder?«

Er ließ seinen Kopf erneut vor und zurück wippen.

Langsam, ohne ihn aus den Augen zu lassen, lief ich zurück zur Bank und setzte mich neben ihn. Er wagte es nicht, näher zu kommen, also saßen wir eine Weile schweigend nebeneinander, bis plötzlich die Schulglocke ertönte.

Mist, ich hatte die Zeit vergessen.

Als ich schon ins Gebäude stürmen wollte, hätte ich mich am liebsten geohrfeigt. Seit wann war mir der Unterricht wichtig? Ich flog nicht von der Schule und Strafarbeiten konnte man verweigern. Worüber machte ich mir also Sorgen? Ich konnte den Tag genauso gut draußen an der frischen Luft verbringen.

Der Kater sprang von der Bank und verschwand im nächsten Gebüsch.

»He, wo willst du denn hin?«, rief ich ihm hinterher, doch er kam nicht wieder, um mir zu antworten.

Boru

Die Wurst und das Brot hatten meinen Hunger vorerst gestillt, doch ich machte mir Sorgen, wie lange dieses Gefühl anhalten würde. Die Nacht war eine einzige Katastrophe gewesen. Weil ich keinen ordentlichen Schlafplatz gefunden hatte und auch zu müde zum Suchen gewesen war, hatte ich mich unter freiem Himmel ausruhen müssen. An Schlaf war natürlich nicht zu denken gewesen, deshalb war es oberste Priorität, dieses Grundbedürfnis nachzuholen.

Das schwarzhaarige Mädchen war wirklich nett. Ich mochte sie, aber wollte sie nicht davon abhalten, zur Schule zu gehen. Und erst recht nicht wollte ich, dass sie wegen mir Ärger bekam. Auch wenn ich meine Schulbildung verweigerte, andere gingen durchaus gern zum Unterricht.

Während mein Magen zufrieden gluckerte, streifte ich durch das Dorf, auf der Suche nach einem geeigneten Plätzchen. Natürlich war ich wegen Kunibert auf der Hut und traf meine Wahl mit Bedacht.

Nach reiflicher Überlegung entschied ich mich für eine Scheune, die an ein altes Bauernhaus angrenzte. Auf dem Heuboden kugelte ich mich zusammen und schloss die Augen.

Im Traum hoppelte Bessie in ihrer Kaninchengestalt auf mich zu und sagte: *Boru, ich habe Mutter überredet, dir noch etwas Zeit zu geben, um zur Vernunft zu kommen. Aber sie droht damit, dich nicht zurückzuverwandeln, wenn du dich weigerst. Du musst nach Hause kommen. Vielleicht lässt sie noch mal mit sich reden.*

Sie sagte es mit so wenig Überzeugung, dass ich mir ihre Lüge nicht schönträumen konnte.

Das waren also meine Möglichkeiten. Kater oder Hexer.

Mutter stellte mir ein Ultimatum und ich hatte nichts gegen sie in der Hand. Keine dieser beiden Zukunftsvorstellungen gefiel mir, denn ich würde in beiden von ihnen unglücklich sein.

Mutter musste mich verabscheuen, wenn es ihr nichts ausmachte, meinen Traum zu zerstören.

Mein Schlummer dauerte nicht sehr lange und den restlichen Tag verbrachte ich damit, die Vor- und Nachteile, die ein Leben als Hexer oder Kater mit sich brachten, gegeneinander abzuwägen. Ärgerlicherweise musste ich feststellen, dass beide Versionen von mir mehr Nach- als Vorteile zugeteilt bekamen, wenn man jede Variable miteinbezog. Und mit *jeder* Variable meinte ich auch Mutter. Das Problem war nicht ich, sondern sie.

Am Abend tauchte in der verlassenen Scheune, die wohl doch nicht so verlassen war, eine Gruppe Katzen auf. Ich nahm an, dass es sich um eine Mutter mit ihrem pubertierenden Nachwuchs handelte, denn bis auf ein Tier wirkten alle jung und ziemlich aufgedreht.

Da ich nicht wirklich zu dieser Spezies gehörte, verstand ich auch nichts von deren Körpersprache oder Mimik. Ich merkte, dass wir so ziemlich aneinander vorbei kommunizierten, denn irgendwann fauchte die Katzenmutter mich an und machte einen Buckel.

Bevor sie mir ihre Krallen in den Leib bohren konnte, machte ich mich schleunigst vom Acker und suchte nach einer anderen Bleibe.

Greta

Das Traurige an diesem Tag war, dass ich tatsächlich nichts Besseres zu tun hatte, als in den Unterricht zu gehen. Nicht einmal dieser blöde Kater hatte seine Zeit mit mir verbringen wollen. Er war nur nett gewesen, damit ich ihn fütterte. Gut möglich, dass ich mir sein Kopfschütteln und Nicken eingebildet hatte – aus Langeweile und weil alles besser war, als in den Unterricht zu gehen. Sogar, sich mit einem Kater zu unterhalten.

Ich ließ Deutsch, Geschichte und Kunst über mich ergehen und schwänzte anschließend Mathe. Herr Grauhoff hätte es hundertprozentig auf mich abgesehen und mich vor der ganzen Klasse mit schwierigen Aufgaben gedemütigt. Dass Lehrer eigentlich Vorbilder sein sollten und daher Schüler nicht mobben durften, war ihm in meinem Fall egal. Wenn man nur lange genug grub, fand man in jedem Erwachsenen ein beleidigtes, verletztes kleines Kind.

Warum ich meine Freizeit damit verbrachte, nach Streuner zu suchen, wusste ich auch nicht so genau, aber man fand schließlich nicht jeden Tag einen Kater, mit dem man reden konnte. Leider blieben meine Bemühungen ohne Erfolg und schließlich gab ich auf.

Am Freitagnachmittag war es dann so weit. Herr Traube begleitete mich höchstpersönlich zum Hausmeister. Ich holte mir mein Werkzeug ab – eine Müllgabel, einen Plastiksack und Handschuhe – und machte mich unter den strengen Blicken meines Aufsehers an die Arbeit.

Zuerst war der Vorhof an der Reihe. Das große Eingangstor – wobei groß in diesem Fall relativ war – und der von Hecken gesäumte Weg aus Pflastersteinen gaben eine Menge Unrat her, der achtlos weggeworfen worden war. Ich pickte ein Kaugummipapier nach dem anderen auf und langweilte mich zu Tode.

Herrn Traube ging es offenbar ähnlich, denn nach nicht mal einer halben Stunde verkündete er, dringende Geschäfte erledigen zu müssen, und verschwand. Welche Art von Geschäften er gemeint hatte, wollte ich mir lieber nicht überlegen.

Also arbeitete ich meine Strafe mutterseelenallein ab und wunderte mich, dass ich tatsächlich durchhielt. Zwischendurch kam Cassie mit ihren Freundinnen vorbei, würdigte mich jedoch keines Blickes. Auch Peter tauchte auf, vermutlich um nach dem Rechten zu sehen. Er spionierte sicherlich für Herrn Grauhoff, der wissen wollte, ob ich genug für meine unangebrachte Kunst büßte.

Ich sammelte Müll, bis der Sack fast halb voll und die Sonne dabei war, unterzugehen. Herr Traube erschien wie von Zauberhand, stemmte seine Arme in die Seite und betrachtete meine Arbeit. »Das sieht doch wunderbar aus, Greta. Ich bin ehrlich überrascht.«

»Da wären wir schon zwei«, antwortete ich.

»Ich hoffe, du hast auch ein bisschen über dein Verhalten nachgedacht«, fügte er an – ganz der autoritäre Chef.

Da war er ja wieder. Mein Lieblings-Pädagoge.

Ich schwang meine Müllgabel wie ein Lasso und verkündete selbstgefällig: »Einsicht ist der erste Schritt zur Besserung.«

Herr Traube lachte nicht, allerdings wurde er auch nicht zornig. Er schüttelte lediglich den Kopf, schickte mich zum Hausmeister, um meine Ausrüstung zurückzugeben, und machte Feierabend.

Manchmal fragte ich mich, ob er wohl schneller als andere Menschen graue Haare bekommen würde. Schließlich musste meine Hartnäckigkeit Spuren hinterlassen. Herr Grauhoff hatte mir ja auch seinen Bluthochdruck zu verdanken.

Ich klopfte zum gefühlt hundertsten Mal, doch Hausmeister Herr Nagel schien keine Lust zu haben, mir die Tür zu öffnen. Wie bestellt und nicht abgeholt stand ich seit drei Minuten mit meiner Ausrüstung vor dem kleinen Häuschen und wartete darauf, dass er mir das Zeug endlich abnahm.

»Hallo! Herr Nagel? Ich bringe Ihnen Ihre Müllutensilien zurück!«, rief ich gegen seine Hausmauer.

Keine Reaktion.

Also hämmerte ich eben gegen seine Haustür. Doch erneut: nichts.

Ich lief in den Garten und spionierte durch die Terrassentür. Im Wohnzimmer saß der gute Mann an seinem Schreibtisch, ein dickes Headset auf dem Kopf, und zockte. Kein Wunder, dass er mich nicht hörte. Ich beschloss, die Sachen einfach im Garten zu lassen, und schlich wieder zur Vorderseite des Hauses.

Auf dem Rückweg zum Internat lief mir Kunibert über den Weg.

»Hallo, du Strolch. Hast du vielleicht den Streuner gesehen, den du am Mittwoch gejagt hast?«, wollte ich hoffnungsvoll wissen, obwohl mir die Wahrscheinlichkeit, dass ich tatsächlich mit Tieren sprechen konnte und mir die Sache mit Streuner nicht eingebildet hatte, ziemlich gering vorkam. Fantasie besaß ich jedenfalls eine Menge.

Dennoch nagte es an meiner Selbstachtung, dass ich auf eine Antwort des Hundes hoffte und für ein paar Sekunden daran glaubte, ich könnte wahrhaftig mit Tieren kommunizieren.

Was für ein Schwachsinn.

Kunibert schenkte mir keinerlei Beachtung und trabte davon. Enttäuscht sah ich ihm nach.

Boru

Ich kam mir wie der größte Feigling auf Erden vor. Seit Tagen versteckte ich mich in einem Geräteschuppen und überlegte hin und her, ohne zu einem Ergebnis zu kommen. Ich wollte nicht akzeptieren, dass ich keine Chance hatte, Mutters Zauber loszuwerden. Es musste eine Lösung für meine aussichtslose Lage geben, ich musste sie nur finden.

Mein Magen knurrte unaufhörlich, doch ich hatte mich mittlerweile daran gewöhnt. Wenn ich mich überwinden konnte, streifte ich durch das Dorf und ging betteln.

Viel war dabei nicht herausgesprungen. Einmal hatte ich mir etwas von einem Napf stibitzt, der in einer Auffahrt stand, und prompt war ich von einem Beagle gejagt worden, der sich in seinem Herrschaftsgebiet bedroht gefühlt hatte.

Ich zog nicht weiter, weil es sinnlos war. Warum sollte ich diesen Ort verlassen und woanders hingehen, wenn ich meiner Lösung dort auch nicht näher kommen würde?

Egal wie ich meine Situation drehte und wendete, es würde darauf hinauslaufen, dass ich klein beigab. Denn eines war mir in den letzten Tagen mehr als klar geworden: Ich wollte nicht für immer in diesem Körper stecken.

Mir schoss das schwarzhaarige Mädchen durch den Kopf, das mir so bereitwillig geholfen hatte. Vielleicht könnte ich bei ihr Asyl suchen, um meine Niederlage hinauszuzögern. Denn je länger ich durchhielt und damit Mutters Wunsch widerstand, desto mehr Stolz und Würde könnte ich mir bewahren.

Also machte ich mich durch das schräg gestellte Fenster an der Rückseite des Schuppens davon und auf in Richtung Internat. Das wusste ich dank des Schriftzugs, der die Mauer am Eingang zierte.

Schwammbergs Internat für Mädchen und Jungen

Ich war mir nicht ganz sicher, welcher Tag heute war, aber nach meinen Berechnungen müsste Samstag sein. Die vielen Kinder und Jugendlichen, die mir um diese Uhrzeit auf meinem Weg entgegenkamen, bestätigten diese Vermutung.

Das Gelände der Schule selbst war wie ausgestorben. Wer wollte einen freien Tag auch hier verbringen?

Ich fürchtete schon, auf das Mädchen warten zu müssen, als ich es plötzlich auf dem Hof entdeckte. Ich nahm zumindest an, dass sie es war, allerdings ließen mich der Müllsack und die Gabel kurz stutzen.

Vorsichtshalber schlich ich langsam an sie heran, nur um sicherzugehen. Und sie war es tatsächlich. Reichlich genervt und schlecht gelaunt schnappte sie mit ihrem Werkzeug nach einer Zigarettenkippe.

Durch ihre miese Stimmung verunsichert, überlegte ich, ob ich mich zu erkennen geben sollte. Meine Zweifel verschwanden, als sie mich entdeckte und anfing, zu grinsen.

»Na sieh mal einer an«, sagte sie und unterbrach für einen Moment ihre Tätigkeit. »Wo kommst du denn her?«

Zur Begrüßung strich ich um ihre Beine und rieb meinen Kopf an ihrer schwarzen Jeans. Wenn ich das als Mensch täte, würde sie mich sicher für bescheuert halten und ich mich in Grund und Boden schämen. Mein Katzenkörper aber schien das völlig normal zu finden.

Das Mädchen beugte sich zu mir herunter und streichelte mein Fell. »Du bist aber dünn geworden«, murmelte sie. Ihre Stirn legte sich in Falten und ihr besorgter Ausdruck in den Augen machte mir Hoffnung.

Ab sofort würde ich nicht mehr von ihrer Seite weichen.

»Du hast sicher Hunger.«

Ich maunzte herzzerreißend und nickte heftig.

Sie erschrak, schien sich aber daran zu erinnern, dass ich ein sehr schlauer Kater war. Dann stand sie auf und legte ihr Werkzeug beiseite. »Warte einen Moment«, bat sie und verschwand im Gebäude.

Solange sie weg war, streckte ich mich aus und fing an, über mein Fell zu lecken. Bevor ich wieder die Beherrschung verlor und mich Regionen weiter unten widmete, hörte ich jedoch auf. Ich konnte mich irgendwie nicht dazu überwinden, da sauber zu machen. Zumindest nicht mit meinem eigenen Speichel. Bald würde mein Instinkt sicher siegen, ich zögerte das Unvermeidliche lediglich hinaus. Und ich würde ansonsten anfangen, zu stinken.

Als ich einen schwarzen Haarschopf entdeckte, reckte ich das Kinn und schnüffelte. Meine neue Futtergeberin kam näher und hielt einen Teller in der Hand. Ich stellte mich vor Aufregung auf die Hinterbeine.

Sie lachte. »Immer mit der Ruhe. Du bekommst ja was zu fressen.« Zielstrebig lief sie an mir vorbei.

Schockiert und vollkommen perplex sah ich ihr hinterher. Wollte sie mich ärgern?

Kurz bevor sie hinter der Hausecke verschwand, drehte sie sich um und rief: »Na komm.«

Das war mein Stichwort. Wie ein Blitz schoss ich über das Gelände.

Sie hatte sich auf unsere Bank gesetzt und den Teller neben sich abgestellt. »Guten Appetit.«

Das ließ ich mir nicht zweimal sagen. In Windeseile hatte ich alles verspeist und vollkommen ignoriert, was ich da eigentlich gegessen hatte. Etwas mit Rührei und/oder Schinken, glaubte ich.

Pappsatt gähnte ich und bedankte mich mit einem liebevollen Schnurren. Sie fing an, zärtlich meinen Rücken zu kraulen, und ich konnte nicht anders, als es zu genießen und mich seitwärts auf die Bank zu legen. Bei ihr würde ich es wohl eine Weile aushalten können.

»Du hast wohl kein Zuhause, hab ich recht?« Sie betrachtete mich eine Weile und legte den Kopf schräg. »Ist es okay, wenn ich dich einfach Streuner nenne?«

Ich versuchte noch einmal, meinen Namen auszusprechen, doch wie bereits beim letzten Versuch scheiterte ich kläglich. Was aus meinem Maul kam, hörte sich nicht nach *Boru*, sondern eher nach *Mou* an.

Das Mädchen lachte. »Das nehme ich einfach mal als ein Ja. Ich bin Greta.« Zum Spaß hielt sie mir ihre Hand entgegen und ich legte meine Pfote wie selbstverständlich hinein.

Ich vermutete, mein Verhalten machte ihr Angst, doch wenn es tatsächlich so war, ließ sie es sich nicht anmerken.

Greta

Dass ich hier saß und mit einer Katze sprach, als wäre es selbstverständlich, sollte mir eigentlich Sorgen bereiten. Aber wen kümmerte es schon, ob ich anfing, den Verstand zu verlieren?

Außerdem waren Katzen durchaus intelligente Tiere. Meine Sorgen waren daher vermutlich völlig unbegründet.

Auch wenn es vollkommen verrückt sein musste und mich nur dieser eine besondere Kater verstand, beschloss ich, das irgendwie cool zu finden.

Streuner schien meine Streicheleinheiten sichtlich zu genießen. Er schnurrte vergnügt und leckte mir ab und zu über die Hand, wenn ich seinem Kopf zu nahe kam. Dass er aufgetaucht war, hatte meinen Tag gerettet. Ich mochte Tiere viel lieber als Menschen und diesen außergewöhnlichen Kater ganz besonders.

Leider hatte ich noch eine Kleinigkeit zu erledigen, weshalb ich unserer gemütlichen Zweisamkeit vorerst ein Ende setzen musste.

»Ich muss wieder an die Arbeit, Streuner«, erklärte ich seufzend und fügte hinzu: »Du darfst mir aber gern Gesellschaft leisten.«

Ich schnappte mir den leeren Teller, den ich vorhin – ebenso wie Streuners Mahlzeit – aus der Küche stibitzt hatte, und brachte ihn zurück. Dann nahm ich meine langweilige Tätigkeit wieder auf.

Streuner lief mir hinterher und setzte sich auf die kleine Mauer am Schultor. Eine Weile sah er mir dabei zu, wie ich Müll aufsammelte, bis er plötzlich auf die Wiese sprang und anfing, mit seiner Pfote den Boden abzutasten.

Ich ließ die Müllgabel sinken und beobachtete ihn. Was tat er da?

Ganze dreißig Sekunden lang vollführte er seinen seltsamen Tanz, dann kam er auf drei Beinen zu mir gehoppelt. An seiner rechten Pfote hing eine Frischhaltefolie.

Vor Lachen hätte ich beinahe den Müllbeutel fallen gelassen. »Was wird das?«, schmunzelte ich.

Streuner ließ sich von mir nicht aus der Ruhe bringen und bewegte sich weiterhin auf die schrägste Weise fort, die ich bei einem Vierbeiner je gesehen hatte. Bei mir angekommen, setzte er sich auf seinen Hintern, kratzte mit der anderen Vorderpfote die Folie von seiner Kralle und starrte mich an.

»Hilfst du mir etwa?« Ich konnte es nicht fassen. Wie zur Salzsäule erstarrt, blickte ich ihn mit weit aufgerissenen Augen an. Er half mir doch tatsächlich, den Müll aufzusammeln.

Das war irgendwie gruselig. Auf eine nett gemeinte, aber unglaubliche Art. Konnte es sein, dass er aus einem Zirkus ausgebüxt war? Oder hatte er vielleicht einem durchgeknallten Wissenschaftler als Testobjekt gedient und war aus dem Labor ausgebrochen?

Ich sollte wohl nicht zu intensiv darüber nachdenken.

In Zeitlupe ergriff ich seine Beute mit der Zange und schmiss sie in den Müllsack.

Streuner miaute erfreut und lief wieder los.

So arbeiteten wir zusammen, bis Herr Traube kam, um mich für den heutigen Tag zu erlösen. Es war sowieso Zeit fürs Abendessen.

Streuner klebte fortan wie Superkleber an mir.

Ich brachte mein Arbeitszeug zurück zum Hausmeister. Kunibert war glücklicherweise unterwegs und ärgerte bestimmt ein paar Eichhörnchen. Streuner folgte mir auf Schritt und Tritt.

Ich lief zurück zum Internat. Streuner ebenfalls.

Ich betrat das Gebäude, um essen zu gehen. Streuner … blieb vor dem Tor sitzen.

»Warte an der Bank. Ich komme gleich«, flüsterte ich ihm zu und schlüpfte in den Speisesaal.

Das Gute daran, dass man keine Freunde hatte, war, dass niemand Fragen stellte, wenn man sein Essen nahm und ging. Keinem fiel auf, dass ich mir – anders als sonst – Fleisch auf den Teller lud und augenscheinlich einen herzhaften Appetit an den Tag legte.

Natürlich wusste ich mittlerweile, dass Streuner intelligenter als der Durchschnittskater war, dennoch überraschte es mich, ihn auf der Bank liegen zu sehen, wo er ganz offensichtlich das tat, was ich ihm aufgetragen hatte: auf mich warten.

Ich hatte mir einen großen Teller mit Pommes und zwei Leberkäsbrötchen geholt. Streuner bekam das Fleisch und ich den Rest. Wir aßen schweigend, anschließend brachte ich das Geschirr zurück.

Boru

Ich hätte es nicht für möglich gehalten, doch mein Bauch fühlte sich an, als wollte er explodieren. Ich war so satt, dass ich keinen Schritt mehr gehen konnte.

Genüsslich streckte ich alle viere von mir und überließ es Greta, meinen Blähbauch zu massieren. Peinlich war mir die Sache nicht. Immerhin sah es für sie so aus, als wäre ihr neuer Freund ein stinknormaler, wenn auch etwas seltsamer, Kater.

Irgendwann fing sie an, zu reden. Darüber, wie niedlich und klug ich sei. Wie leid es ihr tue, dass ich auf der Straße lebte. Sie erzählte mir, dass sie manchmal daran dachte, wegzulaufen, sich aber nicht traute, und dass meine Erscheinung ihre Ängste im Grunde bestätigte. Am Ende würde sie allein und hungrig enden. Allein war sie ihrer Aussage zufolge allerdings jetzt schon.

Ich fragte mich, wie das sein konnte. Greta war so nett. Sie musste doch Freunde haben.

Schwerfällig wuchtete ich meinen Körper herum und legte mich ganz nah an ihre Seite. Dann packte ich mein Köpfchen auf ihren Oberschenkel und schnurrte.

»Ich frage mich, ob du davongelaufen bist oder ausgesetzt wurdest«, überlegte Greta laut.

Ich schleckte ein paar Brotkrümel von ihrer Hose.

»Du musst weggelaufen sein«, beschloss sie schließlich. »Niemand würde eine so coole Katze nicht wollen.«

Es schmeichelte mir, dass sie mich cool fand. Allerdings war das ein sehr vager Begriff. Cool konnte vieles bedeuten und jeder definierte eine solche Eigenschaft unterschiedlich.

Ob es cool von mir war, mich Mutter zu widersetzen? War es cool, ein Kater geworden zu sein und dieses Schicksal temporär dem eines Menschen vorzuziehen? War es cool, auf die Hilfe eines anderen angewiesen zu sein?

Nun … ich musste das anders betrachten: Ich war nicht zwingend auf Gretas Hilfe angewiesen, ich nahm sie nur in Anspruch, weil es bequemer war.

Nutzte ich sie also aus?

Warum machte ich mir darüber überhaupt Gedanken? Natürlich nutzte ich sie aus, aber es schien sie nicht zu stören. Ein Kater konnte kein schlechtes Gewissen haben. Das überließ er in meinem Fall der menschlichen Seite, die in ihm steckte.

Wir saßen auf der Bank, bis die Sonne unterging und ein Mädchen mit blonden Haaren in unsere Richtung lief. Ich schätzte sie etwas älter als Greta und definitiv war sie nicht erpicht darauf, mit ihr zu reden. Schnurstracks stolzierte sie auf uns zu und blieb vor der Bank stehen. Dann beäugte sie mich misstrauisch.

»Was ist, Cassie?«, brummte Greta.

Für einen kurzen Moment hatte ich ›Bessie‹ verstanden und war innerlich zusammengezuckt. Ob meine Schwester in naher Zukunft wieder aufkreuzen würde?

Das fremde Mädchen hielt Greta ein schwarzes glänzendes Rechteck entgegen. »Deine Mutter hat versucht, dich anzurufen, aber du gehst nicht an dein Handy. Sie will mit dir reden.«

Greta machte eine unerfreute Miene und griff nach dem Kasten. Dann stand sie auf, um ein paar Schritte weiter in das Ding hineinzusprechen.

Es musste dieser Gegenstand sein, von dem Cassie behauptete, Greta würde nicht rangehen. So ein *Handy*. Es hatte Ähnlichkeiten mit meinem MP3-Player und von Tante Emma wusste ich, dass Normalos mit so etwas kommunizierten. Immerhin hatten sie keine Zauberstäbe, so wie wir. Zumindest diejenigen von uns, die nicht in ein Tier verwandelt wurden.

Greta gestikulierte, lief auf und ab und kam zornig dreinblickend zurück.

»Was machst du hier eigentlich«, wollte die Blonde wissen und schaute dabei mich an.

Greta drückte ihr das Handy in die Hand und antwortete bissig: »Geht dich einen Scheißdreck an.«

»Du bist so eine Zicke, Greta«, erwiderte Blondie und stolzierte davon.

Na schön, vielleicht verstand ich jetzt ein bisschen, weshalb Greta allein war. Sie konnte ganz schön … na ja, zickig sein. Aber die andere war auch nicht freundlicher gewesen.

Zu gern hätte ich gewusst, in welcher Beziehung die beiden zueinander standen, doch ich konnte schlecht nachfragen.

Greta ließ sich neben mich fallen, verschränkte die Arme vor dem Oberkörper und schnaufte wie ein wütender Stier. Das Gespräch mit ihrer Mutter war offenbar nicht erfreulich gewesen. Das kam mir äußerst bekannt vor und ich verstand sie nur zu gut. Um sie zu trösten, kuschelte ich mich neben sie und leckte über ihren Ellenbogen.

Jemanden abzuschlabbern, war eine völlig neue Erfahrung für mich und so viel Körperkontakt mit einem Mädchen hätte mir im Normalfall unangenehm sein müssen. Aber Greta roch und schmeckte – so seltsam es sich auch anhörte – erstaunlich gut. Sie hatte so eine süßlich-blumige Note. Wie eine Knospe, die kurz vor der Blüte stand.

»Hast du deine Mutter auch nicht leiden können?« Greta hörte sich verletzt und trotzig an. »Die ruft an, um mir zu sagen, dass wir bei ihrem neuen Freund einziehen. Geht's noch? Vielleicht will ich das gar nicht! Aber werde ich überhaupt gefragt?« Eine kleine Träne löste sich aus ihren Wimpern und kullerte ihre gerötete Wange hinab. »Natürlich nicht. Die anstrengende Greta wird einfach ins Internat gesteckt, dann kann sie sich auch nicht beschweren, weil sie nicht zu Hause wohnt.«

Wenn ich noch meinen Menschenkörper besäße, würde ich sie jetzt in den Arm nehmen. Da ich aber ein Kater war, blieb ich einfach ruhig liegen und versuchte, ihr per Telepathie ein paar fröhliche und tröstende Gedanken zu schicken.

Plötzlich zog sie mich ohne Vorwarnung auf ihren Schoß und vergrub ihr Gesicht in meinem Fell. »Ich bin so ein Dummkopf.«

Dass das keinen Sinn ergab, wusste sie hoffentlich selbst.

Greta

Haustiere waren im Internat strengstens verboten. Nicht mal Stubenfliegen wurden hier geduldet. Aber zum Glück waren Regeln da, um sie zu brechen.

Streuner würde nicht mehr auf der Straße schlafen, dafür trug ich persönlich Sorge.

Mein ›Einzelzimmer‹ hatte viele Vorteile. Einer davon war, das Zimmer verlassen zu können, wann ich wollte. Was beinhaltete, dass auch Gäste kommen und gehen konnten, wie es mir beliebte.

Ich setzte Streuner unter meinem Fenster ab und eilte in mein Zimmer. Dann öffnete ich es von innen und der Kater, schlau wie er war, verstand sofort. Mit einem großen Satz sprang er auf das Fensterbrett und balancierte darauf, bevor er hinuntersprang und den Raum erkundete.

Ich zog die dünne Decke, die ich bei unserer ersten Begegnung dabeigehabt hatte, aus meinem Schrank und bastelte auf einer der freien Matratzen ein gemütliches Schlafplätzchen für meinen neuen Mitbewohner.

Streuner schnüffelte an dem Stoff und legte sich anschließend hin.

Da es Zeit zum Schlafen war, huschte ich schnell in das Gemeinschaftsbad, bevor die Grüppchen kamen und den ganzen Platz und die Waschbecken beanspruchten.

Bei meiner Rückkehr fand ich Streuner in meinem Bett vor. Er hatte sich unter meine dicke Decke gekuschelt und schaute mich mit dem niedlichsten Hundeblick an – konnte man diesen Begriff bei Katzen auch verwenden? –, als ich ihn auf seinen Platz verweisen wollte.

»Na schön«, gab ich schließlich nach. »Aber nur heute Nacht.«

Natürlich blieb es nicht bei dieser Ausnahme. Von da an teilten wir uns jede Nacht mein Bett. Streuner sorgte dafür, dass meine Arme sauber waren, wenn ich schlafen ging, und ich vertraute ihm meine geheimsten Gedanken und Wünsche an.

»Weißt du, als mein Vater damals gegangen ist, war ich erst neun. Er hat eines Morgens einfach seine Taschen gepackt und ist abgehauen. Meine Mutter hat ihn angebrüllt. Sie wollte, dass er mich mitnimmt, aber er hat sie einfach ignoriert. Da ist mir klar geworden, dass ich mich auf niemanden verlassen kann. Meinem Vater habe ich nichts bedeutet und für meine Mutter war ich nur ein Klotz am Bein. Trotzdem war ich lieber zu Hause als in der Schule, weil ich die anderen nie leiden konnte. Mit ihren tollen

Familien und ihren tollen Noten und ihren tollen Freunden. Menschen sind scheiße, weißt du.«

Streuner gab einen komischen Laut zwischen Knurren und Miauen von sich.

Ich lächelte. »Du verstehst mich, stimmt's? Du bist auch ganz allein. Wir sind zusammen einsam.«

Wenn ich im Unterricht saß, ließ ich mein Fenster offen, damit Streuner an die frische Luft und sich die Beine vertreten konnte. Ich wusste, dass er immer wieder zurückkommen würde, und er enttäuschte mich kein einziges Mal.

»Greta, kannst du uns die Lösung verraten?«

Erschrocken sah ich von meinem Heft auf und blickte in das hässliche Gesicht von Herrn Grauhoff, der schadenfroh grinste. Er wusste ganz genau, dass ich nicht aufgepasst hatte.

Schnell vertuschte ich meinen Moment der Unsicherheit und lächelte zurück. »Sollten Sie als Mathelehrer das nicht selbst wissen?«

Er unterdrückte ein verärgertes Schnauben, seine Backen wurden allerdings rot.

Ich triumphierte mal wieder.

Er blinzelte seinen Zorn davon und hielt mir die Kreide entgegen. »Dass ich die Gleichung lösen kann, weiß ich, Greta. Ich würde aber gern wissen, ob du es auch hinbekommst.«

Mein Hirn schaltete auf Durchzug. »Nö, lassen Sie mal.«

Herr Grauhoff musste sich sichtlich konzentrieren, um nicht vor der gesamten Klasse die Beherrschung zu verlieren. Sein rechtes

Auge fing an, unkontrolliert zu zucken, während sich Schweißperlen auf seiner Stirn sammelten. Spucke quoll zwischen seinen Mundwinkeln hervor und er presste seine Lippen so fest aufeinander, dass sie weiß wurden.

»Greta, ich frage dich noch einmal: Würdest du bitte die Gleichung an der Tafel auflösen?«

Ich lehnte mich entspannt zurück und schüttelte den Kopf.

Ein paar Mitschüler kicherten, ich war mir allerdings nicht sicher, ob sie es wegen mir oder Herrn Grauhoff taten. Wenn er sich weiter in seine Wut hineinsteigerte, würde sein Kopf bald explodieren. Und mit Sicherheit wäre ich diejenige, die die Sauerei wegmachen müsste.

Absichtlich gelangweilt sah ich auf meine Fingernägel und wippte auf dem Stuhl vor und zurück. Ich rechnete damit, dass Herr Grauhoff mich wie immer zum Rektor schicken würde, doch das tat er nicht. Genau genommen machte er überhaupt nichts.

Er wandte sich von mir ab und fuhr mit dem Unterricht fort. Damit hatte ich nun wirklich nicht gerechnet und zum ersten Mal, seit er mein Lehrer war, hatte er es geschafft, mich völlig aus dem Konzept zu bringen.

Ich saß wie zur Salzsäule erstarrt da und glotzte ihn an. Was sollte das? War ich im falschen Film? Warum wollte er mich nicht bestrafen?

Die Stunde endete und ich saß immer noch da, unfähig, zu begreifen, was gerade passiert war.

»Ich würde gern das Klassenzimmer abschließen, Greta.«

Keine unterdrückte Wut. Keine unterschwellige Verachtung meiner Person. Nichts.

Konnte es sein, dass er so plötzlich aufgab?!

Wie ein Roboter packte ich meine Sachen zusammen und verließ den Raum. Ohne mich noch einmal zu meinem Mathelehrer umzudrehen, trottete ich zu meinem Zimmer.

Boru

Die meiste Zeit verbrachte ich damit, das Dorf zu erkunden oder in der Sonne zu faulenzen. Ab und an versuchte ich mich an ein paar Tönen, die ich vorsichtig miaute, doch leider waren sie alle schräg. Daher gab ich irgendwann auf.

Das Singen musste warten, bis … ja, bis wann? Das war die alles entscheidende Frage. Bis Mutter handeln oder ich nachgeben würde. Ob ich danach allerdings würde singen können, wusste nur der Onkla.

»Kunibert, alter Junge. Komm her!«

Das war mein Stichwort. Den Höllenhund hatte ich weitestgehend gemieden. Allerdings gehörte er dem Hausmeister von Gretas Schule und das machte ein Aufeinandertreffen beinahe unvermeidbar. Sobald ich den Rüden sah, ergriff ich die Flucht.

So auch jetzt. Bevor er mich entdeckte, sprang ich ins Gebüsch. Der Köter stürzte hechelnd an meinem Versteck vorüber und ließ sich – was wirklich selten der Fall war – von seinem Herrchen an die Leine nehmen.

Ich wartete, bis die beiden das Gelände verlassen hatten, und machte mich auf den Weg zu Greta.

»Ich glaube, ich habe seinen Willen gebrochen.«

Wir saßen am Nachmittag in Gretas Zimmer auf dem Bett, während sie mir abwesend über den Bauch strich, und ich verrenkte mir beinahe die Wirbelsäule, als ich ihre Hand an diese eine Stelle über der Schulter bekommen wollte. Ich wand mich wie ein Aal und schnurrte zufrieden, als ihre Finger endlich den richtigen Punkt kraulten.

»Er war so wütend und plötzlich … puff. Als hätte jemand das Ventil abgedreht und die ganze heiße Luft entweichen lassen. Kann man jemandem so schnell so gleichgültig werden?«

Dass ich nicht antworten konnte, war nicht weiter schlimm, denn ich hatte keinen blassen Schimmer.

»Das ist gut, oder?« Sie klang, als würde sie sich selbst überzeugen wollen.

Ich verstand ihr Problem nicht. Wenn dieser Lehrer sie ab jetzt in Ruhe lassen würde, wäre das doch eher ein Grund zur Freude.

»Ich sollte mich freuen.«

Ja, allerdings! Wenn meine Mutter sich endlich mal aus meinem Leben raushalten würde … ich glaube, ich würde vor Glück in die Luft gehen.

»Tja, dann kann ich ab jetzt wohl auch vom Unterricht wegbleiben. Schließlich juckt es eh keinen.

Wie wäre es, wenn wir mal ein bisschen hier rauskommen und was unternehmen?«

Ich spitzte vor Aufregung die Ohren. Was hatte sie vor?

Greta borgte sich mal wieder etwas Essbares aus der Küche und packte es zusammen mit einer Flasche Wasser in ihren Rucksack. Dass sie aus dem Fenster stieg, fand ich ein bisschen übertrieben, aber mir entging nicht, dass die Abenteuerlust sie gepackt hatte.

Vielleicht lag es an ihrem gewonnenen Freiraum, den sie glaubte, zu haben, weil ein einziger Lehrer sie ab jetzt ignorieren wollte. Vielleicht lag es an ihrem Trotz gegenüber jedem, der ihren Weg kreuzte. Vielleicht musste sie sich aber auch etwas beweisen. Möglicherweise wollte sie sich selbst davon überzeugen, dass sie niemanden brauchte.

Sie war tapfer. Sie bewies ebenso viel Mut wie ich, als ich der Zukunft, die meine Mutter für mich auserkoren hatte, den Rücken gekehrt hatte.

Ein Funken Hoffnung nistete sich in meinem Herzen ein. Wenn Greta es schaffte, ihr Leben zu ändern, würde ich es ihr gleichtun.

Wir rannten durch den Schulgarten und hielten uns nah an der Mauer. Ich kam mir vor wie ein Spion, dabei planten wir keinen Einbruch oder eine Rettungsaktion. Wir machten lediglich einen harmlosen Ausflug. Wohin, wusste ich noch nicht.

Wir liefen, bis die Mauer endete und von dem einfachen Holzzaun ersetzt wurde. Greta sah sich immer wieder um und stieg schließlich durch die Querlatten.

Ich duckte mich unter der untersten hindurch und folgte ihr in Richtung Wald, der sich in etwa zweihundert Metern Entfernung vor uns erstreckte.

Wollte sie etwa wandern gehen?

Etwas unsicher stakste ich neben ihr durch das hohe Gras und musste einmal anhalten, als sich meine Hinterpfote an einer Wurzel verhedderte.

Greta bemerkte es nicht und ich fiel zurück. Genervt versuchte ich, meine Pfote zu entwirren, während sie sich immer weiter von mir entfernte. Nach ein paar Sekunden stieg Panik in mir auf.

»Mau!«, entfuhr es mir verzweifelt.

Endlich blieb Greta stehen und drehte sich um. »Was ist denn?«, rief sie über die Schulter. Ihr Blick streifte meine Beine.

Gerade wollte sie umkehren, um zu sehen, was nicht stimmte, da schaffte ich es, mich frei zu strampeln, und rannte zu ihr.

»Komm, Streuner.«

Ihre Forderung war völlig überflüssig. Ich war ja nicht blöd und unfreiwillig zurückgefallen. Sich nicht verbal verteidigen zu können, konnte manchmal wirklich frustrierend sein.

Bald war das Internat nur noch ein weit entferntes Gebäude in unseren Rücken. Wir erreichten den Waldrand, als die Sonne ziemlich tief im Westen stand.

Dass wir uns so spät auf den Weg gemacht hatten, war mir gar nicht aufgefallen. Wie auch, ich trug schließlich keine Uhr bei mir.

Greta machte Anstalten, im Unterholz zu verschwinden, doch ich hielt sie zurück, indem ich meine spitzen Zähne im Saum ihrer Hose versenkte.

»Was hast du denn, Streuner?«, wunderte sie sich und versuchte, mich abzuschütteln.

Ich ließ nicht locker und zerrte an ihrem Hosenbein. Natürlich hatte ich nichts gegen Abenteuer einzuwenden, aber darauf, allein im Dunkeln in einem Wald umherzuirren, konnte ich gut und gern verzichten.

»He, lass das«, beschwerte sie sich. »Was ist nur los, du Angsthase?«

Angsthase? Beleidigt erfüllte ich ihren Wunsch und drehte mich schmollend in die andere Richtung.

»Jetzt sei doch kein Spielverderber.« Sie kniete sich neben mich und kraulte die wunderbare Stelle hinter meinem Ohr.

Jetzt bloß nicht nachgeben.

»Du kannst ja wieder zurückgehen, aber mir fällt bald die Decke auf den Kopf, wenn ich nicht endlich mal was erlebe«, blieb sie hartnäckig.

Aber warum ausgerechnet um diese Tageszeit? Und warum ausgerechnet jetzt? Bevor ich aufgetaucht war, hatte sie sich doch auch mit ihrem Alltag zufriedengegeben.

Hatte ich womöglich einen schlechten Einfluss auf sie? Nein, das war Quatsch. Ich war nur ein Kater. Ich hatte sie zu nichts angestachelt. Greta war von ganz allein auf die Idee gekommen, nachts draußen umherzuwandern.

Innerlich seufzte ich und gab mir einen Ruck.

Wenn sie jetzt was erleben wollte, dann nur, wenn ich dabei war und sie beschützen konnte. Also … so gut ein Kater dazu eben in der Lage war.

GRETA

Was hatte ich mir bloß dabei gedacht? Klar, jeder Teenager träumte von einem Abenteuer, das er eines Tages seinen Enkeln erzählen konnte, aber warum zur Hölle wollte ich ausgerechnet in den Wald?

Er lockte mich mit seinen unbekannten Schätzen und ich wollte seine Geheimnisse nur zu gern lüften.

Streuner machte keinen sonderlich erfreuten Eindruck. Dennoch war ich froh, dass er mich begleitete und nicht umgekehrt war. Dieser Kater war wie der beste Freund, den ich mir heimlich immer gewünscht, aber nie kennengelernt hatte. Dass er kein Mensch war, ging in Ordnung. Tiere waren sowieso viel besser.

Da es an der Stelle, an der wir den Wald betreten hatten, keinen befestigten Weg und auch keinen Trampelpfad gab, mussten wir uns durch das Unterholz kämpfen. Büsche und tief hängende Äste zerkratzten mir die Unterarme, aber das störte mich nicht.

Alle fünf Meter hielt ich inne, um dem Atem des Waldes zu lauschen. Kleines Getier, das durchs Dickicht flitzte, Eulen, die gurrten, Vögel, die zwitscherten, Holz, das knisterte, Blätter, die im Wind rauschten. Der Geruch nach Laub und würziger Waldluft … Ich fühlte mich völlig beschwipst. Fast schon glücklich. Das war genau der Ort, an dem ich jetzt sein wollte.

Ich lief weiter und wurde immer schneller. Schwach orange glühendes Licht, das die letzten Sonnenstrahlen diesem Moment schenkten, fiel durch die Baumkronen und brachte alles zum Leuchten.

Ich hob die Arme, als würde ich ein Geschenk in Empfang nehmen wollen, und lachte. Auch wenn ich mein Ziel nicht kannte, spürte ich, dass ich eines hatte. Es lockte mich wie ein kluger Jäger seine Beute. Es versprach mir alles, was ich mir je gewünscht hatte. Eine richtige Familie. Menschen, die mich so liebten, wie ich war. Gute Noten. Echte Freunde. Ein Haustier, das mir aufs Wort gehorchte. Ein nagelneues Fahrrad, mit dem ich die ganze Welt entdecken konnte.

Zu spät bemerkte ich, dass ich wie eine Irre durch den Wald preschte. Blind und vollkommen verzaubert von einer Illusion, von der ich nicht bemerkt hatte, dass sie eine war.

Auf einmal schob sich eine Lichtung in mein Blickfeld. Wunderschön und paradiesisch. Ein Hirsch trank aus dem gluckernden Bach, der sich eine Schneise durch den Dreck schnitt.

Ich wollte zu diesem Geschöpf. Wollte sein Geweih berühren, mich auf seinen Rücken schwingen und durch den Wald galoppieren. Ein Traum. Das hier musste ein Traum sein. Es war zu schön. Zu perfekt.

Mein Herz blutete beinahe vor Sehnsucht. Ich war mir sicher, dass sich all meine Probleme, meine Ängste in Luft auflösen würden, wenn ich nur zu diesem göttlichen Hirsch konnte.

Er drehte den Kopf in meine Richtung. Ich beschleunigte meine Schritte, stolperte, rappelte mich wieder auf, lief weiter. Wenige Meter trennten uns. Gleich war ich da. Gleich …

Ein scharfer Schmerz schoss durch mein Bein und es wurde schlagartig dunkel. Ich stürzte auf den harten Waldboden und schürfte mir das Knie auf.

Als ich aufblickte, war der Hirsch weg. Völlig benommen tastete ich mein Bein ab und fuhr den Unterschenkel entlang. Der Schmerz und eine warme Flüssigkeit ließen mich zusammenzucken. Ich blutete.

Warum zur Hölle blutete ich? Und warum zur Hölle hatte ich mich verhalten, als hätte ich halluzinogene Pilze konsumiert?

Ich tanze auf einem weitläufigen öffentlichen Platz, nackt, und summe dabei das Ententanz-Lied. Dazu hebe ich die Arme in die Luft und wackele mit meinem Hinterteil zum Takt der Melodie.

So dämlich kam ich mir in diesem Augenblick vor. Mit dem erfreulichen Unterschied, dass hier niemand war, der mich dabei anglotzen konnte.

Was um alles in der Welt war mit mir geschehen?

Ich konnte mir ums Verderben keinen Reim auf meine Gefühle machen, die ich bis vor zwei Sekunden empfunden hatte. Sie waren so schlagartig verschwunden, wie sie sich zuvor schleichend ausgebreitet hatten. Unvorhergesehen.

Wieder begutachtete ich mein Bein, an dem Streuner mittlerweile sein Köpfchen rieb. »Hast du das auch gemerkt? Bitte sag mir, dass du auch dieses … berauschende Gefühl hattest«, flehte ich.

Er nickte nicht. War es möglich, dass er verlernt hatte, mich zu verstehen?

Ich entschied, dass es im Bereich des Möglichen lag.

Meine Abenteuerlust war einer ernüchternden Passivität gewichen. Ich wollte nur noch in mein Bett und mich verkriechen, bis ich vergessen konnte.

Stöhnend richtete ich mich auf und biss mir auf die Zunge, als ein stechender Schmerz durch mein Bein schoss. Die Wunde musste ich dringend untersuchen, sobald ich besser sehen konnte. Die Sonne war untergegangen und das Mondlicht war im tiefen Wald nicht wirklich ergiebig.

»Lass uns schnell zurückgehen, Streuner.«

Ich drehte mich um die eigene Achse, runzelte die Stirn, kratzte mich am Kopf, verlagerte mein Gewicht auf das unversehrte Bein und starrte ratlos in die Dunkelheit.

»Aus welcher Richtung sind wir noch mal hergekommen?«

Streuner miaute und marschierte los. Nicht ganz von seiner Entschlossenheit überzeugt, folgte ich ihm.

Irgendwann blieb er stehen und schien zu überlegen.

Na klasse! Wir hatten uns verlaufen.

Boru

Ich hätte es ahnen müssen. Ich hätte damit rechnen müssen, als Greta wie eine Irre losgerannt war. Ich hätte die faulen Eier bereits riechen müssen, als sie in diesen bescheuerten Wald gehen wollte.

Ihre Stimmung kam nicht von ungefähr und dieser Ausflug war das Werk eines Illusionszaubers. Die Frage war nur: Wer hatte Greta diesen fiesen Unfug in den Kopf gehext und warum?

Dass ich ihr meine Krallen ins Bein gehauen hatte, tat mir schrecklich leid. Ich wollte ihr nicht wehtun, aber mir war keine andere Möglichkeit geblieben, sie aus dem Bann zu befreien, der sie in seinen Klauen gefangen gehalten hatte.

Spätestens, als sie angefangen hatte, von einem Hirsch zu faseln, war mir klar gewesen, dass sie nicht den plumpen Stein auf einer mickrigen Lichtung wahrnahm, den ich sah.

Jemand wollte sie zu sich locken. Die Frage blieb: Zu welchem Zweck?

Paranoid blickte ich mich um. Ein weiterer Vorteil, den der Katzenkörper mit sich brachte, war, dass mir die Dunkelheit nichts ausmachte. Meine Augen sahen so klar und deutlich wie am Tag.

Greta dagegen stolperte unbeholfen neben mir her und fluchte nicht nur einmal, weil sie blöd aufgetreten oder irgendwo hängen geblieben war.

Wir mussten dringend nach Hause, denn bei der Vorstellung, sie könnte erneut wie eine Irre davonrennen, wurde mir ganz anders.

Unruhig blickte ich umher, hielt nach verdächtigen Aktivitäten Ausschau, aber nichts deutete auf die Anwesenheit einer fremden Person hin. Der Wald war bis auf das Kreischen eines Uhus und das Rauschen des Windes geradezu unheimlich still.

Selbst Greta unterdrückte ihren Ärger und brummte nur unmissverständlich vor sich hin. Als sie mit ihrem Bein an einer Wurzel hängen blieb und stolperte, kroch ein gezischter Schmerzenslaut über ihre Lippen.

Ich senkte beschämt den Kopf. Meine Krallen waren ziemlich tief in ihr Fleisch eingedrungen. Mein Verstand wollte mich davon überzeugen, dass meine Attacke nötig gewesen war, andernfalls wäre wer weiß was passiert. Mein Gewissen jedoch nahm mich in die Mangel und trieb mir Schuldgefühle in den Bauch, die sich wie heiße Nägel anfühlten.

Dazu kam, dass sie wahrscheinlich sauer werden würde, wenn sie merkte, dass die Verletzung an ihrem Bein von Krallen stammte. Was sie notgedrungen zu mir zurückverfolgen würde, da ich die einzige Katze in ihrer unmittelbaren Umgebung gewesen war.

Vielleicht wäre es doch besser, wenn wir noch eine Weile im Dunkeln umhertappten.

»Ich bin so ein Idiot«, fluchte sie. »Was ist nur in mich gefahren? Verliere ich den Verstand?«

Nein, du bist lediglich mit meiner Welt in Berührung gekommen.

Wie vom Blitz getroffen blieb ich stehen. Meine Welt. Das war die Erklärung. Sie hatten es nicht auf Greta abgesehen, sondern auf mich. Und damit wäre auch die Frage nach dem *Wer* geklärt.

Bessie!, zischte ich in Gedanken und wartete auf eine Antwort. Doch sie kam nicht. Meine hinterlistige Schwester musste sich aus dem Staub gemacht haben, als ich Mutters Plan durchkreuzt hatte.

Wenn ich Mutters Plan durchkreuzt hatte! Was war das überhaupt für ein Plan? Einen Normalo entführen, um … ja, wozu? Ich konnte mir beim besten Willen keinen Reim auf die ganze Sache machen.

»Scheiße, ich habe keine Ahnung, aus welcher Richtung wir gekommen sind«, fluchte Greta mit zitternder Stimme. Sie klang verzweifelt und müde. Schwarze Strähnen fielen ihr in die Stirn. Sie blieb stehen und wischte sich mit dem Arm über das Gesicht.

Wäre ich ein ausgebildeter Hexer, könnte ich einen Orientierungszauber anwenden. Aber ich war keiner.

»Warum habe ich mein Handy nicht mitgenommen?«, stöhnte sie.

Ich hörte die unterdrückten Tränen in ihrer Stimme. Unwillkürlich zog sich meine Brust zusammen. Ich musste etwas unternehmen. Und zwar jetzt.

Tröstend rieb ich meinen Kopf an ihrem unverletzten Bein und blickte zu ihr auf. Sie weinte.

Als ich in ihre Augen sah, schien sich der Nebel in meinem Kopf zu lichten. Unter Umständen würde sich diese Idee im Nachhinein als totaler Reinfall entpuppen, aber was blieb mir anderes übrig?

Ich übernahm erneut die Führung und lief los. In der Hoffnung, eine gehörige Portion Glück im Gepäck zu haben.

Insgesamt sechs Mal änderte ich die Richtung, wenn ich merkte, dass die Bäume dichter standen und wir Gefahr liefen, tiefer in den Wald vorzudringen.

Länger als zwei Stunden waren wir unterwegs, bis wir den Rand des Waldes erreichten.

Greta stieß vor Erleichterung einen kleinen Freudenschrei aus. »Du bist mein Schutzengel«, rief sie und riss mich nach oben.

Während sie mir den Brustkorb zerquetschte und auf meiner Blase herumdrückte, freute ich mich über ihre Zuneigung.

»Danke, Streuner.« Greta lachte in mein Fell, sodass ich die Vibrationen auf meiner Haut spüren konnte.

Der Rückweg zum Internat beanspruchte eine weitere Stunde, weil wir ziemlich weit vom Kurs und unserem Eintrittspunkt in den Wald abgekommen waren. Gretas Stimmung hatte sich jedoch um hundertachtzig Grad gedreht. Sie hüpfte beinahe wie ein glückliches Kleinkind und vergaß dabei ihr verletztes Bein.

Das war in der Tat so etwas wie ein Abenteuer gewesen.

Bei unserer Ankunft im Internat war die Hölle los. Schon von Weitem war zu erkennen, dass die gesamte Schule auf den Beinen war. In jedem Fenster brannte Licht, beim Näherkommen hörten wir Stimmen, die sich beunruhigt unterhielten.

Greta kletterte durch ihr Fenster. Auch ihr Zimmer war hell erleuchtet und sie wurde lautstark und nicht gerade freundlich von mehreren Personen gleichzeitig begrüßt.

Ich hielt es für keine gute Idee, ihr zu folgen, also blieb ich draußen sitzen und rollte mich zusammen. Während sich Greta drinnen dem Jüngsten Gericht stellte, wartete ich zitternd darauf, dass wieder Ruhe in diese Nacht einkehrte.

Greta

Der Tag – oder besser gesagt diese Nacht – war an Seltsamkeit wohl kaum zu überbieten. Und jetzt musste ich mich auch noch mit Herrn Traube, Frau Birkdorn, Cassie, der Vertrauenslehrerin Frau Zielich und zwei Polizisten gleichzeitig auseinandersetzen.

Dass kurz vor zehn Uhr abends die Zimmer kontrolliert wurden, hatte ich vollkommen vergessen. Meistens reichte den Betreuern eine Antwort, wenn sie anklopften, um zu prüfen, ob alle in ihren Betten oder zumindest im Zimmer waren.

»Wo zum Teufel bist du gewesen, Greta?« Cassie hatte sich nicht so gut unter Kontrolle wie die Erwachsenen. Erstaunt stellte ich fest, dass sie sogar geweint haben musste, denn ihre Augen waren rot und verquollen. »Wolltest du abhauen? Was ist nur los mit dir? Und warum gehst du nicht an dein Handy?!«, zischte sie aufgebracht.

»Cassandra, vielleicht solltest du jetzt ins Bett gehen«, mischte sich Herr Traube ein. »Wir kümmern uns darum.«

Mit *darum* meinte er sicher meine Strafe.

Sanft, aber bestimmt schob Frau Zielich meine aufgebrachte Cousine aus dem Zimmer. Als die Tür hinter den beiden zugefallen war, wandte sich Herr Traube an die beiden Beamten.

»Offenbar hat sich unsere liebe Greta einen kleinen Scherz erlaubt. Ihre Dienste werden wohl nicht mehr benötigt.«

Ich verkniff mir einen Kommentar zu dem Attribut *lieb,* mit dem er mich beschrieb.

Sichtlich erfreut darüber, dass sie kein verschwundenes Mädchen suchen mussten und schneller in den Feierabend gehen konnten, machten die Polizisten ein paar abschließende Notizen und verabschiedeten sich dann.

Da waren es nur noch drei.

Beschämt starrte ich auf den Boden und zupfte an dem Saum meines Shirts herum. Frau Birkdorn setzte sich auf den Stuhl vor meinem Schreibtisch und schwieg. Als ich den Blick hob, wäre ich am liebsten im Erdboden versunken. Wo war meine Schlagfertigkeit, wenn ich sie brauchte?

Herr Traube sah nicht wütend, sondern enttäuscht aus. »Es würde mich sehr interessieren, liebe Greta, wo du gewesen bist. Mitten in der Nacht. Allein.«

Tja, die Wahrheit würde sich wie eine faule Ausrede anhören und eine ordentliche Lüge fiel mir auf die Schnelle nicht ein. Mein Kopf machte im Moment einem leeren Blatt Konkurrenz. Und weil ich wohl noch nicht genug gelitten hatte, fingen meine Abschürfungen und die Wunde an meinem Bein an, zu brennen.

Als hätte er meine Gedanken erraten, sagte Herr Traube: »Wie siehst du überhaupt aus?« Er zog die Augenbrauen zusammen und legte die Stirn in Falten.

»Blutest du etwa?« Frau Birkdorn katapultierte sich aus ihrem Stuhl und kam besorgt auf mich zu. »Greta, was um Himmels willen ist passiert?«

Ich druckste herum und flüsterte schließlich: »Ich war im Wald und habe mich verlaufen.«

»Was wolltest du denn im Wald?« Die Sekretärin runzelte die Stirn.

»Ich weiß nicht … Ich hatte auch gar nicht vor, so lange wegzubleiben«, erklärte ich schnell. »Aber dann habe ich mich verirrt und der Rückweg hat länger gedauert als geplant.« Mit jedem Wort, das meinen Mund verließ, wurde ich etwas leiser. »Tut mir leid.«

Herr Traube seufzte. »Wir hatten schon Angst, du wärst abgehauen.«

Mir fiel auf, dass sein grau werdendes Haar, welches ohnehin nur spärlich vorhanden war, lichter als normal aussah.

Ich schwieg.

»Gibt es jemanden, der dich ärgert, Greta? Hast du Probleme mit Mitschülern? Probleme zu Hause?«, wollte er mal wieder wissen.

Ich schnaubte. Er wiederholte sich und langsam gingen mir seine dummen Fragen auf die Nerven. Meine ›Probleme‹ gingen ihn so oder so nichts an.

Herr Traube sah das offenbar anders. »Meine Fragen sind vollkommen ernst gemeint und aus meiner Sicht auch berechtigt«, verkündete er. »Du bist seit über einem Jahr auf diesem Internat und hast keine Freunde.«

Ich presste die Zähne zusammen. Obwohl sein Blick weich wurde und er mir wahrscheinlich nur helfen wollte, verschränkte ich trotzig die Arme vor dem Oberkörper. »Na und? Ist man denn sofort ein Problemteenager, wenn man gern allein ist?«, verteidigte ich mich.

»Natürlich nicht«, mischte sich die Birkdorn ein. »Allerdings wird es zu einem Problem, wenn die besagte Person Anzeichen von seelischem Schmerz zeigt.«

»Seelischer Schmerz?«, wiederholte ich überrumpelt.

»Du kannst nicht einfach allein in den Wald gehen«, stellte Herr Traube klar. »Das hat uns nur noch mehr gezeigt, dass es höchste Zeit ist, etwas zu unternehmen.«

»Fliege ich von der Schule?«

Die beiden zogen die Augenbrauen nach oben. Ich hatte mich wohl ein bisschen zu hoffnungsvoll angehört.

»Ich meine, ich würde das verstehen«, fügte ich rasch hinzu.

»Nein, du wirst nicht der Schule verwiesen«, zerstörte Frau Birkdorn meine Träume.

»Wir haben mit deiner Mutter telefoniert«, ergänzte Herr Traube. Das klang allerdings nach einer Drohung. »Und wir sind uns darüber einig geworden, dass du regelmäßige Gespräche mit Frau Zielich führen wirst«, schloss er seinen Bericht ab.

»Ich soll Therapiestunden bekommen?«, stieß ich hysterisch lachend aus.

Ich hatte wirklich versucht, mich zu beherrschen, aber wahrscheinlich weckte ich gerade das gesamte Erdgeschoss aus seinem Schlummer. Sofern seit meiner Abwesenheit überhaupt jemand ein Auge zugemacht hatte.

Das konnte nur ein schlechter Scherz sein!

»Wenn du es so nennen willst.« Der Herr Direktor zuckte unschuldig mit den Schultern.

»Das mache ich nicht.« Kopfschüttelnd stakste ich zu meinem Bett und ließ mich auf die Matratze sinken.

Herr Traube folgte mir mit seinem Blick. Als wären wir bereits mitten in einer Sitzung, faltete er seine Hände und setzte eine interessierte, aber distanzierte Miene auf, als er fragte: »Dürfte ich erfahren, wieso nicht?«

Mein Mund klappte auf und zu, wie bei einem Fisch auf dem Trockenen. »Ich werde mich ganz sicher nicht auf ein beschissenes Sofa legen und mir die Seele klempnern lassen«, rief ich entrüstet.

»Vielleicht sollten wir diese Unterhaltung morgen in meinem Büro fortsetzen.« Herr Traube machte Anstalten, das Zimmer zu verlassen.

»Sicher nicht«, zerschlug ich seinen Vorschlag mit vor dem Oberkörper verschränkten Armen und stierte aus dem Fenster.

»Gute Nacht, Greta. Frau Birkdorn wird sich deine Verletzungen ansehen.« Damit verließ er den Raum, ohne auf meine Proteste einzugehen.

Hilfe suchend sah ich seine Sekretärin an. Diese zuckte nur mit den Schultern, winkte mich zu sich und brachte mich ins Erste-Hilfe-Zimmer.

Boru

Ich saß in der Kälte und zitterte, bis sich meine Knochen lösten und klappernd gegen meine Eingeweide schlugen. Na ja, so fühlte es sich jedenfalls an.

Als Greta endlich zurückkehrte, das Fenster öffnete und mich aus meinem Elend befreite, war ich steif wie ein Brett.

»Entschuldige, Streuner.«

Ich verzieh ihr, weil ich das Gefühl hatte, irgendwie schuld an allem zu sein, und verfehlte bei meinem Sprung fast das Fensterbrett.

In ihrem Bett kuschelte ich mich an sie und schlief innerhalb von Sekunden ein.

Vielleicht hatte ich geträumt, aber am Morgen glaubte ich, mich daran zu erinnern, dass sie gesagt hatte: »Ich verzeihe dir übrigens, dass du mich verletzt hast. Das musste wohl sein.«

Der nächste Tag begann damit, dass Greta unruhig im Zimmer umherlief und mich mit ihren Flüchen weckte.

»Ich habe den verdammten Rucksack im Wald verloren. Wie kann man nur so bescheuert sein?«, schalt sie sich selbst für ihre Unachtsamkeit.

Sie fuhr sich aufgebracht durch die schulterlangen Haare, band sich einen Zopf, löste ihn wieder und ließ schließlich die Arme fallen.

»Das war mein Lieblingsrucksack«, jammerte sie.

Mein schlechtes Gewissen verdoppelte sich.

Heute Nacht hatte ich wieder von Bessie geträumt. Ich konnte mich nicht mehr an ihre Worte erinnern, aber zweifelsfrei hatte Mutter etwas mit Gretas … nennen wir es einfach *Trip* … zu tun gehabt.

Gretas Unterarme sahen bei Tageslicht nicht gerade hübsch aus. Dicke rote Kratzer zogen sich über die Haut, wo sie sich an Ästen und Zweigen verletzt hatte, und ihr Bein, das wegen meiner Attacke sicherlich blau und rot angeschwollen war, wollte ich gar nicht erst sehen.

Als es an der Tür klopfte, zuckte ich zusammen und versteckte mich unter dem Bett. Greta stiefelte durchs Zimmer und drückte die Klinke hinunter.

Ein Mann mittleren Alters streckte seinen Kopf durch den Türspalt und schaute ernst drein. »Guten Morgen, Greta. Ich hoffe, du hast schon gefrühstückt.«

»Hab keinen Hunger«, antwortete sie respektlos.

»Na schön.« Der Mann machte eine lange Pause, während er Greta sorgenvoll musterte. »Der Unterricht fällt heute früh für dich aus. Aber«, fügte er schnell hinzu, bevor sie seine Äußerung falsch verstehen konnte, »das bedeutet nicht, dass du faulenzen kannst. Ich habe Frau Zielich gebeten, sich Zeit für dich zu nehmen.«

»Ich habe jetzt also meine erste Therapiestunde«, stellte Greta ernüchtert fest.

»Etwas in der Art.«

»Darf ich mich weigern?«

»Deswegen bin ich hier. Wir werden gemeinsam zu ihrem Büro gehen.«

Greta verschränkte die Arme vor dem Oberkörper und grinste. »Sind Sie jetzt ein Gefängniswärter, oder was?«

»Das hier ist eine Schule, Greta.«

»Und Sie haben offensichtlich keinen Sinn für Humor.«

Beim Hinausgehen warf sie einen Blick über die Schulter. Unsere Augen verfingen sich für einen kurzen Moment ineinander, in dem ich schwören könnte, dass sie um Hilfe schrie.

Dass Greta therapiert werden sollte, ging ganz klar auf mein Konto. Ich hatte ihr diesen Schlamassel eingebrockt, daher war es auch meine Aufgabe, die Suppe wieder auszulöffeln.

Wenn man es jedoch genau nahm, war es die Schuld von Mutter. Und wenn man es noch genauer nahm, war es trotz Mutters … Absicherung doch meine Schuld, weil ich mich nicht von Greta trennen wollte. Ich war wie ein Virus, der in ihr schlummerte, bereit, ihr Leben ins Chaos zu stürzen, und von dessen Existenz sie nichts wusste.

Ich mutierte zu Gretas Aktivierungsfluch.

GRETA

Das Büro der Vertrauenslehrerin lag im ersten Stock. Neben der Tür, an der ich schon oft vorbeigelaufen war, hing ein Schild, auf dem stand: *Frau Zielich – Jugendpsychologin.*

Am liebsten wäre ich umgedreht und weggelaufen, aber ich wollte nicht riskieren, von Herrn Traube zu Boden gerissen zu werden. Natürlich war es unwahrscheinlich, dass er sich wie ein Footballspieler auf mich stürzen würde, aber ich wollte das Schicksal nicht herausfordern.

Herr Traube klopfte höflich, öffnete dann die Tür und ließ mir den Vortritt.

Widerwillig betrat ich den Raum. An den Wänden hingen Bilder, die Regenbögen, Wasserfälle und wunderschöne Landschaften zeigten. In einer Ecke des Zimmers fand sich eine altmodische Turmuhr und irgendwie roch es schwach nach altem Käse und Lavendel.

Innerlich schüttelte ich den Kopf und unterdrückte das Bedürfnis, schreiend die Flucht zu ergreifen.

»Guten Morgen, Greta. Herr Traube.«

Die Psychotante, die an ihrem Schreibtisch mitten im Raum saß, die Arme geschäftig vor ihr auf dem Tisch abgelegt, Finger ineinander verschränkt, grinste übertrieben, zeigte uns ihre schrägen weißen Zähne und deutete auf ein grünes Sofa, das gegenüber ihrem Schreibtisch stand.

Wie zwei brave Schüler setzten wir uns. Der Herr Direktor wischte sich die Handflächen an seiner Hose ab und plötzlich fragte ich mich, ob er womöglich nervös war. Hatte er als Teenager auch Therapiestunden bekommen?

»Also, Greta, wie geht es dir? Hast du schon gefrühstückt?«, brachte Frau Zielich ein Gespräch in Gang.

Warum wurde ich eigentlich schon wieder gefragt, ob ich was gegessen hatte?

»Den Small Talk können wir gern überspringen und gleich zur Sache kommen«, bot ich an.

»Greta, wenn du das hier nicht ernst nimmst, wird es nicht helfen«, mischte Herr Traube sich ein.

»Ich habe überhaupt nicht um Hilfe gebeten«, stellte ich klar.

Frau Zielich lächelte verständnisvoll und rückte einen ihrer Kugelschreiber gerade, die vor ihr auf dem Pult lagen. »Natürlich hast du nicht direkt darum gebeten, aber ich sehe, dass es dir nicht gut geht«, flötete sie besserwisserisch.

»Sie kennen mich doch überhaupt nicht!«

»Ich beobachte und analysiere.« Mit dem Zeigefinger tippte sie sich an die Schläfe.

Wollte sie damit ihre intellektuellen Fähigkeiten zur Schau stellen oder mir den Vogel zeigen?

»Sie haben sich meine Schulakte durchgelesen«, machte ich ihren Auftritt zunichte. Dann verschränkte ich grinsend die Arme vor dem Oberkörper, stolz auf meine Schlagfertigkeit.

Die Mundwinkel der Vertrauenslehrerin zuckten ein bisschen, vielleicht bildete ich es mir aber auch bloß ein. »Man kann einen Menschen auch kennenlernen, indem man mit Leuten spricht, die denjenigen bereits kennen«, holte sie zum Gegenschlag aus.

Ich schnaubte verächtlich. »Wenn Sie mit Herrn Grauhoff geredet haben, ist alles gelogen, was Sie über mich wissen.«

Nun wirkte ihr Lächeln triumphierend. »Da wären wir auch schon bei unserem ersten Punkt.«

Verdammt! Ich durfte mir nicht alles so leicht aus der Nase ziehen lassen.

Neben mir quietschte das Sofa. Herr Traube erhob sich, wischte sich erneut die Handflächen an dem Stoff seiner Hose ab. Etwas desorientiert schweiften seine Augen zu mir, dann zu Frau Zielich und anschließend zur Tür. Sein Drang, dieses Zimmer zu verlassen, erschien mir beinahe greifbar.

Urplötzlich klatschte er in die Hände, rieb sie aneinander und meinte: »Dann werde ich mich mal verabschieden. Greta, du wirst ab jetzt jeden Donnerstagnachmittag für zwei Schulstunden bei Frau Zielich erscheinen und …«

»Für wie lange?«, unterbrach ich ihn. Schließlich musste ich wissen, auf was ich mich einzustellen hatte.

»Wir werden sehen«, antwortete er ausweichend. »Ein fester Zeitraum wurde noch nicht abgemacht, aber deine Mutter hat zu diesen wöchentlichen Gesprächen ihre Zustimmung gegeben.«

Ja, weil sie sich einen Scheißdreck dafür interessierte.

»Nun gut, dann wollen wir mal hoffen, dass es ab jetzt bergauf geht.« Er schüttelte Frau Zielich die Hand. »Wir sehen uns später, Mirella. Ich wünsche dir erfolgreiche zwei Stunden, Greta. Versuch, dich ein bisschen auf unsere Hilfe einzulassen.«

Der hatte leicht reden.

Nachdem der Rektor den Raum fluchtartig verlassen hatte, breitete sich ein unangenehmer Schauer auf meinem Rücken aus.

Frau Zielich zückte Stift und Notizblock. Wie den Lauf einer Pistole setzte sie ihr Schreibutensil zum Festhalten meiner Gedanken an. Das Funkeln in ihren Augen machte mir Angst. Ab jetzt befand ich mich offiziell im Krieg.

Boru

Irgendwie hatte ich damit gerechnet, dass Bessie nur nachts auftauchen würde. Natürlich war die Tageszeit vollkommen egal, trotzdem erschrak ich, als ein kleiner Spatz ins Zimmer geflattert kam und mit voller Wucht gegen den Schrank knallte. Wie ein Blatt im Wind trudelte der Vogel zu Boden.

Augenblicklich erwachte mein Jagdinstinkt, doch ich kämpfte gegen den Drang an, mich auf das kleine Federvieh zu stürzen, weil die Stimme meiner Schwester in meinem Kopf dröhnte.

So ein … Au! Hätte die ihren Schrank nicht woanders hinstellen können?

Gib die Schuld nicht jemand anderem, nur weil du kein Talent zum Fliegen hast.

Bessie schlug aufgebracht mit ihren Flügeln. *Ich wünsche dir auch einen wunderschönen Tag, kleiner Bruder.*

Was willst du, Bessie?

Als ob du das nicht wüsstest.

Mutter kennt meine Entscheidung.

Weißt du, ich hätte auch Besseres zu tun, als dir hinterherzurennen und mich um deine Scheiße zu kümmern. Aber da ich nun mal ein folgsames Kind bin, muss ich damit leben. Wie wäre es, wenn du das auch mal versuchen würdest? Hast du diesen Körper nicht langsam satt? Sie putzte sich das Schnäbelchen und wartete auf meine Reaktion.

Ehrlich gesagt bin ich im Moment vollkommen zufrieden.

Diese Antwort ließ sie innehalten. *Dann liegt Mutter also richtig.*

Womit?

Statt mir zu antworten, hüpfte Bessie herum und begutachtete Gretas Zimmer. Offenbar suchte sie etwas.

Kann ich dir irgendwie helfen?, wollte ich genervt wissen.

Schlaft ihr im selben Bett?

Was?

Du hast mich schon verstanden, Boru.

Ich schwieg.

Mit deiner Sturheit bringst du sie in Gefahr, ist dir das eigentlich klar?

Ich bin ja kein Idiot.

Warum lässt du es dann zu?

Wieder wusste ich nicht, was ich erwidern sollte.

Ich nehme an, du weißt inzwischen, was es mit eurem Waldausflug auf sich hatte?

So ungefähr.

Wenn du nicht bald einsichtig bist, wird das nicht nur für dich Folgen haben.

Nun konnte ich meinen Zorn nicht mehr hinunterschlucken. *Warum tust du das? Warum tut Mutter das? Bin ich nicht schon genug gestraft? Warum zur Hölle muss sie sich immer noch einmischen? Warum hält sie Greta da nicht einfach raus?!*

Du kapierst es nicht, oder?

Nein, erklär's mir.

Hätte ich noch menschliche Arme, würde ich sie trotzig vor der Brust verschränken. Da dem allerdings nicht so war, fing ich an, meine Vorderpfote abzuschlecken.

Könntest du das später machen?, fauchte Bessie in meinem Kopf und ich tat ihr den Gefallen, mich erhobenen Hauptes ihr zuzuwenden. Ihr kleiner Vogelkörper hüpfte aufgebracht im Zimmer umher. *Es geht nicht um dich. Es geht auch nicht um deine Wünsche oder um meine. Es geht darum, dass du unsere Familienehre beschmutzt. Ist dir klar, dass sich die ganze Mande über uns lustig macht? Über den naiven kleinen Zauberlehrling, der kein Hexer werden will, und seine unfähige Mutter, die es nicht schafft, ihm Vernunft einzutrichtern? Wenn du dich weiterhin weigerst, hat das für dich, für deine kleine Freundin und auch für unsere Familie Konsequenzen. Der Rat droht damit, Mutter aus dem Zirkel zu werfen.*

Was? Mir wurde ganz mulmig zumute.

Aber das ist dir ja alles egal, solange du fröhlich in der Welt herumhüpfen und deinen bescheuerten Traum verwirklichen kannst.

Erstens ist mein Traum nicht bescheuert und zweitens kann ich ihn nicht verwirklichen. Hast du mich mal singen gehört?, warf ich trotzig ein.

Öfter, als mir lieb war, feixte Bessie.

Ach, halt die Klappe.

Plötzlich hörten wir Schritte auf dem Gang. Sie wurden lauter und steuerten offenbar Gretas Zimmer an.

Bessie schwang sich in die Luft und machte auf dem Fensterbrett eine kleine Pause. Sie drehte ihren Kopf gespenstisch weit herum und flüsterte in meinen Gedanken: *Mutters Geduld wird bald erschöpft sein. Überlege dir gut, wen du alles mit in den Abgrund reißen möchtest.*

Drama-Queen!, beschimpfte ich sie, doch meine Schwester hörte mich bereits nicht mehr. Sie hatte die Flügel ausgebreitet und sich davongemacht.

Die Tür krachte mit einer solchen Wucht ins Schloss, dass die Wände erzitterten. Aufgebracht machte ich einen gewaltigen Satz in die Luft, um anschließend unterm Bett zu verschwinden. Doch es war nur Greta, die sich wutentbrannt auf ihr Bett warf.

»Ich hasse mein Leben.«

Da waren wir im Moment schon zu zweit.

»Weißt du, was ich ab jetzt jede Woche machen darf?«, echauffierte sie sich. »Streuner?«

Mir fiel auf, dass ich mich immer noch im Verborgenen hielt, also krabbelte ich hervor und sprang neben ihr auf die Matratze.

»Oh, habe ich dich erschreckt? Tut mir leid.«

Tröstend kuschelte ich mich an ihren Bauch und atmete ihren betörenden Blumenduft ein. Sie strich mir beruhigend über das Fell.

Dann liegt Mutter also richtig.

Was machte Bessies Stimme immer noch in meinem Kopf?

»Ich muss zur Therapie, kannst du das glauben? Die denken alle, ich habe einen Dachschaden, nur weil ich keine Freunde habe und nachts Spaziergänge mache. Na ja, und weil ich meinen Mathelehrer zur Weißglut treibe. Ich wette, Herr Grauhoff hat das irgendwie eingefädelt und dafür gesorgt, dass ein *besonderes*«, sie unterbrach meine Streicheleinheit und malte im Liegen imaginäre Gänsefüßchen in die Luft, »Auge auf mich geworfen wird.«

Wer genau Herr Grauhoff war, wusste ich nicht, aber Greta war nicht sonderlich gut auf ihn zu sprechen.

Eine ganze Weile starrte sie mit vor der Brust verschränkten Armen wütend an die Decke, dann entspannte sie sich und entschied offenbar, dass es Zeit war, den Ärger loszulassen.

»Na egal. Immerhin habe ich ja dich. Und du zählst viel mehr als alle Menschen zusammen.« Liebevoll strich sie mir über meinen kleinen Kopf.

Als sie wieder die wundervolle Stelle hinter meinem Ohr kraulte, konnte ich es jedoch nicht ganz genießen. Bessies Drohung, die indirekt Mutters Drohung war, machte mir schwer zu schaffen. Wenn ich nicht bald nachgab, würde ich Greta in große Gefahr bringen.

Mittlerweile war ich fest davon überzeugt, dass Mutter zu allem fähig war, um sich ihren gesellschaftlichen Stand in der Mande zu bewahren. (Vielleicht zur Erklärung: Mande ist die Abkürzung für magische Gemeinde.) Auch dazu, einen unschuldigen Normalo als Druckmittel zu missbrauchen.

GRETA

Leider kamen wie der Freitagnachmittag der Samstagnachmittag und anschließend der Sonntagnachmittag viel zu schnell. Herr Traube musste sehr großes Vertrauen in mich oder den Glauben an die Menschheit noch nicht verloren haben, denn er schickte mich ganz allein zum Haus des Hausmeisters. Na ja, fast allein, denn Streuner begleitete mich selbstverständlich.

»Hoffentlich ist Kunibert nicht da«, murmelte ich besorgt und bog in die Seitenstraße ab.

Bevor mein Finger die Klingel berührte, schweifte mein Blick die Fassade entlang und ich entdeckte alles, was ich für den Hofdienst benötigte, an der Mauer neben der Treppe.

»Zu faul, um mir die Tür aufzumachen«, knurrte ich, nahm mein Werkzeug und stiefelte zum Internat zurück.

Heute war eindeutig nicht mein Tag.

Natürlich musste ich Streuner auf dem Rückweg auch noch vor Kunibert beschützen, der plötzlich vor uns auftauchte, als wäre er aus dem Nichts erschienen. Die Handschuhe, die Müllgabel und den Müllbeutel in der einen Hand, klemmte ich mir Streuner unter den anderen Arm, scheuchte Kunibert davon, der uns jedoch lediglich ein paar Meter Abstand eingestand, und versuchte, nicht das Gleichgewicht oder einen meiner Passagiere zu verlieren.

Bevor ich mit der Arbeit loslegte, setzte ich Streuner auf meinem Fensterbrett ab, damit er nach drinnen und sich vor Kunibert verstecken konnte. Der blöde Köter blieb noch ein bisschen, um mich zu beäugen, zog dann aber schließlich Leine, weil es ihm wohl zu langweilig wurde.

Ich hatte ja bereits erwähnt, dass heute nicht mein Tag war.

Ungefähr eine Stunde war ich schon dabei, Müll vom Gelände zu sammeln, als ich angegriffen wurde. Und mit *angegriffen* meinte ich *attackiert*. Von einem Falken oder Adler oder was wusste ich, welche Raubvögel es gab.

Hatte ich schon erwähnt, dass heute absolut nicht mein Tag war?

Das Tier mit etwa der Flügelspannweite eines Besenstiels stieß vom Himmel herab, bohrte seine Krallen in meinen Schädel und riss mir ein riesiges Büschel Haare aus. Ich schrie wie am Spieß, schlug um mich wie eine Verrückte – vermutlich war die Therapie doch gerechtfertigt – und rannte orientierungslos über den Rasen. Was aber nicht unbedingt meine Schuld war, denn dank des Vogels, der mir die Haare umstylte, sah ich nicht wirklich etwas.

Ein paar Schüler, die draußen unterwegs waren, hörten meine Schreie und kamen angerannt. Keine Ahnung, ob sie ursprünglich vorgehabt hatten, mir zu helfen, aber als sie sahen, was vor sich ging, regten sie sich kein Stück.

Vermutlich hatte ich Streuner wegen des Lärms, den ich veranstaltete, nicht gehört, aber plötzlich stand er zu meinen Füßen und fauchte, was das Zeug hielt. Ich wollte ihm zurufen, dass er sich in Sicherheit bringen sollte, schließlich wusste ich nicht, ob Raubvögel auf Katzenfleisch standen, aber ich war zu sehr mit mir selbst und dem stechenden Schmerz auf meiner Kopfhaut beschäftigt. Es fühlte sich an, als wollte mich das irre Federvieh piercen.

Bestimmt waren Lehrer gerufen worden, denn jede Menge Stimmen schrien durcheinander und redeten offenbar mit mir.

›Tut mir leid, Leute, aber ich kann euch bei dem ganzen Tumult hier nur schwer verstehen‹, wollte ich am liebsten rufen, aber mittlerweile war mir nur noch zum Heulen zumute.

Und dann, endlich, nach einer gefühlten Ewigkeit, ließ der gigantische Vogel von mir ab. Mit einem gewaltigen Stoß, der mich taumeln ließ, drückte er sich von meinem Kopf ab und schwang sich majestätisch in die Lüfte.

Er kreiste noch ein paar Runden über uns – blitzschnell kauerte ich mich auf den Boden, die Arme über dem Kopf –, dann flog er davon.

Mein Atem ging wie ein Blasebalg. Der Schock saß tief.

Was hatte ich der Welt nur getan?

»Greta! Greta, alles okay?« Cassie rüttelte an meiner Schulter. »Greta?!«

Stöhnend und zitternd linste ich an meinen Armen vorbei. Ich war noch nicht bereit, meine Deckung aufzugeben.

Wer wusste schon, was mich als Nächstes anfallen würde. Gab es hier eigentlich Bären? Oder Wölfe?

»Oh Gott, Greta. Was ist passiert?«, jammerte meine Cousine, als wäre sie das Opfer und nicht ich.

War die blind? Oder hatte ich mir den riesigen Greifvogel womöglich nur eingebildet?

Eine besorgt aussehende Frau Birkdorn schob sich durch den sensationsgeilen Pulk, der sich um mich gebildet hatte.

»War das etwa ein Falke?«, hörte ich jemanden aus der Menge fragen. Die anderen murmelten zustimmende Antworten.

Gott sei Dank, ich war nicht gaga.

»Greta«, Frau Birkdorn kniete sich neben mir ins Gras, »ist alles in Ordnung bei dir?«

»Mein Kopf hat ziemlich was abbekommen«, krächzte ich. Ganz zu schweigen von meinen Nerven.

»Komm, wir gehen besser rein«, entschied die Sekretärin und richtete sich langsam auf.

Cassie half mir auf die Füße und bugsierte mich zusammen mit Frau Birkdorn, die unsere Mitschüler verscheuchte, von denen einige ihre Handys gezückt hatten, in das Erste-Hilfe-Zimmer.

»Wie kommt es nur, dass du in letzter Zeit immer verletzt bist, Greta?«

Das wüsste ich auch gern. Auf Frau Birkdorns Frage konnte ich nur mit einem Schulterzucken antworten. »Die Natur scheint etwas gegen mich zu haben«, verkündete ich schmollend.

So wie jedes Lebewesen auf diesem Planeten. Mit Ausnahme von Streuner. Ich hoffte, er hatte sich rechtzeitig verzogen.

Cassie lehnte in dem kleinen Raum an der Wand und warf mir immer wieder besorgte Blicke zu. Ihre blonden Locken waren zu einem Pferdeschwanz zusammengebunden, aus dem sich einzelne Strähnen gelöst hatten. Sie sah so elend aus, wie ich mich fühlte.

Frau Birkdorn tränkte ein Wattebäuschchen mit einer Flüssigkeit und betupfte damit meinen Kopf. Ich zuckte zusammen.

»Entschuldige, Liebes«, sagte sie mütterlich, »aber ich muss die Wunde desinfizieren. Dieses Biest hat ganz schön zugepackt.«

»Will ich meine Frisur überhaupt sehen?« Wenn ich denn noch Haare auf dem Kopf hatte …

»Halb so wild«, winkte die Sekretärin ab. »Wenn du dich sehr vorsichtig kämmst, siehst du aus wie neu.«

Sie klang zuversichtlich. Das war allerdings nur ein geringer Trost.

»Ich wüsste zu gern, was ich dem Vogel getan habe«, beschwerte ich mich.

»Vielleicht wollte er dir helfen«, schlug meine Cousine vor.

Erstaunt blickte ich Cassie an, die jetzt lächelte. Allerdings nur mit ihrem Mund. »Wie darf ich denn das verstehen?«, erwiderte ich zornig.

»Na, jetzt hast du eine tolle Ausrede, weshalb du den Hofdienst nicht mehr übernehmen kannst.« Während sie das sagte, wickelte sie sich eine ihrer blonden Locken um den Finger und sah mich komisch an.

Zuerst wollte ich etwas Gemeines erwidern, dann merkte ich aber, dass Cassie keinesfalls gehässig hatte sein wollen. Ihre Äußerung war lustig gemeint und kam einem Friedensangebot, wenn nicht sogar einer Entschuldigung, ziemlich nahe.

Da ich dem Tod gerade so von der Schippe gesprungen war – wer war jetzt hier die Drama-Queen? –, lächelte ich versöhnlich zurück und sagte: »Stimmt. Dann sollte ich mich bei dem Vieh wohl bedanken.«

Boru

Ich sollte ihr den bescheuerten überdimensional dehnbaren Hals umdrehen. Und ihr anschließend jede Feder einzeln ausrupfen. Wenn ich im Moment kein Kater ohne Daumen wäre, wäre ich durchaus versucht, dieser Genugtuung nachzugeben.

Der Schock, dass sie dazu fähig gewesen war, saß immer noch tief. Gott sei Dank hatte ich die Geistesgegenwärtigkeit besessen, mich nach Gretas Rettung aus der Affäre zu ziehen. Wenn Bessie das nächste Mal hier auftauchte, konnte sie was erleben.

Unruhig tigerte ich im Zimmer umher und wartete darauf, dass Greta zurückkam. Für sie musste diese ganze Situation die Hölle gewesen sein. Wer wurde denn auch schon scheinbar grundlos von einem Greifvogel attackiert? Und dann auch noch von so einem großen Exemplar!

Bessies Angriff war eine Warnung gewesen. Eine, die mich tiefer traf, als wenn sie *mir* ihre Krallen in den Kopf gehauen hätte.

Meine Schonfrist war fast abgelaufen. Das nächste Mal würde Greta nicht mit ein paar tiefen Kratzern davonkommen. Womöglich würde sie überhaupt nicht mehr irgendwohin können, wenn Mutter sie als Druckmittel gegen mich einsetzte. Und jeder Zweifel daran, dass sie es tatsächlich tun würde, war beseitigt. Ich hatte also keine andere Wahl. Entweder mein Traum, von dem ich sowieso Lichtjahre entfernt war und der sich wohl niemals erfüllen würde, oder Gretas körperliches und seelisches Heil.

Dass ich für ein paar Sekunden zögerte, schob ich auf die Tatsache, dass ich hoffte, einen anderen Ausweg zu haben. Wenn es ihn gab, zeigte er sich nicht. Mein Schicksal war besiegelt.

Jetzt oder nie. Jetzt oder nie. Jetzt oder … vielleicht lieber heute Nacht?

Ich wollte wirklich gehen, ganz ehrlich, aber Greta war noch nicht zurück und ein letztes Mal wollte ich mich an ihren Körper kuscheln, der so wunderbar süß und blumig duftete, und mich von ihr streicheln lassen. Ihre liebevolle Zuneigung spüren, die durch ihre Berührungen direkt in mein Herz floss.

Mutter lag mit ihrer Vermutung richtig. Greta bedeutete mir eine ganze Menge. Womöglich so viel, dass ich bereit war, mein Leben aufzugeben, um sie zu schützen. Was wiederum hieß, dass ich sie nie wiedersehen würde.

Mein kleines Katzenherz geriet kurz ins Stocken, um dann stolpernd weiter zu schlagen. Ich würde sie nie wiedersehen.

Nie wieder.

Niemals.

Nie.

Nie.

Nie.

Diese Nacht würde die letzte sein, in der wir dicht aneinandergedrängt schliefen und sie mir leise Worte ins Ohr flüsterte. Schöne und traurige. Verzweifelte und hoffnungsvolle. Liebende und hasserfüllte. (Nur fürs Protokoll: Die negativen richteten sich nicht gegen mich.)

Das letzte Mal würde ich ihr über die Wange lecken und ihre Arme von kleinen Hautschuppen befreien, die nach Greta schmeckten. (Okay, das hörte sich ein bisschen eklig an, aber das war es keinesfalls.)

Meine Brust zog sich jetzt schon vor Sehnsucht zusammen, dabei war ich noch nicht mal weg. Nach wie vor saß ich bewegungslos auf ihrem Bett. Komplett in meinen Gedanken gefangen.

Plötzlich schlichen sich Zweifel in meinen Kopf.

Was, wenn ich zu stur war? Zu stur, sie zu verlassen? Oder doch zu stur, meinen Traum aufzugeben? Zu stur, Mutter gewinnen zu lassen?

Nein! Wenn ich könnte, würde ich mir eine Ohrfeige verpassen. Selbstsucht war keine Option. Es ging nicht mehr nur um mich. Das musste ich akzeptieren, schließlich hatte ich selbst für diesen Umstand gesorgt. Also stand es fest: Heute Nacht, wenn Greta tief und fest schlief, würde ich sie verlassen.

GRETA

Den Vogelangriff konnte ich getrost von meiner Was-ich-alles-erleben-will-Liste streichen. Auch wenn ich beinahe einen Herzinfarkt bekommen hatte, war die Erfahrung doch eine der wenigen gewesen, die man nie wieder vergaß. Weiterer Stoff für Geschichten, die ich meinen Enkeln erzählen konnte.

Cassie begleitete mich zurück zu meinem Zimmer und hatte sich sogar – was ein waschechtes Wunder war – dazu bereiterklärt, meine Schicht zu beenden. Vielleicht wollte sie sich selbst bestrafen, damit sie sich besser fühlen konnte, weil sie in letzter Zeit so ein Ekel gewesen war. Ich hielt sie jedenfalls nicht davon ab, ihr Gewissen reinzuwaschen.

»Geht es dir wirklich gut?«, versicherte sie sich nun schon zum hundertsten Mal.

»Alles bestens, Cousinchen«, beruhigte ich sie.

»Na schön.« Sie nahm mich sogar kurz in den Arm – ich tätschelte zurückhaltend ihre Schulter – und trat dann den Rückzug an.

Als ich mein Zimmer betrat, saß Streuner auf dem Bett. Erleichtert schloss ich die Tür hinter mir und setzte mich neben ihn.

»Gott sei Dank. Ich hatte schon Angst, deine edle Aktion hätte dich dein Leben gekostet.« Sanft kraulte ich ihm den Rücken. »Du bist wirklich ein Schutzengel. Ab jetzt solltest du mir nie wieder von der Seite weichen.«

Er schnurrte, hörte sich allerdings nicht wie der strahlende Held an, der er für mich war, sondern eher niedergeschlagen und ausgelaugt.

»Hat das Mistvieh dich auch erwischt?« Rasch befühlte ich, ob er irgendwelche Abschürfungen, Wunden oder Kratzer hatte, doch es schien alles in Ordnung zu sein.

Vielleicht war er einfach nur müde.

Jetzt, wo ich daran dachte, entwischte mir ein Gähnen. Ich streckte die Arme aus und ließ meine Gelenke knacken. »Lass uns eine Runde schlafen. So eine Attacke aus dem Hinterhalt macht ganz schön müde.«

Schnell schlüpfte ich in bequemere Klamotten und kippte das Fenster. Vielleicht war ich ein bisschen paranoid, aber wer garantierte mir schon, dass der Vogel nicht wiederkommen und ins Zimmer fliegen würde? Ich hatte keine Lust, von scharfen Krallen aus dem Schlaf gerissen zu werden. Streuner würde mich schon wecken, wenn er dringend wohin musste.

Seufzend zog ich mir trotz des angenehm warmen Wetters die Decke bis unters Kinn. Streuner schlüpfte darunter und kuschelte sich an meine Seite. Er schleckte mir die Hand ab und innerhalb weniger Minuten war ich eingeschlafen.

Boru

Möglicherweise war es ein Zeichen. Greta hatte das Fenster gekippt, was es mir unmöglich machte, auf diesem Weg zu verschwinden. Außer natürlich, ich wollte mir die Organe quetschen. Was ich definitiv *nicht* wollte.

Ich hatte nur zwei Möglichkeiten. Entweder versuchte ich, einen anderen Weg aus dem Internat zu finden – was eine ziemlich schlechte Idee war, denn bis auf Gretas Zimmer kannte ich mich in dem Gebäude null aus –, oder ich wartete bis morgen. Die dritte Möglichkeit (mir von ihr das Fenster unter dem Vorwand, pinkeln zu müssen, öffnen zu lassen), wollte ich gar nicht erst in Betracht ziehen. Ich wusste, ich würde es nicht schaffen, zu gehen, während sie wach war und darauf wartete, dass ich zurückkam.

Nein, ich musste verschwinden, während sie schlief oder mit etwas anderem beschäftigt war. Wie etwa dem Unterricht. Genau, das war der neue Plan. Bis morgen ausharren und zur Unterrichtszeit verschwinden.

Beruhigt durch meine Entscheidung, zwang ich mich, zu entspannen, und schloss die Augen. Mir blieb noch die ganze Nacht, bis mein Leben nicht mehr mir gehörte und wieder von Mutters Plänen für mich bestimmt wurde.

So eine Nacht war viel kürzer, wenn man sie mit Schlafen verbrachte. Kaum war ich eingenickt, wachte ich auch schon wieder auf, weil Greta ihre Schranktüren zuknallte.

Hatte ihr eigentlich schon mal jemand gesagt, dass sie ein ganz schöner Trampel sein konnte?

Lautstark schmiss sie Hefte und Bücher in ihren Schulrucksack und zog den Reißverschluss so energisch zu, dass es mir eiskalt den Rücken hinunterlief. Gähnend streckte ich mich auf ihrem Bett aus.

»Guten Morgen, Schlafmütze.«

»Miau«, antwortete ich.

»Bis nachher, Streuner. Ich bin spät dran, was mich eigentlich nicht kümmern sollte, aber egal. Ich hab dir was zu essen hingestellt.« Greta wollte das Zimmer verlassen, als sie sich noch mal umdrehte, zum Fenster lief und es öffnete. »Falls du was zu erledigen hast«, fügte sie erklärend hinzu.

Mein Blick flog zu dem Teller mit Salami, der auf dem Boden stand, dann war sie auch schon zur Tür raus.

Natürlich hätte ich mich gern von ihr verabschiedet. Sie in den Arm genommen, ihr gesagt, dass es nicht an ihr lag, sondern an mir (wie abgedroschen klang das denn bitte?), aber da ich nun mal nichts anderes als komische Katzenlaute von mir geben und sie auch nicht umarmen konnte, musste ich mich mit einer stummen Verabschiedung zufriedengeben.

Ich spürte, wie es hinter meinen Augen brannte. Konnten Katzen weinen?

Jetzt bloß nicht sentimental werden, ermahnte ich mich und schlang mein Frühstück hinunter. Alles Schöne hat einmal ein Ende und meines war eben jetzt gekommen. Greta würde meine Abwesenheit schon verkraften. Immerhin war ich nur ein Kater. Sie würde darüber hinwegkommen. Und schließlich gab es sogar Menschen, die ihre Tiere freiwillig verließen.

In meinem Leben hatte ich noch nicht viele Entscheidungen treffen oder etwas tun müssen, das ich im Grunde meines Herzens gar nicht gewollt hatte (na ja, bis auf diese riesige Sache mit der Zauberschule), deshalb war das hier – auf dem Fensterbrett des Mädchens, das ich lie… äh, sehr mochte, stehen und mich zwingen, nicht zurückzublicken – das Schwerste, was ich jemals hatte tun müssen.

Jede Faser meines Wesens sträubte sich dagegen. Jede Zelle riet mir, alle Vernunft fallen zu lassen und hierzubleiben. Dort, wo es erträglich war, ein Kater zu sein. Dort, wo ich um meiner selbst willen gemocht wurde. (Was allerdings auch nicht stimmte, wenn man es genau nahm, denn ich war nicht ich selbst.)

So gesehen war es vielleicht doch vernünftig, wenn ich ging. Greta mochte mich als Katze, aber würde sie mich auch gernhaben, wenn sie wüsste, dass ich ein Mensch war? Immerhin hasste sie so gut wie jeden.

Am besten hörte ich auf, Zeit zu schinden, denn ich stand mit Sicherheit seit fünf Minuten auf diesem verdammten Fensterbrett und grübelte vor mich hin.

Den entscheidenden Anstoß, zu gehen, gab schließlich die Vorstellung, dass Greta mich als Mensch nicht akzeptieren würde.

Ich sprang auf die Wiese, lief an unserer Bank vorbei und drehte mich kein einziges Mal um. So war es für alle Beteiligten am besten.

Als der Waldrand in Sicht kam, beschleunigte ich meine Schritte. Intuitiv wusste ich, dass Bessie auf mich wartete. Die konnte vielleicht was erleben.

Ich war nicht in der Lage, zu verhindern, dass sich ein Loch in meinem Herzen bildete, das nur für Greta bestimmt war. Mit der Zeit würde ich es sicher verdrängen können, aber es würde nie ganz verschwinden und ich konnte nur hoffen, dass es nicht größer wurde.

Bei Tageslicht war der Wald nicht einmal halb so unheimlich wie in der Nacht. Man könnte die Stimmung hier durchaus als friedlich bezeichnen. Mäuse wuselten durchs Unterholz, irgendwo hämmerte ein Specht gegen einen Baumstamm, Käfer marschierten über herabgefallene Blätter und Dreckklumpen. Blumen und Blätter in den unterschiedlichsten Farbtönen schimmerten in den raren Sonnenstrahlen, die die Baumkronen hindurchließen, und das Knacken von Holz verlieh dem ganzen Spektakel eine wundervolle Melodie.

Unter anderen Umständen hätte ich jetzt angefangen, zu singen. Gott, wie ich meine Stimme vermisste. Und Tante Emmas MP3-Player.

»Das hat aber gedauert.«

Vor Schreck sprang ich einen halben Meter in die Luft. Keine Ahnung, warum Katzen das taten. Mein Kopf flog hektisch hin und her, bis ich Bessie entdeckte.

Sie lehnte an einem großen Baum und grinste. Dass sie nicht in meinen Gedanken sprach, war etwas gewöhnungsbedürftig, da wir in den letzten Wochen nur telepathisch miteinander kommuniziert hatten. Sie jetzt in ihrem richtigen Körper vor mir stehen zu sehen, war wirklich … seltsam.

»Hallo, kleiner Bruder. Oder sollte ich sagen *kleines Kätzchen*?« Sie hielt sich den Bauch und fing an, zu lachen. Dabei flogen ihre schwarzen langen Haare nur so durch die Gegend, als würden sie ein Eigenleben führen.

Bevor ich mich davon abhalten konnte, fuhr ich die Krallen aus, sprang an ihr Bein und fauchte. Ich hätte ihr gern alle möglichen Verwünschungen an den Kopf geworfen, da ich mich allerdings nicht verbal artikulieren konnte, musste sie eben fühlen.

Zu meiner Freude trug sie ihre Lieblingshose. Giftgrün, mit schwarzen Totenköpfen darauf. Ich verstand wirklich nicht, wie man so etwas tragen konnte.

»Au! Du Mistkerl!«, kreischte sie, packte mich grob im Nacken und versuchte vergeblich, mich von ihrer Hose zu schälen. Meine Krallen hatte ich wie Widerhaken in den Stoff gebohrt. »Boru!«, schrie sie. »Lass sofort los.«

Ich dachte gar nicht daran. So eine Hose konnte man ersetzen. Greta nicht.

Eine ganze Weile schrie und zeterte sie herum. Drehte sich im Kreis, versuchte, mich abzuschütteln. Ihre Hände umklammerten mich wie zwei Schraubstöcke, sodass ich irgendwann völlig ausgelaugt war und losließ.

Meinen Energieverlust hatte ich mit ein paar kräftigen Atemzügen und kurzer Ruhezeit schnell wieder ausgeglichen, Bessies Hose dagegen war ruiniert. Ab dem Knie hing sie in Fetzen an ihr herunter. Meine Schwester sah aus wie die Kids, die sich zu Halloween als Piraten verkleideten.

Bessie schluckte ihre Wut hinunter und zischte: »Das habe ich wohl verdient, nachdem ich deiner Freundin beinahe das Hirn aus dem Kopf gerissen hätte.«

Als Antwort bekam sie ein weiteres Fauchen.

»Jaja, schon gut. Komm jetzt.« Sie drehte sich um und stapfte los.

Widerstrebend folgte ich ihr.

Greta

Keine Ahnung, was sie Herrn Grauhoff alles versprochen oder ihm eingetrichtert hatten, aber als ich an diesem Morgen im Matheunterricht saß, warf er mir kein einziges Mal einen bösen oder misstrauischen Blick zu. Das war eindeutig eine Premiere.

Normalerweise würde ich diese Situation schamlos ausnutzen und ihn beispielsweise mit ekligen Papierkanonen bewerfen (was ich wirklich noch nie … na gut, ein einziges Mal gemacht hatte), allerdings war ich eine schreckliche Schützin und ein Ziel zu treffen, gehörte eindeutig nicht zu meinen Stärken. Die Voraussetzungen wären jedoch perfekt gewesen. Winzige Geschosse und eine riesige, pomeloförmige Zielscheibe. Theoretisch konnte ich ihn gar nicht verfehlen.

Er kritzelte gerade ein paar Buchstaben und Zahlen an die Tafel, dann drehte er sich um und ließ seinen Blick durch die Reihen schweifen.

In meinem Nacken breitete sich ein unangenehmes Knistern aus. Wenn er jetzt eine Frage stellte, würde sicherlich ich an die Reihe kommen. Aber zu meiner Überraschung nahm er den Streber Peter dran.

Quälend langsam kroch der Minutenzeiger über das Ziffernblatt und als es endlich zur Pause klingelte, war ich eine der Ersten, die aus dem Klassenraum stürmten.

Sollte Defensive die neue Methode meines Gesellschaftstauglichkeitsprogramms sein, hatte ich absolut nichts dagegen.

Ich ließ den restlichen Unterricht des heutigen Tages über mich ergehen und besorgte zur Mittagszeit eine Mahlzeit für mich und eine Extraportion Speck für Streuner. Bevor ich jedoch unsere Bank aufsuchen konnte, traf ich Cassie.

»Hey, wie geht's dir?«, fragte sie übertrieben freundlich. Da sie es aber gut meinte und sich scheinbar wirklich für mein Wohlergehen interessierte, nahm ich mir die Zeit, ihr zu antworten.

»Die Kopfhaut brennt noch ab und zu, aber ansonsten geht's mir prima.« Reflexartig fuhr ich mit der Hand über meinen Schädel und erwischte eine Haarsträhne, die ich anschließend zu Boden rieseln ließ.

Cassie lächelte. »Das ist schön. Willst du nicht bei uns sitzen?«

»Äh …« Nervös trat ich von einem Bein auf das andere. »Also eigentlich …«, stammelte ich.

»Was?« Sie sah mich aus schmalen Augen und mit zusammengezogenen Brauen an und wartete darauf, dass ich meinen Satz beendete.

Warum fiel es mir auf einmal so schwer … ich selbst zu sein? Sonst kümmerten mich ihre Gefühle doch auch nicht und ich redete mit ihr, wie es mir passte. Warum also schaffte ich es nicht, meinen Mund aufzumachen und genau das zu tun? Ich musste dringend zu meiner alten Form zurückfinden. Diese ganzen Ereignisse der letzten Tage hatten mich vollkommen aus dem Konzept gebracht.

»Ich esse lieber allein. Aber danke der Nachfrage«, presste ich zwischen zusammengebissenen Zähnen hervor, dann marschierte ich blitzschnell davon und vermied es, mich noch einmal zu Cassie umzudrehen.

Von Streuner war weit und breit nichts zu sehen. Vorsichtshalber kontrollierte ich mein Zimmer, aber auch da: keine Spur von ihm. Vermutlich war er noch auf Mäusejagd oder mit einem widerspenstigen Wollknäuel beschäftigt.

Oder er war in Schwierigkeiten …

Ein mulmiges Gefühl nistete sich in meinem Bauch ein. Was, wenn Kunibert ihn wieder auf einen Baum gehetzt hatte? Oder schlimmer, wenn er verletzt war und irgendwo mutterseelenallein lag und sich nicht selbst helfen konnte?

Nein! Nein, beruhige dich, Greta. Er verspätete sich eben etwas. Das erste Mal, seit wir … tja, zusammenwohnten traf es wohl am ehesten, allerdings fühlte es sich mehr nach einer Wir-leben-zusammen-Sache an. So wie bei Leuten, die eine Beziehung führten. Nur dass man keine Beziehung mit einer Katze führen konnte, vorausgesetzt natürlich, man hatte noch alle Tassen im Schrank.

Und wieder beschlich mich das Gefühl, dass ich diese Therapiestunden vielleicht doch etwas ernster nehmen sollte.

Streuner würde schon bald auftauchen, beschloss ich, aß allein, stellte sein Futter in mein Zimmer und brachte mein Geschirr zurück.

Boru

Ich hasste es, durch Mutters Portale zu reisen. Mir wurde immer übel, wenn ich Raum und Zeit austrickste, um schneller an mein Ziel zu gelangen. Ein Portal zu benutzen, konnte man sich in etwa so vorstellen, als wäre man für zwei mickrige Sekunden auf halluzinogenen Pilzen und würde nur noch Farben und Geräusche in einem Strudel wahrnehmen.

Ich hatte damit gerechnet, dass Bessie mich zurück in die Schule bringen würde und die ganze Sache damit erledigt wäre, aber zu meinem Entsetzen musste ich feststellen, dass wir ganz woanders landeten.

»Mau?«, krächzte ich ängstlich und zog den Schwanz ein. Das war momentan der letzte Ort, an dem ich sein wollte.

Meine Schwester ignorierte die Tatsache, dass ich mir fast in die Hose machte (irgendwie passte der Spruch nicht, wenn ich keine Klamotten trug), und schritt auf das furchteinflößende Gebäude zu.

Vermutlich sollte man sich zu Hause am wohlsten fühlen, allerdings traf das in meinem Fall nicht mal annähernd zu. Schon immer war mir das Haus aus schwarzem Schiefer unheimlich gewesen, das mit Blick auf das Meer am Rande einer Klippe stand.

Da ich Mutter seit mehreren Jahren nur über Ferngespräche gesprochen und sie seither auch nicht gesehen hatte, konnte ich nur erahnen, was mich jetzt erwartete.

Schnell ging ich im Kopf meine Liste durch. Ich war weggelaufen, hatte mich konsequent ihren Befehlen verweigert, hatte Bessies Aufträge vereitelt, mich mit einem Menschen angefreundet (Mutter konnte die Normalos nicht ausstehen!) und unserer Familie mit all dem Schande bereitet.

Am besten fing ich gleich damit an, mein Grab zu schaufeln.

Vermutlich hatte meine Schwester damit gerechnet, dass ich versuchen würde, wieder abzuhauen, und für einen Moment wog ich sogar meine Chancen einer Flucht ab. Aber Bessie war schneller als ich. Pfeilschnell packte sie mich. Ich hätte kratzen und fauchen können, doch ich hatte das Gefühl, dass es meiner Situation nicht gerade förderlich wäre.

Jeder Schritt ließ mir das Herz weiter nach unten rutschen. Ich musste mit Bestrafung rechnen. Mutter war streng. Man kam nicht einfach so davon. Was hatte ich mir noch mal dabei gedacht, als ich alles stehen und liegen gelassen hatte? Ach ja: gar nichts.

Oh bitte, irgendjemand, mach mich zu einem Vogel. Ich bin zu jung, um zu sterben.

Natürlich passierte nichts dergleichen, aber einen Versuch war es wert gewesen.

Als Bessie langsamer wurde, merkte ich, dass wir fast an der grauen Haustür angelangt waren, die wie der uralte Fels in einer Brandung aussah. Unmöglich zu bewegen, doch Bessie musste nur die Schwelle betreten und sie schwang lautlos auf.

Da sie mich ziemlich fest an sich presste, konnte ich ihr Herz schlagen hören. Sie war auch nervös, hatte vielleicht sogar Angst. Ich war also nicht allein mit meinem Beinahe-Nervenzusammenbruch.

Drinnen sah es aus wie in einem Luxusapartment. Auf Hochglanz polierte Fliesen, Designermöbel, teure Kunst und dieser abartig hässliche Kronleuchter.

Bis vor wenigen Jahren hatten Hexen und Zauberer noch in primitiven Hütten und Höhlen gelebt und sich geweigert, den modernen Lebensstil der Normalos zu übernehmen (dazu gehörten auch Fernseher und Konsolen), aber eine der jüngeren Generationen hatte zum Umdenken und -leben animiert und die veralteten Traditionen beinahe gänzlich über den Haufen geworfen.

Ich war ein großer Freund des Modernen, allerdings konnte ich mich über den gigantischen 4K-Flachbildfernseher in dem großzügigen Wohnraum nicht wirklich freuen, weil die Frau neben der Treppe mich anschaute, als wollte sie mir jede Kralle einzeln herausreißen.

»Mutter.« Bessie deutete eine Verbeugung an.

Ich hätte zu gern die Augen verdreht, traute mich aber nicht.

»Du kannst jetzt zurück zur Schule und weiter lernen«, verkündete Mutter. Ihre Stimme – beherrscht, aber voller Unheil – jagte mir einen Schauer über den Rücken.

Nein!, wollte ich schreien. *Lass mich jetzt bloß nicht allein.*

Doch Bessie gehorchte aufs Wort, setzte mich auf den kalten Fliesen ab und trat den Rückzug an.

»Borundrian Klatestirae.«

Aus ihrem Mund klang mein voller Name wie ein Fluch. Bei dem drohenden Klang ihrer Stimme hätte ich mich am liebsten in einen Unsichtbarkeitstrank geworfen. Nicht mal ein heiseres Krächzen verließ mein Maul. Ich war zu sehr damit beschäftigt, mich nicht zu bepinkeln, um sprechen – ich meine natürlich miauen – zu können.

Die Frau, die mich zur Welt gebracht hatte, war nun mein schlimmster Albtraum. Ihr giftgrünes Haar hing ihr in langen Wellen über die Schultern und das nachtschwarze Gewand, das sie trug, unterstrich ihre dunkle und wütende Aura ganz vorzüglich. Am Zauberstab klang sie nur halb so angsteinflößend wie in natura.

Ich presste mich so flach auf den Boden, wie ich konnte. Die Kälte an meinem Bauch nahm ich überhaupt nicht wahr. In übertriebener Demut kroch ich zu Kreuze und bat still um Verzeihung. In diesem Augenblick wünschte ich mir wirklich, ich hätte die Vor- und Nachteile meiner spontanen Entscheidung genauer gegeneinander abgewogen und anders entschieden. Doch eine lästige Stimme in meinem Inneren widersprach und führte das überzeugende Argument an, dass ich Greta dann niemals getroffen hätte.

»Ich denke, dich nach deinen Beweggründen zu fragen, ist überflüssig«, zischte Mutter und schritt langsam in meine Richtung. Jedes Mal, wenn sie einen Fuß auf die kalten Fliesen setzte, hallte das Geräusch in dem hohen Raum unnatürlich laut wider. »Dennoch würde mich interessieren, was dich dazu gebracht hat, mir so lange Zeit den Gehorsam zu verweigern«, raunte sie.

Dank meines Körpers konnte ich ihr nicht antworten, doch Mutter dachte mit. Sie schnippte mit den Fingern und plötzlich verlor ich büschelweise Fell. Meine Pfoten spreizten sich und wurden länger, bis sich Finger und Füße ausgebildet hatten. Mein Rumpf wurde in die Länge gezogen und mein Hirn fühlte sich an, als wollte es aus seiner harten Schale fliehen und sie in kleine Scherben sprengen.

Plötzlich lag ich vollkommen nackt und schutzlos da. Ich bedeckte mich, so gut es ging, und kugelte mich intuitiv zusammen. Als Kater war diese Stellung irgendwie bequemer gewesen. Und weitaus weniger beschämend.

Ein paar Zauberstabschwünge später saß ich in voller Montur auf Mutters Wildleder-Designersofa und schwitzte vor Nervosität wie ein Schwein.

»Wer ist dieses Mädchen, bei dem du gewohnt hast?«, begehrte sie, zu erfahren.

»Niemand«, stammelte ich. »Ich habe nur eine Bleibe gebraucht.«

Ich konnte Mutter ansehen, dass sie mir kein Wort glaubte, doch sie wechselte überraschend schnell das Thema.

»Zur Strafe wirst du für die nächsten fünf Jahre den Onkla bewachen.« Sie sagte es völlig beiläufig, als wäre das nichts Besonderes. Aber so war es nicht.

»Was?« Mir klappte die Kinnlade herunter. Das musste ein Scherz sein. »Was ist mit meiner Ausbildung? Was ist mit unserem Ansehen in der Mande?«, flehte ich in der Hoffnung auf Begnadigung und hätte fast über mich selbst gelacht.

Mutter und Erbarmen. Das war wie Zitronenkuchen und Fliegenpisse. Es passte nicht zusammen.

»Dein Mangel an Ehrgeiz und Disziplin hätte vermutlich dazu geführt, dass du die Prüfungen nicht bestehst. Ich habe dich für die nächsten Strafjahre offiziell aus der Gesellschaft verstoßen. Wenn du deine Sache beim Onkla gut machst, werde ich meine Entscheidung vielleicht noch mal überdenken. Was unser, beziehungsweise *dein,* Ansehen betrifft«, fuhr sie fort, »das hast du allein zu verantworten. Du trägst ab jetzt nicht mehr meinen Namen.«

Die völlige Teilnahmslosigkeit meiner Mutter war beinahe noch schlimmer als ihr Zorn. Sie hatte mich aufgegeben und als unehrbaren Träger unseres Familiennamens abgestempelt. (Warum Namen so viel bedeuteten, verstand ich bis heute nicht.) Ihre Wut schien wie durch ein Wunder komplett verraucht zu sein. Nun war ich für die nächsten fünf Jahre nicht mehr ihr Problem.

»Warum lässt du mich dann nicht einfach gehen?«

Ich war wohl wieder mal zu weit gegangen. Mutters Haare fingen Feuer, in ihren Augen loderten schwarze Flammen, die meine Seele zu verschlingen drohten.

»DU UNDANKBARER BENGEL!«

Eines war jedenfalls klar: Mutter würde ganz sicher keine Sängerin werden, von ihr konnte ich mein Talent nicht geerbt haben. Die Töne, die sie ausspuckte, waren schrill und schief.

»ICH LASSE DIESES MÄDCHEN LAUFEN, DRÜCKE MEHR ALS EIN AUGE ZU, UND WAS BEKOMME ICH?! DU BIST EINE EINZIGE ENTTÄUSCHUNG!«

Nun gut, das tat durchaus weh. Gedanklich schrumpfte ich auf die Größe einer Kakerlake zusammen. Ihre Atemwolke erreichte meine Nasenspitze.

Mutter holte Luft und das Feuer erlosch. »Du wirst deine Strafe ohne Klagen bestreiten, du wirst nie wieder unangebrachte Forderungen stellen und du wirst nie wieder in deinem gesamten Leben, egal in welcher Erscheinung, einen Ton von dir geben!«

Dass es etwas Schlimmeres geben konnte, als ein Kater zu sein, damit hatte ich absolut nicht gerechnet. Immer wieder vergaß ich, was für eine mächtige Hexe Mutter war (vielleicht verdrängte ich es auch), aber als ich das nächste Mal meinen Mund öffnete, um etwas zu sagen, kam nur heiße Luft heraus.

Greta

Er war nicht da. Er kam am Nachmittag nicht wieder und abends auch nicht. Ich hatte das ganze Internat auf den Kopf gestellt, jeden Stein einzeln umgedreht, doch Streuner blieb wie vom Erdboden verschluckt.

War er weitergezogen? Nein, das wollte ich einfach nicht glauben. Es musste etwas passiert sein.

Ich wechselte den Verband an meinem Bein und machte einen Abstecher ins Sekretariat, damit Frau Birkdorn meine Kopfhaut noch mal desinfizieren und eincremen konnte. Als ich anschließend in mein Zimmer zurückkehrte, war die Sonne schon fast untergegangen.

Natürlich war es eine vollkommen blöde Idee, nachts draußen umherzustreifen und einen schwarzen Kater zu suchen. Erstens hatte ich schon genug Schwierigkeiten und zweitens lagen die Erfolgsaussichten fast bei null. Aber ich wusste auch, dass ich kein Auge zumachen würde, wenn ich nicht sicher sein konnte, dass es ihm gut ging. Und es musste ihm sehr schlecht gehen, wenn er nicht nach Hause kam.

Dieses Mal war ich schlau genug, zu warten, bis zur Kontrolle an meine Tür geklopft wurde. Seit meinem Verschwinden sah Herr Traube höchstpersönlich bei mir vorbei und überzeugte sich davon, dass ich im Bett lag.

Ich wünschte ihm ebenfalls eine gute Nacht und schlug die Decke weg, kaum dass er die Tür hinter sich zugemacht hatte.

Bestens vorbereitet, katapultierte ich mich von der Matratze. Eine schwarze Jeans, ein T-Shirt, der wärmste Pullover, den ich finden konnte, und Handschuhe, damit ich mir die Hände nicht zerkratzte, rundeten mein Outfit ab.

Über der Stuhllehne hing meine Jacke, die ich mir überstreifte, dann öffnete ich die Schreibtischschublade, in der sich meine Taschenlampe befand.

Meinen Lieblingsrucksack besaß ich nicht mehr und meinen Schulranzen wollte ich nicht mitnehmen, aus Angst, ich könnte ihn ebenfalls verlieren. Außerdem schlief man nachts auch, ohne etwas zu essen oder zu trinken, daher sollte es kein Problem sein, ohne Proviant loszuziehen.

Leise öffnete ich mein Fenster. Grillen zirpten und der Wind pfiff so laut, dass die Geräusche, die ich verursachte, verschluckt wurden. Ich zog das Fenster in den Rahmen, dann schlich ich in Richtung Wald.

Ich hatte diese irre Vorahnung, dass ich dort fündig werden würde. Zumindest hoffte ich es. Streuner konnte sich verlaufen haben oder irgendwo feststecken. Er brauchte meine Hilfe, das wusste ich einfach.

Viele Menschen hätten mich vielleicht für verrückt gehalten, weil ich wegen einer Katze so ein Theater machte, aber Streuner war nicht einfach eine Katze. Er war mein Freund und ich liebte dieses seltsame Tier. Ich wollte mir mein Leben ohne ihn nicht mehr vorstellen.

Ich rannte über die Wiese. Der Mond brachte die Umgebung zum Leuchten. Sein Licht war irgendwie magisch. Wenn das mal kein Abenteuer werden würde.

Am Waldrand traute ich mich endlich, die Lampe einzuschalten. Hier bestand nicht die Gefahr, dass mich jemand aus dem Internat sah.

Kaum hatte ich das Baumland betreten, wurde ich von seiner ganz persönlichen Melodie eingehüllt. Es war nicht zu bestreiten, dass ich mich fürchtete, so ganz allein, aber ein Adrenalinschub gab mir Zuversicht. Mein Herz klopfte im Rhythmus des Blätterrauschens. Dann fing ich an, zu suchen.

Ich beleuchtete jeden mit Moos bewachsenen Stein, jeden Strauch, jede Baumwurzel, jeden Winkel und jede Ecke, alles, was nach einem Versteck oder einer Stelle aussah, an der man sich verletzen oder hängen bleiben konnte.

Meine Suche blieb erfolglos.

Als ich merkte, dass ich die Orientierung verlieren könnte, wenn ich noch tiefer in den Wald ging, drehte ich um.

Es musste ohnehin mitten in der Nacht sein. Wenn nicht sogar sehr früh am Morgen.

Enttäuscht und traurig machte ich mich auf den Rückweg. Mein Magen knurrte und mein Hals war staubtrocken. Außerdem war mir kalt.

Als ich in dieser Nacht endlich im Bett lag, wusste ich bereits, dass ich den Unterricht verschlafen würde. Und ich wusste, dass Streuner morgen noch immer verschwunden sein würde.

In beiden Fällen sollte ich recht behalten.

Boru

Panik beschrieb nicht mal ansatzweise die Emotion, die ich gerade durchlebte. Panik war in meinem Fall die Untertreibung des Jahrhunderts.

Verzweifelt versuchte ich, meinen Stimmbändern einen Ton zu entlocken, doch es war, als hätte sie mir jemand aus dem Hals geschnitten.

Ich war stumm. So stumm wie eine Kartoffel oder der Onkla, den ich die nächsten fünf Jahre bewachen sollte.

Mutter war eine der obersten Hexen in der Gemeinde. Viel wusste ich nicht über den Zirkel, nur dass er alle wichtigen Entscheidungen, was die Mande betraf, fällte.

Die Anzahl von Hexen und Hexern war ziemlich gering. Genau genommen gab es nur vierhundertzweiunddreißig Familien mit magischem Potenzial und viele hatten sich für ein normales Leben entschieden.

Außer den Aussteigern gab es noch die Mixturen unter ihnen, Familien, in denen sich Einzelne für die Magie entschieden, andere wiederum dagegen.

Und dann waren da noch die Felsen. Familien wie meine, in denen jedes Familienmitglied auf die Zauberschule ging (oder dazu gezwungen wurde) und nach den Abschlussprüfungen Zauberei beherrschen sollte.

Früher hatte es viele Felsen gegeben, aber mit der Zeit und mit dem Fortschritt waren einige verschwunden. Die Mande war geschrumpft und ich vermutete, sie tat es immer noch.

Nicht alle fanden das schlimm. Ich wäre ja auch lieber Sänger geworden als ein Hexer, aber Hexen wie meine Mutter stemmten sich mit aller Macht gegen die Veränderung. Sie wollten nicht akzeptieren, dass wir schwächer wurden.

Wie ein Häufchen Elend saß ich nun in meinem Zimmer, das ich seit sieben Jahren nicht mehr betreten hatte, und hätte am liebsten geheult. Selbst meine wertvollste Sache – Bessie hatte meinen Rucksack und die Klamotten vor der Schulgrenze gefunden – war weg. Die Tasche und meinen Zauberstab fand ich zwar in meinem Zimmer vor, doch der MP3-Player, der so ziemlich der einzige Gegenstand war, der mir etwas bedeutet hatte, war weg. Mutter musste ihn an sich genommen oder – was wahrscheinlicher war – vernichtet haben.

Ich hatte offiziell nichts mehr.

Mutter hatte mich von der Schule abgemeldet und den Zirkel über den neuen Onkla-Wächter in Kenntnis gesetzt. Der letzte arme Schlucker, der das Orakel bewacht hatte, musste sich wahnsinnig freuen. Laut Mutter war es nun unmöglich, noch einmal so eine Peinlichkeit wie meine Flucht vor ihr und meiner Zukunft erleben zu müssen.

Leider hatte sie recht. Sie hatte die perfekte Lösung für sich selbst gefunden. Meine Strafe sorgte dafür, dass sie sich meinetwegen nicht mehr allzu sehr schämen musste – abgesehen davon, dass sie mich sowieso verstoßen hatte – und ich an einem Ort gefangen war, an dem sie mich sicher wusste, ohne Möglichkeit zur Flucht.

Als Mutter ohne Vorwarnung mein Zimmer betrat, zuckte ich zusammen.

»Es ist Zeit.«

Da ich nicht widersprechen konnte, erhob ich mich. Ich redete mir ein, fünf Jahre seien nicht viel, aber wem machte ich etwas vor? Ich war am Ende. Es war aus und vorbei. Mit meiner Gesangskarriere, mit meinem Leben, mit einer normalen Familie … mit Greta.

Das Portal, das mich auf eine Insel im Atlantik brachte, befand sich an der Klippe hinter unserem Haus. Nervös schaute ich auf die tosenden Wellen hinab, die gegen das Gestein schlugen und sich über Jahrtausende in den Fels fressen würden.

Mutter begleitete mich wie ein Wachhund. »Die nächsten Jahre kannst du gründlich über dein Verhalten nachdenken«, streute sie Salz in die offene und stark blutende Wunde.

Ich nickte nicht. Ich schüttelte nicht den Kopf. Ich stand einfach nur da und starrte.

Den Onkla bewachen. Diese Aufgabe konnte jeder Schwachkopf übernehmen und genau das machte sich der Zirkel zunutze. Schon seit ich denken konnte, hatte diese Aufgabe ein Hexer oder einer mit dem Potenzial zur Zauberei übernommen. Diejenigen, die Schande über ihre Familien gebracht oder der Mande in irgendeiner Weise geschadet hatten, die man aber nicht vollständig verbannen konnte oder wollte.

Im Nachhinein hätte ich diese Option der Bestrafung ernster in Betracht ziehen müssen. Mutter war es sicher ein Leichtes gewesen, mir diesen ›Job‹ zu beschaffen. Es war die perfekte Lösung für sie und so vorhersehbar, dass ich diese Möglichkeit verdrängt hatte.

Ich wünschte, Tante Emma wäre hier und könnte Mutter noch einmal zum Umdenken überreden. Aber die Schwester meines Vaters hatte wohl keine Zeit.

Ich zögerte mein Schicksal so lange hinaus, wie ich konnte. Kurz überlegte ich, ob ich wegrennen sollte, verwarf den Gedanken aber wieder, weil er wirklich dämlich war. Womöglich würde es meine Bestrafung auf zehn Jahre erhöhen.

»Geh jetzt, Borundrian«, befahl Mutter gebieterisch.

Ich knetete meine Finger und wich nicht von der Stelle.

Sie verlor die Geduld, schubste mich ins Portal und drehte sich um, als wäre ich nur eine Sache, die sie von ihrer Liste hatte streichen wollen.

Das war's. Während ich auf die andere Seite der Erde teleportiert wurde, drehte sich mein Magen um hundertachtzig Grad.

Keine Minute später stand ich auf einer steinernen Insel, umgeben vom Meer und mutterseelenallein.

Normalos bezeichneten diese Gegend auch gern als Bermudadreieck.

Greta

Ich täuschte eine Erkältung vor, was nicht sonderlich schwer war, denn mein Kopf und mein Hals schmerzten tatsächlich.

Als ich nicht zum Unterricht erschien, schickte meine Deutschlehrerin Peter los, um nachzusehen, wo ich steckte. Ich schickte ihn mit lieben Grüßen wieder zurück und ließ ausrichten, dass ich nicht in der Lage sei, ihrem langweiligen Stoff zu folgen. Vermutlich gab er meine Mitteilung nicht wörtlich weiter, denn es kam nur Frau Birkdorn, um nach mir zu sehen.

»Ich will nur schauen, dass sich deine Kratzer nicht entzündet haben«, säuselte sie mütterlich. Sie brachte auch Salben und Verbände mit, untersuchte mein Bein und kümmerte sich um meinen Kopf.

Etwa eine halbe Stunde nachdem sie gegangen war, kam jemand aus der Küche und brachte mir Suppe.

Cassie war die nächste Person, die ich an diesem Tag zu Gesicht bekam. »Hey, Cousine. Wie geht es dir?«, fragte sie.

»Ging schon mal besser.«

»Das ist vielleicht die Strafe von oben.«

»Hä?«, war alles, was ich darauf erwidern konnte.

Cassie deutete mit dem Finger an die Decke. Dann kapierte ich, dass sie von Gott redete.

»So ein Blödsinn«, winkte ich ab. Anders als meine religiöse Cousine, glaubte ich nicht an den Herrn im Himmel.

»Wie du meinst. Ich habe hier jedenfalls ein paar Übungsaufgaben für dich. Dann kannst du, während du gesund wirst, ein bisschen Mathe lernen.«

Ich stöhnte. »Sind die von Herrn Grauhoff?«, zählte ich eins und eins zusammen.

»Scharf kombiniert, Greta. Also dann. Ich komme später noch mal vorbei.« Sie legte die Blätter auf meinem Schreibtisch ab und drehte sich mit mahnendem Blick zu mir um.

Ich reckte einen Daumen in die Höhe und antwortete: »Juhu.«

Meinen Sarkasmus ignorierte sie einfach und nickte zufrieden. »Gute Besserung, Cousinchen.«

Die Tür schlug zu und ich war wieder allein.

Da Streuner immer noch weg war, kam mir das Bett ziemlich kalt vor. Ich vermisste ihn unheimlich. Manchmal spürte ich sogar ein Ziehen in der Brust. So ein unangenehmes Stechen. Wie eine spitze Nadel, die mir jemand immer wieder in den Muskel stach.

Sehnsucht.

Ich wollte mich allerdings nicht mit meinem Verlust abfinden. Anders als bei meinem Vater war ich mir dieses Mal ziemlich sicher, dass Streuner mich nicht verlassen *wollte*. Es musste Umstände gegeben haben, die dazu geführt hatten, dass er nicht mehr hier sein konnte.

War er womöglich doch kein Streuner und jemand hatte ihn gefunden und zu seiner richtigen Familie zurückgebracht? Ihn eingesperrt?

Die Ungewissheit machte mich wahnsinnig.

Der Tag verging und ich fühlte mich immer noch wie eine zertretene Frucht.

Am Donnerstag hoffte ich, meine Stunde bei Frau Zielich ausfallen lassen zu können, doch die Vertrauenslehrerin kam einfach zu mir.

»Wie fühlst du dich heute, Greta?« Sie hatte ihren Notizblock und die Waffe dabei.

»Scheiße«, maulte ich.

»Und warum ist das so?«

»Darum.«

»Weil du erkältet bist oder dich etwas bedrückt?«

Weil mein Kater weggelaufen ist.

»Erkältung«, flüsterte ich in mich hinein.

Frau Zielich zog vielsagend ihre Augenbrauen nach oben und kritzelte eifrig auf ihrem Block herum. »Bist du dir sicher oder sagst du das nur, weil du mir den wahren Grund nicht verraten möchtest?«, wollte sie aus mir herausquetschen.

»Sicher«, tönte ich einsilbig.

So ging das die ganze Stunde, bis unsere Psychologin aufgab und mich wieder meinem Elend überließ.

Am Freitagnachmittag fühlte ich mich körperlich besser, aber Herr Traube erlaubte mir, den Hofdienst ausfallen zu lassen. Also nutzte ich die Zeit, um nach Streuner zu suchen.

Ich klapperte das gesamte Dorf ab, fragte jeden, den es nicht interessierte, ob er einen schwarzen Kater gesehen hatte. Alle verneinten oder erklärten, sich nicht zu erinnern. Mit jeder verstreichenden Stunde schwand meine Hoffnung.

Am Samstag nahm ich meine Strafarbeit wieder auf und am Sonntag heulte ich mich in den Schlaf.

»Greta? Greta?!«

Ich blinzelte und schaute von meinem Tisch auf. Das Bild, das ich gemalt hatte, zeigte Streuner. Er lag auf unserer Bank und sonnte sich.

Herr Grauhoff kam zu mir nach hinten und schaute auf mein Pult. Vermutlich rechnete er mit einer Karikatur, doch als er das Bild sah, runzelte er nur die Stirn und ermahnte mich, dem Unterricht zu folgen.

Ich entschuldigte mich, was ihn ganz offensichtlich überraschte, und tat, als würde ich versuchen, die Kreidestriche an der Tafel zu verstehen.

Als es klingelte und die meisten meiner Mitschüler in die Pause stürmten, blieb ich sitzen.

Mein Mathelehrer machte ein entweder besorgtes oder verwirrtes Gesicht – ich war mir nicht sicher – und fragte: »Kann ich dir noch irgendwie helfen?«

Mir fiel auf, dass ich eigentlich gehen sollte. »Nein, 'tschuldigung.« Schnell nahm ich mein Zeug und huschte zur Tür.

»Ach übrigens«, fing er an.

Ich blieb stehen und drehte mich um.

»Die Matheaufgaben, die deine Cousine dir gebracht hat, hast du die gemacht?«

Ich schüttelte den Kopf.

»Ich würde dir raten, es zu tun.«

Dieser Rat bezog sich mit Sicherheit auf meine schlechten Noten, denen ein bisschen Übung sehr guttun würde.

»Mal sehen«, antwortete ich ausweichend und verließ das Klassenzimmer.

Boru

Der Onkla war eine magische Kugel.

(Daher vermutlich diese Idee von Hexenkugeln, die es in Wirklichkeit nicht gab. Er war nämlich die einzige gläserne Kugel, mit deren Hilfe man in die Zukunft zu sehen vermochte. Ich war mir allerdings nicht sicher, wie diese Information zu den Normalos hatte durchdringen können.)

Die Mande bewahrte ihn schon immer auf dieser Insel nördlich der Karibik auf. Die Tatsache, dass er von diversen Schutzzaubern umgeben mitten auf dem Meer lag, machte einen Wächter mehr oder minder überflüssig. Der diente eigentlich nur dazu, in äußersten Notfällen eine spontane Entscheidung treffen und Hilfe anfordern zu können.

Die Insel existierte für Normalos nicht und dank unserer Magie waren schon einige Schiffe, die diese Route angesteuert hatten … na sagen wir mal beschädigt worden und durch die Folgen gesunken.

In der Mande schien das niemanden so wirklich zu interessieren, immerhin war keiner aktiv an Seeunglücken beteiligt.

Mir hatten die armen Teufel immer leidgetan, die abgeschnitten von der Außenwelt eine bescheuerte Kugel bewachen mussten, die heute nur noch selten zum Einsatz kam. Jetzt war ich einer von ihnen. Dass ich in Selbstmitleid ertrank, brauchte ich wohl kaum zu erwähnen.

Auf der Insel gab es eine Grotte. Zumindest würde es für einen Außenstehenden so aussehen. Allerdings beherbergte sie eine modern ausgestattete Bleibe. Der Kühlschrank füllte sich von selbst und die Getränkevorräte ebenso.

Dieser Ort war so konzipiert, dass der Onkla-Wächter nicht auf Hilfe von außen angewiesen war und ihn daher niemand zu betreten brauchte. Außer natürlich man wollte das Orakel befragen.

Bedeutete im Grunde so viel wie: Die nächsten fünf Jahre würden die einsamsten meines Lebens werden.

Nachdem ich durch Mutters Portal getreten war, begrüßte mich der ehemalige Wächter. Ich schätzte ihn auf Anfang zwanzig. Sein stumpfes braunes Haar stand wirr von seinem Kopf ab und scheinbar verzichtete er bereits eine ganze Weile darauf, seine Gesichtsbehaarung zu entfernen. Der Bart, den er trug, war mindestens fünf Zentimeter lang.

Seine Augen glänzten vor Aufregung und offenbar hatte er schon sehnsüchtig auf meine Ankunft gewartet, denn er schüttelte mir nur schnell die Hand, wünschte mir viel Glück und verschwand in Mutters Portal, das sich gleich nach ihm in Luft auflöste. Er machte sich so schnell aus dem Staub, dass ich ihn nicht nach seinem Namen fragen konnte. Und auch nicht nach dem Grund seiner Bestrafung.

Seufzend ließ ich die Schultern hängen. So musste sich das Ende anfühlen.

Der Stein, den ich vorhin als Insel bezeichnet hatte, gliederte sich in drei Abschnitte. Obenauf gab es eine Wiese, ungefähr von der Größe eines halben Fußballfeldes, wenn ich die Maße recht in Erinnerung hatte. Darunter befand sich das Grundmaterial, nämlich Gestein, in das mittels Magie die Wächterbleibe gezaubert worden war. Man erreichte sie über einen kleinen Weg aus Kieselsteinen, der an einer Felswand in die Insel führte. Und die dritte Schicht dieses Inselsandwiches bestand aus Meerwasser, das gegen die Felsen schlug.

Bewegungslos starrte ich auf den Horizont, bis die Sonne unterging. Ich vermisste die Musik und ich vermisste Greta.

Niedergeschlagen trottete ich zum Rand der Insel. Eine falsche Bewegung und ich würde theoretisch im Meer landen, wäre da nicht – oh Wunder – eine bescheuerte magische Grenze, die sich materialisierte, sobald man sie berührte.

Mit einer Hand am Felsen schritt ich den steilen Weg zum Eingang meines neuen Zuhauses entlang. Es war der perfekte Ort für einen Ausreißer wie mich. Wollte ich dieses Gelände verlassen, müsste ich fliegen oder in der Lage sein, ein Portal zu erschaffen. Was ich nicht war. Ich war nicht mal ein Hexer. Ich war nur der Nachkomme einer der angesehensten (dank mir vermutlich nicht mehr so sehr wie früher) Hexen und hätte mein magisches Potenzial ausbilden lassen müssen, um nach meinem Abschluss von meiner Sperre befreit zu werden.

In diesem Moment verabscheute ich meine Spontaneität und Problemverdrängungsgabe so sehr wie noch nie zuvor.

Die Wohnung des Onkla-Wächters war zwar modern, aber nur mit dem Nötigsten ausgestattet. Langeweiletöter suchte man hier vergeblich. Es gab ein Schlafzimmer mit Bett und Schrank, ein Badezimmer mit Klo, Dusche und Waschbecken sowie eine Küche mit allem, was man zum Kochen oder Essen benötigte. Kein Sofa, kein Fernseher, keine Videospiele, keine Bücher, keine Bilder, keine Instrumente, nichts.

Ich entschied, dass das ein Downgrade im Vergleich zu meinem Leben bei Greta war. Ich hätte meine Zeit damit verbringen können, meine Stimme zu bilden, doch selbst das war mir dank Mutter nicht vergönnt.

Nachdem ich mich umgesehen und vergewissert hatte, dass sich der Onkla an seinem Platz in einer hölzernen Truhe unter meinem Bett (wie einfallsreich!) befand, ließ ich mich in die weichen Kissen fallen und schloss die Augen. Ich musste versuchen, das Positive an meiner Situation zu sehen. Jetzt hatte ich Zeit zum Schlafen. Viel Zeit.

Ich brauchte weder einen Wecker, noch hatte ich Termine, die ich einhalten musste. Bei Greta hatte es wenigstens die gemeinsamen Mahlzeiten zur selben Uhrzeit gegeben. Hier gab es Sonnenauf- und Sonnenuntergänge.

An meinem zweiten Tag erkundete ich den Stein, der sich als Insel bezeichnen ließ und damit mächtig übertrieb. Viel zu sehen gab es eigentlich nicht. Ein paar Grashalme, ein paar Erdklumpen, ein paar Steine, ein wenig Wind, ein bisschen Wasser und die Wächterbleibe, die ich allerdings nicht zur Insel zählte.

Ich fand, dass man sich mit der Gestaltung durchaus mehr Mühe hätte geben können.

Mein Vorgänger hatte offenbar versucht, einen Garten anzulegen. Entweder das, oder er hatte sich begraben wollen. An einer Stelle nahe dem Abgrund war der Boden erst kürzlich umgegraben worden. Ich wühlte mit dem Fuß in der lockeren Erde und langweilte mich zu Tode.

GRETA

Dass ich tatsächlich an meinem Schreibtisch saß und über Matheaufgaben brütete, schob ich auf meine Verzweiflung. Ich musste mich ablenken, damit ich nicht alle fünf Minuten an Streuner und daran dachte, was alles passiert oder nicht passiert sein könnte.

Leider verzweifelte ich nur noch mehr, weil ich absolut keinen blassen Schimmer hatte, wie man eine quadratische Gleichung löste. Zu viele Buchstaben, Zahlen, Rechenzeichen und Fragen schwirrten in meinem Hirn umher.

Ich bekam Kopfschmerzen und stieß mich schließlich stöhnend von der Tischkante ab. Während ich mitten im Raum auf meinem schwarzen Drehstuhl saß, musste ich an die Nacht denken, in der ich Streuner vom Baum gerettet hatte. Wie er mich angesehen und sofort kapiert hatte, dass ich ihm helfen wollte.

Ich wischte mir eine Träne von der Wange und ärgerte mich darüber, dass ich heulte. Das war nicht meine Art. Die alte Greta würde niemals weinen. Nicht mal wegen des tollsten Katers der Welt.

Ich musste akzeptieren, dass Streuner weg war. Ich musste mir einfach einreden, er wäre tot.

Dieser Gedanke ließ mich aufschluchzen. Himmel noch mal, ich war dabei, mich in die gefühlsduselige Cassie zu verwandeln, der man jede noch so kleine Emotion vom Gesicht ablesen konnte. Aber die Vorstellung, Streuner könnte nicht mehr leben, war einfach zu schrecklich. Was mich erneut zu der Vermutung brachte, dass er verletzt sein könnte.

Mich ließ einfach diese irre Vorstellung nicht los, dass er meine Hilfe benötigte und ich hier tatenlos herumsaß und mir einredete, dass es nicht so war.

Plötzlich dachte ich wieder an den göttlichen Hirsch. Vermutlich war ich verrückt – was Frau Zielich trotz unserer Sitzungen immer wieder verneinte –, aber wenn ich ihn wiederfände, könnte er mich ganz vielleicht zu Streuner bringen. Ich hatte in dieser Nacht das Gefühl gehabt, dass nichts unmöglich wäre.

Was, wenn dieses Gefühl nicht meiner Einbildung entsprungen war?

Okay, ich war eindeutig verrückt … oder ich wollte nicht aufhören, zu hoffen.

Ich wiederholte das Prozedere vom vergangenen Montag und schlich nachts in den Wald. Mein Plan war vollkommen unlogisch, doch das war mir egal. Wie sagte man so schön? In der Not frisst der Teufel Fliegen.

Ich warf jegliche Vernunft über Bord, schaltete meine Taschenlampe ein und lief blindlings los. Bald hatte ich die Orientierung verloren. Ich lief einfach weiter. Die Bäume standen dichter und ich musste mein Tempo verlangsamen, um nicht alle fünf Zentimeter über eine Wurzel zu stolpern. Ich kämpfte mich weiter voran.

Am Ende wusste ich nicht mehr, wie lange ich unterwegs gewesen war, aber irgendwann kam eine Lichtung in Sicht. Von dem Hirsch war allerdings weit und breit nichts zu sehen. Ich musste ihn mir tatsächlich eingebildet haben.

Die Lichtung war riesig. Eine ebene Grasfläche mitten im Wald. Es sah aus, als wäre sie auf unnatürliche Weise entstanden.

Meine Vernunft riet mir, umzudrehen, Streuner wäre nicht hier. Doch mein Bauchgefühl sagte etwas ganz anderes.

Die Vernunft ignorierend, ging ich weiter. Dieser Ort strahlte etwas … Besonderes aus. Vielleicht war der Hirsch doch in der Nähe. Ich musste nur Augen und Ohren offen halten. Um ihn nicht zu verschrecken, schaltete ich die Taschenlampe aus und schlich vorwärts.

Mit jedem Schritt wurde ich nervöser, bis mein Körper anfing, zu zittern. Ich war mir sicher, der Antwort auf Streuners Verschwinden immer näher zu kommen. Jeder Meter nährte meine Hoffnung.

Meine Suche fand ein abruptes Ende, als ich plötzlich zurücktaumelte. Ich war gegen etwas gelaufen. Die Frage war nur: gegen was?

Stöhnend rieb ich mir über Stirn und Nase und sah mich stirnrunzelnd um. Hier war nichts. Kein Pfosten, kein Baum, kein Stein.

Man konnte doch nicht gegen Luft laufen?!

Offenbar schon, denn als ich mich erneut vortastete, trat dasselbe Phänomen ein. Ich wurde von einer unsichtbaren Kraft aufgehalten.

»Was zum Teufel …?« Ich streckte die Hand aus und berührte nichts. Das Nichts war ziemlich fest und undurchdringbar. »Hä?«

Was meine Augen nicht sahen, ich aber fühlte, ließ sich in meinem Gehirn nicht vernünftig verknüpfen. Ich bekam Kopfschmerzen und musste mich für ein paar Sekunden abwenden.

Was war das hier nur für ein Ort? Was ich gerade erlebte, war völliger Schwachsinn. Einfach nur durchgeknallter Irrsinn. Ein Hirngespinst. Ich verlor den Verstand. Das war die Wahrheit und ich hatte sie verdrängt. In meinem Kopf lief etwas gewaltig schief. Oder träumte ich?

Zur Probe zwickte ich mich fest in den Arm, aber als ich die Augen aufschlug und das Nichts berührte, war es immer noch da.

»Haha«, lachte ich hysterisch. »Haha. Ich stehe im Wald und da ist eine Lichtung mit unsichtbaren Mauern. Ach Greta, was denkst du nur?«

Ich drehte mich um meine eigene Achse und versuchte zu ergründen, wo ich die Lichtung betreten hatte. Die erschreckende Wahrheit war, dass ich es nicht mehr wusste. Ich hatte keinen blassen Schimmer.

Fassungslos ließ ich mich in das feucht-kalte Gras fallen und weinte. Schon wieder. Greta war zu einer Heulsuse mutiert. Seit Streuner aufgetaucht und wieder verschwunden war, wusste ich nicht mehr, wer ich eigentlich war. Als hätte mein Leben seinen Sinn verloren, obwohl es nie einen gehabt hatte.

Ich saß auf der Wiese und weinte, bis die Sonne aufging.

Boru

Wenn man nichts zu tun hatte, konnte man viel nachdenken.

Die meiste Zeit dachte ich an Greta. Wo sie jetzt war, was sie gerade machte, ob sie mich so sehr vermisste wie ich sie?

Mir ging es ein bisschen besser, wenn ich diese Frage mit Ja beantwortete.

Ich aß unter freiem Himmel und hielt mich auch die meiste Zeit des Tages dort auf. Ich hegte die Befürchtung, dass ich unterirdisch schneller verrückt werden würde. Vor Einsamkeit.

Dann fing ich irgendwann an, Sport zu treiben. Ich lief im Kreis, machte Kniebeugen, Liegestützen, Sit-ups und Bewegungen, deren korrekte Bezeichnung ich nicht kannte.

Wolken zu beobachten, gehörte auch zu meinen neuen Aktivitäten. Ich dachte mir Namen für ihre verschiedenen Arten aus. Zuckerwattewolke, Seifenschaumwolke, Milchglaswolke und Gewitterwolke. Vermutlich gab es noch mehr, aber ich sah bis auf diese vier Varianten keine gewaltigen Unterschiede.

Einmal holte ich den Onkla unter meinem Bett hervor. Niemand hatte mir verboten, ihn zu benutzen, doch zu meiner Enttäuschung passierte nichts, als ich an dem Glas rieb.

Vielleicht musste ich einen Zauberspruch anwenden? Ich versuchte es mit: *Onkla, zeige dich* und *Onkla, sag mir was* (natürlich nur in Gedanken), aber die Kugel blieb still und farblos.

Zeig mir meine Zukunft oder ich befrage die Auskunft.

Selbst ein Reim entlockte ihr keine Geheimnisse.

Ich beschloss, meine kostbare Zeit nicht mit unnötigem Rätseln zu verschwenden, und verstaute den Onkla wieder in seinem Versteck.

Ein oder zwei Wochen nach meiner Ankunft auf der Insel passierte dann endlich etwas. Ich war gerade dabei, im Kreis zu joggen, als sich mitten auf meiner kleinen Wiese ein Portal öffnete. Niemand Geringeres als mein Vater höchstpersönlich erschien, warf sein langes blondes Haar, das ich leider nicht von ihm geerbt hatte, über die Schultern, schritt hoheitsvoll auf mich zu und klopfte mir mitfühlend auf den Rücken.

»Na, mein Sohn. Was hast du angestellt?«

Da er hier war, musste er es bereits wissen und diese leere Floskel diente lediglich dem Gesprächseinstieg. Ich hätte ihm gern geantwortet, doch ich konnte nicht.

Mein Vater, der ein Paar Shorts und ein grünes T-Shirt (warum standen in meiner Familie eigentlich alle so sehr auf die Farbe Grün?) trug, sagte: »Ach, entschuldige.«

Ein Fingerschnippen und Mutters Sprechsperre war aufgehoben.

»Danke.« In diesem einen Wort lagen mehr Unsicherheit und Angst vor Mutters Reaktion, wenn sie herausfand, dass mein Vater gegen sie arbeitete, als ich beabsichtigt hatte. Ich dehnte meine Lippen und die umliegenden Gesichtsmuskeln und strich vorsichtig über mein Kinn.

»Keine Sorge«, beruhigte mein Vater mich. »Du kennst doch deine Mutter. Sie reagiert gern über und macht aus einer Mücke einen Elefanten.«

Wenn er sich da mal nicht täuschte. Ich fand das weniger lustig.

»Sie wird dir und mir schon nicht den Kopf abreißen. Außerdem kann sie mir nicht verbieten, meinen Sohn zu besuchen«, verkündete er voller Inbrunst und schlug mir wiederholt auf den Rücken.

Mein Vater war so ziemlich das genaue Gegenteil von Mutter. In jeder Hinsicht. Sie war launisch, er war ruhig. Sie war streng, er sah alles locker. Sie hasste die Normalos, mein Vater fand sie interessant.

Den Großteil des Jahres verbrachte er auf Reisen. Mein Vater musste schon so ziemlich die halbe Welt gesehen haben, deshalb bekam ich ihn nur selten zu Gesicht. Nur dank Portalreisen wurde aus dem *Selten* kein *Nie*.

»Wenn du mich fragst, hat Urlander mit deiner Strafe reichlich übertrieben.«

Urlander war der Name meiner Mutter. Warum die beiden eine Familie gegründet hatten, konnte ich nicht genau sagen. Ich vermutete, es war aus Liebe geschehen. Auch wenn ich mir nur sehr schwer vorstellen konnte, dass Mutter überhaupt für irgendjemanden irgendeine Art von Liebe empfand. Aber hey, immerhin waren Bessie und ich zur Welt gekommen.

»Sag das mal lieber Mutter«, erwiderte ich niedergeschlagen und trat nach ein paar Erdbrocken, die zu meinen Füßen lagen.

Mein Vater seufzte und machte ein mitfühlendes Gesicht. »Ich werde mal mit ihr reden. Vielleicht kann ich zwei, drei Jahre für dich rausschlagen.«

Ich wollte mich nicht beschweren, das war schließlich besser als nichts. Allerdings war es sehr unwahrscheinlich, dass mein Vater etwas erreichte. In ihrer Beziehung hatte Mutter die Hosen an und dass sie, was meine Erziehung betraf, mit sich reden ließ, grenzte an Unmöglichkeit.

»Ja, vielleicht«, antwortete ich also wenig überzeugt und fügte hinzu: »Wo kommst du überhaupt her?«

Mein Vater fing an, zu grinsen. Sein gebräuntes Gesicht strahlte. »Ich habe mir in Ägypten die Pyramiden angesehen. Wusstest du, dass man sich bis heute nicht sicher ist, wie sie diese Dinger gebaut haben? Räder und Flaschenzug gab es damals nicht und trotzdem konnten die so ein gigantisches Teil innerhalb von zwanzig Jahren errichten. Beeindruckend, nicht wahr?«

»Ja. Außer sie hatten damals schon Familien, die der Magie mächtig waren.«

Mein Vater lachte. »Das ist denkbar, aber ich gehe lieber davon aus, dass die Normalos ganz ohne übernatürliche Kräfte etwas Unglaubliches erschaffen. Das ist viel magischer, als sich vorzustellen, dass sie eine Hexe bezahlt haben, um Steine aufzuschichten.«

Die Begeisterung meines Vaters, was Kulturen und deren Geschichte betraf, war kaum zu überbieten. Von ihm musste ich die Fähigkeit geerbt haben, Leidenschaft für eine Sache oder ein Thema zu empfinden. In meinem Fall galt diese der Musik.

»Ähm«, druckste ich herum, »kann ich dich um einen Gefallen bitten?«

Er fuhr sich durch sein volles Haar und lächelte. »Klar doch, mein Junge.«

»Könntest du deine Schwester nach einem neuen MP3-Player fragen? Ich bin mir fast sicher, dass Mutter meinen alten zerstört hat.«

Wieder lachte mein Vater, wobei ich nicht wusste, was daran so lustig war. Womöglich sollte er doch öfter mal nach Hause kommen, um ein wenig auf dem Boden der Realität zu bleiben, die nicht wirklich lustig war, anstatt immer durch die Weltgeschichte zu spazieren.

»Mache ich«, versprach er. »Vielleicht kommt Emma dich ja auch mal besuchen. Sonst gehst du mir hier noch ein.« Möglich wäre es. »Also dann. Mal sehen, was ich für dich tun kann. Bis bald, Boru.«

»Wiedersehen, Papa«, antwortete ich halbherzig und er verschwand durch sein Portal.

Greta

Die Polizei würde mich sicher finden. Herr Traube und Frau Birkdorn wussten, dass ich mich schon mal im Wald aufgehalten hatte, also würden sie dort auch mit der Suche beginnen. Alles, was ich tun musste, war warten. Ganz einfach.

Hunger und Durst hielten sich noch in Grenzen, also würde ich die nächsten Stunden wohl irgendwie überstehen.

Die Lichtung mit der optischen Täuschung (ich hatte um meiner geistigen Gesundheit willen entschieden, dass es eine war) schien mir ein guter Ort zum Warten zu sein. Hier konnte ich von den Suchtrupps nicht übersehen werden.

Also wartete ich.

Und wartete.

Um ehrlich zu sein, wartete ich mit der einen Hälfte meines Herzens immer noch auf Streuner. Dass ich so an dem Kater hing, wäre bestimmt ein gutes Thema für die Therapiestunde bei Frau Zielich. Sicherlich könnte sie daraus irgendeine psychische Störung ableiten, was Beziehungen, Liebe oder Verlustängste anging. Mein Vater hatte mir eine ziemlich perfekte Grundlage geliefert. Und meine Mutter trug ebenfalls ihren Teil dazu bei.

Ich wollte womöglich einfach nicht akzeptieren, dass Tiere genauso herzlos sein konnten wie Menschen. Aber nach allem, was ich bis jetzt erlebt hatte, sprach leider nichts gegen diese Befürchtung. Die Welt war ein furchtbarer Ort.

Die Sonne war gerade dabei, über den Horizont zu klettern, und ich zählte Grashalme, als ich Schritte hörte. Anhand der Lautstärke erkannte ich, dass es sich um eine einzelne Person handeln musste. Ich richtete mich auf und suchte meine unmittelbare Umgebung ab.

Mein Blick fiel auf einen Jungen. Etwa eins fünfundsiebzig groß und geschätzt in meinem Alter. Er stand einfach da, mitten im Sonnenlicht, das zwischen den Ästen der Bäume, die die Lichtung einzäunten, hindurchschien. Als wäre er aus dem Nichts aufgetaucht.

Wenn er zwischen den Bäumen hervorgetreten wäre, hätte ich ihn viel früher hören müssen. Oder? Wo kam er also her?

Er schien mich noch nicht bemerkt zu haben, also blieb ich regungslos an den Baum gelehnt sitzen. Er war offensichtlich nicht auf der Suche nach jemandem. Seelenruhig zückte er Zigarette und Feuerzeug.

Während er kleine Rauchwolken aus Nase und Mund blies, betrachtete ich ihn eingehender. Er trug eine normale Jeans, schwarze Sneaker und ein blaues T-Shirt. Das einzig Seltsame an ihm waren der rote Umhang und die angekokelten Haarspitzen, die ich sogar aus zwanzig Metern Entfernung erkennen konnte.

Und was war das in seinem Gesicht? Ruß?

Plötzlich drehte er den Kopf und starrte mir direkt in die Augen. Ich erschrak so sehr, dass ich einen komischen schrillen Ton ausstieß. In Nullkommanichts war ich auf den Beinen, bereit zur Flucht.

Der Junge warf seine Zigarette auf den Boden, drückte sie mit seinem Schuh aus und kam dann in meine Richtung geschlendert. Sein Pokerface machte mich fast neidisch. Es war unmöglich, zu erraten, was er in diesem Moment dachte.

Ich taxierte jeden seiner Schritte, unsicher, ob ich weglaufen oder abwarten sollte, was passierte.

Dann lächelte er. Eine verirrte Strähne fiel ihm ins Gesicht und die Anspannung fiel von mir ab. Wir standen uns gegenüber, er streckte die Hand aus. »Hey, bist du neu hier? Ich hab dich noch nie gesehen.«

Weil ich nicht wusste, was ich tun sollte, schüttelte ich seine Hand und schwieg. Was meinte er mit *hier*? Hier war nichts.

»Kann es sein, dass du auf jemanden wartest?« Er grinste wissend und zwinkerte mir zu. Offenbar glaubte er, zu wissen, was ich hier tat, ohne dass ich wusste, was er zu wissen glaubte.

»Äh …«, stammelte ich.

»Ich bin Gregorian.«

Ich zog die Augenbrauen nach oben. Wer nannte sein Kind denn Gregorian? Doch da er offenbar keinen Witz gemacht hatte, erwiderte ich argwöhnisch: »Greta.«

»Hübscher Name«, kommentierte er charmant. »Von wo kommst du?«

»Schwammberg?«

»Bist du dir sicher oder soll ich dir jetzt sagen, ob du recht hast?« Gregorian lachte. Er musterte mich von oben bis unten und legte dann die Stirn in Falten. »Irgendwie siehst du aus wie …« Er stockte. »Scheiße … Du bist gar keine He…« Der Satz blieb unvollendet in der Luft hängen.

»Was?« Ich runzelte verwirrt die Stirn.

»Wie bist du hierhergekommen? Bist du etwa allein unterwegs?«, fragte er misstrauisch.

Ich schaute mich um, als müsse ich das erst überprüfen, und nickte anschließend.

»Du wartest hier gar nicht auf jemanden, stimmt's?«

»Doch, ich denke schon.«

Ich wartete auf den Suchtrupp, der nach mir geschickt wurde und mich auch ganz sicher finden würde.

»Du denkst?«

»Ich habe mich verlaufen«, gestand ich lässig schulterzuckend.

»Alles klar. Jetzt kapier ich.«

Schön für ihn. Dann fiel mir wieder ein, was hier nicht stimmte.

»Wo bist du überhaupt hergekommen?« Skeptisch musterte ich ihn von oben bis unten. Er sah nicht aus, als hätte er einen Spaziergang durch den Wald gemacht.

»Ich komme von der Ostsee.«

Jetzt wirkte er nervös und ich war mir sicher, dass er meine Frage absichtlich falsch verstanden hatte.

»Nein, ich meine hier. Du warst plötzlich da und diese optische Täuschung …«

»Optische Täuschung?«, unterbrach er mich.

Ich lief an ihm vorbei, direkt auf die unsichtbare Mauer zu. Da ich nicht wusste, wie viel Abstand ich noch zu ihr hatte, knallte ich mit voller Wucht dagegen. Wie ein Basketball prallte ich zurück und landete auf dem Hintern.

Meine kleine Vorführung erfüllte ihren Zweck. Ich hatte Gregorians Reaktion abschätzen wollen und er schien nicht mal ansatzweise überrascht zu sein, dass ich gerade vom Nichts k. o. geschlagen worden war.

Das war mehr als verdächtig. Entweder war er noch durchgeknallter als ich oder er wusste etwas, das ich nicht wusste.

Keiner von uns beiden sagte ein Wort. Ich starrte den seltsamen Jungen an und der wiederum starrte seine Sneaker an.

Irgendwann verlor ich die Geduld. »Bist du vielleicht blind?«

Er zuckte mit den Schultern.

Ich wurde wütend. »Was ist das hier?« Wild mit den Armen fuchtelnd, deutete ich auf so ziemlich alles, was ich nicht sah.

Gregorian kratzte sich unschuldig am Hinterkopf. »Äh, ich muss dann mal los«, erklärte er urplötzlich, machte auf dem Absatz kehrt und lief davon.

»Nein, verdammt!«

Ich sprang nach vorn, grub meine Finger in den Stoff seines T-Shirts, doch er beschleunigte seine Schritte und ich war gezwungen, ihn loszulassen, wenn ich nicht stolpern wollte.

Er legte ein ordentliches Tempo vor. Ich heftete mich an seine Fersen und wir verschwanden zwischen den Bäumen.

»Bleib gefälligst stehen!«, brüllte ich. »Du bist mir eine Erklärung schuldig.«

»Irrtum«, rief er über seine Schulter und fing an, zu rennen.

Ich beeilte mich, ihm zu folgen, allerdings war er um einiges schneller als ich. Der Abstand zwischen uns wurde immer größer und bald sah ich nur noch einen roten Umhang durch den Wald flattern.

Ich hatte ihn verloren. Scheiße!

Ich lief auf direktem Weg zurück zur Lichtung und legte mich am Rand in Deckung eines undefinierbaren Gestrüpps auf die Lauer. Irgendetwas stank hier ganz gewaltig. Und ich würde herausfinden, wo der Schuh drückte.

Lange Zeit war ich mit dem Eichhörnchen, das sich zuerst am Hintern kratzte und anschließend eine Haselnuss verdrückte, der Vogelmama, die ihren Jungen das Mittagessen vorkaute, und meinem knurrenden Magen allein, doch meine Geduld wurde belohnt.

Was ich sah, ließ mich wieder mal an meiner geistigen Gesundheit zweifeln, aber daran war ich mittlerweile gewöhnt.

Gregorian kam aus dem Nichts und stand urplötzlich, einfach so, wieder vor meiner Nase. Er zündete sich erneut eine Zigarette an – für die er offensichtlich noch zu jung war – und wiederholte sein

Ritual von heute früh. In aller Ruhe genoss er sein Suchtmittel und wärmte sein Gesicht in der Sonne.

Offenbar ging er davon aus, das verrückte Mädchen von heute Morgen (ich musste dringend aufhören, mich selbst als verrückt zu bezeichnen, nachher glaubte ich mir noch, was ich dachte) wäre schon längst über alle Berge oder hätte sich im Wald verirrt.

Ich blieb in Deckung, bis er Anstalten machte, zu gehen. Als er vor die unsichtbare Mauer trat, hielt ich die Luft an und wurde Zeugin, wie sich ein waschechter Junge einfach so in Luft auflöste.

Boru

Wie ein Vogel breitete ich meine Arme aus und sang *I believe I can fly* von R. Kelly. In der Mitte des Songs wechselte ich die Melodie und ging über zu *I will survive* von Gloria Gaynor.

Der Text passte nicht so ganz zu meiner depressiven Stimmung. Ich ließ die Arme wieder sinken und verstummte. Ich hatte gehofft, das Singen würde mich glücklicher machen, doch stattdessen passierte das Gegenteil. Ich fühlte mich elender als zuvor.

Der Tag hatte bereits schlecht angefangen. Ich hatte mir Pfannkuchen machen wollen, konnte mich aber nicht an die Zutaten erinnern, die ich für den Teig benötigte. Also hatte ich alles Mögliche in einer Schüssel zusammengemischt und das Ergebnis anschließend in die Pfanne geschmissen. Es hatte scheußlich geschmeckt. Vermutlich hätte ich Essig und Öl weglassen sollen. Ärgerlich. Also hatte ich wie die letzten Tage zuvor Brot mit Butter gegessen. Langweilig.

Das Wetter auf meiner kleinen Onkla-Insel brachte auch keine Abwechslung. Sonnenschein und eine frische Brise, prinzipiell das perfekte Feel-Good-Wetter. Meine Laune verbesserte es allerdings nicht.

Greta

Der Suchtrupp kam, als die Sonne im Zenit stand und mir vor Durst schon schwindelig war.

Während ich das Gesehene verarbeitet hatte, war ich blindlings durch den Wald gerannt. Ich war an Ameisenkolonien, Vogelnestern, Fuchsbauen, Blätterhaufen, Rehkacka, Mäuseköttteln, Zweigen und Baumstämmen vorbeigestolpert und hatte erst haltgemacht, als ich mit dem Streber Peter kollidiert war.

Herr Traube hatte darauf verzichtet, sofort die Polizei einzuschalten, und stattdessen (inzwischen kannte er mich ziemlich gut) ein paar Freiwillige zusammengetrommelt, die mit ihm den Wald und das Dorf durchkämmt hatten.

Insgeheim war ich froh, die Lichtung verlassen zu haben. Das Geheimnis, das ich nun besaß, wollte ich mit niemandem teilen. Stattdessen war ich fest entschlossen, herauszufinden, wer Gregorian war und wie er es schaffte, sich unsichtbar zu machen.

»Könntest du dir bitte angewöhnen, vorher Bescheid zu geben, wenn du mal wieder einen Ausflug machst?«

Damit, dass Herr Traube sarkastisch wurde, wenn er wütend war, hatte ich nicht gerechnet. Beinahe hätte ich gelacht, aber sein Blick und mein ausgedörrter Hals ließen mich dieses Vorhaben augenblicklich vergessen.

»Was denkst du dir dabei? Wir sind doch keine Anstalt für schwer erziehbare Jugendliche, die wir rund um die Uhr betreuen können!«, schimpfte er.

Ich vergrub meine Hände in den Hosentaschen und starrte an ihm vorbei. »Sind Sie sich sicher?«, krächzte ich. Diese kleine Provokation hatte ich mir einfach nicht verkneifen können.

»Greta!«, brüllte er angesäuert.

Wenn ich mich nicht täuschte, sah ich seine rechte Hand zucken. Nicht mehr lange und er musste Herrn Grauhoff nach seinen Blutdruck senkenden Medikamenten fragen. Ich bekam ein ganz klein wenig ein schlechtes Gewissen.

Natürlich war meine Cousine ebenfalls mit von der Partie. Wie zu erwarten verheult und mit roter Nase, die sie immer wieder hochzog.

Vielleicht könnten wir aus diesem Such-Versteck-Spiel eine Tradition machen.

»Du kostest mich noch meinen letzten Nerv«, schluchzte sie und rieb sich mit dem Arm über die nass geweinten Augen.

Bevor ich ihr antwortete, wandte ich mich an den Laufburschen von Herrn Grauhoff, der einen verlockend ausgebeulten Rucksack bei sich trug. »Bitte sag mir, dass da was zu trinken drin ist«, verlangte ich.

Peter kramte wortlos eine Fünfhundert-Milliliter-Flasche hervor und reichte sie mir. Gierig schraubte ich den Verschluss auf und trank. Cassies vorwurfsvolle Augen ruhten währenddessen auf mir – ihre Lippe befand sich im Schmollmodus.

Als ich mich dazu in der Lage fühlte, einen längeren Satz ohne heiseres Krächzen zu formulieren, drehte ich mich wieder in ihre Richtung.

»Tut mir leid, Cassie, aber du könntest ja einfach versuchen, dir keine Sorgen mehr zu machen«, schlug ich vor und erntete für diese durchaus plausible Idee ihren Halt-sofort-deine-Klappe-oder-ich-töte-dich-Blick.

»Ich hoffe, dir ist bewusst, dass dein Verhalten Folgen haben wird«, mischte sich Herr Traube in unsere Familienfehde ein und brachte mich damit auf den Boden der Tatsachen zurück.

Mich erwarteten weitere Wochen Hofdienst.

Peter zückte sein Handy und lotste uns mithilfe der modernen Technik (GPS) zurück zum Internat.

Im Geiste ohrfeigte ich mich für meine Dummheit. Warum war ich nicht auf die Idee gekommen, einfach mein Smartphone zu benutzen? Mir wäre eine Menge Ärger erspart geblieben. Das Teil lag allein und verlassen in meinem Schrank. Ich holte es nur heraus, wenn ich mit meiner Mutter telefonieren musste.

Bei unserer Rückkehr ließ Herr Traube seine Sekretärin die anderen Sucher informieren, dass die verlorene Schülerin gesund und wohlbehalten heimgekehrt war.

Der Tag endete damit, dass ich im Büro des Direktors landete, sich mal wieder alle über mich das Maul zerrissen und irgendwelche Gerüchte, von wegen ich wollte nur Aufmerksamkeit und ich sei der totale Freak, in die Welt setzten.

Cassie hatte sich dazu entschlossen, meinem Rat zu folgen, und ignorierte mich fortan. Peter lief los, um allen, die es hören wollten, zu erzählen, wie sie mich gefunden hatten. Vermutlich schmückte er die Story mit ein paar erfundenen Details aus, um sie den Klatsch- und Tratschmäulern schmackhafter zu machen.

Ich saß derweil in dem bequemen Sessel, der mir mittlerweile vertrauter war als mein eigener Schreibtischstuhl, und hörte mir die zehntausendste Zurechtweisung an.

»Ich weiß wirklich nicht mehr, was ich noch tun kann«, seufzte Herr Traube.

»Das sagen Sie jedes Mal«, erinnerte ich ihn.

»Ja, und immer wieder drücke ich mehr als ein Auge zu.« Er knirschte genervt mit den Zähnen und rückte ein Bild auf seinem Schreibtisch zurecht.

»Und lernen trotzdem nichts dazu«, ergänzte ich.

Mein vorlautes Mundwerk hatte mir so einige Strafarbeiten bei den verschiedensten Lehrern eingebracht. Warum Herr Traube schon so lange mit sich reden ließ, als wären wir nicht Schüler und Rektor, sollte für immer ein Rätsel bleiben. Meine Theorie war ja, dass er mich mehr mochte, als er zugeben wollte. Oder er hatte einen dämlichen Eid geschworen, von wegen er würde keinem Kind/Teenager die Bildung verwehren, selbst wenn es noch so widerspenstig war und er drohte, sich die Zähne an besagter Person auszubeißen.

Aber auch seine Geduld war wohl irgendwann erschöpft, denn auf einmal schlug er mit der flachen Hand auf den Tisch. Der Knall ließ mich zusammenzucken und ein bisschen tiefer in den Sitz sinken.

»Verdammt noch mal, Greta! Mir reicht es langsam wirklich. Noch ein Regelverstoß oder eine Beleidigung oder respektloses Verhalten oder nächtliche Ausflüge oder Essensschlachten oder Zuspätkommen oder Schwänzen oder beleidigende Bilder oder ...« Die Liste schien endlos zu sein. »Noch ein Fehltritt und ich muss dir einen Schulverweis ausstellen.«

Seine Worte sickerten nur langsam in mein Hirn. Schulverweis. Das war es. Das Ziel, das ich immer hatte erreichen wollen. Er drohte, mich nach Hause zu schicken. Dahin, wo ich meine Ruhe hatte und meine Mutter mich weiterhin ignorieren konnte.

Schulverweis.

Aber warum freute ich mich nicht?

Die Vorfreude, die ich sonst verspürt hatte und die meine Hände kribbeln ließ, als würden Millionen kleiner Fische daran knabbern, blieb gänzlich aus. Dann wurde mir schlagartig bewusst, weshalb diese Drohung wirklich eine war.

Ich wollte hier nicht weg.

Ich wollte nicht nach Hause.

Ich wollte weiter nach Streuner suchen (ich würde wohl nie aufgeben).

Ich wollte Herrn Grauhoff ärgern (gut, nicht mehr ganz so sehr wie früher).

Ich wollte hier bei Herrn Traube im Büro sitzen und mir anhören, dass er meinetwegen nicht mehr weiterwusste.

Ich wollte, dass Cassie sich Sorgen um mich machte, obwohl sie es am liebsten lassen würde.

Und ich wollte, dass die anderen Schüler nicht damit aufhörten, mir Blicke zuzuwerfen. Verärgerte und beeindruckte, genervte und belustigte, verabscheuende und bewundernde.

In diesem Moment verschoben sich meine Wünsche und Ziele. Verhedderten sich zu einem Knäuel, um sich anschließend klar und deutlich vor meinem inneren Auge zu präsentieren.

»Denk daran, Greta. Deine letzte Chance.« Herr Traube verlieh seiner Stimme diesen pseudoautoritären Ton und ich spielte brav mit.

Mit der Türklinke in der Hand, drehte ich mich noch mal zu ihm um. »Verstanden. Ab jetzt werde ich mich bessern. Versprochen.«

Er nickte – nicht ganz überzeugt – und entließ mich in die Freiheit.

Im Vorraum schenkte ich Frau Birkdorn ein strahlendes Lächeln und bedankte mich für ihre Fürsorge. Das fasste sie als Einladung auf und kontrollierte sofort meine Verletzungen, die mittlerweile nur noch ein paar rötliche verkrustete Striemen waren.

Nachdem auch das geklärt war, suchte ich Cassie. Ich hatte das Bedürfnis, allen Leuten, die mir etwas bedeuteten, selbst wenn ich das niemals zugeben würde, zu zeigen, dass ich ihre Anwesenheit schätzte.

Ich fand sie mit ihren Freundinnen im Aufenthaltsraum, den ich seither aus Protest gemieden hatte. Sie staunte nicht schlecht, als ich neben ihr auftauchte und die Partie Schach unterbrach, die sie sich mit einer Freundin lieferte.

»Greta?« Verblüfft sah sie mich an.

»Hey, Cousinchen«, begrüßte ich sie.

Dann verdüsterte sich ihr Gesichtsausdruck, weil sie sich vermutlich daran erinnerte, dass sie nicht mehr mit mir reden wollte.

Aussprachen waren noch nie meine Stärken gewesen, daher gab ich dem ersten Impuls nach, der mich überfiel.

Cassie lachte vor Überraschung und vermutlich vor Schreck auf, als ich sie stürmisch in den Arm nahm. Ich drückte sie ganz fest, ließ dann los und ergriff die Flucht. Dass mir dieser kurze Augenblick der Zuneigung peinlich war, brauchte sie ja nicht zu erfahren. Und um es vor ihr zu verstecken, musste ich diese Tomatenfarbe in meinem Gesicht dringend aus ihrem Sichtfeld entfernen.

Die nächste Station, die ich ansteuerte, war mein Bett. Für heute waren das für meinen Geschmack genug Gefühlsausbrüche gewesen, egal ob meine eigenen oder die der anderen.

Aus diesem Grund beendete ich den Tag an dieser Stelle.

Boru

Der Tag fing gerade erst an.

Und ich hasste ihn jetzt schon.

Kurz überlegte ich, ob ich überhaupt aufstehen sollte, doch dann schwang ich die Beine über die Bettkante und setzte mich senkrecht hin.

Wie jeden Morgen warf ich unnötigerweise einen Blick unter mein Bett, um nach dem Onkla zu sehen. Die hölzerne Truhe befand sich an ihrem Platz. Wie immer.

In Zeitlupe schlurfte ich erst ins Bad und beendete meinen Ausflug in der Küche. Das Brot mit Butter schmeckte heute noch fader als sonst. Hunger hatte ich sowieso keinen. Wenn meine Geschmacksnerven nicht an Verkümmerung starben, dann an Vernachlässigung.

Die Sonne wollte heute auch nicht so richtig in Fahrt kommen. Dicke schwarze Wolken zogen am Himmel entlang, während ich meine alltäglichen Turnübungen machte. Ich ließ Schultern und

Arme kreisen, hüpfte ein paarmal auf der Stelle, machte Kniebeugen und rannte schließlich im Kreis. Wenn ich körperlich ausgelastet war, konnte ich einigermaßen ausgleichen, dass mein Hirn an Reizmangel litt.

Gegen Mittag kam tatsächlich mein Vater und brachte seine Schwester mit.

»Tante Emma?!«, rief ich überrascht, ließ mich umarmen und mir anschließend durch die Haare wuscheln.

»Hallo, Frechdachs«, lächelte sie liebevoll. Ihr für sie typisches nach Zimt und Nelken duftendes Parfüm stieg mir in die Nase, was automatisch ein Gefühl von nach Hause kommen in meinem Bauch freilegte. Erst als ich Emma in ihrem lilafarbenen langen Kleid mit dem grünen Spitzensaum und den schwarzen Stiefeln, ihre etwas zu große Nase und die nah beieinanderstehenden sumpfbraunen Augen sah, merkte ich, wie sehr ich sie vermisst hatte.

Der Wind zerrte an ihren dunkelbraunen Locken, während sie mich mit ihrem teils vorwurfsvollen, teils belustigten Blick musterte. »Wie mir zu Ohren gekommen ist, treibst du deine Mutter in den Wahnsinn.« Neckend verzog sie ihre Mundwinkel und legte damit das Grübchen auf ihrer rechten Wange frei.

Sofort protestierte ich. »Zu meiner Verteidigung: Sie macht es mir auch nicht leicht. Ich will doch einfach nur das tun, was ich möchte.«

»Oh Boru«, seufzte Emma. »Ich nahm an, dir wäre mittlerweile klar, dass man nicht immer das bekommt, was man sich wünscht.« Sie machte ein mitfühlendes Gesicht.

»Da hat meine Schwester recht«, bekräftigte mein Vater. »Allerdings …«

Mein Herz begann vor Aufregung, Saltos zu schlagen. Was kam jetzt? Hatte Mutter ein Nachsehen mit mir?

»… nicht heute«, vollendete er den Satz und zog etwas aus seiner Hosentasche. Mit einem breiten Grinsen überreichte er mir einen nagelneuen MP3-Player plus Headset.

»Wow.« Ich hörte selbst, wie unecht meine Begeisterung klang, aber nachdem ich auf eine Verringerung meiner Strafe gehofft hatte, war dieses kleine elektronische Gerät nur ein sehr schwacher Trost. Natürlich war es allemal besser als gar nichts, so richtig freuen konnte ich mich trotzdem nicht. Ich würde immer noch fünf Jahre auf dieser Insel verbringen, bevor ich … Greta wiedersehen konnte. Wenn ich sie überhaupt jemals wiedersah.

Warum machte ich mir überhaupt noch Hoffnungen? Fünf Jahre waren eine verdammt lange Zeit, die ich, da ich die Alternative erleben durfte, lieber als Kater verbracht hätte.

Ich nahm das Geschenk meines Vaters an und bedankte mich. »Dann fühle ich mich nicht mehr ganz so allein«, war der einzige Kommentar, der mir im Augenblick einfiel.

Vater klopfte mir auf die Schulter. »Keine Sorge, Junge. Ich werde dich regelmäßig besuchen kommen.«

»Wirklich?«, fragte ich erstaunt. Meinen Vater sah ich – wenn es gut lief – vielleicht vier bis fünf Mal im Jahr.

»Fest versprochen.« Er kreuzte die Finger und ich vermied es, ihm zu sagen, dass er damit seinen Schwur nicht besiegelte, sondern aufhob. Der gute Wille zählte.

Tante Emma und er blieben noch eine Weile. Wir unterhielten uns über alles Mögliche, wobei die meiste Zeit davon mein Vater redete.

Zu gern würde ich einfach durch ihr Portal verschwinden. Leider war das unmöglich, da ich als neuer Wächter nicht nur eine Aufgabe, sondern auch einen Ortszauber auferlegt bekommen hatte. Egal welches Portal ich benutzte oder wo es hinführte, *ich* würde immer wieder hier landen. So lange, bis ein neuer Wächter mich ablöste.

GRETA

Meine positive Einstellung und die Euphorie, die mich gestern überrumpelt hatten, ließen sich heute Morgen nur schwer heraufbeschwören. Es war viel zu früh, ich hatte keine Lust auf Unterricht, wollte Cassie lieber nicht begegnen, da ich fürchtete, ich könnte sie womöglich mit meinem Gefühlsausbruch zu noch mehr Cassie-und-Greta-Zeit ermuntert haben, und ich vermisste meinen Kater.

Es gab niemanden, der mir über die Zehen leckte, um mich aufzuwecken. Dass mich dieser Umstand mal stören könnte, wäre mir nicht einmal im Traum eingefallen.

Meine Laune sank wieder auf ihr übliches Niveau herab, als ich in der Physikstunde nur Bahnhof verstand. Vermutlich war ich einfach nicht dazu bestimmt, glücklich zu sein.

Ich sollte aufhören, etwas erreichen zu wollen, das unerreichbar war.

Die einzigen Entschlüsse, die ich vom gestrigen Tag in den heutigen übernommen hatte, waren diese beiden: Ich würde weiterhin versuchen, Streuner zu finden (wenn ich so darüber nachdachte, war er in gewisser Weise zu meiner Definition von Glück mutiert, was leider die Suche danach nicht gerade einfacher gestaltete), und ich würde herausfinden, was es mit dieser optischen Täuschung im Wald auf sich hatte. Letzteres tat ich nur wegen meiner Neugier und des Beweises meiner psychischen Gesundheit.

Zwei Vorhaben, auf die ich mich konzentrieren und mit denen ich mich davon ablenken konnte, dass ich ab jetzt eine anständige Schülerin zu sein hatte.

Ein Fehltritt und Streuner würde in weitere Ferne rücken, als es ohnehin schon der Fall war. Das durfte ich unter keinen Umständen zulassen.

Also bemühte ich mich darum, den Unterricht ohne Komplikationen zu meistern (was mir erstaunlicherweise gelang), und am Nachmittag traf ich Vorbereitungen.

Ich lud mein Handy auf und machte mir einen Snack. Dann besorgte ich zwei Flaschen Wasser (ich musste auf alles vorbereitet sein) und verstaute den Proviant in meinem Schulrucksack, den ich nicht verlieren durfte. Aber wie sagte man so schön: No risk, no fun.

Das Warten war der schwerste Teil meines Plans. Um niemandem (Cassie!) über den Weg zu laufen, blieb ich den Rest des Tages in meinem Zimmer und hoffte darauf, dass sie nicht vorbeikommen würde.

Tatsächlich sollte ich in meinem Leben zum ersten Mal Glück haben.

Als es gerade erst siebzehn Uhr war, kapitulierte ich vor meiner Langeweile und setzte mich an den Schreibtisch, um die Zeit mit Lernen totzuschlagen.

Und das tat ich tatsächlich!

Die erste Stunde war der pure Horror. Nichts ergab einen Sinn. Ich blätterte wie eine Irre im Mathebuch herum, machte mir Notizen, versuchte, Regeln anzuwenden und Beispielaufgaben zu rechnen. Alle zwei Minuten stand ich kurz davor, aufzugeben. Doch mein Durchhaltevermögen zahlte sich aus.

Denn irgendwann machte es *klick* in meinem Kopf. Es fühlte sich wie der entscheidende Moment beim Joggen an, wenn man den Punkt der Überanstrengung hinter sich ließ und auf einmal alles viel leichter ging.

Mit einem Mal konnte ich Aufgaben lösen, verstand sogar, was ich tun musste und weshalb. Es war wie ein Wunder und dieses Triumphgefühl verlieh mir eine unglaubliche Portion frisches Selbstbewusstsein.

Herrn Grauhoff würden in der nächsten Stunde die Augen aus dem Schädel fallen, wenn ich ganz allein an der Tafel seine Gleichungen löste. Die Vorfreude auf diesen Moment ließ mich auflachen.

Während ich mich in ein Mathe-Ass verwandelte, raste der Stundenzeiger über das Ziffernblatt. Erst kurz vor zehn warf ich einen Blick auf die Uhr und erschrak. Herr Traube würde jeden Augenblick zur Kontrolle vorbeischauen.

Schnell klappte ich Buch und Heft zu, warf mich vollständig angezogen in mein Bett und zog die Decke über mich.

Keine Sekunde zu früh. Der Direktor klopfte an die Tür. Als ich ihn hereinbat, streckte er den Kopf ins Zimmer.

»Gute Nacht, Greta. Und denk daran: keine Ausflüge!«

Ich lächelte brav und erwiderte: »Gute Nacht.«

Ich durfte unter keinen Umständen zu spät kommen, mich verlaufen oder verletzen. Das wäre mein Ende.

Vermutlich klopfte mein Herz deshalb ungewöhnlich schnell, als ich aus dem Fenster kletterte. Meine Handflächen waren schweißnass und der Schulrucksack drückte ungewöhnlich stark gegen meinen Rücken. Bis ich im Wald ankam, würde ich in Schweiß baden.

Trotzdem hielt ich an meinem Vorhaben fest und drehte nicht um. Da war dieses unbeschreibliche Gefühl in mir, dass ich mir einen Reim auf Streuners Verschwinden machen könnte, wenn ich Gregorians Geheimnis lüftete.

Meine Intuition wollte mir weismachen, dass es einen Zusammenhang zwischen diesem seltsamen Ort im Wald und meinem Kater gab. Und es war mir egal, wie wenig Hoffnung ich mir im Grunde machen konnte. Es war die einzige Spur, die ich hatte. Vielleicht war Streuner auch auf dieser Lichtung verschwunden und fand den Weg nicht mehr zurück?

Ich konzentrierte mich allein auf den Gedanken an ihn und stapfte los.

Über die Wiese, zum Waldrand, in den Baumdschungel und durchs Unterholz. Dann machte ich neben einem Beet Wildbeeren Rast und zückte mein Smartphone.

Ein kleiner blauer Punkt verriet mir, wo ich mich gerade befand. Ich scrollte durch die Karte und hielt nach einer großen Lichtung Ausschau. Doch sosehr ich mich auch bemühte, das gesamte Gebiet zu überblicken, fand ich sie nicht.

Ich schlug mir mit der flachen Hand gegen die Stirn. »Natürlich finde ich sie nicht, wenn sie unsichtbar ist.«

Mal wieder musste ich mich auf das Glück verlassen, das mich schon viel zu oft enttäuscht hatte. Also stellte ich den Wecker auf ein Uhr, damit er mich daran erinnerte, mich rechtzeitig auf den Rückweg zu machen, stopfte das Handy in meine Hosentasche und lief blindlings los.

Die Lichtung fand ich nicht. Ob ich letztes Mal also Pech oder Glück gehabt hatte, konnte ich nicht sagen. Vermutlich ein bisschen von beidem. Denn eigentlich hatte die Begegnung mit Gregorian nur Negatives nach sich gezogen. Aber eben auch nur, weil ich nicht rechtzeitig zurückgefunden hatte.

Als der Wecker klingelte, schlug ich enttäuscht und müde den Rückweg ein. Dank meines Smartphones wusste ich nun, wie ich ins Internat gelangen konnte.

Die nächste Suchaktion verschob ich auf das Wochenende. Dann würde ich länger schlafen können, was ich an freien Tagen ohnehin tat, und niemand Verdacht schöpfen.

Nächstes Mal würde ich die Lichtung finden. Das spürte ich ganz genau.

Boru

Jeden Tag war ich mir aufs Neue sicher, dass mein Vater vorbeischauen würde, und jedes Mal enttäuschte er mich.

Auf seine Schwester dagegen war Verlass.

»Willst du noch was trinken?«

Tante Emma schüttelte den Kopf und schob sich ein Stück von dem Marmorkuchen in den Mund, den sie mitgebracht hatte. Heute trug sie ein orangefarbenes Kleid, einen dazu passenden grünen Hut und lilafarbene Handschuhe aus Samt. Mit ihrem Klamottenstil erinnerte sie ein bisschen an einen Paradiesvogel.

Ich hatte den Küchentisch und zwei Stühle auf die Wiese geschleppt, damit wir unter freiem Himmel saßen.

»Deine Mutter ist immer noch ziemlich sauer«, informierte Emma mich. »So schnell wird sie nicht mit sich reden lassen.«

»Ich hatte nichts anderes erwartet«, gab ich niedergeschlagen zurück.

»Hoffnung hattest du trotzdem«, sprach sie aus, was ich zu verdrängen versuchte. Sie griff über den Tisch nach meiner Hand und drückte sie.

Ich schenkte ihr ein schwaches Lächeln und drehte die Tasse in meiner anderen Hand. Der Bodensatz floss hin und her und bildete braune Muster.

»Erzähl mir von dem Mädchen«, wechselte Emma plötzlich das Thema.

Beinahe hätte ich mich an meiner eigenen Spucke verschluckt. Natürlich wusste sie über Greta Bescheid. Ich war mir sicher, Mutter hatte kein Detail meines ›Verbrechens‹ ausgelassen.

»Da gibt es eigentlich nicht viel zu erzählen«, versuchte ich, ihrer Aufforderung auszuweichen, und mied ihren verständnisvollen Blick.

»Bist du dir sicher?«

Ich schwieg.

Was wollte sie hören? Dass ich Greta mochte? Dass ich sie vermisste? Dass wir im selben Bett geschlafen hatten?

So brisant waren diese Informationen nun auch wieder nicht. Mutter und Bessie hatten völlig überreagiert.

»Hast du dich verliebt?«

Das war Tante Emma. Ungeniert, geradeheraus.

Ich wurde rot. Warum war mir ihre Frage nur so peinlich?

Ich zuckte mit den Schultern und goss mir erneut Kaffee ein. Als sie anfing, zu grinsen, schwante mir Schlimmes.

»Und ob du dich verliebt hast!«, rief sie begeistert. »Der kleine Frechdachs wird erwachsen.« Sie seufzte verträumt und stützte das Kinn in ihre Hand.

Am liebsten hätte ich sofort das Thema gewechselt, aber das würde Tante Emma nicht zulassen.

»Erzähl mir alles. Wie habt ihr euch kennengelernt? Wie sieht sie aus? Ist sie hübsch? Wo lebt sie?«

»Können wir nicht über was anderes reden?«, wollte ich ein letztes Mal das Segel herumreißen, doch ich hatte keine Chance.

»Auf keinen Fall. Es ist wichtig, dass du darüber redest«, beharrte meine Tante.

»Für wen?«, erwiderte ich gereizt.

»Natürlich für dich! Und jetzt her mit den Antworten.«

Egal welches Alter, jede weibliche Person verwandelte sich bei dem Thema Liebe in ein kreischendes, quietschendes, kicherndes, nerviges, hartnäckiges und informationshungriges Klatschmaul (alle bis auf Greta). Tante Emma würde erst Ruhe geben, wenn sie satt war. Also seufzte ich ergeben und begann zu berichten.

»Und sie weiß nicht einmal, wer du wirklich bist?«

»Nein, das weiß sie nicht«, seufzte ich bestätigend.

Wie uncool.

Schnell räusperte ich mich und zuckte gelassen mit den Schultern, bevor ich mir zur Ablenkung einen Bissen Kuchen genehmigte.

»Das ist so traurig.« Tante Emma tupfte sich mit ihrer Serviette ein paar Tränen aus den Augenwinkeln und schniefte.

Ich konnte ihr nicht zustimmen, da ich mir nicht sicher war, ob es gut wäre, wenn Greta die Wahrheit erfuhr. Vermutlich würde sie sich verletzt und hintergangen fühlen und wenn mich nicht alles täuschte, könnte sie selbst bei einer Entschuldigung nicht über die Tatsache hinwegsehen, dass sie die ganze Zeit mit einem Jungen und nicht mit einem Kater gekuschelt hatte.

In gewisser Weise war ich ein Hochstapler, wenn auch ein unfreiwilliger. Und außerdem würde sich die Geschichte zu sehr nach Zauberei anhören. Welcher vernünftige Mensch würde mir denn glauben, dass die eigene Mutter mich in ein Tier verwandelt hatte?

Greta gehörte erst recht nicht zu der Sorte Mensch, die sich leicht um den Finger wickeln ließ. Sie war aufbrausend, temperamentvoll und oftmals ziemlich gemein.

Warum noch mal mochte ich sie?

»Sie vermisst dich sicherlich auch schrecklich«, riss Tante Emma mich aus meinen Grübeleien.

Ich beschloss, das Thema an dieser Stelle fallen zu lassen. »Kann sein. Ist aber auch egal, weil wir uns nicht mehr sehen werden.«

Das brachte meine Tante zum Schweigen. Sie wusste, dass ich recht hatte.

»Es sei denn …« Emma kratzte sich nachdenklich an der Stirn und legte sie in Falten.

Ich kannte diesen Gesichtsausdruck. Sie hatte eine Idee.

»Es sei denn, was?«, drängte ich.

»Es sei denn, wir finden einen anderen Wächter.«

Ich war mir unsicher, ob ich sie richtig verstand.

»Überleg doch mal. Wir müssen nur jemanden finden, der diese Stelle noch mehr verdient hat als du.« Na vielen Dank auch.

»Dann wird deine Mutter dich sicherlich nach Hause holen und anders bestrafen.«

»Na toll.« Es war nur verständlich, dass sich meine Begeisterung bei diesen Aussichten in Grenzen hielt. Selbst wenn Tante Emma einen passenden Ersatz auftreiben konnte (wie auch immer sie das anstellen wollte!), wäre ich Greta trotzdem keinen Schritt näher.

»Ich werde doch nicht zulassen, dass mein Neffe seine erste große Liebe verpasst, weil seine Mutter ein Kontrollfreak ist«, verkündete meine Tante voller Inbrunst.

Meine Wangen verfärbten sich tiefrot. »Wow, danke.«

Ihr war das alles andere als peinlich. Sie kniff mich fröhlich in die Seite, warf ihre Serviette auf den Tisch und erhob sich. Die Beine ihres Stuhls blieben in der Erde stecken und das Möbelstück kippte nach hinten, als sie es wegschieben wollte. Emma schien es nicht mal zu bemerken. Sie sprang Liebes-Geschichten-Kitsch-trunken zu ihrem Portal und drehte sich noch einmal zu mir um.

»Ich werde mir schon was einfallen lassen, Boru. Halte noch ein bisschen durch, wir sehen uns bald wieder.«

Dann war sie verschwunden.

Ich sinnierte eine Weile darüber nach, was ich zu Greta sagen würde, wenn wir uns als Menschen begegneten.

Hi, ich bin Streuner. Du weißt schon, der Kater, der dich abgeschlabbert hat, als wärst du ein Lolli.

Nein, das ging gar nicht.

Hi, ich bin der schwarze Kater, den du vom Baum retten und durchfüttern musstest.

Noch schlimmer!

Hallo, Greta. Woher ich deinen Namen kenne? Na, ich habe wochenlang in deinem Bett geschlafen, wusstest du das gar nicht?

Wenn ich das zu ihr sagte, würde sie mich für einen geisteskranken Stalker halten.

Also gab ich auf und beließ es bei diesen wenigen deprimierenden Versuchen.

Greta

Den Freitagnachmittag verbrachte ich mit meiner verlängerten Strafe und befreite das Schulgelände vom Unrat. Nachdem ich anschließend mein Werkzeug beim Hausmeister abgeliefert und mich bei Herrn Traube abgemeldet hatte, ging ich essen. Ich schlug mir den Bauch voll, bis ich kurz vorm Platzen war, und ließ ein paar Brote mitgehen.

Mein Reisegepäck war fertig und sicher im Schrank verstaut, daher lernte ich noch ein bisschen (gruselig, oder?) und schlug die Zeit mit Physik und Geographie tot.

Der Abend kam und mit ihm die Nacht. Ich wartete auf Herrn Traubes Patrouille, legte mich mit Klamotten ins Bett und gab mir zwanzig Minuten, nachdem er wieder gegangen war, bis ich aufbrach. Ich hatte im Gefühl, dass ich heute endlich Erfolg haben würde.

Am Waldrand stellte ich den Wecker auf drei Uhr. Mir blieben also gut viereinhalb Stunden, um die Lichtung zu finden.

Ein Kinderspiel.

»Scheiße!« Ich rammte meine Faust in den Stamm neben mir. Morsche Rinde blätterte ab und kleine Krümel verteilten sich auf meinem Jackenärmel. »Au. Verdammt!« Mein Handrücken blutete, so fest hatte ich zugeschlagen.

Wütend drückte ich die Hand gegen meine Brust und stapfte weiter. Es war schon nach Mitternacht und ich war immer noch nicht erfolgreich gewesen.

Wo war diese verflixte Lichtung?! Sie konnte sich doch nicht einfach in Luft auflösen! Lief ich in die falsche Richtung? War ich womöglich an ihr vorbeigegangen?

Ich blieb stehen und drehte mich ein paarmal im Kreis, spähte zwischen Bäumen und Sträuchern hindurch und geriet noch mehr in Rage. Mein Geduldsfaden würde bald reißen. Ich knirschte bereits mit den Zähnen und ballte in unregelmäßigen Abständen meine Hände zu Fäusten.

Und dann, endlich – ich befürchtete schon, nur zu träumen –, war ich da. Ein gigantisches Loch, mitten im Wald. Als hätte jemand einen Teil mit einem überdimensional großen Tacker herausgestanzt.

Als ich auf der Wiese einen Zigarettenstummel fand, hätte ich vor Erleichterung am liebsten geweint.

Geschafft. Ich hatte sie gefunden!

Was jetzt? Die Frage kam völlig unerwartet. Ja, was nun? Ehrlich gesagt hatte ich bis hierher gedacht und nicht weiter.

Bevor ich es vergessen würde, zückte ich mein Smartphone und setzte an meinen aktuellen Standort eine Markierung. Stirnrunzelnd betrachtete ich das Display. Laut Satellit müsste hier Wald sein. Bäume und nichts anderes.

Verwirrt hob ich den Blick, um zu überprüfen, ob ich mich auch nicht täuschte. Nein. Hier war eine riesige Lichtung, doch vermutlich war sie für den Satelliten unsichtbar oder erst entstanden, nachdem die Bilder aus dem All geschossen worden waren.

Bis zum Internat waren es knapp eineinhalb Kilometer. Unglaublich. Und ich hatte zwei Anläufe gebraucht, um sie erneut zu finden.

Bevor ich das Handy wieder in meiner Hosentasche verstaute, kontrollierte ich die Uhrzeit. Zehn nach eins. Ausreichend Puffer, um über das weitere Vorgehen nachzugrübeln.

Ich ließ den Rucksack von meinen Schultern gleiten, warf ihn ins Gras und hockte mich darauf.

Morgen war Samstag. Um elf musste ich zum Hofdienst antanzen.

Konnte ich bis morgen früh warten? Würde dieser Gregorian überhaupt noch mal auftauchen? Und wenn ja, war er bereit, mir Antworten zu geben? Dass er sie hatte, daran zweifelte ich keine Sekunde.

Ich beschloss, ihm bis halb acht Zeit zu geben. Wenn ich bei meiner Rückkehr erwischt würde, könnte ich behaupten, erst morgens losgezogen zu sein. Oder aber ich durfte mich einfach nicht erwischen lassen.

Das klang nach einem Plan, also suchte ich mir ein bequemes Versteck und übte mich weiterhin in Geduld.

Das Nervigste an meiner Situation war die Müdigkeit. Meine Lider wurden immer schwerer und in immer kürzer werdenden Abständen fielen mir die Augen zu.

Ich musste wach bleiben.

Das Mondlicht brachte die Lichtung zum Leuchten. Ich durfte Gregorian nicht verpassen.

Denk an Streuner, ermahnte ich mich.

Und er tauchte auf.

Im Nachhinein konnte ich nicht mehr sagen, ob ich geschlafen hatte oder die ganze Zeit wach gewesen war. Dämmerland beschrieb den Ort, an dem ich mich in den letzten Stunden aufgehalten hatte, am besten.

Nun aber war ich hellwach, kauerte auf dem dreckigen, mit Blättern und Zapfen übersäten Waldboden, wischte ein paar Ameisen von meinem Arm und linste an dem Himbeerstrauch vorbei, dessen Früchte meinen Magen zum Knurren brachten. Zum Frühstücken war jedoch keine Zeit. Ich musste mich beeilen, denn das erste Tageslicht prickelte bereits angenehm warm auf meiner Haut.

Gregorian kam aus dem Nichts und hielt zielstrebig auf eine Baumgruppe zu, die eine Art Halbkreis bildete. Dort blieb er stehen und schaute sich um. Warum zündete er sich keine Zigarette an?

Die Antwort bekam ich prompt, als ein rothaariges Mädchen auf der Lichtung erschien. Sie trug einen roten Umhang und senffarbene ziemlich hässliche Schuhe. Ihre Haare hatte sie in einem unordentlichen Dutt zusammengebunden und der Kleister in ihrem Gesicht schien in Windeseile aufgetragen worden zu sein.

Ich unterdrückte ein Kichern. Sie sah einfach nur skurril aus.

Sie näherte sich Gregorian und ich sah, wie er die Schultern straffte. Sein Kiefer spannte sich an und er ballte sogar eine Hand zur Faust.

Entweder hasste er sie so sehr, dass er sich beherrschen musste, um sie nicht anzugreifen, oder aber er wollte sich mit größter Kraftanstrengung davon abhalten, ihr zu sagen, wie lächerlich sie aussah.

Gespannt verfolgte ich die Begegnung der beiden. Da das Mädchen mit dem Rücken zu mir stand, sah ich nicht, was in ihrem Gesicht vor sich ging. Gregorian jedoch blinzelte ziemlich oft, bewegte dann seine Lippen, kratzte sich an der Stirn und am Kinn und verzog schließlich genervt den Mund.

Das Mädchen nahm etwas aus seinem Umhang und überreichte es Gregorian. Augenblicklich hellte sich seine Miene auf.

Eine Weile noch standen die beiden beisammen, wobei ich Gregorians Unbehagen bis hierher (mindestens zwölf Meter entfernt) spüren konnte, bis sich Miss Ich-habe-keine-Ahnung-von-Mode endlich vom Acker machte.

Als wäre es eine Selbstverständlichkeit, hielt sie auf das Nichts zu und verschwand, ohne einen Beweis dafür zu hinterlassen, dass sie eben noch in Fleisch und Blut hier gestanden hatte.

Natürlich hatte ich damit gerechnet, aber selbst dass ich darauf vorbereitet gewesen war, verhinderte nicht, dass mein Mund aufklappte und ich für einen kurzen Moment das Atmen vergaß.

Es war einfach zu unglaublich und ließ sich immer noch nicht mit meinem Weltbild vereinbaren. Menschen lösten sich nicht wie Nebel bei Wärme auf. Zumindest hatte ich das immer angenommen.

Wegen des Schocks, der nicht geplant war, hätte ich beinahe mein Vorhaben vergessen. Ich musste mit Gregorian sprechen, der sich mittlerweile eine Zigarette angezündet hatte.

Jetzt wusste ich auch, was das Mädchen ihm gebracht hatte. Eine neue Schachtel. Die schräge Göre war tatsächlich so etwas wie sein Dealer, was sie gleich viel cooler wirken ließ.

Da Konversation nicht gerade eine meiner Stärken war, versuchte ich gar nicht erst, systematisch vorzugehen. Wie meine Mutter mich damals einfach ins Wasser geschubst hatte, um mir das Schwimmen ›beizubringen‹, kletterte ich ohne Vorwarnung aus meinem Versteck und lief auf Gregorian zu.

Er erkannte mich sofort und seine Mundwinkel rutschten ein Stockwerk tiefer. Qualm stieg von dem Suchtmittel auf, das zwischen seinen Lippen hing.

Ich ließ mich von seinem finsteren Blick nicht abschrecken.

»Du schon wieder.«

Die Hand zum Gruß erhoben, blieb ich einen Meter vor ihm stehen. »Ja, ich.«

»Was willst du?« Er klang zwar nicht so, als würde ihn das tatsächlich interessieren, doch ich ignorierte die Doppeldeutigkeit seiner Worte.

Wild entschlossen klammerte ich mich an den Riemen meines Rucksacks und sah ihm direkt in die Augen. »Antworten.«

»Deswegen bist du den ganzen Weg hierhergekommen?«, fragte er, die Augenbrauen in die Höhe gezogen.

Trotzig hob ich mein Kinn. »Ich bin eben neugierig.«

Und verzweifelt auf der Suche nach meinem Kater, von dem ich hoffte, ihn hier zu finden, aber das sagte ich natürlich nicht laut.

Gregorian erinnerte sich an die Zigarette in seinem Mund, nahm sie zwischen die Finger, zog kräftig daran, blies mir den Qualm ins Gesicht und seufzte. »Ich kann dir nicht weiterhelfen.«

Das war eindeutig eine Lüge.

»Ich will doch nur wissen, was das hier ist.« Ich deutete auf das Nichts. »Kann jemand darin verschwinden und nicht wieder auftauchen?«

Das brachte ihn zum Nachdenken. Er runzelte die Stirn und starrte mich an. »Du suchst jemanden.« Eine Feststellung. »Und du glaubst, er könnte hier verloren gegangen sein?«, mutmaßte er weiter.

Ich schaute zu meinen Füßen und nickte.

Er nahm erneut einen tiefen Zug von seiner Zigarette und hustete. »Glaub mir …«

»… Greta«, erinnerte ich ihn.

»Ja, Greta«, wiederholte er. »Wenn dein Freund hier wäre …«

»Kater!«, korrigierte ich ihn.

Er lachte. »Kater? Dir ist dein Kater verloren gegangen und du glaubst, er …«

Plötzlich keuchte er auf. Die brennende Zigarette segelte zu Boden und ehe sie den Wald in Brand stecken konnte, trat ich sie aus. Gregorian hatte die Augen aufgerissen und starrte ins Leere. Ich konnte die Zahnräder in seinem Hirn förmlich rattern hören.

»Kater«, flüsterte er. »Ein … War er schwarz?«

Ich kniff die Augen zusammen. »Ja, aber woher …«

Er unterbrach mich. »Nein, nein. Das ist bestimmt nur Zufall. Vielleicht stimmt es auch gar nicht. In der Schule werden viele Gerüchte gestreut.« Dieses Phänomen kannte ich nur allzu gut. »Allerdings …«, flüsterte er.

»Was?«, wollte ich wissen.

Gregorian schaute mich erschrocken an, als hätte er für kurze Zeit vergessen, dass ich noch da war. Er biss sich nachdenklich auf die Unterlippe und trommelte nervös mit den Fingern gegen seinen Oberschenkel. »Wie lange hattest du den Kater?«

Ich zuckte mit den Schultern. »Ein paar Wochen vielleicht.«

»Nicht ganz zwei Monate?«, präzisierte er meine ungenaue Zeitangabe.

Skeptisch blickte ich ihn an. Warum wusste er das? »Ja, kann gut sein«, antwortete ich zögernd.

In mir keimte die Gewissheit, dass Gregorian genau derjenige war, den ich nach Streuner fragen musste.

Sein Blick huschte zum Nichts und wieder zu mir zurück. Bevor ich sicher war, was er vorhatte, stürzte ich mich auf ihn. Die Wucht meines Angriffs schleuderte ihn unsanft zu Boden, wo ich mich auf ihn setzte und seine Arme ins Gras drückte.

Er fluchte, spuckte und strampelte wild, um mich von ihm runterzuwerfen, doch mein eiserner Wille stand ihm dabei im Weg.

Ich würde ihn nicht eher in Ruhe lassen, bis ich wusste, was er wusste.

»Scheiße, verdammt! Runter von mir«, brüllte er.

»Nein.«

»Lass mich gefälligst los, du Biest!«

Mit Beleidigungen kam er bei mir nicht weit. »Erst wenn du mir sagst, was du über Streuner weißt!«, verlangte ich und unterstrich meine Forderung, indem ich ihn in den Oberarm zwickte, was vermutlich keine gute Idee gewesen war.

Für einen winzigen Augenblick musste ich ihn dafür loslassen und Gregorian nutzte die Gelegenheit, um sich wie eine Walze herumzuwerfen und mich von sich zu schleudern. Ich bekam gerade noch seine Haare zu packen, was ihn davon abhielt, loszupreschen und im Nichts zu verschwinden.

Er schrie wie am Spieß, weil ich ihm beinahe die Kopfhaut vom Schädel riss, und eine Ladung Mitleid ergoss sich über mich, da ich nur allzu gut wusste, wie es sich anfühlte, skalpiert zu werden. Vermutlich würde mich die harte Tour nicht sehr viel weiter als bis hierher bringen, daher beschloss ich, meine Taktik zu ändern.

Ich ließ von ihm ab (er war offenbar zu sehr mit dem stechenden Schmerz beschäftigt, um die Flucht ergreifen zu können), rollte mich auf die Knie und flehte ihn an. »Bitte, Gregorian. Ich muss wissen, was mit ihm passiert ist!«

Tränen waren ursprünglich kein Teil meines Plans gewesen, doch zu meiner Überraschung musste ich feststellen, dass sie nicht falsch waren.

Dieser Moment war der Tiefpunkt meines bisherigen noch jungen Lebens.

Ich bettelte einen Fremden um Hilfe an. Mit tränennassem Gesicht, geröteten Augen und einer laufenden Nase.

Konnte es etwas Demütigenderes geben?

Mit vor Wut verzerrtem Gesicht richtete Gregorian sich auf und blickte auf mich herab wie auf ein lästiges Insekt, das ihn angefallen hatte.

»Bitte.« Meine Stimme war nur noch ein Flüstern.

Ich war zu müde, um weiterzukämpfen. Abgesehen davon wusste ich nicht mal mehr, wozu das alles. Streuner war weg und mit ihm die einzige Kreatur, die mir je wichtig gewesen war.

An dieser Stelle wäre der Funken Hoffnung, der sich hartnäckig in meinem Herzen eingenistet hatte wie eine Ratte im Speck, verglommen, doch ich musste etwas in Gregorian erreicht haben. Ob es Nachsicht, Mitleid oder reine Menschlichkeit war, wusste ich nicht und es war mir auch egal.

Er verharrte regungslos in seiner Position und schien nachzudenken. Sein Gesicht war eine steinerne Maske und ich ersparte es mir, zu erraten, was er wohl dachte.

Nach langem Schweigen durchbrach er endlich die Stille zwischen uns. »Wenn ich dir etwas erzähle, kannst du mir versprechen, es anzunehmen, ohne Fragen zu stellen?«

Ich nickte schnell.

»Versprichst du mir, mich nie wieder zu belästigen?«

»Ich verspreche es«, gelobte ich.

Er seufzte. »Ich sage dir nur so viel, wie du wissen musst.«

Er wartete ab, ob ich ihm ein Zeichen gab, weiterzusprechen, doch ich blieb bewegungslos sitzen. Was, wenn mir seine Antwort nicht genügte? Was, wenn er log? Woher sollte ich wissen, dass er die Wahrheit sagte?

Und dann wurde mir klar, dass ich es nie herausfinden würde. Dieser Junge konnte mir alles erzählen. Ich würde nie wissen, ob es stimmte.

»Warte«, unterbrach ich ihn, bevor er angefangen hatte, etwas zu sagen. Gregorian runzelte die Stirn. Ich wischte mir ein paar Tränen von der Wange und starrte einen Grashalm an, der sich sachte in dem kleinen Windhauch wiegte, der ihn umspielte. »Wird mir die Antwort gefallen?«, fuhr ich leise fort.

»Kommt darauf an, welche Frage du stellst.«

Ich überlegte. Ich könnte nach dem Nichts fragen, danach, wer er war, wo er herkam oder was er hier machte. Ich könnte verlangen, dass er mir Streuners Verbleib verriet. Mir sagte, wo er sich aufhielt und dass er für mich unerreichbar geworden war. Denn daran, dass das hier meine Vorstellungskraft weit überschritt, zweifelte ich nicht mehr.

Die Neugier in mir gierte wie ein hungriges Tier nach Antworten. Sie lechzte nach Erklärungen und wollte dieses riesige Geheimnis, von dem Streuner ein Teil zu sein schien, lüften. Doch ich hielt sie in Schach. All das würde mir nichts nützen. Mich vielleicht sogar unglücklicher machen, als ich es ohnehin schon war. Also stellte ich die einzige Frage, die mir logisch erschien.

»Werde ich ihn irgendwann wiedersehen?«

Gregorian schien zu wissen, von wem ich sprach, denn seine Augen wurden trüb, verloren an Härte und Zorn. »Nicht in nächster Zeit.«

»Wann dann?«

»Vielleicht niemals.«

Boru

Im Vergleich zur Unendlichkeit waren fünf Jahre eine verschwindend geringe Zeitspanne. Ein Wimpernschlag verglichen mit *für immer*. Im Nachhinein fühlte es sich auch oftmals so an, doch wenn man gerade mitten in diesen fünf Jahren steckte, oder sogar am Anfang, fühlte es sich wie eine Ewigkeit an.

Ich verbrachte den Anfang meiner Unendlichkeit mit Singen, Sport, Putzen, Essen und Schlafen. Ich schaffte es sogar, eine gewisse Routine in meinen Tag zu bringen. Allerdings war das nur ein kleiner Trost.

Mein Vater kam ein paar Tage nach seiner Schwester zu Besuch. Ich war ehrlich überrascht, da ich eigentlich nicht so schnell mit ihm gerechnet hatte. Mein Vater mochte ein guter Mensch sein, zuverlässig war er dagegen noch nie gewesen. Doch er kam und brachte mir wieder ein Geschenk mit.

Er klopfte mir begeistert auf die Schulter. »Das ist ein Fernrohr, Junge.«

Ich wusste, was das lange, ausziehbare Ding darstellte. Ich wandte den Kopf von ihm ab und verdrehte die Augen.

»Damit kannst du sehen, was in der Welt vor sich geht.«

Weil es hier so wahnsinnig viel zu sehen gab.

»Äh, danke. Das ist echt super«, bedankte ich mich halbherzig.

»Es gefällt dir nicht«, stellte mein Vater enttäuscht fest.

»Doch, doch. Sicher«, widersprach ich.

Mein Vater ließ die Schultern hängen und verschränkte die Arme vor dem Oberkörper. »Das Beste habe ich dir noch gar nicht gezeigt.«

Da kam noch was Besseres?

»Und was?«

Jetzt fing er wieder an, zu grinsen, nahm mir mein Geschenk ab und flüsterte etwas in die Linse. Dann gab er mir das Rohr zurück und forderte mich auf, hineinzusehen. Ich tat, was er sagte, und staunte nicht schlecht.

Ich hatte mit Meerwasser, Wolken und dem Himmel gerechnet, was sich eben in meiner Umgebung befand. Stattdessen sah ich Tante Emma. Sie saß in unserem Garten, vor sich eine Tasse Tee, und schaute ernst drein.

Ich schwenkte das Rohr etwas nach links und zuckte erschrocken zusammen, als Mutters finstere Miene in mein Fernrohrbild rückte. Erstaunt ließ ich mein Geschenk sinken.

»Was ist das?« Ich hielt den Gegenstand in meinen Händen und betrachtete ihn, als wäre er ein uraltes magisches Artefakt.

Das Lächeln meines Vaters wurde breiter. »Immer noch ein Fernrohr, allerdings habe ich es etwas aufgepimpt. Wenn du darum bittest, jemanden zu sehen, zeigt es dir die Person«, erklärte er mir.

Ich blinzelte. »Jede Person?«

»Jede Person. Vorausgesetzt natürlich, sie lebt noch. Also Michael Jackson wirst du wohl nicht zu Gesicht bekommen. Du kannst die Personen allerdings nur sehen, nicht hören. Gefällt es dir?«

Und ob es mir gefiel, jetzt, da es nicht nur ein einfaches Fernrohr war. Ich nickte begeistert und freute mich schon darauf, es in Ruhe zu testen.

Mein Vater blieb noch ein Weilchen, erzählte von seinen Reisen und machte sich schließlich auf den Weg nach Venedig.

Sobald er verschwunden war, nahm ich mein Fernrohr zur Hand und flüsterte: »Zeig mir Greta.«

Dann sah ich hindurch.

GRETA

Niemals.

Für diese Prophezeiung hätte ich Gregorian am liebsten den Kopf abgerissen.

Niemals.

Ich kämpfte gegen die Hilflosigkeit an, die sich wie ein Virus in mir ausbreitete.

Niemals.

Jetzt wusste ich, dass es unnötig war, weiterzusuchen, und trotzdem war ich damit mehr als unzufrieden. Ich war so unglücklich wie noch nie zuvor in meinem Leben.

Ich schaffte es unbemerkt zurück in mein Zimmer und verkroch mich dort in meinem Bett. Mir war alles egal.

Als Herr Traube vorbeikam, um zu sehen, wo ich steckte, täuschte ich Bauchschmerzen vor. Skeptisch nahm er meine flache Ausrede an und ließ den Hofdienst ausfallen. Was sollte er auch sonst tun? Ein krankes Kind zwingen, zu arbeiten? Selbst ich wusste, dass er das nicht von mir verlangen konnte, also verbrachte ich den ganzen Samstag im Bett.

Ich ging nicht zum Essen, ich ging nicht an die frische Luft (ich hatte ja die gesamte Nacht im Freien verbracht) und ich scheuchte Cassie davon, die mich aufmuntern wollte. Der Einzige, den ich sehen wollte, war Streuner, und der würde für immer unerreichbar bleiben. Buchstäblich vom Erdboden verschwunden.

Nur langsam gelang es mir, mich damit abzufinden. Die ganze nächste Woche verbrachte ich krank im Bett. Mein Körper musste von meinem gebrochenen Geist infiziert worden sein, denn Mitte der Woche wurde ich wirklich krank. Hämmernde Kopfschmerzen erschwerten mir das Einschlafen und Halsschmerzen hinderten mich am Essen.

Ich genoss die körperlichen Wehwehchen, weil sie mich von meiner Trauer ablenkten, und nach über einer Woche akzeptierte ich, dass das Leben niemals nett zu einem war.

Niemals.

Boru

Sie vermisste mich. Ich erkannte es daran, dass sie den ganzen Tag das Fenster geöffnet ließ, daran, dass sie mit den Lippen meinen Namen (also meinen Katzennamen) formte, wenn sie sich draußen aufhielt, und an der Tatsache, dass sie nicht schlafen konnte. Tiefe Ringe zeigten sich unter ihren Augen und sie hob nur noch selten den Kopf.

Ich dachte, sie zu sehen, würde mich glücklich machen, aber stattdessen war das Gegenteil der Fall. Je öfter ich bei ihr vorbeisah, desto niedergeschlagener wurde ich. Nicht nur weil es ihr schlecht ging, sondern auch, weil ich rein gar nichts dagegen tun konnte.

Greta war ebenso wie ich das Opfer von Mutters Willen geworden. Und sie wusste es nicht einmal. Für sie musste es so aussehen, als hätte ich ihr aus freien Stücken den Rücken gekehrt, denn sie konnte nichts von mir oder meiner Welt, die sich in so vielen Punkten von ihrer unterschied, ahnen.

Ich schaute auch oft bei meinem Vater vorbei, der sich jedes Mal an einem anderen Ort der Welt befand, und bei Tante Emma, die sich die meiste Zeit um ihre drei Kinder und den Haushalt kümmerte. Ich wartete jede Minute darauf, dass sie vorbeikam und gute Neuigkeiten mitbrachte, doch sie ließ auf sich warten. Ich musste geduldig sein.

Gregorian stattete ich auch einen Besuch ab, von dem er natürlich nichts wusste. Er gab Davarne immer noch Nachhilfe und ich fragte mich allmählich, was für ihn dabei raussprang. Er hatte dieses schräg gekleidete Mädchen noch nie besonders gut leiden können. Aber vermutlich änderten sich Menschen eben oder Gregorian war geübt darin, seine Gefühle zu verbergen. Nicht selten verließ er das Labor mit temporär andersfarbigen Haaren, seltsamen Beulen auf der Haut oder elektrisiertem Knistern zwischen den Fingerspitzen.

Auf eine seltsame Weise machte es mich zornig, dass ihre Leben weitergingen. Sie kamen ohne mich zurecht, machten sich keine Gedanken über mein Stagnieren.

Alle bis auf Greta, die ich von ihnen am kürzesten kannte. Nur sie schien an meiner Abwesenheit in der Welt zu leiden. Und ausgerechnet ihr würde ich das niemals wünschen.

Weil es mich nur betrübte, verstaute ich das Fernrohr bei dem Onkla unter meinem Bett. Für mich gab es nichts mehr zu sehen. Zumindest nicht für die nächsten vier Jahre und elf Monate.

An einem normalen Morgen mit viel Regen und wenig Sonne passierte dann endlich etwas. Zuerst glaubte ich, zu träumen oder zu fantasieren, doch die beiden Hexen, die auf meiner Insel auftauchten, waren echt.

Ich kannte die Statistiken zur Häufigkeit der Benutzung des Onklas nicht, doch dass er heute zum Einsatz kommen würde, ließ mich aufgeregt von einem Bein auf das andere treten.

Die Hexen waren vom Zirkel. Und nicht nur das. Petunria war sogar die oberste Hexe im Rat. Sie war sozusagen die erste Hexe der Mande und trug die Verantwortung für viele Dinge. Wofür genau, hatte ich noch nicht herausgefunden, hauptsächlich gab sie zu allem ihren Senf dazu.

Beispielsweise hatte sie beschlossen, welche Farben die Umhänge in der Zauberschule für die verschiedenen Alters- und Rangstufen haben sollten, und sie wohnte den Abschlussprüfungen bei, bei denen man – im besten Fall – sein uneingeschränktes magisches Potenzial erhielt.

Ich hatte sie noch nie persönlich getroffen, stellte allerdings, sobald sie einen Fuß auf die Insel gesetzt hatte, fest, dass ich sie nicht leiden konnte.

Petunria war nicht das, was man als schlank bezeichnen konnte. Ihre stechend orangebraunen Augen blickten sich argwöhnisch um. Als sie mich entdeckten, verzog sie angewidert das Gesicht. Sie schaute, als hätte sie ein schlimmes Magengeschwür, das konstant gegen ihre Eingeweide drückte und sie zwang, auszusehen, als würde sie sich jeden Augenblick übergeben müssen.

Sehr sympathisch.

Die andere Hexe war Grisella, ihre rechte Hand. Äußerlich unterschieden sich die beiden wie Tag und Nacht. Grisella wuselte wie ein Wiesel um ihre Chefin herum und sah zu meiner Belustigung auch so aus. Spitze Nase, geschürzte Lippen und dunkle Augen, die mich – wenn das überhaupt möglich war – noch herablassender musterten als die von Petunria.

Ich widerstand dem Drang, genauso respektlos zurückzustarren, senkte stattdessen den Blick und wartete ab, was passieren würde.

Das Wiesel forderte mich auf, den Onkla zu holen, und ich rannte fast in mein Schlafzimmer. Meine unbehagliche Stimmung war augenblicklich wie weggeblasen. Ich platzte beinahe vor Neugier.

Was mochte vorgefallen sein, dass es nötig war, einen Blick in die Zukunft zu werfen?

Als ich wieder auf die Wiese lief, den Onkla im Arm, riss Grisella mir förmlich die Glaskugel aus der Hand und Petunria sagte: »Geh wieder an die Arbeit.«

Sollte das ein Witz sein oder war die einfach nur dumm?! Den Onkla zu bewachen, *war* meine Arbeit, aber da ich mich nicht traute, etwas zu erwidern, verzog ich mich ans andere Ende der Insel, was nicht besonders weit war.

Gleich würde ich den Onkla in Aktion erleben. Mein Magen machte einen kleinen Salto und meine Handflächen wurden feucht.

Als Petunria mir einen bösen Blick zuwarf, der mich vermutlich vertreiben sollte, versuchte ich, so zu tun, als wäre die Gischt, die mehrere Meter unter mir gegen den Felsen schlug, wahnsinnig faszinierend. Und weil sie nichts mehr sagte, blieb ich, wo ich war.

Die oberste Hexe des Zirkels brabbelte Kauderwelsch und Grisella ließ die Glaskugel los.

Ich hielt die Luft an, weil ich damit rechnete, dass sie auf dem Boden aufschlagen und zerbrechen würde, doch anstatt sich der Schwerkraft zu ergeben, trotzte sie ihr und verharrte regungslos in der Luft.

Dann zog Petunria ihren Zauberstab aus dem Umhang und tippte gegen das Glas. Wieder fing sie an, Worte zu murmeln, die ich nicht verstand. Durch das Meeresrauschen und den Wind drangen nur die zusammenhangslosen Phrasen »das Gestern verlieren« und »frei« zu mir durch.

Ich hatte absolut keinen blassen Schimmer, was das mit der Zukunft zu tun haben sollte. Doch der Onkla schien zu verstehen und fing an, zu glühen. Nicht auf so angenehme Weise, wie Glühwürmchen es taten, sondern grell und beißend, sodass ich den Blick abwenden musste.

Erst als ich durch meine geschlossenen Lider wahrnahm, dass das Leuchten abebbte, traute ich mich, die Augen zu öffnen. Und ließ enttäuscht die Schultern hängen.

Die Hexen waren weg und der Onkla hing direkt vor meiner Nase in der Luft und sah so unscheinbar und gewöhnlich aus wie immer.

Ich pflückte ihn wie die Frucht eines unsichtbaren Baumes und brachte ihn zurück an seinen Platz.

GRETA

Was genau tat ich hier eigentlich?

Ungläubig starrte ich auf die rot umkringelte Zwei, die Herr Grauhoff auf den Kopf meiner Matheklausur geschrieben hatte. Eine glatte Zwei. In Mathe.

Ich musste hier raus. Das Bedürfnis, die Flucht zu ergreifen, überfiel mich wie ein plötzlicher Hustenanfall. Über meine Leistung konnte ich mich nicht freuen und erst recht nicht akzeptieren, dass mein Mathelehrer mich angelächelt hatte. In all der Zeit, die ich auf diesem Internat verbracht hatte, glaubte ich, gerade *das* niemals zu erleben.

Die Welt stand doch völlig auf dem Kopf. Und schuld war Streuner. Ich wusste nicht, woran es lag, aber seit er aufgetaucht und wieder verschwunden war, glich meine Gefühlswelt einer Achterbahnfahrt.

Ich wartete das Klingeln ab, dann schnappte ich mir meinen Rucksack und stürzte aus der Klasse, den verwirrten Blick meines Lehrers im Rücken.

Zuerst eilte ich in mein Zimmer. Keuchend schlug ich die Tür hinter mir zu, warf meine Tasche in eine Ecke und mich auf mein Bett. Doch das genügte nicht.

Meine Haare wirbelten wie eine schwarze elektrisch aufgeladene Gewitterwolke durch die Luft, als ich mich wieder von der Matratze katapultierte. Ohne lange zu überlegen, zog ich das Fenster auf, kletterte auf die Wiese und rannte.

Es war wie eine Kurzschlussreaktion. Ich hatte nicht nachgedacht, mir nicht bewusst überlegt, wohin ich wollte, aber die Konsequenz ließ nicht lange auf sich warten.

Ihr Name war Cassie.

»Greta!«

Ich stöhnte, kniff kurz die Augen zusammen und tat, als hätte ich sie nicht gehört. Vielleicht erreichte ich den Wald, bevor sie mich einholte?

Angespannt beschleunigte ich meine Schritte und wünschte, die Bäume würden mir etwas entgegenkommen.

Meine Cousine schloss bald darauf zu mir auf. Sie packte mich an der Schulter und ich wirbelte herum.

»Cassie!«

Mein erschrockenes Schauspiel schien wohl nicht sehr überzeugend zu sein. Sie presste zornig die Lippen aufeinander. »Wo willst du hin?«, verlangte sie, zu erfahren.

Ich sah überall hin, bloß nicht zu ihr. Am Himmel zog eine Wolke entlang, die die Form eines Häufchens hatte. Ich grinste.

»Hör auf, zu lachen, und sag mir, was du hier schon wieder treibst! Hast du keinen Unterricht?«

»Doch.«

Mit dieser ehrlichen Antwort schien sie nicht gerechnet zu haben und meine liebe Cousine war für einen wunderbaren Augenblick sprachlos. Sie fing sich wieder und fuhr fort: »Und warum streunst du dann hier herum?«

Falsche Wortwahl, dachte ich giftig und schüttelte ihre Hand ab, die sie auf meine Schulter gelegt hatte. »Lass mich in Ruhe, Cassie!«

»Du wirst jetzt nicht einfach abhauen! Greta!«

Wieder versuchte sie, mich aufzuhalten, ihre Finger um mein Handgelenk zu schlingen, doch ich wich blitzschnell zurück und streckte ihr die Zunge raus. Cassies empörter Gesichtsausdruck konnte mich auch nicht dazu bewegen, stehen zu bleiben. Sah sie nicht, dass mir gerade alles zu viel wurde? Ich wollte allein sein. In diesem Augenblick mehr als je zuvor. Also ließ ich sie stehen und lief schnurstracks in Richtung Waldrand.

Vielleicht war sie nur neugierig, vielleicht wollte sie mich zur Vernunft bringen, vielleicht hatte sie auch Angst um mich. Egal, welche Gründe sie antrieben, meine Cousine folgte mir.

Ich ließ nichts unversucht, sie im Unterholz abzuhängen, doch erstaunlicherweise war Cassie verdammt fit. Wie ein Magnet schien sie von mir angezogen zu werden und es war auch nicht gerade hilfreich, dass ich selbst Schwierigkeiten mit der Fortbewegung hatte. Gemeinsam kämpften wir uns vorwärts.

Gezwungenermaßen schlug ich eine andere Richtung ein. Es wäre sowieso keine gute Idee gewesen, die Lichtung zu besuchen. Was sollte ich da noch? Außerdem hatte ich Gregorian versprochen, ihn nicht mehr zu nerven.

An einem dicken Baum machte ich halt und lehnte mich gegen den Stamm.

Cassie kam keuchend neben mir zum Stehen. »Du bist echt ätzend, Greta.« Ein paar verschwitzte Strähnen klebten ihr an der Stirn.

»Keiner zwingt dich, Zeit mit mir zu verbringen«, blaffte ich sie an.

Dieser Satz hatte die Wirkung des Tropfens, der das Fass zum Überlaufen brachte. Ich hatte Cassie noch nie schreien gehört, doch als sie es jetzt tat, schien die Temperatur um einige Grad zu sinken. Selbst ihre goldenen Engelslocken und ihre zierliche Statur schafften es nicht, ihre dunkle Aura zu neutralisieren.

Cassie wurde zur Furie. »HALT ENDLICH MAL DEINE FRESSE, VERDAMMT! DU BIST SO EIN UNGEHEUER!«

Ich wurde plötzlich ganz klein mit Hut. Scheiße, ich traute mich nicht einmal, sie zu unterbrechen.

»Du bist so ein egoistisches, selbstverliebtes, ignorantes und ekelhaftes Miststück, weißt du das eigentlich?«, fuhr meine Cousine fort, mich anzubrüllen. »Keiner kann dich leiden, niemand will etwas mit dir zu tun haben! Und ich verteidige dich immer noch! Ich finde für alles, was du tust, eine Entschuldigung. Meine arme

Cousine ist eben so, sie hatte es nicht leicht. Ihr Vater hat sie einfach sitzen gelassen.«

Ich war sprachlos.

»Aber selbst mir reißt irgendwann der Geduldsfaden«, fauchte sie weiter. »Und als es dann so weit war, dachte ich: Na endlich, jetzt ist sie nicht mehr dein Problem. Aber weißt du, was mich fuchsteufelswild macht?!«

Ich war mir nicht sicher, ob sie tatsächlich eine Antwort erwartete. Ich senkte den Blick.

»Du bist meine Cousine und ich schaffe es einfach nicht, mir einzureden, dass du mir egal bist. Ich hasse dich, aber leider bist du mir nicht gleichgültig.«

Dass es das Ende ihres Ausbruchs war, erkannte ich daran, dass sie müde die Schultern hängen ließ und sich auf den dreckigen Boden setzte. Cassie und Dreck passten nun wirklich nicht zusammen.

Plötzlich fing sie doch noch einmal an, zu sprechen: »Als du mich im Gemeinschaftsraum umarmt hast, dachte ich kurz, du hast mich lieb.«

Das stimmte ja auch. Ich hatte sie lieb, aber nicht, wenn sie so eine Klette und so anstrengend war.

Sie seufzte. »Ist ja auch egal, ich habe meine Lektion gelernt.«

»Cassie«, erwiderte ich schuldbewusst, beinahe flehend.

»Nein, halt einfach ein Mal im Leben deine vorlaute Klappe.«

Sie erhob sich vom Boden und stiefelte davon, ohne einen Blick zurückzuwerfen.

Die Ironie meiner Entscheidung wurde mir erst so richtig bewusst, als ich diejenige war, die ihr hinterherrannte, um sie aufzuhalten. Ich zerrte an ihrem Oberarm und brachte sie damit zum Stehen.

»Es tut mir leid«, teilte ich ihr mit.

»Dafür ist es zu spät«, verkündete sie theatralisch.

Beinahe hätte ich laut aufgestöhnt. Sie konnte es einfach nicht lassen, ihre Drama-Allüren auszuleben. Trotzdem bescherten mir die Härte sowohl in ihrer Stimme als auch in ihrem verbissenen Gesichtsausdruck ein ungutes Gefühl im Bauch. Meine Intuition sagte mir, dass ihre Aussage dieses Mal nur zu einem kleinen Teil aus Theater bestand.

Als würde sie ums Verderben meine Anwesenheit ausblenden wollen, starrte sie an mir vorbei. Die Blätter unter meinen Schuhen raschelten, als ich einen kleinen Schritt auf sie zu machte.

»Wirklich, Cassie«, versprach ich. »Aber so bin ich nun mal. Ich stoße die Menschen gern weg.«

Allen voran die, denen ich nicht egal war. Was war nur falsch an mir, dass ich ihre … Liebe nicht annehmen konnte?

»Du findest auch für alles eine Ausrede, oder?« Zornig verschränkte sie ihre Arme vor dem Oberkörper.

»Darin bin ich halt gut«, versuchte ich, zu scherzen.

Cassie lachte nicht. »Damit solltest du dich nicht brüsten«, schimpfte sie.

Stöhnend verdrehte ich die Augen. »Und du solltest mal hören, wie geschwollen du redest.«

»Halt die Klappe.«

Etwas Besseres fiel ihr wohl nicht ein.

»Halt sie doch selbst.«

Und mir ebenfalls nicht.

Jetzt zuckten ihre Mundwinkel. Ein letzter Schubs und sie würde lächeln.

»Weißt du, dass Hass nur eine andere Form von Liebe ist?«, fragte ich zuckersüß.

Statt ebenfalls zu lächeln, wurde meine Cousine plötzlich schneeweiß im Gesicht. Sie taumelte einen Schritt zur Seite, krachte mit dem Kopf gegen einen Baumstamm, als sie fiel, und blieb regungslos liegen.

Wie erstarrt blickte ich auf sie hinab. »Cassie?«, flüsterte ich, doch sie antwortete nicht. Ihre Augen waren geschlossen und ihre Haut so bleich, als hätte ihr jemand das Leben aus dem Körper gesaugt. »Cassie?«

Dann sah ich das Blutrinnsal, das von ihrer Stirn auf ein Blatt am Boden tropfte. Entsetzt schluchzte ich auf und schlug die Hand vor den Mund. Ich plumpste neben meiner leblosen Cousine in den Dreck und schrie.

BORU

Was hatten die obersten Hexen des Zirkels in Erfahrung gebracht?

Die Unwissenheit trieb mich in den Wahnsinn.

Gab es denn keine Regelung, die besagte, dass es dem Onkla-Wächter zustand, die Wahrheit – in diesem Fall die Zukunft – zu erfahren?! Sie konnten doch nicht auftauchen, mich ignorieren, geheimnisvolle Formeln murmeln und wieder verschwinden. Das war nicht fair.

Ich lief auf meiner kleinen Insel hin und her und ärgerte mich darüber, dass ich dermaßen isoliert lebte.

Und Tante Emma musste das gespürt haben, denn ich stolperte in sie hinein, als sie aus einem Portal schritt. Der Impuls unseres Zusammenstoßes brachte sie ins Straucheln. Schnell gewann ich mein Gleichgewicht zurück und stützte sie.

»Was für eine stürmische Begrüßung«, scherzte sie.

Ich machte ein gequältes Gesicht. »Entschuldigung. Ich habe dich nicht kommen sehen.«

Wie auch!

»Halb so wild.« Sie klopfte sich unsichtbaren Staub von ihrem hellblauen Rock und wedelte anschließend geschäftig mit ihren Händen. »Ach Gottchen, jetzt hätte ich beinahe vergessen, weshalb ich hier bin.«

Der Ausdruck in ihrem Gesicht wechselte von überrascht zu gehetzt und augenblicklich wurde mir mulmig zumute. Ihre Nachrichten mussten etwas damit zu tun haben, dass der Onkla benutzt worden war, und auf einmal war ich mir nicht mehr so sicher, ob ich es wissen wollte.

»Deine Freundin hat ziemlichen Mist gebaut. Ziemlich großen, um ehrlich zu sein.«

Das Herz rutschte mir in die Hose. Greta? Was konnte Greta schon getan haben, um die Aufmerksamkeit der Mande auf sich zu ziehen?

Tante Emma zerschlug meine Befürchtungen, die sie mir anscheinend im Gesicht hatte ablesen können. »Nein, Boru, es geht nicht um *sie.*«

»Hä? Dann kapier ich nicht, wen du meinst.« Ich runzelte die Stirn.

»Na, dieses Mädchen, mit dem dein Kumpel immer rumhängt«, erklärte Tante Emma aufgeregt gestikulierend.

»Wer?« Ich stand vollkommen auf dem Schlauch.

»Diese … wie hieß sie noch gleich? Daphne? Darvine?«, rätselte Emma und kratzte sich nachdenklich an der Stirn.

»Davarne?«, half ich ihr auf die Sprünge.

»Ja, genau die.«

Tatsächlich war ich jetzt noch verwirrter als zuvor. Eines war jedoch klar: »Wir sind aber nicht befreundet.«

Tante Emma kratzte sich am Hinterkopf. »Ach so. Ich habe es angenommen, weil Gregorian doch so viel mit ihr unternimmt. Zumindest hat mir seine Mutter erzählt, die beiden wären gute Freunde.«

»Er gibt ihr bloß Nachhilfe«, berichtigte ich das Missverständnis.

»Ach, na dann hat Mermelna wohl etwas übertrieben«, meinte meine Tante.

»Emma!«

»Hm?«

»Was ist jetzt passiert?«, drängte ich.

Sie machte große Augen und schlug ihre Hände gegen die Wangen. »Oh ja, Gott, entschuldige. Wenn es stimmt, was ich gehört habe – und ich bin ziemlich sicher, dass es stimmt, immerhin hat deine Mutter mir davon erzählt und sie gehört zum Zirkel –, hat diese Davarne einen Glücksfresser erschaffen.«

»Einen was?«, fragte ich stirnrunzelnd. Dieser Name kitzelte an einer schwachen Erinnerung, die sich in den Untiefen meines Kopfes befand. Ich schaffte es jedoch nicht, sie auszugraben. War mir dieser Name nicht mal im Unterricht begegnet? Irgendwann?

»Einen Glücksfresser«, wiederholte meine Tante und machte eine ausladende Bewegung mit ihrem Arm. »Einen Dämon, der dir sämtliches Glück aussaugt. Sie zu brauen, ist eigentlich strengstens verboten, da Normalos, wenn sie gebissen werden, sterben können.«

Mir rutschte das Herz in die Hose. Greta!

»Und wo ist er jetzt?« Meine Stimme überschlug sich fast. Es juckte mich in den Fingern, meine Tante an den Schultern zu packen und die Information aus ihr herauszuschütteln. Ich hielt mich jedoch zurück.

Der mitleidige Blick, den Emma mir zuwarf, ließ mich frustriert die Zähne zusammenpressen. Irgendwie war mir zum Heulen zumute und ihre Antwort wollte ich gar nicht erst hören. Meine Hände zuckten, reflexartig hatte ich mir die Ohren verschließen wollen. Doch ich musste es wissen.

»Er war natürlich in eurer Schule unterwegs.« Emma zögerte einen Augenblick, fuhr schließlich fort: »So ein Dämon ist schwer einzufangen, Boru. Der Rat vermutet, dass er bereits den Wald verlassen hat. «

»Was?!« Der aufgebrachte Schrei, der mir entfuhr, wurde vom Wind erfasst und davongetragen. Das konnte nur ein Witz sein. Dieses dämonische Wesen war vielleicht schon ganz in Gretas Nähe?!

»Ja, sie sind dabei, die Zauberschule zu evakuieren und im Umkreis von ein paar Kilometern Fallen auszulegen.«

Emma griff nach meiner Hand und fuhr besänftigend mit ihrem Daumen über meinen Handrücken. Ich entriss ihr meine Finger und begann, unruhig umherzulaufen. Dann wirbelte ich herum. »Was ist mit den Normalos, die in dem Dorf leben?«

Was war mit Greta?

»Versuch, ruhig zu bleiben. Der Zirkel ist schon dabei, sie in ihre Häuser zu locken und das gesamte Dorf in Schutzzauber zu hüllen. Allerdings …«

Als sie nicht weitersprach, verlor ich die Fassung und schrie sie an: »Sag schon!«

Da Emma glücklicherweise nicht wie Mutter war, nahm sie meinen Ausbruch einfach hin. Statt zurückzubrüllen, hob sie beschwichtigend die Arme und erklärte: »Davarne hat sich ewig Zeit gelassen, ihre Tat zu gestehen.«

Zeit, die der Dämon nutzen konnte, um sein Unwesen zu treiben. Warum hatte Davarne das getan?

»Ich muss sofort hier weg und nach Greta sehen«, platzte es aus mir heraus.

»Boru, du kannst hier nicht weg.« Sie sah mich eindringlich an, überwand die kleine Entfernung, die ich zwischen uns gebracht hatte, und schlang entschlossen ihre kühlen Finger um mein Handgelenk.

Dieses Mal zog ich mich nicht zurück. Sie hatte recht und das ließ mir sämtliche Nackenhaare zu Berge stehen.

»Aber ich kann doch nicht hier sitzen und Däumchen drehen!«

Nicht, wenn Greta in Lebensgefahr schwebte.

Mit einem Mal wurde mir auch bewusst, warum der Zirkel den Onkla zurate gezogen hatte. Sie mussten in Erfahrung bringen, wo sich der Glücksfresser in Zukunft aufhalten würde. Denn nicht nur Gretas Leben war in Gefahr.

Es gibt diese Träume, in denen man rennen will, aber nicht von der Stelle kommt.

Genauso hilflos und verzweifelt fühlte ich mich im Moment. Ich musste auf dieser bescheuerten Insel hocken, dabei war Greta in Gefahr. Ich musste ihr helfen, so wie sie mir geholfen hatte.

»Kannst du den Zauber nicht lösen?«, bettelte ich Tante Emma an. »Heb ihn auf, damit ich zu Greta kann! Bitte, Emma?!«

Meine Tante machte ein Gesicht, als würde ihr das Herz brechen. »Du weißt doch, dass ich das nicht kann. Boru, bitte sieh mich nicht so an!«

»Verdammt, dann sorg wenigstens dafür, dass ihr nichts passiert!«, schrie ich.

»Der Zirkel lässt keinem Normalo etwas geschehen, da bin ich mir sicher«, versuchte Emma, mich zu beruhigen.

»Kannst du das garantieren?« Aufgebracht vergrub ich meine Hände in den Haaren, ballte sie zu Fäusten, sodass vereinzelte Strähnen in alle Richtungen von meinem Kopf abstanden.

Ihr Blick sagte Nein. Und ihre Vernunft riet ihr offenbar ebenfalls, nicht blind auf die Fähigkeiten unserer Anführer zu vertrauen.

»Na schön«, meinte sie. »Ich werde mich persönlich davon überzeugen, dass deine Freundin in Sicherheit ist.«

Warum beruhigte mich das immer noch nicht?

»Danke. Und beeil dich.«

Ich schubste meine Tante förmlich in ihr Portal und schickte stumme Gebete in den Himmel, die niemand hörte.

Greta

»Cassie! Bitte sag doch was! Cassie!« Ich heulte Rotz und Wasser und schüttelte wirkungslos den Körper meiner Cousine. »Cassie!«

Sie antwortete nicht.

»Greta?«

Ruckartig fuhr ich herum und erblickte Gregorian, der zwischen den Bäumen auftauchte. Er wirkte überrascht, mich hier zu sehen, dann wurde er wütend und schließlich löste Entsetzen seine Wut ab, als er meine Cousine am Boden erblickte.

»Was zur …?«

Schwankend rappelte ich mich auf und stürzte auf den verdutzt und schockiert dreinblickenden Jungen zu, der sich in Luft auflösen konnte. Wie ein Neugeborenes streckte ich meine Arme nach ihm aus.

»Bitte hilf mir. Ich weiß nicht, was mit ihr los ist. Sie ist einfach umgekippt und ich weiß nicht, warum! Was ist mit ihr? Gregorian, bitte!«

Ich kam mir so dumm vor. Ich schaffte es tatsächlich nicht, in einer Notsituation Ruhe zu bewahren oder die beschissene Atmung meiner Cousine zu kontrollieren.

Ich erreichte Gregorian und zerrte wie eine Wilde an seinem Arm. »Bitte!«

Plötzlich durchfuhr ihn ein Ruck und er stürzte zu Cassie. Aufgelöst beobachtete ich, wie er sich über sie beugte, ihre Lider anhob, sein Ohr an ihre Brust drückte und ihren Körper mit seinen Händen entlangfuhr.

Wenn ich es nicht besser gewusst hätte, hätte ich angenommen, er würde sie … na ja, begrapschen.

Dieser Gedanke holte auch endlich mich aus meiner Schockstarre und ich stolperte zu ihm. »Was ist mit ihr?«

Gregorian suchte konzentriert weiter, zog ihre Ärmel nach oben, ihr Shirt, betastete ihren Bauch, murmelte verärgerte Flüche, schob seine Finger in ihren Nacken, strich ihr die Haare aus dem Gesicht, zog ihre Hosenbeine nach oben und schnappte entsetzt nach Luft. »Scheiße.«

An ihrem Knöchel klebte Blut. Gregorian wischte es mit seinem Umhang davon und legte ein kleines Loch frei. Ein Einstich, so groß wie eine Bleistiftspitze.

»Was ist das?«, hauchte ich verängstigt.

Ein Schauer rieselte über meinen Rücken und Furcht nistete sich in meinem Nacken ein. Anhand Gregorians Reaktion konnte ich erkennen, dass Cassies Verletzung alles andere als harmlos war.

»Ein Schlangenbiss?«, quietschte ich, um meine Vermutung gleich darauf selbst zu verneinen. Schlangen hinterließen *zwei* Wunden!

»Nein«, bestätigte Gregorian. Er hörte sich wie ein gruseliger Onkel an, der bei Nacht Horrorgeschichten am Lagerfeuer zum Besten gab.

Plötzlich polterten Schritte und Stimmen durch den Wald. Ruckartig hob ich meinen Kopf und entdeckte mehrere Leute mit Umhängen. Jugendliche waren es keine, die Falten in ihren Gesichtern verrieten es mir. Stattdessen trampelte eine ganze Horde erwachsener, schräg gekleideter Irrer durch den Wald, die komische Sachen sagten. Irgendwas mit Glück und fressen und Schutz und Vernichtung.

Ich war zu gefangen von der Gesamtsituation, als dass ich darauf angemessen reagieren konnte.

Einer der Umhangträger erblickte uns und kam angelaufen. »Gregorian, warum bist du nicht in Sicherheit?!«

Der Mann war groß, schlaksig und trug eine fette Brille auf der Nase. Seine Haare waren strohblond und sein Umhang schimmerte in der Farbe Nachtschwarz.

Ich starrte ihn mit offenem Mund an.

Gregorian erhob sich und gestikulierte in der Luft. Seine hektischen Bewegungen begleitete er mit seiner Stimme. »Ich hab jemanden weinen gehört und da hab ich die zwei hier gefunden. Das Mädchen wurde vom …«, er warf mir einen nervösen Blick zu, »… von dem Ding gebissen.«

Das musste ein Stichwort sein, denn plötzlich kam Bewegung in den Haufen. Der blonde Mann brüllte Anweisungen und winkte seine Kollegen herbei. Eine Frau und ein weiterer Mann kamen angerannt und hoben Cassie in die Luft.

Ich war so überrumpelt, dass ich erst merkte, dass sie meine Cousine davontrugen, als jemand an meinem Ärmel zerrte. Ich stolperte mehr, als dass ich lief, und stützte den Großteil meines Gewichts auf Gregorian, der einen Arm um mich geschlungen hatte. Wir bildeten das Schlusslicht und hetzten durch den Wald.

So in etwa musste sich ein waschechter Schock anfühlen.

Die nächsten Minuten erlebte ich wie einen Film. Alles wirkte surreal und wie in Watte verpackt. Ich bemerkte, dass wir zur Lichtung liefen. Als wir nicht langsamer wurden, schloss ich die Augen, weil ich den Aufprall nicht erleben wollte, der unweigerlich erfolgen würde, wenn wir mit dem Nichts kollidierten.

Doch wie durch ein Wunder passierte gar nichts. Wir rannten weiter, ohne von einem Hindernis aufgehalten zu werden, und als ich meine Augen öffnete, staunte ich nicht schlecht über das gigantische Bauwerk, das vor mir aufragte und scheinbar aus dem Nichts aufgetaucht war.

Graue Steinfassaden, leuchtend grüne Dächer, wunderschön verzierte hellbraune Eingangstüren, Rosenbüsche, die einen Kiesweg säumten, und ein Haufen Kinder und Jugendlicher.

Ich runzelte die Stirn. Die Meute stand in einem Kreis und machte große Augen, als wir auftauchten, doch keiner machte Anstalten, uns entgegenzukommen oder zu helfen.

Ein Erwachsener mit blauem Umhang brüllte: »Ihr bleibt innerhalb des Sicherheitszaubers, wo ich euch sehen kann.«

Na toll. Ich war in einer Anstalt gelandet.

Cassies Kopf, der über dem Arm eines Umhangträgers hing, wippte bei dessen Schritten hin und her. Ich konzentrierte mich ganz auf sie und darauf, sie nicht aus den Augen zu verlieren. Unsere kleine Rettungstruppe hechtete auf das Gebäude zu und ich hatte Mühe, mit ihnen Schritt zu halten.

»Was ist das hier?«, flüsterte ich Gregorian zu, der sich meiner Geschwindigkeit ohne Mühe anpasste.

Er blickte nur finster drein und murmelte: »Später.«

Wir passierten das Tor und fanden uns in einer großen Eingangshalle wieder. Rechts und links zweigten Gänge und Flure ab und geradeaus erblickte ich den Weg zu einem Garten.

Cassie verschwand in dem linken Flur.

Da schoss mir plötzlich ein Gedanke durch den Kopf, der mir bis jetzt noch nicht in den Sinn gekommen war. Was, wenn diese seltsamen Leute uns gar nicht helfen wollten, sondern etwas ganz anderes vorhatten? Mir fielen zwar keine Beispiele ein, aber das war jetzt auch egal.

Ich riss mich von Gregorian los und rannte. Natürlich war er schneller als ich, doch er schien mich gar nicht aufhalten zu wollen. Stattdessen trabte er locker neben mir her.

Cassie wurde in einen Raum gebracht, der an das Zimmer einer Praxis erinnerte, und auf eine Liege gebettet. Ich stürzte neben sie und griff nach ihrer Hand, die mittlerweile eiskalt geworden war.

»Ist sie tot?«, schluchzte ich an niemand Bestimmten gewandt.

Eine freundlich aussehende dickliche Frau mit roten Pausbäckchen tauchte neben mir auf. »Nein, aber wenn wir nicht bald handeln, wird sie es sein.«

Ich heulte auf und klammerte mich an meine Cousine, als würde ich sie nie wieder loslassen wollen. Das hier musste ein Albtraum sein. Ein verstörender, furchtbarer und extrem realistisch wirkender Traum.

Ich zwickte mich in den Arm, um meine Theorie zu überprüfen, doch als ich die Augen wieder öffnete, war ich immer noch in dem Krankenzimmer und Cassie lag noch immer da, als wäre sie bereits tot.

Ihre Mutter würde mich killen!

»Ist das andere Mädchen auch gebissen worden?«, fragte eine Stimme.

Nur vage registrierte ich, dass ich damit gemeint war.

Gregorian antwortete: »Nein, ich denke nicht. Sonst müsste sie doch auch nicht mehr ansprechbar sein.«

»Na schön, dann gehst du am besten zu den anderen und nimmst sie mit. Wir werden uns später um sie kümmern.«

Mein Magen verknotete sich. Was meinte die Person damit? Um was wollten sie sich ›kümmern‹?

»Greta?« Gregorian tippte mir auf die Schulter. »Komm, wir müssen gehen. Die kümmern sich gut um deine …«

»Cousine«, schluchzte ich und vergrub das Gesicht in Cassies Shirt. Sie mussten mich schon betäuben, wenn sie mich von ihr trennen wollten.

»Komm, du kannst ihr im Moment sowieso nicht helfen.«

»Ich bleibe hier«, protestierte ich.

»Greta, bitte.«

»Nein.«

Jemand bohrte mir einen Stock in die Schläfe und plötzlich hatte ich furchtbare Lust, mit Gregorian mitzugehen. Vielleicht könnten wir ein paar Einhörner jagen oder auf Ponys reiten, die gelbe Flügel besaßen?

»Gehen wir Marshmallowbabys essen?«, wollte ich verträumt wissen, aber Gregorian schüttelte den Kopf.

Für meinen Geschmack verhielt er sich viel zu ernst. Seine Bewegungen wirkten abgehackt und steif, als er nach meinem Arm griff.

Ich machte einen Schmollmund. »Warum können wir nicht Käseböllchen sammeln?«

Er löste meine Hand von einem Mädchen, an dem ich mich seltsamerweise festkrallte, und schleifte mich in den Flur. Die Lichter an der Decke brannten in meinen Augen und ich blinzelte, bis mir Tränen über die Wangen liefen.

»Das hier ist komisch«, jammerte ich und ließ mich von meinem Begleiter aus dem Gebäude und zu der Horde Kinder führen, die auf der Wiese saßen und ziemlich angespannt wirkten. »Ist hier Lottospiel?«, wollte ich verwirrt wissen. »Die warten auf Ergebnisse, hä?«

Gregorian hielt es nicht für nötig, mir zu antworten. Er drückte mich auf eine Decke und befahl mir, die Wolken zu zählen.

Also lehnte ich mich zurück, richtete meinen Blick in den Himmel und zählte.

Boru

Meine Tante ließ auf sich warten. Ich wusste nicht, ob das ein gutes oder ein schlechtes Zeichen war. Sicher war nur, dass es mir den letzten Nerv rauben würde, hier auszuharren und darauf zu hoffen, dass ein anderer meine Ängste beseitigte.

Ich wusste zwar nicht, weshalb Greta nicht im Internat und Tante Emma zufolge daher in Sicherheit sein sollte, aber ich hatte so ein blödes Gefühl, dass sie in Schwierigkeiten steckte.

Wahrscheinlich bildete ich mir das aber bloß ein.

Es war komisch, dass in meiner alten Schule die Hölle los war und ich hier absolut nichts davon mitbekam. Meine Insel bildete ihr eigenes kleines Universum, abgeschnitten von allem anderen. Und ich war unfreiwillig an sie gekettet. Abgeschottet. Gekappt.

»Wo bleibt sie nur so lange?«, fluchte ich und schaufelte unruhig Brot in meinen Mund. Ich hatte es schon immer gehasst, dass ich ein Stressesser war.

Unruhig lief ich an der Klippe entlang und hielt nach meiner Tante Ausschau, was natürlich völliger Schwachsinn war, denn sie würde wohl kaum mit einem Schiff auftauchen. Allerdings hatte ich auf diese Weise das Gefühl, etwas zu tun zu haben.

Als mich jemand an der Schulter berührte, machte ich einen gewaltigen Satz und wäre beinahe in die Tiefe (genau genommen in den Schutzwall) gestürzt.

»Emma!«, rief ich und überschüttete sie sogleich mit Fragen. »Wo warst du so lange? Was ist in Schwammberg los? Hast du Greta gefunden? Wie geht es ihr? Was ist mit Davarne?«

»Immer mit der Ruhe, Boru.« Meine Tante hob beschwichtigend die Hände und bedeutete mir, tief durchzuatmen. »Deiner Freundin geht es gut.« Ich stieß erleichtert die Luft aus. »Aber …« Sofort spannte sich mein Körper an. Was aber? »Aber ihre Cousine wurde, wie es aussieht, von dem Glücksfresser gebissen.«

Schlagartig wich sämtliche Farbe aus meinem Gesicht. Ihre Cousine?! War das nicht diese blonde Zicke, über die sie sich immer beschwert hatte?

»Was ist mit ihr?«, drängte ich, zu erfahren.

Emma bewegte sich von der Klippe weg, bevor sie sprach. Ungeduldig folgte ich ihr. Neben der frisch umgegrabenen Erde – aus Langeweile hatte ich angefangen, das Werk meines Vorgängers fortzuführen – blieb sie stehen. »Dein Freund Gregorian hat die zwei im Wald gefunden«, erzählte sie endlich.

Gregorian? Ich zog die Brauen zusammen. »Was hatten die denn da verloren?!«

»Das weiß ich leider nicht, aber die Cousine wird in eurer Schule behandelt und Greta ist bei Gregorian.«

Ein fieser Stich der Eifersucht pikte mich in die Brust. Greta war bei meinem einzigen guten Freund. Und der war nicht gerade hässlich.

Von mir wusste sie nicht mal, dass ich kein Kater war.

Himmel, was machte ich mir nur für Gedanken? Dieses Thema war im Moment ziemlich nebensächlich.

»Okay«, erwiderte ich schließlich und versuchte, mich ein wenig zu entspannen. Greta ging es gut. Sie war zwar nicht bei mir, aber sie war in Sicherheit.

Ganz unvermittelt kochte die Wut über Mutter wieder hoch. Meine Hände ballten sich automatisch zu Fäusten. Wenn ich nicht auf dieser bescheuerten Onkla-Insel festsitzen würde, wäre ich jetzt bei Greta und würde sie trösten.

Apropos Onkla …

Zischend ließ ich die Luft aus meinen Lungen entweichen und fragte: »Haben sie den Glücksfresser eigentlich gefunden?«

Tante Emma schüttelte den Kopf. »In der Theorie schon, aber er war nicht dort, wo der Onkla ihn vermutete.«

»Wie kann das sein?«, murmelte ich und vergrub die Hände in meinen Haaren.

Emma zuckte mit den Schultern. »Liegt wahrscheinlich daran, dass er nicht besonders vorausplanend ist. Kaum hat der Onkla seine Position lokalisiert, ändert er sie auch schon wieder. So ein Dämon ist ziemlich unberechenbar.«

»Dann sind wir immer noch in Gefahr«, stellte ich fest und meinte natürlich die Leute in Schwammberg, dem Dorf, in welchem Greta wohnte.

»Ich fürchte es.«

Die Sorge, die in Tante Emmas Stimme mitschwang, war echt. Unschuldige Menschen könnten zu Schaden kommen, sie könnten … sterben.

Ich verdrängte den Gedanken an Chaos und Tod, den der Glücksfresser vielleicht in diesem Moment verbreitete. Denn ich saß hier fest.

»Was ist eigentlich mit Bessie?«, fiel mir meine Schwester wieder ein.

Emma gab Entwarnung. »Die hat deine Mutter sofort nach Hause geholt. Mach dir keine Sorgen.«

Wenigstens etwas.

Wir schwiegen eine Weile und betrachteten den Horizont, an dem ein fettes Dampfschiff entlangfuhr. Ein Wind kam auf und ließ mich frösteln. Zitternd rieb ich mir mit den Händen über meine Arme.

Tante Emma machte ein mitfühlendes Gesicht. »Es wird schon alles gut gehen«, wollte sie mir die Sorgen nehmen und drückte mich fest an sich.

Ich grub meine Hände in ihre Schulterblätter und ignorierte eines ihrer Haare, das mich an der Nase kitzelte. Meine Tante duftete nach Zimt und Nelken. Ich wünschte, ich könnte einfach mit ihr gehen.

Als Emma mich losließ und rückwärts auf ihr Portal zuschritt, machte sie mir zuliebe ein zuversichtliches Gesicht. »Ich komme wieder, sobald es etwas Neues zu berichten gibt.«

Dass sie bei ihrer Familie sein wollte, konnte ich verstehen. Ich nickte niedergeschlagen und sah dabei zu, wie sie sich in Luft auflöste.

Meine nächsten Besucher kamen völlig unerwartet und überraschend. Meine Tante war keine zwei Sekunden weg, da öffnete sich schon wieder ein Portal und spuckte eine Handvoll Hexen und Hexer aus.

Petunria und Grisella erkannte ich sofort, allerdings fielen mir die Namen der anderen Ratsmitglieder nicht ein. Es waren fünf an der Zahl. Die oberste Hexe natürlich, ihre Beraterin Grisella, eine Hexe mit feuerrotem Haar und krummer Nase, ihr Zwilling, der sich lediglich durch die Augenfarbe von seiner Schwester unterschied, und ein Hexer mit blassem Gesicht, schmalen Augen und einem extrem markanten Kinn.

Zu guter Letzt schritt eine sechste Hexe aus dem Portal, die meinen ganz persönlichen Albtraum verkörperte.

Mutter.

Meine Augen suchten panisch nach einer Fluchtmöglichkeit, da mein erster Gedanke war: Bestrafung.

Mutter war hier, weil ich etwas angestellt hatte – was genau das sein sollte, wusste ich zwar nicht, aber ich würde meinen neuen MP3-Player darauf verwetten, dass die Frau es schaffte, mir die Sache mit dem Glücksfresser in die Schuhe zu schieben.

Doch zu meiner Erleichterung ging es nicht um mich.

»Wir brauchen den Onkla«, erklärte Petunria und sah mich mit hochgezogenen Augenbrauen und vielsagendem Blick an.

Ich brauchte eine Sekunde, um zu kapieren, dass ich die gläserne Kugel aus ihrem Versteck holen sollte. Schnell flitzte ich in meine Wohnung, streckte die Arme unter mein Bett und tastete nach der hölzernen Truhe.

Mir blieb das Herz stehen, als ich sie nicht sofort fand. Anstatt die Truhe zu berühren, fiel mir das Fernrohr meines Vaters in die Hände.

Natürlich! Weshalb war ich nicht eher darauf gekommen? Ich hätte mich selbst davon überzeugen können, dass es Greta gut ging. Ihr Name und ein Blick durch dieses magisch-manipulierte Ding wären völlig ausreichend gewesen, um mich persönlich von ihrem körperlichen Wohlergehen zu überzeugen.

Vor Aufregung vergaß ich, dass die Ratshexen an der Oberfläche auf mich warteten, und fuhr zusammen, als mein Name wie grollender Donner durch die Luft wogte. Wer nach mir gerufen hatte, konnte ich nicht sagen, aber mein Verdacht fiel sofort auf Mutter.

Widerstrebend ließ ich das Fernrohr, wo es war, und tastete erneut nach dem Onkla. Als ich endlich fündig wurde, klemmte ich mir die Truhe unter den Arm und rannte zurück auf die Oberfläche der Insel.

Während ich Grisella den Onkla überreichte, warf ich Mutter einen verunsicherten Blick zu. Doch sie schien keinerlei Notiz von mir zu nehmen. Ich konnte unmöglich sagen, ob sie nach mir gebrüllt hatte. Für sie war ich die nächsten fünf Jahre Luft.

Einer der rothaarigen Zwillinge stellte sich neben mich und grinste mir freundlich zu. Die Anspannung, die unbemerkt auf meine Brust drückte, ließ etwas nach und sogleich konnte ich freier atmen.

Grisella ließ die Glaskugel wieder in der Luft schweben und die oberste Hexe tippte sie mit ihrem Zauberstab an. Dann sagte sie: »Das Gestern lässt sich nicht verbiegen, das Heute ist sogleich vorbei. Das Morgen steht noch nicht geschrieben, setzt Hoffnungen und Wünsche frei.«

Der Onkla begann zu leuchten, ich kniff die Augen zusammen, um nicht geblendet zu werden, doch plötzlich wurde das Licht, das ich durch meine geschlossenen Lider sah, irgendwie ... wärmer.

Vorsichtig wagte ich es, meine Augen ganz langsam zu öffnen, und stieß beeindruckt die Luft aus. Ich wusste nicht, was die anderen sahen, aber meine Aussicht wirkte verblüffend realistisch.

Ich stand mitten in Schwammberg, an der Straße, die geradeaus zu Gretas Internat führte und gegenüber in den Ortskern. Rechts zweigte ein Weg in das nächstgelegene Dorf ab und die linke Straße führte in eine Sackgasse.

Mühsam versuchte ich, ein paar Schritte zu gehen, doch meine Beine blieben wie festgeklebt am Boden haften. Das hier war bloß eine Illusion und dementsprechend konnte ich nicht bestimmen, wohin ich ging oder sah.

Wie von Zauberhand wurde plötzlich ein Fensterbrett, an dem ein Blumentopf hing, herangezoomt und um ein Vielfaches vergrößert. Ein kleiner schwarzer Schatten huschte durch die Pflanze und quetschte sich anschließend durch den Fensterspalt.

Ich war mir absolut sicher, dass das der Glücksfresser war.

Petunria schnaubte verärgert. »Wir müssen handeln, ehe noch mehr Normalos zu Schaden kommen.«

Sie sagte es nicht, als läge ihr etwas an der Gesundheit der normalen Menschen, sondern eher so, als wollte sie um jeden Preis unnötigen Ärger und Scherereien vermeiden. Denn wenn der Glücksfresser sich durch das Dorf und von dort in die nächste Ortschaft biss, würden die Normalos früher oder später Fragen stellen.

»Wir müssen den Onkla mitnehmen«, verkündete eines der Rotschöpfe.

Die oberste Hexe verzog das Gesicht. »Wir haben wohl keine andere Wahl«, gab sie zähneknirschend zu.

Allerdings. Es sei denn, sie wollten wertvolle Zeit mit unnötigen Portalreisen verschwenden.

Petunria blähte ihre Nüstern wie ein wütender Stier und bedachte mich mit einem herablassenden Blick. Dann glitten ihre Augen über die anderen Ratsmitglieder. »Na schön.« Sie knurrte. »Grisella, du wirst den Onkla und seinen Wächter beaufsichtigen. Bleibt immer in meiner Nähe. Ihr anderen schwärmt aus und versucht, die bereits entstandenen Schäden zu begrenzen.«

Mich überkam ein schwindelerregendes Gefühl der Vorfreude.

Ich würde die Insel verlassen.

Ich würde Teil des Geschehens werden.

Ich würde vielleicht Greta wiedersehen.

Greta

Als ich zu mir kam, fand ich ein klaffendes Loch an der Stelle, an der sich eigentlich meine Erinnerungen an die letzten Stunden befinden sollten. Der Nebel in meinem Kopf verwirrte mich. Was genau war noch mal geschehen?

Blinzelnd richtete ich mich auf und scannte meine Umgebung. Da saßen und standen eine Menge Kinder mit Umhängen. Und Gregorian. Ich entdeckte ihn neben mir auf einer braun-schwarz karierten Picknickdecke. Als Nächstes fiel mir ein, dass ich Wolken zählen sollte, doch ich konnte mich nicht mehr an die genaue Anzahl erinnern.

War das überhaupt wichtig?

»Hey.« Gregorian hatte bemerkt, dass ich wach war, und sich zu mir umgedreht.

Ich rieb mir mit Daumen und Zeigefinger über den Nasenrücken und massierte mir anschließend die Schläfen.

»Das unangenehme Gefühl geht wieder weg«, beruhigte er mich.

Aha.

Sollte ich wissen, warum ich hier war? Ich kniff stirnrunzelnd die Augen zusammen, dann zog ich die Knie an meinen Oberkörper, um die Arme um meine Beine zu schlingen. »Was ist passiert?«

Ein paar Köpfe warfen uns neugierige Blicke zu.

Gregorian kratzte sich unbehaglich im Nacken, blaffte die Gaffer an: »Was gibt's hier eigentlich zu glotzen?«, und wich damit meiner Frage aus. »An was erinnerst du dich denn?«

Ich starrte auf das beeindruckende Gebäude hinter uns und überlegte. Vor meinem geistigen Auge tauchten Bilder auf.

Streuner. Der Gedanke an ihn ließ mich schmerzlich zusammenzucken.

Cassie und ich waren gemeinsam im Wald gewesen. Wir hatten gestritten. Sie hatte mich angebrüllt.

Was war dann?

»Hm …«, murmelte ich. »Ich war mit meiner Cousine unterwegs.«

Schlagartig lichtete sich der Nebel und schleuderte mir mit brutaler Gewalt die Realität ins Gesicht.

»Cassie!«, keuchte ich. »Wo ist sie?«

Gregorian nickte, als hätte er meinen Ausbruch erwartet, und legte beschwichtigend eine Hand auf meine Schulter. »Sie ist im Krankenflügel. Es wird ihr gut gehen«, versicherte er mir mit fester Stimme.

»Sie wurde gebissen!«, stellte ich schockiert fest.

Ein paar der Kids warfen uns wieder Blicke zu. Dieses Mal waren es allerdings ängstliche, wenn nicht sogar auffallend panische.

Gregorian beruhigte ein paar der Jüngeren und redete beschwichtigend auf sie ein. »Keine Sorge, Leute. Hier sind wir in Sicherheit.«

Ich war mir nicht sicher, ob ich ihm glauben konnte. Wir saßen mitten auf einer Wiese, schutzlos, unter freiem Himmel. Und irgendwas lief da draußen herum, dessen Biss einem die Lichter ausknipste. Einfach so.

Ich fröstelte.

Gregorian beäugte mich und bot mir anschließend seinen Umhang an. Zitternd griff ich danach und hängte ihn mir um die Schultern.

»Was habt ihr mit mir gemacht?«, flüsterte ich schließlich nach einer langen Zeit des schweigsamen Beisammensitzens. »Was ist das hier für ein Ort? Wer seid ihr? Und wo ist Cassie?«

Gregorian kratzte sich wieder nervös im Nacken – mir war aufgefallen, dass er das ziemlich häufig tat – und öffnete den Mund, um etwas zu sagen, schloss ihn wieder, öffnete ihn wieder, ließ betreten die Schultern hängen und schwieg niedergeschlagen. Schließlich seufzte er. »Ich kann dir noch nichts verraten.«

»Was soll das heißen, du kannst nicht?«, kreischte ich beinahe und war nur ganz knapp davor, hysterisch zu werden.

»Ich darf nicht«, verbesserte er sich.

Ich verschränkte die Arme vor dem Oberkörper. Wut brodelte unter meiner Haut und – auch wenn ich es nicht gern zugab – Angst. Das waren irgendwelche Verrückten, mit denen ich hier herumsaß und wartete. Worauf eigentlich? Die konnten mir alles Mögliche erzählen!

Wieder huschten beunruhigende Bilder durch meinen Kopf.

Cassies lebloser Körper. Ihr kalkweißes Gesicht.

Gregorian log vielleicht.

Ich riss mir seinen Umhang vom Körper, warf ihn in sein Gesicht und sprang auf. Für ein paar Sekunden war er von meiner Reaktion völlig überrumpelt, doch dann schleuderte er den roten Fetzen beiseite, schoss wie eine Kanone nach vorn und packte mich am Handgelenk.

»Lass los«, schrie ich und schlug ihm meine Nägel in den Arm.

Er jaulte vor Schmerz auf, lockerte seinen Griff jedoch keinen Millimeter. Dann grinste er plötzlich. »Die Situation kommt mir auf seltsame Weise bekannt vor.«

Er spielte vermutlich auf meine kleine Attacke an, bei der ich ihn zu Boden gerissen hatte und zum Reden zwingen wollte. Dass ihn das Ganze so amüsierte, heizte meinen Zorn nur weiter an.

Ich hob mein Bein und versuchte, nach ihm zu treten, doch Gregorian reagierte blitzschnell. Mit erstaunlich sicheren Bewegungen packte er mein Fußgelenk, legte seine andere Hand, mit der er mich an meiner Flucht gehindert hatte, auf meine Taille, zog dann kräftig an meinem Bein und brachte mich damit zu Fall.

Fluchend landete ich auf meinem Hinterteil. »Verdammt!«, fuhr ich ihn an und rieb mir über meinen Allerwertesten, der morgen sicherlich blau schimmern würde.

Gregorians Miene wurde wieder ernst. »Du kannst hier jetzt nicht weg. Das ist zu gefährlich.«

Ich knirschte mit den Zähnen. »Dann sag mir wenigstens, wieso!«

Er stöhnte. »Du würdest mich für irre halten.«

»Keine Sorge, der Zug ist schon längst abgefahren«, fauchte ich ungehalten.

Eine tiefe Falte bildete sich auf seiner Stirn und seine Mundwinkel sackten nach unten. Seine nächsten Worte kamen ihm so leise über die Lippen, dass ich nicht sicher war, ob ich sie hätte hören sollen. »Was Boru nur an dir findet. Wahrscheinlich hat seine Tante da was falsch verstanden.«

»Was?« Mein Herzschlag beschleunigte sich aus mir unbekannten Gründen.

Gregorian starrte mich finster an. »Nichts.«

Dieser seltsame Themenwechsel hatte mich vollkommen aus dem Konzept gebracht. Worüber hatten wir noch gleich geredet? Ah, darüber, dass er sich wie ein Arsch benahm.

»Ich will zu meiner Cousine!«

»Später.«

»Was ist das hier?«

»Später.«

»Wer bist du?«

»Gregorian.«

»Sehr witzig!«

Unser kleiner Schlagabtausch wurde unterbrochen, als Unruhe entstand. Fast alle waren aufgesprungen, um in Richtung Wald zu sehen, der sich in etwa hundert Metern Entfernung erstreckte.

Hundert Meter!? Warum war mir das nicht früher aufgefallen? Diese Lichtung mit dem Nichts war scheinbar noch größer, als sie aussah. Gehörte das zu der optischen Täuschung?

Plötzlich erregte Gedränge auf dem Kiesweg meine Aufmerksamkeit. Viele der Kinder hatten die Wiese verlassen, woraufhin einige der Erwachsenen Dinge brüllten wie »Zurück in die Sicherheitszone!« oder »Auf eure Plätze!«.

Gregorian war ebenfalls abgelenkt und ich nutzte meine Chance, unbemerkt zu verschwinden. Ich schlüpfte zwischen Umhängen hindurch, deren Träger nach vorn drängten, um einen Blick auf was auch immer zu erhaschen, und pirschte mich an das Gebäude mit den hässlichen grünen Dachziegeln heran.

Ehe ich durch das Tor schlüpfte, brüllte jemand meinen Namen. Ich war mir ziemlich sicher, dass es Gregorian gewesen war, der mein Verschwinden bemerkt hatte.

Bevor ich meine Suche nach Cassie fortsetzte, drehte ich mich um, um zu sehen, ob er mir gefolgt war. Statt Gregorian sah ich allerdings einen schwarzhaarigen Jungen mit grünen Augen, der zwischen zwei finster dreinblickenden Damen stand, seine Hände nach mir ausstreckte und meinen Namen rief.

Keuchend warf ich die Tür zu und brauchte ein paar Sekunden, ehe sich mein Puls normalisierte. Das war komisch und irgendwie gruselig gewesen. Andererseits war nichts an diesem Ort wirklich … normal.

Ich schüttelte das Unbehagen ab, das sich an meinen Beinen hinaufschlängelte, in meinem Bauch einnistete und weiter in meinen

Kopf kriechen wollte. Dann konzentrierte ich mich auf mein Vorhaben.

Erst lauschte ich auf Geräusche, doch in der Halle, in der ich mich befand, war es so still wie in einer Kirche. Ich beschloss, dass das ein gutes Zeichen war.

Auf leisen Sohlen bog ich in den linken Flur ab, hielt an jeder Tür, drückte mein Ohr dagegen und lauschte. Weil ich mich nicht daran erinnern konnte, in welchen Raum sie meine Cousine gebracht hatten, musste ich auf Nummer sicher gehen.

An der fünften Tür hatte ich Glück.

»Der Trank schlägt an, aber er schwächt das arme Mädchen ziemlich. Ich weiß nicht, wann sie wieder aufwacht«, sagte jemand. Die Stimme klang gedämpft, was an dem Holz lag, das mich von dem Sprecher trennte.

Intuitiv wusste ich, dass von Cassie die Rede war.

»Das ist eine Katastrophe«, seufzte ein Mann. Ich hielt die Luft an, um kein Wort zu verpassen. »Es wurden noch drei weitere Normalos gebissen. Der Zirkel hat den Glücksfresser im Ort nicht fassen können. Wir haben keine Ahnung, wo er sich gerade aufhält.«

Die Stimme hörte sich an, als bestünde sie aus reiner Verzweiflung. Über was zum Teufel redeten die da?

»Was ist mit dem Onkla?«, fragte die Frauenstimme, die ich der dicklichen freundlichen Dame von vorhin zuordnete, die eine Krankenschwester sein musste.

»Schon im Einsatz, aber Petunria hat den Verdacht, dass er in dieser Angelegenheit nicht von großem Nutzen ist. Das Ding ist einfach zu impulsiv. Wir müssen wohl ein paar Räume für die Nacht sichern, immerhin können wir die Schüler nicht draußen lassen.«

Das hier war also eine Schule.

»Das wird viel Arbeit. Wäre es nicht am besten, alle nach Hause zu schicken?«, erwiderte die Krankenschwester.

»Darüber habe ich auch schon nachgedacht«, antwortete der Mann.

Dann war es still.

Ich lauschte angestrengt auf zuschlagende Türen oder Schritte, doch es drang nicht das leiseste Geräusch zu mir. Also wagte ich einen Versuch und drückte die Klinke hinunter.

In Zeitlupe schwang die Tür auf und quietschte. Ich presste die Zähne aufeinander und unterdrückte einen Fluch.

Als ich Cassie erblickte, machte sich Erleichterung in mir breit, und als die zwei Parteien, die ich eben belauscht hatte, in mein Blickfeld rückten, war es plötzlich Angst.

Boru

Mein Herz machte einen Salto, als ich sie sah. Ihre Augen streiften mich nur für einen kurzen Moment, doch es war, als würde die Zeit stehen bleiben. Sie sah aus, als hätte sie einen unfreiwilligen Campingtrip unter freiem Himmel gemacht – ihre Haare standen in alle Richtungen ab, Kratzer und rote Flecken zierten ihre Wangen, ihr Shirt trug ein Loch zur Schau und ihre Augen waren gerötet.

Sie war mit Abstand das wunderschönste Mädchen, das ich je gesehen hatte.

Ehe ich ein weiteres Mal ihren Namen rufen konnte, der mir automatisch über die Lippen gekommen war, war sie auch schon in meiner Schule verschwunden.

Den Onkla fest im Arm, setzte ich an, ihr nachzulaufen. Greta war unerwartet in greifbare Nähe gerückt und ich wollte nichts lieber, als zu ihr gelangen, auch wenn ich noch nicht wusste, was ich zu ihr sagen sollte.

Ärgerlicherweise kam ich nicht sehr weit, denn eine eiskalte Hand packte mich am Kragen und riss mich an meinem Shirt zurück.

Grisella.

»Was glaubst du, wo du hinwillst?«, fragte sie schroff.

Da die Wahrheit sie nichts anging, mir auf die Schnelle keine plausible Ausrede einfiel und sie wahrscheinlich jede Antwort, ob nun glaubhaft oder nicht, als Respektlosigkeit erachtet hätte, hielt ich den Mund. Sehnsüchtig starrte ich auf die große Eingangstür, durch die Greta eben verschwunden war.

Tagelang war ich davon ausgegangen, sie nie wiederzusehen, und jetzt … Für einen Augenblick war ich fast bei ihr gewesen. Aber nun, da keine Spur mehr von ihr zu sehen war, kam mir dieser kurze Moment wie ein Traum vor. Vielleicht wachte ich gleich auf meiner deprimierenden Insel auf und musste feststellen, dass nichts von dem, was gerade geschah, echt war?

Mittlerweile hatte Grisella mich wieder losgelassen und stolzierte neben Petunria auf das Gebäude zu. Ich beeilte mich, die beiden einzuholen.

In Schwammberg hatten wir kein Glück gehabt. Der Dämon war längst über alle Berge und eine weitere Befragung des Onklas hatte null Ergebnisse geliefert. Offenbar war die ach so magische Kugel mit ihrem Latein am Ende. Also hatte die oberste Hexe ihre Gehilfin und mich hierher geschleift, um das weitere Vorgehen mit dem Schulleiter zu erörtern.

Ich presste das kühle Glas gegen meine Brust und versuchte, meine Mitschüler zu ignorieren, von denen einige mit den Fingern in meine Richtung zeigten. Ich war wohl die Witzfigur der ganzen Schule und Gesprächsthema Nummer Eins. Der entehrte kleine Lehrling, der vor seinem Schicksal geflüchtet war und kläglich versagt hatte.

Als Onkla-Wächter zu enden, katapultierte einen auf die unterste Stufe der Mande. Ich war so etwas Ähnliches wie Abschaum.

Mit gesenktem Kopf und Schamesröte im Gesicht trottete ich hinter den beiden Ratsmitgliedern her. Wir passierten die Eingangstür, an der sich keine fünf Minuten zuvor Greta aufgehalten hatte, und stiegen die Stufen zum Büro des Schulleiters hinauf. Dort angekommen, setzte sich Petunria auf einen bequemen Drehstuhl, platzierte ihre Assistentin auf dem kleinen Sofa an der Wand und ließ mich in der Ecke stehen.

Das war das erste Mal, dass ich das Büro meines Direktors von innen sah. Ich hatte nie zuvor Schwierigkeiten gehabt oder gemacht. Mir wurde mulmig bei dem Gedanken, gleich meinem Lehrer für Zaubersprüche und Flüche gegenüberzustehen.

Auch das nette Bild eines Babydrachen an der Wand konnte meine Stimmung nicht heben. Das Tier war von einem Schwarz mit Rotstich, hatte kleine Flügel geformt wie Bumerangs und schlitzförmige Augen, die charakteristisch für ein Reptil waren.

Auf dem Schreibtisch stand ein moderner Computer der Normalos und ich fragte mich, was der Schulleiter damit wohl anfing.

Plötzlich ging die Tür zum Büro auf und ich wandte ruckartig den Blick von dem Objekt ab. Ich tat, als ginge mich das alles hier nichts an, und stierte aus dem geschlossenen Fenster.

»Entschuldigt die Verspätung, meine Damen. Ich wurde im Krankenflügel aufgehalten. Es gab einen kleinen … Zwischenfall.« Der Blick des Direktors fiel auf mich und seine Augenbrauen rutschten eine Etage tiefer. Er musterte mich wie ein lästiges Insekt.

Wenn er nicht immer ein genervtes Funkeln in den Augen hätte, könnte er mit seinem jugendlichen Haarschnitt, dem beinahe faltenlosen Gesicht und dem blau karierten Pullover einen netten Eindruck machen.

Könnte …

Gregorian und ich hatten uns im Unterricht oft überlegt, was wohl im Kopf des Direktors vorging, dass er immer eine Schnute zog, als würde die Welt bald untergehen und er zuvor keinen Anlass gefunden haben, den teuren Whiskey zu trinken, den er laut unserer Fantasie in seinem Keller hortete.

»Ich hoffe, es ist nichts Ernstes«, flötete Petunria mit der aufgesetzten und pseudofreundlichsten Stimme, die ich je zu hören bekommen hatte. »Immerhin haben wir bereits genug Probleme«, fügte sie leicht angesäuert hinzu.

»Wohl war«, bestätigte der Rektor und sank gefrustet in seinen Sessel hinter dem Schreibtisch. »Wie ich gehört habe, versagt uns das portable Orakel seinen Dienst?«

Das war mein Stichwort. Ich trat einen Schritt nach vorn und streckte Grisella die Kugel entgegen, die sie mir sogleich abnahm. Dann wurde das übliche Ritual vollzogen, ein paar Reime gesprochen, und wieder spuckte der Onkla nur verzerrte Bilder und seltsame Töne aus, so wie es in Schwammberg der Fall gewesen war, nachdem uns der Dämon entwischt war.

Alle Anwesenden im Raum machten ein Gesicht, als hätte man ihnen mitgeteilt, dass Gelatino sein Froschschenkeleis aus dem Sortiment nahm.

Petunria ergriff nach dieser enttäuschenden Vorführung natürlich als Erste das Wort. »Wir werden uns wohl an den Opfern der Normalos orientieren müssen. Nur so können wir die Spur des Dämons verfolgen.«

»Das gefällt mir ganz und gar nicht«, warf der Schulleiter ein. »Es würde zu viel Aufsehen erregen.«

»Haben wir denn eine andere Wahl?«, kam Grisella ihrer Chefin zu Hilfe.

»Wie wäre es, wenn wir dem Glücksfresser eine Falle stellen?«

Drei überraschte Köpfe drehten sich in meine Richtung. Schon klar, niemand hatte nach meiner Meinung gefragt, aber sie mussten zugeben, dass diese Idee ziemlich gut war.

Petunria presste wütend ihre Lippen aufeinander. Sie wusste ganz genau, wie genial mein Vorschlag war. Grisella musterte mich mit einer Mischung aus Erstaunen und Missbilligung und drückte mir den Onkla wieder in die Arme.

»Und wie genau stellst du dir diese Falle vor, wenn ich fragen darf?« Der Schuldirektor tippte ungeduldig mit seinen Fingern auf die glatte Oberfläche seines Tisches und wippte in seinem Stuhl vor und zurück.

»Wir brauchen jemanden, der voller Glück und Zufriedenheit ist und damit den Dämon anlockt. Und bevor er zubeißen kann, schnappen wir ihn uns.« Stolz über meinen Einfall, straffte ich die Schultern.

Er rieb sich nachdenklich über das Kinn und runzelte die Stirn. Ich konnte förmlich dabei zusehen, wie mein Vorschlag sich in seinem Hirn verfestigte und dort zu einem Plan mutierte.

»Hm … einen Versuch ist es zumindest wert. Wenn wir … Ja, das könnte funktionieren«, murmelte der Schulleiter wie ein Verschwörer und schickte mich dann auf den Flur, um dort zu warten.

Ich wollte protestieren, immerhin hatte ich die Lösung für unser Problem vorgeschlagen, doch noch während ich meiner Verärgerung Luft machen wollte, wurde mir die Tür vor der Nase zugeknallt. Na vielen Dank auch! Am liebsten hätte ich den Onkla zu Boden geschleudert.

Keine Ahnung, warum ich so lange brauchte, um mir über das Ausmaß dieser Situation bewusst zu werden. Manchmal stand man eben einfach auf dem Schlauch. Aber als im Büro die Diskussion entbrannte, die man bis auf den Flur hören konnte, fiel mir auf, dass ich allein war. Und damit meinte ich wirklich allein. Weit und breit war niemand zu sehen, weil sich alle im Freien aufhielten und die Lehrer alle Hände voll damit zu tun hatten, die Umgebung und ihre Schüler zu beschützen.

Der Gedanke an Greta schlug wie ein greller Blitz in meinen Kopf ein. Vorhin war sie in das Gebäude gelaufen. Sie war hier in der Schule. Irgendwo in diesen Gemäuern hielt sie sich auf. Ich müsste nur losgehen und sie suchen. Einfach weglaufen …

Ich senkte den Blick und betrachtete mein Spiegelbild in der klaren Oberfläche des Onklas. Was, wenn ich es täte? Immerhin befand ich mich hier nicht auf der Insel. Ich war mir sicher, dass ich sie finden könnte. Aber was würde es bringen? Mutter konnte mich überall aufspüren und Greta hatte bereits genug Probleme. Abgesehen davon … Was sollte ich sagen, wenn wir uns gegenüberstanden? Sie kannte mich nicht. Für sie war ich ein Fremder. Ein Gesicht unter vielen, die ihr hier begegneten. Nichts Besonderes.

Kälte breitete sich in meiner Brust aus. Der Onkla wog schwer in meinen Händen. Es macht keinen Sinn, etwas zu unternehmen. Ich hatte schon längst verloren.

Also lehnte ich mich geschlagen gegen die kalte verputzte Wand und wartete.

Greta

Ich hatte nicht einmal den kleinen Finger rühren können. Stille war eingetreten, als der Mann, die dickliche Krankenschwester und ich uns überrumpelt angestarrt hatten. Keine Ahnung, womit ich gerechnet hatte, aber sicher nicht mit einer hitzigen Diskussion, ein paar vernichtenden Blicken und einer Frau, die sich freiwillig für mich einsetzte. Denn schlussendlich war das das Resultat. Ich durfte bei meiner Cousine bleiben, während der Mann mit dem blau karierten Pullover und dem griesgrämigen Blick aus dem Zimmer gerauscht war.

Nun stand ich also zitternd an Cassies Seite. Die nette Krankenschwester rieb mir mitfühlend über den Arm. Ich wusste ihren Einsatz für mich wirklich zu schätzen, und auch, dass sie persönlich die Verantwortung für meine Anwesenheit übernahm, aber mit ihren wurstigen Fingern schrubbte sie mir noch die Haut von den Knochen.

Ich rückte ein Stück von ihr ab, blieb aber neben Cassies Bett stehen.

Offenbar schien sie meine Geste missverstanden zu haben, denn sie sagte: »Du machst dir Sorgen, das verstehe ich, aber deiner Freundin geht es bald wieder besser.«

Die Mühe, ihre Aussage zu korrigieren, ersparte ich mir und wenn man es nicht so genau nahm, waren Cassie und ich ja auch irgendwie … befreundet. Wenn auch auf eine eher unkonventionelle Art.

»Wann wird sie aufwachen?«, flüsterte ich. Meine Zähne klapperten und brachten die Worte zum Vibrieren.

»Das kann ich dir leider nicht genau sagen. Normalos reagieren heftiger auf Bisse von Dämonen.«

Tja, was sollte man dazu schon sagen? Normalos? Dämonen? Wahrscheinlich hatte sich diese Lady ihre krausen Haare zu lange mit giftigem Shampoo gewaschen und sich damit ihre Hirnhaut weggebrannt. Dämonen! Die wollte mich wohl verarschen?

Als Hilda – so hatte sie sich mir vorgestellt – meinen Blick bemerkte, griff sie sich schockiert an die runden Wangen. »Himmel, wo habe ich nur wieder meinen Kopf. Ich meinte natürlich … Bisse von Schlangen.«

Ein wirklich schwacher und lachhafter Versuch, mich an der Nase herumzuführen.

»Sie haben Dämonen gesagt«, konfrontierte ich sie mit ihrer Aussage.

»Ja, ich habe an meine Dämonen gedacht. Ängste und solche Dinge, du verstehst? Und wollte eigentlich Schlangen sagen. Dabei kam dann Schlangonen heraus. Sicher hast du dich verhört.« Sie lächelte unschuldig, machte auf dem Absatz kehrt und beschäftigte sich damit, den Inhalt des hellen Schranks auf der anderen Seite des Raumes neu einzusortieren.

Ich schnaubte. Wem machte sie eigentlich etwas vor? Den angeblichen Schlangenbiss hatte ich bereits als keinen identifiziert und ihre Miene war so unverschlossen wie ein offenes Buch. Ich war vieles, aber nicht blöd. Die Frage war nur, was meinte sie mit ›Dämonen‹? Und wer sollten diese Normalos sein? Normale … was? Menschen?

Ich verkniff mir weitere Fragen und konzentrierte mich auf Cassie, deren Haut schon wieder eine gesunde rosige Farbe angenommen hatte. Seufzend setzte ich mich auf einen unbequemen Holzstuhl und hielt die Hand meiner Cousine.

Meine Gedanken schweiften haltlos umher, kreisten eine Weile um die Leute im Internat, die mit Sicherheit nach uns suchten, verweilten anschließend bei der Sorge um meinen Schulverweis und blieben letzten Endes bei der Erinnerung an Streuner hängen.

Wie gern würde ich jetzt durch sein weiches Fell streichen, mir die Hand ablecken lassen und vergessen, dass ich mächtigen Ärger bekommen würde. Ganz abgesehen davon, dass Cassie bewusstlos neben mir lag.

Die Tür zum Krankenzimmer ging auf. Hilda und ich drehten gleichzeitig unsere Köpfe in dieselbe Richtung. Gregorian erschien im Rahmen, suchte den Raum ab und lächelte erleichtert, als er mich entdeckte.

»Zu gehorchen, ist wohl nicht so dein Ding?«, neckte er mich und kam lässig schlendernd zu der Liege, auf der Cassie ruhte.

»Sehe ich etwa aus wie ein Soldat?«, motzte ich genervt.

»Eher wie ein wütender Rabe.« Als ich eine Augenbraue nach oben zog, deutete er auf meine Kleidung und erklärte: »Du trägst Schwarz, deine Haare sind schwarz. Würde mich nicht wundern, wenn dir Federn wachsen.«

»Irgendwelche Neuigkeiten?«, mischte sich Hilda ein und wollte damit wahrscheinlich auch den Grund herausfinden, weshalb Gregorian nicht bei den anderen Schülern in ›Sicherheit‹ war.

»Es wird dunkel und wir sollen jetzt doch nach Hause. Die …« Er warf mir einen Blick zu und räusperte sich. »Also die haben wohl doch Probleme, diese fiese Schlange zu finden.«

»Du sprichst doch sicherlich von Dämonen«, warf ich ein.

Gregorian sah aus, als würde ihn gleich ein Laster überrollen. »Sie weiß davon?« Er starrte fragend zu Hilda.

Für ein paar Sekunden war es mucksmäuschenstill im Zimmer, dann schüttelte die dicke Krankenschwester langsam den Kopf. In diesem Moment hätte ich zu gern eine Kamera zur Hand gehabt. Gregorians Gesichtsausdruck war einfach unbeschreiblich.

»Vermutlich ist jetzt der Zeitpunkt, an dem du mit der Wahrheit rausrücken solltest.« Erfreulicherweise klang meine Stimme gefasst und sicher. Ganz anders, als ich mich fühlte. Nämlich hilflos überfordert und irgendwie mulmig.

Wollte ich überhaupt alles wissen?

Bevor noch irgendwer etwas sagen konnte, ging erneut die Tür auf und unsere kleine Gruppe wurde um vier Mitglieder reicher.

Ein Mann, zwei Frauen und – mir blieb kurz das Herz stehen – der Junge, der mich vorhin so sehnsüchtig angesehen hatte, gesellten sich zu uns.

Gregorian wurde schlagartig blass, verkrümelte sich in eine Ecke des Raumes und versuchte, sich unsichtbar zu machen, während ich ein Stück tiefer in meinen Stuhl rutschte und hoffte, dass diese Leute bald wieder verschwanden.

Der Mann von vorhin, den Hilda dazu überredet hatte, dass ich hierbleiben durfte, wandte sich jetzt an sie. »Könnten wir wohl einen Augenblick sprechen?«

Hilda warf mir einen undeutbaren Blick zu und nickte. »Gehen wir nach nebenan«, schlug sie vor.

Die Erwachsenen machten sich vom Acker und ließen uns zurück. Kaum hatten sie das Krankenzimmer verlassen, entspannte ich mich ein wenig, nur um gleich darauf erneut Panik zu schieben, weil der schwarzhaarige, grünäugige Junge sich in Bewegung setzte. Er hielt eine gläserne Kugel im Arm, sagte kein Wort, ebenso wenig wie ich, und schlenderte mit steifer Haltung zu Gregorian. Die Jungen klopften sich gegenseitig auf die Schulter und lächelten sich an.

»Schön, dich wiederzusehen, Mann. Und auch noch in einem Stück.« Gregorian klang gespielt überrascht.

Gespannt wartete ich darauf, dass der andere anfing, zu sprechen. Ich wollte unbedingt hören, wie seine Stimme klang, wenn er nicht gerade meinen Namen rief. Es dauerte eine halbe Ewigkeit, bis er ein einziges Wort über die Lippen brachte.

»Gleichfalls.«

Irgendwie war mir plötzlich ganz komisch zumute. Keine drei Meter trennten mich von diesem Kerl mit der zitternden, unsicheren und trotzdem gefühlvoll klingenden Stimme.

Ich schüttelte den Kopf, um dieses Gefühl loszuwerden. Ich konnte es nicht sofort identifizieren, aber nachdem ich darüber nachgegrübelt hatte, entschied ich, dass es Sehnsucht war. Wonach ich mich sehnte, wusste ich allerdings nicht.

Die Stille im Raum wurde mit jeder Sekunde erdrückender. Irgendwann hielt ich es nicht mehr aus und sagte: »Du schuldest mir immer noch eine Erklärung, Gregorian.«

Bei meinen Worten zuckte der andere Junge zusammen. Ich verkniff mir eine Entschuldigung, die bereits auf meiner Zunge gelegen hatte.

Was war nur los mit mir?

Boru

Was war bloß in mich gefahren? Wie der letzte Volltrottel stand ich da und brachte kein einziges verdammtes Wort über die Lippen. Da saß sie in unmittelbarer Nähe und mir brach der Schweiß aus.

Andererseits … Was hätte ich sagen sollen?

Gregorian, der Verräter, nahm mir eine Entscheidung ab. Gretas Aufforderung ignorierend, sagte er: »Das ist übrigens Boru«, und schubste mich in ihre Richtung.

Aus dem Augenwinkel sah ich, wie er sich mühevoll ein schelmisches Grinsen verkniff. Mir war ganz und gar nicht zum Lachen zumute. Ich stemmte mich rechtzeitig gegen seinen Angriff und verhinderte dadurch, dass ich Greta in die Arme lief oder ihr den Onkla ins Gesicht schleuderte.

Da stand ich also, wie ein verängstigter Junge an seinem ersten Schultag, und streckte ihr meine Hand entgegen.

Zum Kuckuck noch mal, ich hatte mit ihr in einem Bett geschlafen! Warum war ich so schüchtern?!

In diesem Moment hätte ich alles dafür gegeben, ihre Gedanken lesen zu können.

Zögerlich ging Greta auf meine Geste ein und legte ihre Hand in meine. Ein vertrautes Kribbeln durchflutete meinen Körper. Es war wie nach Hause kommen und die Erinnerung an unsere gemeinsamen Wochen entlockte mir ein Lächeln.

Gretas Mundwinkel zuckten. Sie versuchte sofort, es zu verstecken, aber mir war es nicht entgangen.

Keiner von uns machte Anstalten, den anderen loszulassen – ich war viel zu sehr von ihren Augen abgelenkt –, bis Gregorian sich räusperte.

»Hm. Also, wie geht's deiner Cousine? Du hast dich ja vorhin klammheimlich davongeschlichen, um nach ihr zu sehen.«

Ich realisierte erst nach ein paar Augenblicken, dass er mit Greta redete und dabei auf das bewusstlose Mädchen im Raum deutete.

Greta ließ mich los, rieb ihre Handflächen an ihrem schwarzen Shirt und trat von einem Bein auf das andere. »Hilda sagt, sie wird wieder«, antwortete sie ihm mit kratziger Stimme.

Wie viel wusste sie eigentlich? Während ich sie nachdenklich musterte, wich sie meinem Blick aus.

In Gedanken machte ich eine Liste. Sie war hier an der Zauberschule. Ihre Cousine war von einem Dämon gebissen worden. Mein Kumpel schuldete ihr eine Erklärung.

Ja, sie wusste eindeutig, dass hier etwas anders war, aber war sie schon dahintergekommen, was?

Als hätte Greta zwischen meinen Hirnwindungen spioniert, ergriff sie das Wort. »Hätte nun endlich einer die Güte, mir zu erklären, was hier abgeht? Am besten noch, bevor ich den Verstand verliere?«

Gregorian und ich tauschten einen Blick. Offiziell stand es nirgends geschrieben, dass ein Normalo nicht Bescheid wissen durfte. Mein Kumpel schien dasselbe zu denken wie ich.

»Und verkauft mich nicht für dumm. Ich merke, wenn jemand lügt.« Sie verschränkte demonstrativ die Arme vor dem Oberkörper. »Was hat Cassie gebissen?«

Zu meiner Erleichterung ging in diesem Moment die Tür auf, durch die Hilda, der Schulleiter und die Zirkeldamen verschwunden waren. Petunria musterte uns wie lästige Insekten und rauschte aus dem Raum. Ich starrte ihr stirnrunzelnd hinterher.

»Es ist alles geklärt«, verkündete Grisella.

»Was ist geklärt?«

Dass Greta sich traute, zu sprechen, beeindruckte mich wirklich. Andererseits wusste sie ja nicht, dass sie es hier mit unseren Oberhäuptern zu tun hatte.

Gregorian hüstelte nervös und auch ich musste einen Kloß in meinem Hals hinunterschlucken.

Grisella beachtete Greta überhaupt nicht. »Wir werden dem Glücksfresser eine Falle stellen.« Diese verdammten Ideen-Klauer. »Hilda, du sorgst dafür, dass die da,« Grisella zeigte auf Gretas ohnmächtige Cousine, »in eines dieser Krankenhäuser der Normalos gebracht wird. Nimm dieses neugierige Ding mit und lösch ihr

Gedächtnis. Borundrian, du wirst mit mir kommen und weiterhin den Onkla hüten.«

Grisella machte eine Pause, rollte mit den Augen – wohl um zu überprüfen, ob sie etwas vergessen hatte – und nickte schließlich zufrieden. Dann fiel ihr Blick auf Gregorian, der still in seiner Ecke lehnte.

»Ab nach Hause mit dir«, blaffte sie und wedelte ungeduldig mit der Hand.

Mein Kumpel bedachte mich und Greta mit einem entschuldigenden Blick und ging.

Nun ergriff der Schulleiter das Wort. »Wir werden in der Umgebung weiterhin Augen und Ohren offen halten.«

Grisella blinzelte. »Sie werden informiert, sobald die Gefahr gebannt ist.«

Das war wohl der Schlussakkord, denn nun setzten sich alle in Bewegung.

Mein erster Impuls war, zu Greta zu gehen. Ich wollte noch mal ihre Hand halten, doch sie schien mich gar nicht zu beachten.

»Wovon redet sie?« Ihre Stimme zitterte.

Mit dem Finger zeigte sie auf Grisella, die wiederum mich mit einem Nicken in Richtung Tür zwang. Ich wollte noch etwas erwidern, ihr etwas zurufen, denn ich spürte, dass Greta Angst hatte, aber Grisella blieb hart. Sie packte mich erneut am Kragen und zog mich in den Flur.

Schon wieder hätte ich beinahe den Onkla fallen gelassen. Aus dem Augenwinkel sah ich noch, wie sich Greta hilflos an ihre

Cousine klammerte, dann fiel die Tür zum Krankenzimmer mit einem lauten Knall ins Schloss.

Grisella ließ mich los und wir schlossen uns der Oberhexe Petunria an, die draußen ungeduldig auf uns gewartet hatte. Es war offensichtlich, dass ihr dieses ganze Drama gehörig auf die Nerven ging.

»Wenn wir dieses Ding endlich haben, brauche ich erst mal Urlaub«, maulte sie und zog ihren Zauberstab aus dem Umhang. »Wie schafft es ein kleines dummes Mädchen nur, so viel Ärger zu verursachen?!«

Davarne, Gregorians Nachhilfeschülerin, die an dem ganzen Desaster schuld war. Ich hätte sie beinahe vergessen.

»Wo ist sie überhaupt?« Ich hätte mir auf die Zunge beißen können. Ich sollte nicht ungefragt sprechen, da es die beiden Zirkeldamen nur noch mehr reizte.

Natürlich ließ sich keine der beiden dazu herab, mir zu antworten. Stattdessen schwenkte Petunria ihren Stab und öffnete ein Portal. Ehe ich hindurchschritt, dachte ich an Greta.

Greta

Eigentlich war Hilda ganz nett. Sie sah aus wie die Tante von nebenan, bei der man sonntags zum Kaffee vorbeischaute und Kuchen mitbrachte. Allerdings hatte sie jetzt eher einen Hauch von Unheil an sich haften.

Mir wollte sich einfach nicht erschließen, was diese andere seltsame Frau vorhin damit gemeint hatte, als sie sagte: *Nimm dieses neugierige Ding mit und lösch ihr Gedächtnis.* Meiner Meinung nach konnte sie das unmöglich wörtlich meinen.

Dass mit dem neugierigen Ding ich gemeint war, stellte ich wiederum nicht infrage. Doch Hildas Blick nach zu urteilen, durfte ich diese Aufforderung, die eher wie ein Befehl geklungen hatte, unmöglich auf die leichte Schulter nehmen. War es Reue, Bedauern oder Mitleid, das da in ihren Augen aufblitzte? Schwer zu sagen.

Reflexartig wich ich ein paar Zentimeter zurück und ließ sie und den Mann, der der Direktor dieser Einrichtung war, nicht aus den Augen.

»Das arme Ding«, klagte Hilda. »Der Tag gehört wohl nicht zu deinen Lieblingen, nehme ich an.«

Ich antwortete nicht.

Der karierte Griesgram neben ihr machte einen Schritt nach vorn. »Dann ist es sowieso besser, wenn du dich an nichts erinnerst.« Er fuhr mit seiner Hand über das Fensterbrett, zerrieb ein bisschen Staub zwischen seinen Fingerspitzen und seufzte. »Wann hattest du den ersten Kontakt mit uns?«

Keine Ahnung, wovon er sprach.

Hilda kam ihm zu Hilfe. »Wann ist dir das erste Mal etwas Seltsames aufgefallen? War das heute? Oder an einem anderen Tag?«

Ohne dass ich es gewollt hatte, dachte ich an meine Suche nach Streuner und wie ich dabei die Lichtung mit dieser unsichtbaren Barriere gefunden hatte.

»Das dürfte es sein«, murmelte der Schulleiter.

Was zum Teufel …? Hatte er etwa meine Gedanken gelesen? Das Gefühl hatte ich jedenfalls.

»Gregorian war wohl nicht hartnäckig genug, um dich loszuwerden«, mutmaßte er und machte sich auf den Weg in meine Richtung.

Nervös warf ich meiner Cousine einen Blick zu, befand, dass sie nicht in unmittelbarer Gefahr schwebte, und ergriff die Flucht, um meine eigene Haut zu retten. Hierbei konnte nichts Gutes rauskommen. Die waren doch alle gaga! Gestört! Verrückter als ich!

Ich hechtete unter Cassies Liege durch und wollte auf die Tür zustürmen, als sich mir jemand in den Weg stellte. Hilda ragte wie ein pummeliger Fels über mir auf.

»Wir wollen dir doch nichts tun, Liebes.«

Ich war da aber anderer Meinung.

Ehe ich einen neuen Plan entwerfen konnte, packte der Direktor mich an der Schulter, drückte mir seinen Daumen in die Kuhle zwischen Hals und Schlüsselbein und augenblicklich wurde ich müde.

Erstaunt darüber, dass der Kerl diesen ultracoolen Ohnmachtsgriff beherrschte, den ich sonst nur aus Filmen kannte, taumelte ich gegen die Wand und rutschte an ihr hinunter.

Das Letzte, was ich hörte, waren diese verärgerten Worte: »War das wirklich nötig?«

»Ja, das war absolut nötig. Meine Geduld ist nämlich soeben zur Neige gegangen.«

Weich. Ich streckte die Finger aus, befühlte den Untergrund, auf dem ich lag. Warm. Ja, das war eindeutig ein kuscheliges Bett.

Als ich die Augen aufschlug, stellte ich erfreut fest, dass es *mein* Bett war. Ich drehte den Kopf. Da waren mein Schrank, mein Schreibtisch, mein Stuhl, meine Tür, mein Fenster. Nur … Streuner fehlte immer noch.

Gähnend stieg ich aus den weichen Laken und streckte die Arme in die Höhe, bis meine Gelenke knackten. Die Sonne war bereits aufgegangen. Ich öffnete das Fenster und ließ frische Luft in das stickige Zimmer.

Hatte ich gestern Abend vergessen, es zu kippen? Komisch.

Ich runzelte die Stirn und drehte mich ein paarmal im Kreis. Alles wirkte wie immer und trotzdem hatte ich dieses komische Gefühl, dass ich etwas … vergessen hatte.

Auf dem Flur kam mir ein besorgt dreinblickender Herr Traube entgegen. »Gut, dass ich dich treffe«, übersprang er die sonst so höfliche Begrüßung.

Ich hatte mir Handtuch und Kulturbeutel unter den Arm geklemmt und war auf dem Weg zu den Duschräumen. »Ich fange gleich an«, wollte ich mich verteidigen. Ich hatte nicht vergessen, dass heute Samstag und damit Hofdienst-Tag war.

Herr Traube legte seine Stirn in Falten, schüttelte den Kopf und antwortete: »Nein, es geht um Cassandra.«

Mein Herz rutschte in den Keller. So wie er das sagte, klang es ziemlich ernst.

»Was ist mit ihr?« Meine Stimme zitterte und ich konnte nicht das Geringste dagegen tun. Schlagartig wich mir sämtliche Farbe aus dem Gesicht. Ich konnte förmlich spüren, wie meine Haut kreidebleich wurde.

Mein Direktor legte mir mitfühlend eine Hand auf die Schulter. »Sie hatte einen Unfall. Cassandra liegt im Krankenhaus.«

Meine supervorsichtige, superängstliche Cousine sollte einen Unfall gehabt haben? Was?

»Ist sie etwa in einen Kiesel getreten?« Dass ich in diesem Moment komische sarkastische Witze reißen musste, lag wahrscheinlich an meiner Unfähigkeit, mit Überforderung umzugehen.

Herr Traube schien mir keinen Vorwurf zu machen. Er kannte mich irgendwie viel zu gut. »Sie ist heute Nacht ausgerutscht und mit dem Kopf gegen die Wand gefallen.«

Blut an ihrer Schläfe.

Das Bild schoss mir ohne Vorwarnung durch den Kopf, aber ich war nicht dabei gewesen, als sie sich verletzt hatte. Ich hatte geschlafen, oder?

»Ich fahre dich zu ihr ins Krankenhaus.«

Ich erinnerte mich daran, dass ich auf diesen Vorschlag hin nickte. Wir liefen zu Herrn Traubes Wagen und fuhren durch Schwammberg. Hatte ich mir zuvor noch was Richtiges angezogen? Vermutlich. Der Direktor hätte mich sonst wohl kaum mitgenommen.

Die Fahrt zum nächstgelegenen Krankenhaus dauerte rund eine halbe Stunde. Meine Gedanken überschlugen sich, da ich, je näher wir Cassie kamen, immer stärker das Gefühl bekam, dass ich eigentlich etwas wissen müsste. Etwas, das mit meiner Cousine zu tun hatte und … Streuner? Was verband den Kater und meine Cousine?

Die offensichtliche Unwissenheit machte mich ganz verrückt.

Die Finger fest ineinander gekrallt, stierte ich aus dem Autofenster und hätte am liebsten geschrien.

»Wer hat sie eigentlich ins Krankenhaus gefahren?«, erkundigte ich mich schließlich.

»Wie bitte?« Herr Traube schaute weiterhin stur auf die Straße, neigte seinen Kopf jedoch zum Beifahrersitz.

Ich räusperte mich. »Wer hat Cassie gefunden? Wer hat sie zum Arzt gebracht? Ich hätte doch irgendwas hören müssen, wenn Sie einen Krankenwagen gerufen hätten.«

Meine Fragen schienen nur sehr langsam in das Hirn meines Rektors zu sickern. Er sah allerdings nicht so aus, als würde er verstehen, was ich sagen wollte.

»Du hast wohl einen tiefen Schlaf«, beschloss er schließlich und damit war unser kurzes Gespräch beendet. Dass er selbst eine Gedächtnislücke aufwies, schien ihm offenbar nicht aufzufallen.

Boru

»Das können wir doch nicht machen«, zischte ich, schockiert über die Skrupellosigkeit unserer Oberhäupter.

Petunria schien mein Entsetzen völlig kaltzulassen und Grisella hatte ohnehin keine eigene Meinung. Zumindest hielt sie sie unter Verschluss, solange die Chefin anwesend war.

Ich wurde gerade unfreiwillig Mittäter einer Straftat, die wir im Begriff waren, zu begehen.

Mit meiner Idee, den Glücksfresser mittels eines Köders einzufangen, hatte ich keinesfalls im Sinn gehabt, einen unschuldigen Normalo zu entführen. Doch Petunria war von ihrem kranken Vorschlag vollkommen eingenommen.

»Man sagt doch, verrückte Normalos sind die glücklichsten, nicht wahr, Grisella?«

Die dürre Hexe nickte eifrig und fügte hinzu: »Außerdem wird es niemanden stören, wenn wir uns einen für ein paar Stunden ausleihen.«

»Das ist aber eine Entführung!«, protestierte ich und hätte die beiden Schrullen am liebsten an ihren Rockzipfeln gepackt und zurück ins Gebüsch gezogen.

Das fette Schild mit der Aufschrift *Psychiatrische Anstalt* am Wegesrand blinkte wie ein neongelbes Warnschild vor meinem geistigen Auge.

Die beiden Irren, die wunderbar hierher passen würden, ignorierten mich einfach und blickten selbstbewusst in Richtung des Klinikums, das wie ein rechteckiger Marshmallow vor uns in die Höhe ragte.

Der Plan war an Absurdität wohl nicht zu übertreffen.

Petunria würde sich aus den Akten einen geeigneten Patienten aussuchen – wobei ich mir nicht sicher war, wen sie als ›geeignet‹ einstufen würde –, sich in seine Gummizelle (laut ihr gab es hier so etwas) teleportieren und ihn als Köder für unseren entlaufenen Dämon missbrauchen. Das war ein vortrefflicher Plan – befand sie –, denn falls der Normalo gebissen würde, fiele es nicht auf, wenn ein Geisteskranker noch ein wenig gestörter würde.

Ich dagegen fand dieses Vorhaben einfach nur barbarisch. Unverantwortlich.

Grisella schnaubte bei meinem ängstlichen Wimmern missbilligend und insistierte: »Warte einfach hier. Wir sind gleich wieder zurück.«

»Bleib du auch hier«, unterbrach Petunria sie, »und pass auf unseren Onkla-Wächter auf.«

»Aber …«

»Nichts aber«, unterband Petunria den Protest ihrer rechten Hand. »Du wärst nur ein Klotz am Bein. Wir sehen uns gleich.« Dann verschwand die Oberhexe.

Grisella stampfte wütend mit dem Fuß auf. »Immer verpasse ich den ganzen Spaß«, jammerte sie und kam mir dabei gleich viel jünger vor.

Ihre Definition von Spaß ließ mich im Geiste eine Notiz machen, niemals etwas mit ihr zu unternehmen.

Tatsächlich warteten wir keine vier Sekunden, die wir natürlich stillschweigend verbrachten, bis Petunria mit einem schlafenden Miniaturkerl zurückkam. Den armen Teufel, den sie als Köder für den Dämon auserkoren hatte, hatte sie auf die Größe einer Maus geschrumpft und in ihrer Faust hinausgeschmuggelt.

Der Patient trug einen hellblauen Sportanzug und winzige erbsengroße Schuhe. Sein leises Schnarchen klang wie das eines kranken Vogels. Immerhin war Petunria so gnädig gewesen, ihn zu betäuben, obwohl diese Maßnahme, wenn ich so darüber nachdachte, sicher nicht seiner Sicherheit, sondern ihrer Ungeduld zu verdanken war.

»Hier, steck ihn in deine Tasche.« Die oberste Hexe hielt Grisella ihre Beute entgegen, die sie mit spitzen Fingern in der Innentasche ihres Umhangs verschwinden ließ.

»Musstet Ihr ihn so winzig machen?«, flüsterte ich. Die Worte waren draußen, ehe ich mich davon abhalten konnte.

»Glaubst du, ich habe Lust, einen ausgewachsenen Normalo mit mir herumzuschleppen?«, blaffte Petunria mich an. Ihre Miene verfinsterte sich.

Wenn ich weiterhin die Klappe dermaßen weit aufriss, konnte ich mich genauso gut hier und jetzt verfluchen lassen.

Also schüttelte ich schnell den Kopf und schluckte meinen Vorwurf, was die Würde des Menschen und so weiter anging (wir hatten in Weltkunde eine Stunde über die Gesetze der Normalos gehabt), hinunter. Die oberste Hexe des Rats konnte schließlich machen, was sie wollte.

Zufrieden erschuf Petunria ein Portal und schickte uns hindurch.

Dass Grisella mit ihrem neuen Job als Gefangenenaufpasserin alles andere als glücklich war, erkannte ich an ihrer gerümpften Nase und dem wütenden Blick, den ich erhaschte, bevor ich als Zweiter durch das Portal schritt.

Ich musste zugeben, dass dieser Ausflug mit den Hexen, auch wenn ich ein wenig Angst vor ihnen hatte, viel interessanter war als alle Tage, die ich allein auf der Insel verbracht hatte. Was wiederum keine Entschuldigung dafür war, einen unschuldigen Patienten aus einer Klinik zu entführen.

Aber wer war ich schon, die Entscheidungen des Rates infrage zu stellen?

Zurück in Schwammberg, wäre ich am liebsten einfach losgerannt. Weg von den Gewissenlosen. Weg von meinem Dasein als Onkla-Wächter. (Diese blöde Kugel wurde langsam wirklich schwer. Auf den Muskelkater freute ich mich schon.) Weg von meiner trostlosen Zukunft.

Ein Ziel hatte ich auch schon, aber für Greta wäre es vermutlich nicht gut, wenn sie wieder in übernatürliche Konflikte verwickelt würde. Ich wollte nicht schuld sein, wenn sie den Verstand verlor.

Trotz meiner vernünftigen Denkweise war meine Brust viel zu eng für die Sehnsucht, die sich in mir ausbreitete. Sie schnürte mir bei jedem Gedanken an Greta die Luft ein wenig mehr ab. Mir graute vor dem Tag, an dem ich ersticken würde.

»So, diese Stelle ist perfekt.« Petunria stemmte die Hände in ihre Schwimmringe und sah sich zufrieden um.

Überall Weizen. Getreide, so weit das Auge reichte.

Mit einem Fingerschnippen dirigierte sie ihre Assistentin zu sich, die den armen geschrumpften Kerl aus ihrer Tasche zog. Erst jetzt fielen mir sein verstrubbeltes Haar und das Armband auf, das er um sein Handgelenk trug.

Unsanft grabschte sich die oberste Hexe ihn. Entsetzt schnappte ich nach Luft, da ich befürchtete, sie würde ihn zwischen ihren groben Fingern zerquetschen, doch als sie ihn auf die Erde stellte, lebte er noch.

Verwirrt und leicht panisch blickte sich der Winzling um. Petunria schwang ihren Zauberstab und augenblicklich wuchs unser kleiner gestohlener Freund. Rasch hatte er seine alte Größe angenommen.

»Wo bin ich? Ist das hier ein Körnerland?«, brabbelte er drauflos.

Ich zog eine Braue nach oben und bemühte mich, ihn nicht anzugaffen.

Grisella verdrehte die Augen. »Der gehört wohl nicht zu den hellsten Sternen.«

Petunria zuckte nur mit den Schultern. »Dummheit macht auch glücklich.«

So wie sie das sagte, schien sie sich für ziemlich schlau zu halten. Ich biss mir auf die Zunge, um den Kommentar hinunterzuschlucken, der mir entwischen wollte. Je länger ich in der Nähe dieser ekelhaften Personen sein musste, desto unwohler fühlte ich mich.

Ob Gehässigkeit und Selbstgefälligkeit ansteckend waren?

Grisella bemerkte meinen wertenden Blick und verpetzte mich sogleich. »Passt dir unsere Vorgehensweise nicht? Wenn ich mich recht entsinne, bist du hier der minderwertige Wächter einer dämlichen Kugel.« Sie schnalzte missbilligend mit der Zunge und wartete auf Zustimmung seitens ihrer Chefin, die gerade vollauf mit ihrem entführten Objekt beschäftigt war.

»Da sind lauter Kängurus!« Mister Psycho deutete auf eine unsichtbare Meute von Beuteltieren und klatschte begeistert in die Hände.

Petunria hatte die Worte ihrer Gehilfin komplett ignoriert und freute sich: »Er ist ideal. Wenn ich seine Aura erweitere, wird der Glücksfresser wie ein überdimensional großer Magnet von ihm angezogen.«

Beinahe hätte sie ebenfalls in die Hände geklatscht, entschied sich im letzten Moment allerdings dagegen. Dann schickte sie mich los, um die nähere Umgebung nach Normalos abzusuchen und sie im Notfall wegzuschicken. Zu diesem Zweck drückte sie mir einen Beutel Panikpulver in die Hand und versetzte mir einen Stoß in den Rücken.

Mit Onkla und Panikpulver bewaffnet, stiefelte ich meckernd wie eine Ziege davon und begann, einen Kreis mit sehr großem Radius um unsere Falle abzulaufen.

(Kurz zur Info: Panikpulver ist stinkender Staub, der, wenn man ihn seinem Angreifer oder auch einem Unschuldigen ins Gesicht pustet, bei besagter Person plötzliche Panik, Angst und das Bedürfnis zur Flucht auslöst. Entwickelt wurde der Staub von einem gewissen Mister P. Panik.)

Die einzige Seele, die ich auf dem Feld antraf, war ein verschreckter Hase, der bei meiner Ankunft sofort Haken schlug und ganz ohne Panikpulver die Flucht ergriff.

Greta

Krankenhäuser hatte ich seit meinem ersten und einzigen Besuch noch nie leiden können. Man wurde wie Ware behandelt, hin und her geschoben und mit Fachbegriffen zugetextet, die niemand verstand. Vom Geruch und dem Essen wollte ich gar nicht erst anfangen. Beides (das Krankenhaus und die Mahlzeiten) rochen und schmeckten völlig gleich.

Zum Glück war ich dieses Mal nicht wegen meiner Polypen, sondern wegen meiner Cousine hier, die sich in mancherlei Hinsicht nicht groß von ihnen unterschied.

Herr Traube erkundigte sich am Empfang nach Cassies Zimmernummer und wenig später klopften wir an einer cremefarbenen Tür. Von drinnen rief uns eine kräftige Stimme herein.

»Cassie?« Vorsichtig drückte ich die Klinke hinunter und betrat den kleinen Raum. Herr Traube folgte mir.

Meine Cousine lag in einem Bett mit weißen Laken, hatte einen Verband um den Kopf und war so gesprächig wie Dornröschen, nachdem es sich an der Spindel gestochen hatte.

Stirnrunzelnd sah ich mich nach der Stimme um, die uns hereingebeten hatte.

Eine Schwester kam aus einem kleinen Nebenraum, der vermutlich eine Toilette beherbergte, und lächelte uns freundlich zu. »Guten Tag. Sind Sie Verwandte?«

Ich hob meine Hand wie in der Schule und war nicht fähig, der Dame zu antworten.

Herr Traube übernahm diese Aufgabe. »Das ist ihre Cousine. Ich bin nur die Begleitperson.«

In Zeitlupe näherte ich mich Cassie, streckte meine Hand aus und berührte ihre Wange. Ihre Haut war nicht kalt, sondern hatte Körpertemperatur.

»Schläft sie?« Meine Stimme war lediglich ein heiseres Flüstern.

»Sie hat eine starke Gehirnerschütterung.«

Ich fuhr herum und betrachtete die rothaarige, etwas zu stark geschminkte Schwester, die mich freundlich anlächelte. Sie hatte meine Frage nicht beantwortet. Genau wie Herr Traube vorhin im Auto. Kam nur mir das alles spanisch vor oder war ich wieder dabei, durchzudrehen?

Weil ich mich nicht traute, eine weitere Frage zu stellen, schwieg ich. Cassie war nicht tot. Sie atmete und ihr Herz schlug. Besonders lebendig sah sie allerdings auch nicht aus. Eher so, als würde sie im Koma liegen. Konnte eine Gehirnerschütterung einen dermaßen aus der Bahn werfen? Ich beschloss, dass es im Bereich des Möglichen lag.

»Waren die Eltern schon hier?«, fragte Herr Traube, der sich in der Zwischenzeit auf einem Stuhl an der Wand niedergelassen hatte.

Die Schwester machte gerade das andere Bett im Zimmer und streckte dabei konzentriert ihre Zunge aus dem Mund. »Nicht dass ich wüsste«, berichtete sie. »Man hat sie aber vorhin informiert. Wahrscheinlich werden sie im Laufe des Tages vorbeischauen.«

»Cassie, hörst du mich?« Ich beugte mich ganz nah neben das Ohr meiner Cousine und versuchte, so leise wie möglich zu sprechen. »Wenn du mich verstehst, dann blinzele einmal.« Nichts passierte. »Oder drück meine Hand.« Ich schob meine Finger zwischen ihre und wartete. Nichts.

Enttäuscht zog ich mich zurück und starrte aus dem Fenster.

Wir blieben, bis Cassies Eltern auftauchten. Als ihre Mutter mich wütend anfunkelte, ging ich davon aus, sie dachte, ich wäre an der Situation ihrer Tochter schuld.

Normalerweise hätte ich sämtliche Vorwürfe abgestritten, immerhin hatte ich tief und fest geschlafen, als Cassie beschlossen hatte, die Wand mit ihrem Dickkopf zu küssen. Allerdings ziepte es so seltsam in meinem Herzen.

Ich wurde das Gefühl nicht los, dass ich nicht so unbeteiligt und unschuldig war, wie ich den Aussagen meines Direktors zufolge hätte sein müssen.

Als wir zu seinem Wagen liefen, startete ich einen erneuten Versuch, an genauere Informationen zu kommen. »Wissen Sie wieder, wer Cassie gefunden hat?«

»Ich sagte doch schon, dass sie sich den Kopf gestoßen hat.«

»Das meine ich nicht«, brüllte ich beinahe. »Wo hat sie sich verletzt? War jemand bei ihr?«

Er musste das doch wissen?! Doch Herr Traube schüttelte nur verwirrt seinen Kopf und entriegelte sein Auto.

Die Rückfahrt verlief schweigsam. Im Internat angekommen, bedankte ich mich bei ihm und rannte in das Gebäude, bevor er etwas sagen konnte.

Es gab nur einen Menschen, der etwas wissen könnte. Das größte Klatschmaul der Schule. Jemand, der Informationen von beiden Seiten bekam. Sowohl von Schülern als auch von Lehrern. Ein sogenannter Grenzgänger.

»Peter!«

Meine Stimme, als ich den Lieblingsschüler meines Mathelehrers rief, hallte wie ein Donnerschlag durch den Aufenthaltsraum und ließ sämtliche Köpfe in meine Richtung schnellen.

»Hat jemand Peter gesehen?«, gellte ich in die verständnislos glotzenden Gesichter und warf genervt die Arme in die Luft, als mir niemand antwortete.

Wie eine Dampfwalze durchkämmte ich das gesamte Internat nach dem Streber und fand ihn schließlich draußen auf einer Bank. Genauer gesagt auf Streuners und meiner Bank. Er biss in ein Brötchen, obwohl er den vorherigen Bissen noch nicht einmal hinuntergeschluckt hatte.

»Hier bist du«, donnerte ich.

»Hm?« Er zuckte zusammen, fing bei meinem Anblick allerdings an, zu lächeln. Er kaute, schluckte und sagte: »Hey, Greta. Wie geht's deiner Cousine?«

Aha. Er wusste also Bescheid.

Breitbeinig blieb ich vor ihm stehen, stemmte die Hände in die Hüften und schaute auf ihn hinab. »Erzähl mir alles!«, verlangte ich und versuchte, meine Forderung mit einem überzeugend bösen Blick zu unterstreichen.

»Äh, wovon genau redest du?« Er runzelte die Stirn.

»Was ist mit Cassie passiert?«, fauchte ich.

»Also soweit ich das mitbekommen habe, hat sie sich ganz schön den Kopf angeschlagen.«

Argh! Verdammt, das wusste ich doch bereits.

»Wie ist das geschehen?«, bohrte ich weiter.

»Äh, sie ist gestolpert?«

Waren wir hier bei einer Quizshow?!

»Mann! Du verstehst nicht, was ich wissen muss!«

Niedergeschlagen ließ ich mich neben ihn auf die Bank fallen. Ich trat auf der Stelle. Offenbar konnte mir keiner sagen, was ich eigentlich selbst wissen sollte. Es war zum Mäusemelken.

»Geht es dir nicht gut?«, wollte Peter besorgt wissen.

Als er seine Hand hob, um sie mir auf die Schulter zu legen, stieß ich lautstark Luft aus meinen Lungen, was sich wie ein wütendes Fauchen anhörte. Augenblicklich ließ er seine Hand wieder sinken und wurde rot.

Ich seufzte. »Wahrscheinlich habe ich einfach nur schlecht geschlafen«, entschied ich und stützte den Kopf in meine Hände.

Heute war definitiv nicht mein Tag. Und der Einzige, der mich hätte trösten können, war nicht mehr hier.

Boru

Das konnte doch nicht wahr sein! Die zwei Schreckschrauben hatten es tatsächlich geschafft. Theoretisch waren sie ja zwei mächtige Hexen und ihr Erfolg hätte mich eigentlich nicht überraschen dürfen, aber die Mittel, die sie eingesetzt hatten, schmälerten meine Anerkennung für diese Leistung ungemein.

Grisella war von Petunria beauftragt worden, unseren Gefangenen, der nach getaner Arbeit wieder geschrumpft worden war, zurück in die Anstalt zu bringen. Zu meiner Erleichterung hatte der Glücksfresser keine Chance gehabt, seinen schwarzen Stachel in der Haut unseres Köders zu versenken.

Der Anblick des Dämons ging mir nicht mehr aus dem Kopf. Er war flüssig und gleichzeitig gasförmig gewesen, irgendwie unbegreiflich, aber trotzdem existent. Ich bekam Kopfschmerzen, sobald ich länger als zwei Sekunden über seine Erscheinungsform nachgrübelte. Die schwarze Substanz war immer in Bewegung gewesen, wie flüssiger Nebel. Das beschrieb es wohl am besten.

Petunria hatte ihn einer seiner Zutaten beraubt und der Dämon war augenblicklich in seine Bestandteile zerfallen. Wurmschleim, Rehnagel, Erdpuder, Krötenwarzen, Blumenstaub und Raupenhaut. Der Rehnagel, der dem Glücksfresser als Stachel gedient hatte, war in Petunrias Umhang verschwunden und die oberste Hexe hatte zufrieden mit der Zunge geschnalzt.

»So, das wäre es.« Sie schnippte ein Portal herbei und schubste mich unsanft hindurch.

Ich hätte am liebsten protestiert, da ich mir denken konnte, wohin die Reise nun ging, hielt aber den Mund, um Scherereien zu vermeiden.

Zu meiner Verblüffung trat ich nicht auf der Onkla-Insel aus dem Portal, sondern vor meiner alten Schule.

»Äh …«

Petunria ignorierte mein Stottern. Mit großen Schritten eilte sie auf das Gebäude zu und kurz bevor sie hinter der Eingangstür verschwand, setzte auch ich mich in Bewegung, um ihr zu folgen.

Diese Hexe konnte aber auch keine fünf Minuten innehalten, um wie ein normaler Mensch mit mir zu kommunizieren.

Wir hasteten durch das leer gefegte Treppenhaus, rauf in das Büro des Direktors, wo Petunria schwungvoll die Tür aufriss. Wieso sollte man auch anklopfen?

Der Herr Schulleiter hatte scheinbar bereits auf uns gewartet. Und mit ihm Gregorians Nachhilfeschülerin Davarne, die wimmernd auf dem Sofa an der Wand saß, und – oh Schreck – Mutter.

Sie hatte ihr Kinn wie immer unnatürlich in die Höhe gereckt, um uns ihre Überlegenheit zu demonstrieren.

Kurz nach unserer Ankunft stolperte auch Grisella in den überfüllten Raum.

Ich schob mich an der Wand entlang und gesellte mich – selbstverständlich in gebührendem Abstand – zu Davarne. Was sie hier machte, sollte ich gleich erfahren.

»Ich gehe davon aus, dass alles planmäßig verlaufen ist?«, fragte der Direktor.

Petunria bedachte ihn mit einem hochnäsigen Blick. »Wollen Sie etwa meine Fähigkeiten infrage stellen?«

»Keineswegs.« Er machte eine kleine Pause. »Na gut, dann können wir ja zum Formellen übergehen. Davarne?«

Der Rotschopf erhob sich und knetete unruhig die Finger. »Ja?«

»Wir sind uns alle einig, dass du als Disziplinarmaßnahme die Aufgabe erhältst, den Onkla zu bewachen.«

Was?

»Aber ich habe Ihnen doch schon versichert, dass es keine Absicht war. Ich habe mich bei der Aufschrift einer Phiole verlesen und nur versehentlich die Raupenhaut hinzugefügt«, versuchte meine ehemalige Mitschülerin, sich zu verteidigen. »Eine Freundin hat mir dieses Rezept zum Üben gegeben. Bitte, es war keine Absicht!«

»Deine Schuld anderen zuzuschieben, lässt dich nicht gerade in einem besseren Licht dastehen«, rügte der Direktor sie. Dann bellte er: »Borundrian!«

Ich begriff erst ein paar Sekunden später, dass er mich angesprochen hatte. »Hm?« Ich hob verwirrt den Kopf und versuchte, den neuen Entwicklungen zu folgen.

Was passierte hier gerade?

Der Direktor hob seine buschigen Augenbrauen und schien auf etwas zu warten. Als ich nicht begriff, nickte er in Davarnes Richtung und zeigte mit seinen Augen auf den Onkla, der in meinen Armen ruhte, als wäre ich mit ihm verwachsen.

Dann ging mir endlich ein Licht auf. Wie in Trance drehte ich mich zu Davarne und reichte ihr die gläserne Kugel.

»Die Truhe steht unter dem Bett«, fügte ich hinzu. Und plötzlich wurde mir mit aller Deutlichkeit bewusst, dass ich soeben von meinen Pflichten als Wächter entbunden worden war.

Davarne fing an, zu heulen. Ihr Abgang war nicht sehr würdevoll und Grisella musste als Erste durch das Portal steigen, das Petunria erschaffen hatte, und die widerspenstige Wächterin hindurchschleifen.

Als sie verschwunden waren, kehrte Stille ein. Was kam als Nächstes?

Verunsichert mied ich die Blicke der beiden Hexen und meines ehemaligen Schulleiters. Der stand nun auf und kam um seinen Schreibtisch herumgelaufen.

»Borundrian.«

Widerstrebend sah ich in seine Richtung.

»Da du einen wertvollen Beitrag bei der Jagd nach dem Glücksfresser geleistet hast, ist es dir gestattet, wieder an die Schule zurückzukehren.«

Ich schluckte. Das Angebot abzulehnen und stattdessen meine ›Freiheit‹ zu verlangen, wäre wohl ziemlich respektlos.

Nervös schaute ich zu Mutter, die mich keines Blickes würdigte und ihre Lippen aufeinanderpresste. Ihr schien es offenbar gewaltig gegen den Strich zu gehen, dass Davarne den Posten als Onkla-Wächter mehr verdiente als ich.

»Ähm, danke«, antwortete ich schließlich.

»Allerdings …«

Da musste ja noch was kommen. Wie hatte ich denken können, dass es das gewesen war?

»… bist du immer noch ein Ausreißer und hast dich über mehrere Wochen hinweg den Anweisungen deiner Mutter widersetzt. Wir sind uns daher einig geworden, dass du jeden Freitagabend damit verbringen wirst, die Labore auf Hochglanz zu polieren. Sozusagen als mildere Strafe für dein Verhalten.«

Mir klappte der Mund auf. Ich durfte ab sofort also die Putzfrau spielen? Irgendwie kam mir das ziemlich bekannt vor.

»Hm …«, räusperte ich mich und setzte an, etwas zu sagen.

Mutter unterbrach mich, indem sie mich zum ersten Mal seit meiner ›Verbannung‹ ansah. Ihr Blick hätte die Polarkappen zum Schmelzen bringen können. »Du hältst deine Klappe, Borundrian, und machst, was dir gesagt wird. Ich habe nicht vergessen, wie respektlos du gewesen bist. Wenn du dir auch nur einen weiteren Fehltritt erlaubst, werde ich höchstpersönlich dafür sorgen, dass man dir eine zweite Onkla-Stelle einrichtet.«

Ihre Theatralik untermalte sie mit einem atemberaubenden Abgang der allerhöchsten Filmreif-Kunst. Rauch schoss aus ihren

Nasenlöchern, umhüllte sie wie eine dichte Wolke, und bumm!, war sie verschwunden.

Nachdem Mutter sich in Luft aufgelöst hatte, atmete ich tief durch und krallte die Hände in meine schlotternden Beine. »Ich hatte eigentlich nur sagen wollen, dass das sehr großzügig ist«, wisperte ich eingeschüchtert.

Der Schulleiter seufzte. »Schön, du kannst jetzt gehen.«

Das ließ ich mir nicht zweimal sagen. Wie ein Blitz schoss ich aus dem Büro und hinterließ mit Sicherheit eine Staubwolke, die meine Umrisse hatte.

Noch mehr Stress dieser Art und mein Herz würde bald seine Arbeit einstellen.

Da ich davon ausging, dass meine Rückkehr an die Schule mit sofortiger Wirkung in Kraft trat, schlurfte ich zu meinem alten Zimmer, das ich mir mit Gregorian geteilt hatte. Der war natürlich nicht da und würde vermutlich erst Montag wiederkommen. Wegen des Glücksfressers hatte man die Schule evakuiert und folglich waren die Flure und Räumlichkeiten wie ausgestorben.

Stöhnend fiel ich in mein Bett und schlug die Hände über der Stirn zusammen. Tausend Gedanken schossen mir durch den Kopf, aber ich konnte mich ihnen nicht widmen, da mir vor Müdigkeit die Augen zufielen.

GRETA

Am Sonntag hatte ich immer noch das Gefühl, etwas Wichtiges vergessen zu haben. Vielleicht eine Hausaufgabe in Mathe? Oder einen Aufsatz für den Deutschunterricht? Nein, das war es nicht. (Und seit wann interessierten mich Hausaufgaben?)

Den Vormittag verbrachte ich damit, in meinem Bett herumzulümmeln, weil Herr Traube meinen Hofdienst offiziell aufgehoben hatte. Es überraschte mich, dass mir so langweilig war. Was hatte ich denn sonst am Wochenende gemacht? Vermutlich Mitschüler geärgert oder Streifzüge durch Schwammberg unternommen. Die Dorfbewohner ein bisschen aufgescheucht. Solche Dinge eben. Manchmal hatte ich auch Zeit mit Cassie und ihren Freundinnen verbracht, aber da meine Cousine im Krankenhaus lag, war das wohl kaum möglich.

Ich überlegte, ob ich Herrn Traube fragen sollte, ob er mich noch mal zu ihr fahren würde, verwarf die Idee allerdings wieder, da

Cassies Eltern sicher am Bett ihrer Tochter wachten und meine Anwesenheit wahrscheinlich nicht erwünscht war.

Ich könnte mich auf die Suche nach Streuner machen. Dieser Kater spukte leider immer noch in meinem Kopf herum. Ebenso wie die Vermutung, dass er, Cassie und meine Gedächtnislücke einen gemeinsamen Nenner besaßen.

Was war das Letzte, das ich noch sicher wusste? Ich war gestern Morgen in meinem Bett im Internat aufgewacht. Ja, und was war davor passiert? Gute Frage.

Ich dachte und grübelte und konzentrierte mich, kniff die Augen zusammen, massierte mir die Schläfen, als würde dadurch mein Wissen zurückkehren.

Alle anderen schienen nichts Ungewöhnliches an Cassies Unfall festgestellt zu haben. Allerdings fand ich es höchst eigenartig, dass meine Cousine nächtlichen Unternehmungen nachging und sich dabei eine Gehirnerschütterung zuzog, die sie ins Krankenhaus katapultierte.

Wann hatte ich mich tags zuvor eigentlich mit ihr unterhalten?

»Verdammt!« Wütend schleuderte ich mein Kissen durch das Zimmer.

Das durfte doch nicht wahr sein! In meinem Kopf befand sich nur Pudding. Ich wusste, dass ich etwas vergessen hatte, konnte jedoch nicht sagen, was. Und ich wusste auch, dass ich an dem Tag vor Cassies angeblichem Unfall mit ihr geredet hatte, aber ich konnte beim besten Willen nicht sagen, worüber.

Es war, als hätte jemand meine Erinnerungen genommen, sie in einen dreckigen Topf geworfen, kräftig geschüttelt und mir das

Resultat wieder in den Kopf gestopft. Verbeult und unlesbar. Unbrauchbar, aber dennoch irgendwie vorhanden.

Da es keinen Sinn hatte, wie der letzte Loser den Verstand zu verlieren, hievte ich mich aus meinem gemütlichen Schlafbau und schlurfte nach draußen.

Die Sonne zeigte sich von ihrer besten Seite und brachte den strahlend blauen Himmel zum Leuchten. Ein perfekter Sommertag. Nur meine Laune passte nicht hierher.

Ich setzte mich auf meine Bank und starrte Löcher in die Luft. Komischerweise fiel mir in diesem Moment der Tag ein, an dem ich zuletzt nach Streuner gesucht hatte. Er lag schon eine Weile zurück. Ich hatte erfolglos den Wald nach ihm durchkämmt und dann … dann … sagte mir mein Hirn, dass jeder weitere Tag wie alle anderen verlaufen war. Langweilig und eintönig. Aber mein Herz war da anderer Meinung.

»Etwas ist zwischen damals und jetzt vorgefallen«, murmelte ich und überlegte, was es sein könnte.

Hatte ich mir auch den Kopf gestoßen und eine zeitlich begrenzte Amnesie erlitten? Daran müsste ich mich doch eigentlich erinnern.

Warum hatte ich überhaupt aufgehört, nach Streuner zu suchen?

Wenn ich tief in mich hineinhorchte, schmerzte meine Brust immer noch, weil ich ihn vermisste. Sehnsucht war wirklich ein furchtbares Gefühl.

»Reißt du mir den Kopf ab, wenn ich mich neben dich setze?«, erklang eine Stimme neben mir.

Erstaunt hob ich den Blick und sah Peter an, der mit einem Brot in der Hand vor mir stand und fragend seine Augenbrauen in die Höhe zog.

Ich nahm mir drei Sekunden, um darüber nachzudenken, und stellte fest, dass ich kein brauchbares Argument fand, das dagegensprach. Also schüttelte ich den Kopf und Peter machte es sich auf dem von der Sonne gewärmten Holz gemütlich.

»Und? Ist deine Putzzeit zu Ende?«, fragte er amüsiert.

Ich nickte nur.

»Bist du stumm geworden?«

»Nein, du Blödmann.«

»Ah, gut. Ich hatte schon Sorge, wir müssten dich auch ins Krankenhaus bringen.«

»Sehr witzig.« Ich boxte ihn grob in die Rippen und Peter kippte zur Seite, fing sich aber mit der Hand rechtzeitig ab, bevor er mit dem Hosenboden auf der Wiese zu unseren Füßen gelandet wäre.

Er ignorierte meine körperliche Attacke einfach und fuhr fort: »Hast du eigentlich keinen Hunger?«

»Nein.«

Provozierend biss er in sein Käsebrot und mein verräterischer Magen fing an, zu knurren.

»Würde es dir was ausmachen, jemand anderen zu nerven? Seit wann reden wir eigentlich außerhalb des Unterrichts miteinander?«

Peter zuckte mit den Schultern.

Ich seufzte und ließ mich gegen die Querbalken der Bank sinken, die mir als Lehne dienten.

»Kann ich dich mal was fragen?«

Der Klang in seiner Stimme verriet mir, dass es etwas Persönliches sein würde. Also tat ich das einzig Logische. Ich verschränkte die Arme vor dem Oberkörper und sagte: »Nö.«

»Na gut. Was wolltest du im Wald?«, erkundigte er sich, während ein weiterer Bissen des Käsebrots in seinem Mund verschwand.

»Bist du eigentlich bescheuert? Ich habe Nein gesagt«, motzte ich genervt.

»Ist mir ehrlich gesagt ziemlich egal. Ich wollte nur nett sein. Da du es aber auch nicht bist, besteht kein Grund für mich, es zu sein.«

Jetzt fiel mir wieder ein, warum wir uns nie unterhielten. Dieser Junge bereitete mir Kopfschmerzen.

»Also?«

»Geht dich nichts an«, knurrte ich. Und ich konnte schlecht erklären, dass ich einen Kater finden wollte.

»Suchst du deine Katze?«, bohrte er weiter.

Der Versuch, mein Erstaunen zu verbergen, würde wohl sowieso kläglich scheitern, daher versuchte ich es gar nicht erst. Mein Mund klappte auf, sodass man sicherlich eine Rachenuntersuchung darin hätte vornehmen können, und meine Augen ploppten beinahe aus ihren Höhlen. »Was? Woher?«

»Denkst du, ich bin blind?«, nuschelte er mit vollem Mund. »Du hast hier immer gesessen und das Tier gefüttert. Hat es auch in deinem Zimmer geschlafen?« Laut schmatzend starrte er mich an und wartete auf meine Antwort.

Wenn er es genau wissen wollte, hatte der Kater sogar in meinem Bett geschlafen. Aber das ging ihn nun wirklich nichts an.

Erst wollte ich einfach schweigen, eine Sache interessierte mich dann aber doch. »Warum hast du mich nicht verpetzt?«, fragte ich halb erstaunt, halb sauer.

»Hätte ich sollen?« Peter hielt inne, ließ sein fast aufgegessenes Brot sinken.

»Nein, aber das ist doch deine Spezialität«, erinnerte ich ihn.

»Was meinst du?«

»Den Lehrern in den Arsch kriechen«, konkretisierte ich meine Aussage.

Peters Augen nahmen einen wütenden Glanz an und er verzog den Mund zu einer Schnute. »Ich krieche den Lehrern nicht in den Arsch«, verteidigte er sich.

Ich lachte. »Ach nein?«

»Nein«, beharrte er.

Da es mir Genugtuung bereitete, stichelte ich weiter. »Sieht aber fast immer so aus.«

»Nenn mir ein Beispiel«, schnaufte er.

»Das ist leicht.« Ich sah ihn herausfordernd an. »Der Grund, warum ich zwei Monate lang das Gelände putzen musste.«

Dass er tatsächlich eine schlagfertige Antwort parat hatte, überraschte mich. »Hey, wenn du provozierend hässliche Karikaturen von Herrn Grauhoff zeichnest, bist du selbst schuld.« Sein Käsebrot war in Vergessenheit geraten und hing schlaff in seiner Hand.

Schockiert stellte ich fest, dass meine Wangen schmerzten. Als ich es nicht länger unterdrücken konnte, hielt ich mir den Bauch vor Lachen, weil ich an den Tag zurückdachte, an dem Peter unserem Mathelehrer wie ein dressiertes Schoßhündchen gehorcht hatte.

»Du bist aufgesprungen, als würdest du ein Leckerli erwarten«, presste ich zwischen zwei Anfällen heraus und krümmte mich.

Jetzt sah Peter beleidigt aus. »Ich halte mich nun mal an Regeln und bin respektvoll gegenüber Autoritätspersonen.«

»Hey, wischst du …« Ich musste unterbrechen, weil ich sonst ersticken würde. »Wischst du ihm auch den Hintern ab, wenn er dich darum bittet?«

»Haha, sehr witzig«, blaffte Peter.

Ich fand das eher zum Schreien komisch. Gerade erwog ich sogar, mich wie ein zusammengerollter Igel im Gras zu kugeln, um meiner Erheiterung durch körperliche Bewegung Ausdruck zu verleihen, als der Streber mir gegen die Schulter schlug. Nicht sanft, wie man das bei Mädchen eben tat, sondern so fest, dass ich vor Schmerz kurz zusammenzuckte.

»He! Spinnst du?«

Erfreut stellte ich fest, dass Peter Angst vor mir haben musste, denn er machte ein Gesicht, als wäre ihm eben erst klar geworden, was er gerade getan hatte, und als fürchtete er sich nun vor den Konsequenzen. Genauer gesagt also vor mir.

»Tut mir leid. Ich … Das war … ein Reflex …«, stammelte er panisch und hob sogar einen Arm vor sein Gesicht, um sich vor mir zu schützen.

Meine Wut verflog. »Reg dich ab, ich werd dich schon nicht verprügeln«, winkte ich ab.

»Ach nein?« Peter klang … erstaunt.

»Nein, du Idiot. Ich habe noch nie jemanden verprügelt.«

»Wirklich?«

Für meinen Geschmack wirkte er viel zu überrascht darüber, dass ich noch niemandem meine Faust ins Gesicht gerammt hatte.

»Natürlich nicht«, verteidigte ich mich.

Er runzelte die Stirn. »Was war das dann vorhin?«

»Was? Kannst du nicht mal einen lächerlichen Schlag einstecken? Weichei.« Ich grinste.

Und seltsamerweise grinste er zurück.

Peter aß sein Brot zu Ende und schlug anschließend seine Hände gegeneinander, um sich Krümel und Mehl von den Fingern abzuklopfen. Dann stand er auf, sah mich an und sagte: »Da haben wir wohl beide den anderen völlig falsch eingeschätzt.«

Als er davonschlenderte, zuckte ich mit den Schultern. »Möglich.«

Boru

Sieht so aus, als wärst du wieder am Anfang.«

Das brauchte er mir wirklich nicht zu sagen.

Gregorian saß auf seinem Bett, den Arm lässig über das aufgestellte Knie gelegt, und sah mich mitfühlend an. Den Hauch Belustigung in seiner Stimme über die Ironie der ganzen Situation ignorierte ich einfach.

Tatsächlich war ich wieder in der Zauberschule, meinem Sängertraum keinen Schritt näher, und zusätzlich verzehrte mich nun auch noch die Sehnsucht nach Greta. Genau genommen war ich daher nicht wieder am Anfang, sondern sogar noch einen Schritt davor. Mutter bekam ihren Willen und ich nur eine ordentliche Portion Herzschmerz.

Gregorian hatte mir vorhin meine wenigen Habseligkeiten mitgebracht, die ich auf der Onkla-Insel besessen hatte. Tante Emma hatte sie für mich abgeholt.

Da morgen der reguläre Unterricht wieder aufgenommen werden würde und ich die letzten Wochen verpasst hatte, sollte ich den Sonntagnachmittag eigentlich dazu nutzen, den verpassten Stoff aufzuholen. Allerdings stand mir der Sinn ganz und gar nicht nach Lernen und so warf ich meine Vernunft über Bord.

Wen kümmerte es schon, ob ich mitkam und gute Noten schrieb?

Mutter!

Und deshalb sollte es theoretisch auch mich kümmern.

»Was war das eigentlich für ein Rezept, das Davarne benutzt hat?«, fragte ich, um mich abzulenken.

Gregorian runzelte die Stirn. »Hä? Was meinst du?«

»Na, was hatte sie eigentlich herstellen wollen? Du hast ihr doch Nachhilfe gegeben.«

Plötzlich passierte etwas, das ich wirklich außergewöhnlich selten zu Gesicht bekam.

Gregorian wurde rot.

»Ach, keine Ahnung«, murmelte er ausweichend und setzte sich im selben Atemzug aufrecht hin, um geschäftig an seiner Bettdecke herumzufummeln.

Dieser Bezug war in der Tat wahnsinnig spannend.

Ich verschränkte die Arme vor dem Oberkörper. »Du kannst mir nicht erzählen, dass du nicht nachgesehen hast. Die Lehrer werden es doch wohl auch wissen.«

Mein Kumpel presste die Lippen aufeinander. »Einen Diefesdauber.«

»Was?« Wenn er so nuschelte, verstand ich kein Wort.

»Einen Liebeszauber, okay?«, wiederholte er lauter.

»Was wollte sie denn damit?«

Gregorian schwieg.

»Hallo? Noch jemand zu Hause?«

»Sie wollte mich in sie verliebt machen, klar?!«

Damit hatte ich nicht gerechnet. Ich kannte Davarne nicht besonders gut und hatte immer angenommen, dass das bei Gregorian ebenfalls der Fall war.

»Jetzt verstehe ich überhaupt nichts mehr«, gestand ich.

Er seufzte. »Ich habe mitbekommen, wie sie mit einer Freundin darüber geredet hat, die ihr das Rezept gebracht hat. Also …«

»Also was?«

»Also habe ich ein bisschen an den Zutaten … na ja … rumgeschraubt.«

Ich verstand noch immer nur Bahnhof.

»Mann, Boru. Ich habe die Etiketten auf den Phiolen und den Gläsern vertauscht.«

»Du hast … Warte mal.« Mein Hirn arbeitete auf Hochtouren. »Dann ist der Dämon genau genommen deine Schuld?«

»Das war doch keine Absicht«, protestierte er und fuhr sich aufgewühlt mit den Händen durch die Haare, sodass sie ihm wild zu Berge standen. »Ich wollte nur verhindern, dass dieses Weib mich verhext. Die hätte mir das Zeug ja jederzeit ins Essen oder ins Getränk mischen können.«

»Und da hast du einfach die Zutaten ein bisschen durcheinandergebracht und dir keine Gedanken darüber gemacht, was passieren könnte?«, fragte ich fassungslos.

»Das nennt sich Kurzschlussreaktion«, verteidigte Gregorian sich. »Außerdem hab ich sie wieder zurückgetauscht.«

»Und damit deine Spuren verwischt. Und alle denken jetzt, Davarne ist zu blöd, um die Erschaffung eines Dämons zu vermeiden.«

Er sah mich gequält an. »Ja.«

Ich kniff mir mit Daumen und Zeigefinger ins Nasenbein. Ehrlich gesagt konnte ich Gregorian keinen Vorwurf machen, denn nur dank ihm (was ich seit eben erst wusste) war ich nicht mehr der Onkla-Wächter.

Eine Sache interessierte mich dann aber doch. »Warum hast du ihr überhaupt Nachhilfe gegeben?«

Schweigend zog er eine Schachtel Zigaretten aus seiner Hosentasche und hielt sie mir entgegen.

»Sie besorgt dir was zu rauchen?« Unglaube erfasste mich. Seit wann …

»Weißt du, wie schwer man da rankommt?!«, unterbrach er meinen Gedanken.

Seit wann rauchte Gregorian? Ich hätte mich viel öfter mit ihm über sein Leben unterhalten und ihn besser kennenlernen sollen. Ich nahm mir vor, unsere oberflächliche Freundschaft ab jetzt zu vertiefen.

»Jetzt schau doch nicht so blöd. Es ergab sich eben so. Sie steht auf mich, ihre Normalo-Verwandten haben einen Kiosk … da kam eben eins zum anderen«, offenbarte er mir.

Ich zog die Stirn kraus. »Und was machst du jetzt, wo deine *Dealerin*«, bei dem Wort malte ich Anführungszeichen in die Luft, »einen neuen Job hat?«

Er zuckte mit den Schultern. »Weiß nicht. Entzug?«, schlug er sich selbst vor und stöhnte bei der Aussicht auf die nächsten anstrengenden Wochen.

Den restlichen Tag verbrachte ich damit, das große Thema ›Greta‹ zu umgehen. Ich war mir ziemlich sicher, dass Gregorian wusste, dass ich sie gernhatte, trotzdem wollte ich nicht über sie reden. Schon gar nicht mit ihm.

Eifersucht war ein Gefühl, das ich nur selten erlebte. Es jetzt ausgerechnet wegen Gregorian und Greta zu empfinden, machte mich wütend. Es störte mich ungemein, dass er sie als Mensch näher hatte kennenlernen dürfen und ich nicht.

Immer wenn Gregorian den Mund öffnete, erkannte ich an dem Ausdruck in seinen Augen, dass er über *sie* reden wollte. Dann ergriff ich die Flucht oder schlug schnell ein anderes Gesprächsthema vor.

Trotz der Tatsache, dass ich nicht darüber redete, kreisten meine Gedanken nur um dieses Thema.

Greta.

Ich hörte Musik.

Greta.

Wir gingen essen.

Greta.

Ich versuchte, Unterrichtsstoff nachzuholen.

Greta.

Was tat sie gerade? Wie ging es ihr? Hatte sie außer ihrem Abenteuer an unserer Schule auch mich vergessen? Vermisste sie mich, oder besser gesagt mein Kater-Ich?

Fragen über Fragen, die mir den letzten Nerv raubten und dafür sorgten, dass ich in der Nacht kein Auge zubekam.

Irgendwann in den frühen Morgenstunden schlief ich endlich ein, nur um zwei Stunden später wieder aufstehen zu müssen.

GRETA

Theoretisch hasste ich Mathematik und Herrn Grauhoff konnte ich nicht ausstehen. Praktisch rechnete ich gerade eine Aufgabe an der Tafel vor und wurde von meinem Lehrer gelobt.

»Sehr schön, Greta. Vielen Dank.«

Ich gab ihm die Kreide zurück und flüchtete auf meinen Platz ganz hinten im Klassenzimmer. Dass ich neuerdings so viel wusste und mich am Unterricht beteiligen konnte, war mir irgendwie unangenehm und auch ein bisschen peinlich. Es passte nicht in das Gesamtkonzept Greta.

Ich war keine Streberin, die Schule war mir egal und erst recht hatte ich keine Anerkennung von so einem Buchstabensuppenfresser wie dem Grauhoff nötig. Das Blöde war nur, dass es mir gefiel, gelobt zu werden. Es tat gut, die Welt mal aus Peters Sicht zu betrachten.

Das war das andere, das mir seit gestern Kopfzerbrechen bereitete.

Peter.

Wie konnte es sein, dass der Oberstreber und ich uns so gut verstanden? Heute Morgen hatten wir zusammen gefrühstückt und ich hatte – vielleicht klang es zu unglaublich, aber es war tatsächlich passiert – mich amüsiert. Dann war mir klar geworden, dass ich vielleicht nicht die Einzige war, die keine Freunde hatte (absichtlich, versteht sich).

Peter mochte ja mit allen zurechtkommen und bei den Lehrern beliebt sein, aber wenn es darauf ankäme, würde keiner dieser Angeber oder Mitläufer zu ihm halten.

Aus dem Augenwinkel nahm ich wahr, wie er mir einen Blick über die Schulter zuwarf und lächelte. Dann reckte er sogar seinen Daumen in die Höhe, um mir zu bedeuten, wie wunderbar ich meine Aufgabe gelöst hatte.

Ich verdrehte die Augen und streckte ihm die Zunge raus.

»Muss ich mich bald um meine Stellung in der Klasse sorgen?«

Ich saß neben Peter auf meiner Bank und drehte ein paar Spaghetti auf meine Gabel. »Wieso?«, wollte ich wissen und schob mir die Nudeln in den Mund.

»Weil du gerade dabei bist, dich in eine Vorzeigeschülerin zu verwandeln.« Er grinste spöttisch und leckte Tomatensoße von seinem Löffel.

Ich musste dringend aufpassen, dass ich mich nicht an ihn gewöhnte. Solch ein respektloses Verhalten mir gegenüber war absolut inakzeptabel.

»Pass auf, was du sagst, Freundchen. Ich kann jederzeit wieder zu meiner alten Form zurückfinden«, nuschelte ich mit meinem Mittagessen im Mund.

»Welche Form?« Jetzt lachte er aus vollem Hals.

Während Peter versuchte, nicht zu ersticken, würgte ich die Nudeln herunter und verpasste ihm einen Schlag in die Rippen. Er verzog gespielt schmerzhaft das Gesicht und rieb sich über die betroffene Stelle, doch wir wussten beide, dass ich nicht kräftig genug zugeschlagen hatte.

Und auch das ärgerte mich. Jetzt hatte ich tatsächlich darauf geachtet, ihm nicht *wirklich* wehzutun.

»Wie geht es eigentlich Cassie?«, wechselte er das Thema.

Meine Cousine lag immer noch im Krankenhaus, war aber mittlerweile – zu meiner Erleichterung – wieder aufgewacht. Ich fühlte mich für ihre Situation verantwortlich, obwohl Herr Traube mir immer wieder versichert hatte, dass ich nicht das Geringste mit ihrem Unfall zu tun haben konnte, da ich mich im Tiefschlaf befunden hatte.

Das Gefühl blieb dennoch.

Ich versuchte, mir mein schlechtes Gewissen nicht anmerken zu lassen, und zuckte lässig mit den Schultern. »Sie wird wieder. Aber wenn sie morgen entlassen wird, geht sie erst mal nach Hause, um wieder ganz gesund zu werden.«

Peter nickte zustimmend. »Verständlich.«

Schon. Blöd war nur, dass ich deshalb mit ihrer Befragung warten musste. Schließlich sollte wenigstens Cassie wissen, was in der

Nacht, in der ich angeblich geschlafen hatte, passiert war. Vorausgesetzt, ihr Hirn funktionierte noch so wie davor.

Was, wenn sie auch Gedächtnislücken hatte? Am besten rief ich sie an, sobald sie zu Hause war.

»Willst du das noch?«

»Hm?« Ich sah zu Peter, der mit dem Finger auf meinen Teller deutete.

»Willst du das noch essen?«, wiederholte er.

Obwohl ich erst die Hälfte meiner Portion gegessen hatte, war ich satt. Großzügig kippte ich ihm die restlichen Nudeln auf seinen Teller. Wie ein ausgehungerter Wolf machte er sich darüber her.

Als es zur nächsten Stunde klingelte, blieb ich sitzen. Mein neuer Streberkumpel war bereits aufgesprungen und wollte sich auf den Weg machen, bis er bemerkte, dass ich ihm nicht folgte.

»Kommst du?«, wollte er stirnrunzelnd wissen.

Ich schüttelte den Kopf. »Keine Lust. Ich schwänze.«

»Und da ist sie wieder«, seufzte er, breitete die Arme aus und machte eine Geste, die man normalerweise bei Präsentationen verwendete.

»Ich möchte nur nicht, dass du dir Sorgen um deinen Status machen musst«, erwiderte ich süffisant, erhob mich, kniff ihn wie eine Oma in die Wange und stolzierte davon.

Offenbar war unsere Freundschaft noch nicht so weit, dass Peter meinetwegen etwas riskierte. Als ich mich umdrehte, um zu sehen, ob er mir folgte, war er schon längst im Gebäude verschwunden.

Dem Unterricht fernzubleiben, war natürlich keine gute Idee. Herr Traube hatte mir bereits mit einem Schulverweis gedroht (zumindest glaubte ich das) und ich wollte eigentlich nicht riskieren, herausfinden zu müssen, ob er es ernst meinte.

Andererseits bluffte er sicher nur.

Ich ließ es einfach darauf ankommen.

Da das Wetter so schön war, schnappte ich mir eine Decke und verzog mich in Waldnähe, um ein bisschen unter freiem Himmel zu dösen. Die Vögel in den Baumwipfeln sangen so wunderschöne Lieder und lullten mich mit ihrem Gezwitscher ein. Bald fielen mir die Augen zu.

»Boru?«

Ich war mir ziemlich sicher, dass der schwarzhaarige Junge so hieß. Woher ich seinen Namen kannte, war mir allerdings ein Rätsel.

Langsam streckte ich die Hand aus, um seine Schnurrhaare zu berühren, die aus seiner Wange wuchsen. Seine Nase wackelte, als ich sie berührte. Der Junge saß im Schneidersitz neben mir auf der Wiese und … leckte sich über die Beine?

Tatsächlich waren seine Bewegungen alles andere als menschlich. Er verbog sich auf so unnatürliche Weise, dass ich annahm, seine Knochen wären aus Gummi.

»Kannst du mir mal das Wollknäuel reichen?« Erwartungsvoll streckte ich ihm meine offene Handfläche entgegen.

Er fing an, zu würgen, und spuckte ein Fellbüschel darauf.

»Danke.«

»Greta?«

Bauchreden konnte er also auch?

»Greta?!«

Jemand rüttelte an meiner Schulter.

»Greta, wach auf!«

Unsanft kehrte ich in die Realität zurück und stellte blinzelnd fest, dass ich eingeschlafen war. Peter ragte wie ein Fels über mir auf. Hände in die Seiten gestemmt, strenger Gesichtsausdruck.

Ich wischte mir den Speichel vom Mundwinkel und fragte genervt: »Was?«

»Du sollst zum Rektor kommen.«

Na wunderbar. Wenn man sich auf sein Glück verließ, war man verlassen. Dabei hatte der Tag eigentlich ganz gut angefangen. Beschweren durfte ich mich ja leider auch nicht, da ich selbst schuld war.

Missmutig trottete ich Peter hinterher, der die Führung übernahm und ganz offensichtlich dafür Sorge trug, dass ich bei Herrn Traube antanzte. So viel zu unserer ›Freundschaft‹.

»Hat er gesagt, um was es geht?«

Seine Antwort war ein vielsagender Blick.

Ich winkte ab. »Schon klar.«

Je näher wir dem Sekretariat kamen, desto nervöser schien Peter zu werden. Er fing an, seine Finger zu kneten, rieb an dem Saum seines Shirts herum und wischte sich Schweißtropfen von der

Stirn. Ihm gefiel es offensichtlich überhaupt nicht, wieder den Laufburschen für die Herrschaften zu spielen. Noch dazu hatten wir gerade angefangen, uns zu verstehen.

Mein Mitleid hielt sich allerdings in Grenzen. Sollte er ruhig ein schlechtes Gewissen haben, auch wenn es streng genommen nicht seine Schuld war, dass ich Mist gebaut hatte. Natürlich hätte er es womöglich verhindern können … aber dafür war es jetzt zu spät.

»Also dann … Wir sehen uns?« Sein entschuldigender und hoffnungsvoller Blick war einfach zu niedlich.

Ich beschloss, ihn noch ein bisschen zappeln zu lassen, setzte meinen Todesblick auf und knurrte: »Mal sehen.«

Fehlte nur noch ein Winseln. Peter zog ab wie ein geprügelter Hund und ich klopfte an die Tür des Sekretariats.

»Greta, endlich sehen wir uns mal wieder.« Frau Birkdorn lächelte mich an.

»Ich freue mich auch, Sie zu sehen. Hoffentlich wird das nicht unsere letzte Begegnung bleiben.«

»Ich hatte solche Hoffnungen, Greta. Aber wie es aussieht, glaube ich mehr an dich, als du es verdienst.« Herr Traube lehnte sich seufzend in seinem Chefsessel zurück und fuhr sich mit einer Hand über die Stirn.

Seine Reaktion war mir irgendwie unangenehm. Ich senkte den Blick und konzentrierte mich auf die Fasern meiner Hose. Es wäre mir lieber gewesen, wenn Herr Traube nicht so … enttäuscht wäre. Das war noch schlimmer als seine Wut und rüttelte jedes verdammte Mal an meinem Gewissen.

»Warum gehst du nicht in den Unterricht?« Seine Augen bohrten sich wie Giftpfeile in mein Gesicht.

Mir wurde ganz heiß.

War das … Wurde ich etwa gerade rot?

Okay, jetzt bloß keine Panik. Mit der richtigen Ausrede war ich aus dem Schneider. Ich musste sie nur finden.

Denk nach!

»Greta?«, versuchte der Direktor, meine Aufmerksamkeit zu bekommen.

Ich riss den Kopf nach oben. »Cassie.«

Cassie! Das war perfekt.

»Cassie?« Herr Traube runzelte die Stirn und kratzte sich an seinem stoppeligen Kinn.

»Ich weiß nicht, warum, aber ich habe das Gefühl, verantwortlich für ihren Unfall zu sein«, erklärte ich.

Eine Ausrede, die nicht mal gelogen war. Ging es noch genialer?!

Wenn es nicht komisch ausgesehen hätte, hätte ich mir in dem Moment anerkennend auf die Schulter geklopft.

»Und das macht dir so zu schaffen, dass du dich nicht konzentrieren kannst?«

Ich ließ den Kopf hängen und nickte. Wow, das fühlte sich ehrlicher an, als ich gedacht hätte.

In Herrn Traubes Stimme mischte sich ein mitfühlender Klang. »Du kannst doch überhaupt nichts dafür, Greta. Ich habe dir heute Morgen schon versichert, dass du geschlafen hast. Außerdem geht es deiner Cousine wieder besser.«

Mochte stimmen, erklärte aber nicht, weshalb ich intuitiv etwas wusste, was ich nicht beweisen konnte.

Herr Traube seufzte. »Wenn es dir so zu schaffen macht, solltest du mit Frau Zielich darüber reden. Sie hat sicherlich auch außerhalb deiner wöchentlichen Stunde Zeit für dich.«

»Nicht nötig«, machte ich seinen Vorschlag zunichte. »Ich brauchte nur Zeit zum Nachdenken. Wird innerhalb der Unterrichtszeit nicht wieder vorkommen.«

»Versprochen?«

Der Mann war so leicht um den Finger zu wickeln.

»Versprochen.«

Boru

Theoretisch weißt du doch, wo sie lebt!«

Ich nickte.

Wo ist also das Problem?«

Gregorian verstand das nicht. Ich konnte nicht riskieren, die magische Grenze zu übertreten. Die Angst und die Vermutung (die ich durchaus als Gewissheit bezeichnen konnte), dass Mutter es sich sicher nicht hatte nehmen lassen, mich wieder zu verhexen oder dieses Mal womöglich doch zu verfluchen, hielten mich davon ab. Es war vorhersehbar, was geschehen würde. Auf Wiedersehen, Menschenkörper, und Hallo, Katerdasein.

»Ich kann nicht«, gestand ich und schnippte einen Fussel von meinem Bein. »Außerdem hat sie mich vermutlich bereits vergessen.«

»Von wem reden wir jetzt? Von dir als Mensch oder dem Kater?«

»Macht keinen Unterschied«, wich ich seiner Frage aus. Mich hatte sie dank des Zaubers vergessen und Streuner vermutlich auch.

Lustlos rührte ich in dem Gebräu herum, das Gregorian und ich zusammengemischt hatten. Es stank unangenehm nach faulen Eiern. Der Trank blubberte träge vor sich hin und immer wieder zerplatzten kleine Gasblasen an der Oberfläche. Unser Lehrer in ›Zaubertränke‹ streifte durch die Reihen und war gerade bei einem Laborpaar stehen geblieben, um deren Arbeit zu begutachten.

»Vielleicht kann ich dir helfen«, flüsterte Gregorian.

Ich schüttete zehn Milliliter Eberurin, die laut Rezept in den Trank gehörten, in unseren Topf und runzelte die Stirn. »Wie denn?«

Er kratzte sich im Nacken und warf einen kurzen Blick auf unseren Lehrer. Der war dank einiger unserer tollpatschigen Mitschüler damit beschäftigt, eine schleimige moosfarbene Masse, die wie ein Flummi zwischen den Stühlen herumhüpfte, einzufangen und unschädlich zu machen. »Ich könnte sie besuchen gehen, mich mit ihr anfreunden und wieder herbringen«, schlug er vor.

»Damit wir beide Ärger bekommen und die wieder in Gretas Gedächtnis herumpfuschen können? Tolle Idee, Mann.« Ich klopfte ihm anerkennend auf die Schulter und hinterließ ein paar Tröpfchen Pipi, das an meinem Handschuh hing, auf seinem Shirt.

»Mann, Boru«, beschwerte er sich und rümpfte angeekelt die Nase.

Ich lachte, doch Gregorian erholte sich schnell und plante weiter. »Wir dürfen uns eben nicht erwischen lassen.«

Das sagte er so einfach.

Ich hatte mir meine Zukunft auch rosiger vorgestellt. Doch wenn ich meinen Traum vom Singen aufgeben konnte, sollte das bei Greta ebenfalls möglich sein.

Ich unterdrückte einen verzweifelten Aufschrei und presste die Lippen aufeinander. Nennt mich feige, aber ich hatte erst einmal genug davon, verbotene Dinge zu tun.

»Am besten vergesse ich sie einfach«, verkündete ich wenig überzeugend.

Ich würde sie aus meinem Kopf verbannen, so wie den Traum vom Singen. Hier in der Schule traute ich mich nämlich nicht, zu üben, und meine Ohren zu beschallen, reichte nicht aus, um besser zu werden. In dieser Hinsicht gab es tatsächlich einen Vorteil, den mir die Insel geboten hatte: unbeobachtetes Training.

»Was? Willst du einfach so aufgeben?«, warf Gregorian mir vor. Schulterzucken meinerseits. »Wow, Boru. Beeindruckend. Sie muss dir ja wirklich was bedeuten, wenn du nicht mal um sie kämpfst.«

»Halt deine Klappe.«

»Wieso? Damit du dich besser fühlen kannst? Ich will dir doch nur helfen«, entschuldigte er seine Direktheit.

»Kehr erst mal vor deiner eigenen Haustür«, knallte ich ihm an den Kopf. Ich sah ihn böse an. »Wenn du das mit Davarne geradegerückt hast, können wir weiterreden.«

»Nicht so laut«, zischte Gregorian und sah sich hektisch um, als hätte uns jemand belauscht, der jeden Moment aufspringen, mit dem Finger auf Gregorian zeigen und ihn verpetzen könnte. Was durchaus zu meiner Erheiterung beitragen würde.

Mein Laborpartner zog finster die Brauen zusammen. Es passte ihm offenbar gar nicht, dass ich ihn daran erinnerte, dass nicht nur ich vor etwas davonlief. Mit dem einzigen Unterschied, dass ich niemanden außer mich selbst in Schwierigkeiten gebracht hatte. (Gut, das mit den Angriffen auf Greta außen vor gelassen. Immerhin waren die nicht mehr aktuell.)

Schweigend widmeten wir uns wieder unserer Aufgabe.

Aus reiner Gewohnheit aß ich unter freiem Himmel. So wie ich es bei Greta eigentlich jeden Tag und danach auf der Onkla-Insel getan hatte.

Gregorian leistete mir trotz unserer kleinen Auseinandersetzung Gesellschaft.

»Wie war es eigentlich so als Kater?«, fragte er nach einer Weile.

»Auch nicht sehr viel anders.« Ich zuckte mit den Schultern.

»Willst du damit sagen, eine Katze fühlt sich wie ein Mensch?« Gregorian lachte und schob sich eine Fritte in den Mund. »Kann ich mir nur schwer vorstellen.«

»Nein, ich will damit sagen, dass sich auf vier Pfoten zu laufen in dem Moment so natürlich anfühlte, wie jetzt hier zu sitzen. Es war eben mein Körper.« An den ich mich so schnell gewöhnt hatte, dass ich ihn sogar vermisste.

Gregorian drehte in Gedanken versunken die Gabel zwischen seinen Fingern und starrte auf den Kies zu unseren Füßen. Nach einer gefühlten Ewigkeit, als ich schon gar nicht mehr damit gerechnet hatte, dass er noch etwas sagen würde, öffnete er den Mund. »Hast du schon darüber nachgedacht, wieder wegzugehen?«

Hatte ich nicht, aber lediglich aus einem einzigen Grund.

»Ich will nicht wieder auf die Onkla-Insel. Und ich würde gern ich bleiben.«

»Was, wenn dich deine Mutter dieses Mal gar nicht verhext hat? Wenn du dich nicht in ein Tier verwandelst, sobald du die Grenze übertrittst?«, gab er zu bedenken.

Ja, was wäre dann?

Greta

Cassie? Hi. Ja, ich bin es. Ich wollte nur mal fragen, wie es dir geht.«

Meine Cousine war ziemlich überrascht, meine Stimme zu hören. Normalerweise rief ich nicht bei ihr zu Hause an. Es hatte nie einen Anlass gegeben, der solche Maßnahmen erfordert hätte. Jetzt sah es allerdings anders aus. Ich benötigte Informationen.

»Das freut mich.«

Von meiner Ehrlichkeit überrumpelt, verlor ich für ein paar Sekunden den Faden, weil Cassie einfach weiter plapperte. Sie erzählte von ihren Eltern, von den Tagen im Krankenhaus, die sie in wachem Zustand verbracht hatte, von Milow, der sie dort sogar einmal besucht hatte, und irgendeiner netten Krankenschwester, die ihr beim Waschen geholfen hatte.

Ernsthaft?

Weil ich fürchtete, sie könnte mir ein Ohr abkauen, unterbrach ich ihren Redeschwall. »Kann ich dich was fragen?«

Wenn sie verärgert darüber war, dass ich sie so ruppig unterbrochen hatte, ließ sie es nicht durch das Telefon hören. Allerdings würde ich meine neu erworbenen Lernerfolge darauf verwetten, dass sie wütend ihre Unterlippe nach vorn schob.

Ich verdrängte das Bild von der schmollenden Cassie und fuhr fort: »Was weißt du noch über deinen Unfall? … Aha … Ja … Und du bist dir ganz sicher? Okay, okay, schon verstanden … Ja, ich geb mir Mühe. Bis dann.«

Ich legte auf, bevor Cassie mich mit einer weiteren Anekdote davon abhalten konnte, und seufzte. Wunderbar. Meine Cousine litt an kurzzeitiger Amnesie. Sie hatte sich doch nur den Dickschädel gestoßen!

Warum fiel niemandem auf, dass an dieser verflixten Unfallsache ein Puzzleteil überhaupt nicht zu den anderen passte? Waren die alle einer Gehirnwäsche unterzogen worden? Mittlerweile wähnte ich dies im Bereich des Möglichen.

Enttäuscht, keinen Schritt weitergekommen zu sein, ging ich früher als sonst zu Bett. Während alle anderen völlig blind ihren Feierabend genossen, beneidete ich sie um ihre Ahnungslosigkeit.

»Du solltest dir besser eine Hose anziehen. Meine Mutter hat kein Verständnis für Naturhaar.« Ich deutete auf seine mit Fell überzogenen Beine.

Der schwarzhaarige Junge schaute mich an, als würde ich eine fremde Sprache sprechen. Vielleicht tat ich das aus seiner Sicht ja auch, immerhin hatte er mir bis jetzt noch nicht geantwortet.

Seine pelzigen Beine stellten mich vor zwei Probleme. Erstens würde meine Mutter ihn so nicht ins Haus lassen und zweitens hatte er vermutlich Flöhe, die er dann überall verteilen würde.

»Würdest du das anziehen?« Ich hielt ihm eine Jeans entgegen, auf der leuchtend grünes Gras klebte.

Besser als nichts. Doch Boru wollte lieber sein rotes Tutu tragen. Ich protestierte, doch er ließ sich nicht davon abbringen.

Als wir eine halbe Stunde später bei mir zu Hause klingelten, wünschte ich, ich hätte mir einen passenden Hut zu seinem Outfit gekauft. Wenn man seiner Mutter den neuen Freund vorstellte, war aufeinander abgestimmte Kleidung das Fundament der Überzeugung. Nichts war aussagekräftiger als äußerliche Übereinstimmung. Sollte ich Cassie noch schnell nach ihren hässlichen Stiefeln fragen?

Boru setzte sich auf seinen Hintern und fing an, mit den Zehen die Stelle hinter seinem Ohr zu kratzen. Anschließend schnurrte er, rieb seinen Kopf an meinem Bein und leckte mir über die Hand.

Ich beschloss, dass bei diesem Prachtkerl keine großartige Überzeugungsarbeit nötig sein würde.

Das Gesicht des Jungen ging mir nicht mehr aus dem Kopf. Selbst mein Unterbewusstsein verarbeitete ihn in meinen Träumen. Zugegeben, die waren ziemlich schräg. Jedes Mal tauchte er in einer komischen Mischung aus seinem und Streuners Körper auf.

Ich vermisste den Kater, aber was hatte das mit dem grünäugigen Kerl zu tun, den ich noch nie zuvor gesehen hatte? Woher kannte ich ihn? Und noch wichtiger: Woher kannte ich seinen Namen?

Gut, den könnte mein Verstand auch willkürlich ausgewählt haben, aber dafür war er eigentlich zu besonders.

Boru. Mir war noch keine Person begegnet, die so hieß.

Tock. Tock.

Wie von einem elektrischen Schlag getroffen, zuckte ich zusammen. Was war das? Angestrengt lauschte ich in die Stille.

Tock. Tock.

Da war das Geräusch wieder. Als würde jemand … Mir stockte der Atem. Als würde jemand gegen meinen Rollladen klopfen. Und das mitten in der Nacht!

Wie eine Rakete schoss mein Puls in die Höhe, Blut rauschte in meinen Ohren. Das war ein Einbrecher, ein Dieb oder womöglich ein verrückter Gestörter, der gemeingefährlich war. Aber klopften Verbrecher an, bevor sie ihrer Tätigkeit nachgingen?

Tock. Tock.

Ein verzweifeltes Wimmern entwich meiner Kehle, während ich mich panisch in meine Decke einwickelte. *Tolle Strategie, Greta!*, lobte ich mich. Ganz nach dem Motto: Bettzeug hält jede Bedrohung fern. So ein Schwachsinn. Aber die Panik überwog im Augenblick. Ich musste Ruhe bewahren.

Tock. Tock. Tock.

Das war zu viel. In Rekordgeschwindigkeit sprang ich aus dem Bett, flitzte zur Tür, riss die Klinke nach unten und preschte wie ein Sprinter in den Flur hinaus. Ohne besonderes Ziel stürzte ich durch das Gebäude und fand mich schließlich vor Cassies Zimmer wieder, die aber – Scheiße noch mal! – überhaupt nicht hier war.

Was nun?

Meine Gedanken rotierten, konnten mir jedoch keinen vernünftigen Vorschlag unterbreiten.

Sollte ich zu Peter? Oder Herrn Traube? Vielleicht war Frau Zielich noch wach oder eine Betreuerin? Sollte ich mir selbst eine Ohrfeige verpassen? Wie würde das denn aussehen, wenn ich mitten in der Nacht im Schlafanzug bei einem Lehrer anklopfte und behauptete, ein Mörder wollte bei mir einbrechen? Hatte ich überreagiert und mir das Klopfen womöglich eingebildet?

Restlos überfordert, glitt ich an Ort und Stelle an der Wand hinunter, vergrub das Gesicht in meinen Händen und fing an, zu weinen. Mit mir stimmte doch etwas nicht. Ich war vollkommen unzurechnungsfähig geworden. Träumte von seltsamen Fantasiegestalten, verlor meine Erinnerung, beharrte darauf, dass ich schuld an dem Unfall meiner Cousine war, und bildete mir zu allem Überfluss auch noch Geräusche ein, die gar nicht existierten.

»Am besten wäre es wahrscheinlich, wenn du dich einweisen lässt. Ich meine, Therapiestunden bekommst du ja bereits, und dass du Selbstgespräche führst, ist doch ein wunderbarer Anlass, sie in Anspruch zu nehmen«, schlug ich mir selbst vor.

Nickend rappelte ich mich auf und schlurfte zurück in mein Zimmer.

Tock. Tock.

Pure Einbildung. Außerdem machte sich niemand an dem Fenster zu schaffen, um in den Raum zu gelangen.

Tock. Tock.

Ich wunderte mich nicht über meinen Lieblingsrucksack, der urplötzlich unter meinem Fenster stand. Ich hatte gedacht, ihn verloren zu haben, aber offensichtlich litt ich an Halluzinationen. Wahrscheinlich hatte er schon immer an dieser Stelle gelegen und ich bemerkte ihn erst heute.

Ich raufte mir die Haare, wagte es nicht, den schwarzen festen Stoff mit den zwei praktischen Außentaschen näher zu betrachten.

Dann kam es eben mal vor, dass verschollen geglaubte Dinge wie von Zauberhand wieder auftauchten. Was war schon dabei?

Tock. Tock.

Tatsächlich konnte ich nicht mehr sagen, ob ich das Klopfen wirklich hörte oder es nur der Nachhall in meinen Gedanken war, der mir Kopfschmerzen bereitete.

»Halluzinationen sind ein ernstes Anzeichen für Geisteskrankheiten«, klärte ich mich auf. »Ich sollte einen Experten hinzuziehen.«

Ich machte die ganze restliche Nacht kein Auge zu.

Beim Frühstück hakte ich meine nächtliche Hysterie als Überreaktion auf den seelischen Stress der vergangenen Tage ab und schwor, niemals jemandem davon zu erzählen. Den Rucksack hatte ich in die Untiefen meines Schranks verfrachtet.

Peter saß neben mir und schmierte sich munter Butter auf seine Brotscheibe. »Hast du keinen Hunger?«, fragte er zwischen zwei Bissen.

Ich schüttelte den Kopf. »Nicht wirklich.«

»Das Frühstück ist aber die wichtigste Mahlzeit am ganzen Tag. Du solltest wenigstens einen Apfel essen«, riet er mir.

Ich stöhnte, griff im selben Atemzug allerdings in den Obstkorb, um seinen Rat zu befolgen.

Peter lächelte und ich fragte mich zum tausendsten Mal, wie es dazu kam, dass wir so etwas wie Freunde wurden.

Gerade wollte ich in den Apfel beißen, als sich mir wieder die alten Zweifel aufdrängten. »Redest du mit mir, weil Herr Traube oder Frau Zielich dich darum gebeten haben?«, fragte ich ohne Umschweife.

Der Streber hielt in seiner Bewegung inne, dann sah er mir direkt in die Augen. Seine hatten einen warmen Braunton, was mir noch nie aufgefallen war. Seltsam. Er zog die Brauen zusammen. »Was?«

»Lass mich die Frage anders formulieren.« Warum interessierte mich das überhaupt? »Hängst du mit mir ab, weil ich ertragbar und besser als kein Gesprächspartner bin?«

»Hä?«

Mein Gott, Jungs waren so einfältig!

Doch da ich die Antwort vermutlich nicht hören wollte, winkte ich ab. »Vergiss es.«

Schnell stand ich auf, brachte unter den gaffenden Blicken meiner Mitschüler – die in den letzten Tagen äußerst an Peters und meiner Bekanntschaft interessiert zu sein schienen – meinen unbenutzten Teller weg und flüchtete zurück in mein Zimmer, um mich auf den Unterricht vorzubereiten.

Dass es mir wichtig war, was Peter dachte, machte mir ernsthafte Sorgen.

Boru

Vielleicht erst mal ein Arm?«, schlug Gregorian vor.

Ich verdrehte die Augen, trat dabei allerdings nervös von einem Bein auf das andere.

Was tat ich hier bloß? Es wäre glatter Selbstmord, Mutter ein weiteres Mal zu verärgern. Womöglich hatte sie noch viel schlimmere Strafen in petto als nur den einfachen Job eines Wächters am Arsch der Welt.

»Weißt du was? Ich denke, das ist keine gute Idee.«

Ich drehte mich um und wollte zur Schule zurück, doch Gregorian packte mich am Arm. Unsanft riss er mich zurück, sodass ich beinahe das Gleichgewicht verlor.

»Sei kein Feigling. Los!« Er schnappte sich mein Handgelenk und versuchte, mich durch die Grenze zu zerren.

Mit aller Kraft wehrte ich mich.

»Au, verdammt! Boru!«, fluchte Gregorian und rieb sich den Hinterkopf, der von mir einen kräftigen Klaps abbekommen hatte, und ließ endlich los. »Ich versuche doch nur, dir zu helfen.«

»Dann machst du was falsch«, motzte ich ihn an.

Er schnaubte frustriert. »Hör mal, willst du jetzt einfach so aufgeben? Wo ist der mutige Borundrian, der vor einigen Monaten einfach hier rausmarschiert ist und glaubte, die ganze Welt würde ihm zu Füßen liegen?«

Ich kickte einen Kiesel davon. »Der ist erwachsen geworden?«, schlug ich vor. Dann seufzte ich. »Sie ist es wahrscheinlich nicht wert. Und vermutlich wird sie mich nicht mal mögen. Nicht so wie …« Ich verstummte, weil Gregorian das nun wirklich nicht hören musste. Ich jammerte wie ein liebeskranker Vollidiot herum, dabei hatte sie mich mit Sicherheit schon längst abgeschrieben, vergessen, aus ihren Erinnerungen gelöscht (unfreiwillig war das sogar der Fall).

Gregorian verzog wütend den Mund. »Mach es doch nicht für das Mädchen, du Schwachkopf. Mach es für dich. Hab ich etwa das Rauchen aufgegeben, nur weil Davarne nicht mehr zur Schule geht?«

Das hatte er aber nett und ganz ohne schlechtes Gewissen ausgedrückt.

»Also wenn du so fragst …«, fing ich an.

»Nein, habe ich nicht«, unterbrach er meinen moralischen Appell. »Ich habe mir eine neue Quelle gesucht. Und warum?«

»Weil du an Lungenkrebs sterben willst?«

»Kannst du nicht mal bei der Sache bleiben? Meine Gesundheit tut hier nichts zur Sache.« Und wenn er mich fragte, war das ziemlich unvernünftig. »Ich habe mich bemüht, weil ich gern rauche! Ich habe das für mich getan, Boru. Und du solltest hier weg, weil es für dich gut ist. Du willst doch Sänger werden?« Er packte mich bei den Schultern. »Das willst du doch?«

»Hm«, brummte ich peinlich berührt, weil er so ernst über meinen Traum sprach, wie das keiner zuvor getan hatte.

»Und du bist gern in Gretas Nähe, stimmt's?« Ich zuckte mit den Schultern. »Spiel jetzt nicht den Coolen.« Sagte genau der Richtige! »Stimmt es oder stimmt es nicht?«

»Es stimmt«, presste ich zwischen meinen Zähnen hervor.

»Dann geh jetzt da raus und kuschel dich in ihr verdammtes Bett!«

Wow, Gregorian sollte sich überlegen, ob er nicht eine Laufbahn als Lifecoach einschlagen wollte.

Er drückte seine Finger fester in die Kuhlen zwischen meinen Schultern und dem Schlüsselbein, sah mich mit einer solchen Entschlossenheit an, dass sie mir augenblicklich in Fleisch und Blut überging, und schubste mich dann in Richtung Grenze.

Bevor ich sie passierte, schloss ich die Augen und betete, dass meine Verstoßung aus der Familie noch galt und ich Mutter egal war.

»Oh … du … Shit.«

Gregorian klang irgendwie komisch. Da ich immer noch meine Lider zusammenkniff, als würde ich Apfelsaft mithilfe meiner

Augen pressen wollen, sah ich nicht, was er sah. Doch seine Reaktion konnte nichts Gutes bedeuten.

Ich horchte in mich hinein, bewegte dabei keinen Muskel. War ich noch ein Mensch? Hm, schwer zu sagen, wenn man sich dazu entschloss, eine Statue zu spielen.

»Boru?« Seine Stimme klang leise, entschuldigend.

»Halt die Klappe«, würde ich am liebsten fauchen, aber ich traute mich nicht, meine Lippen zu bewegen. Wenn ich für immer schwieg, für immer so stehen blieb, konnte ich in meiner Fantasie sein, was ich wollte.

Meine Traumwelt existierte einen Wimpernschlag lang, dann fiel sie in sich zusammen wie ein Kartenhaus.

Fell. Schwarzes Fell. Krallen. Großer Blickwinkel. Gregorians Schienbein. Gras. Ich hatte ein Déjà-vu. Das durfte einfach nicht wahr sein! Ein heiseres verzweifeltes Krächzen entwich meiner tierischen Kehle.

»Mann, das tut mir so leid. Irgendwie habe ich das Gefühl, dass es meine Schuld ist.«

Ich hörte Gregorians Zähne knirschen, spürte die Vibration bis in meine Knochen.

Es war zu einem kleinen Teil auch seine Schuld. Warum musste er so verflucht überzeugend sein? Allerdings durfte ich ihm keinen Vorwurf machen, weil letzten Endes ich die Entscheidung getroffen hatte. Er hatte mir lediglich einen seelischen und körperlichen Schubs gegeben, den ich sofort hätte abwehren können.

Aber ich wollte nicht. Ich wollte ja frei sein. Ich wollte singen. Ich wollte zu Greta.

»Was machen wir denn jetzt?« Mein ach so selbstsicherer Freund rieb seine Hände aneinander und sah sich um, als würde jeden Moment Mutter aus dem Gebüsch springen und uns beiden die Hölle heiß machen.

Jetzt würde ich wieder flüchten, dennoch geschnappt werden und wieder auf der Onkla-Insel oder dieser blöden Schule landen. Bei der Aussicht, das ganze Theater noch einmal durchzustehen, seufzte ich resigniert. Zum Kotzen war das.

Doch dann, ganz plötzlich, hatte ich eine Idee.

Greta

Das Fenster stand tagsüber sperrangelweit offen. Normalerweise. Seit gestern Nacht gab ich mich damit zufrieden, es zu kippen. Streuner würde nicht wiederkommen und einem Einbrecher oder dem mysteriösen Gegen-meine-Scheibe-Klopfer wollte ich den Einstieg nicht unnötig erleichtern.

Den Unterricht hatte ich damit verbracht, Peter zu ignorieren. Seine kläglichen Versuche, meine Aufmerksamkeit zu erregen, scheiterten alle. Selbst als er in Kunst seine Arbeit an der Tafel präsentierte, hatte ich stur aus dem Fenster gesehen und jeglichen Blickkontakt vermieden.

Mittlerweile war ich mir ziemlich sicher, dass er von Herrn Traube oder sonst wem irgendeinen Bonus dafür bekam, dass er Zeit mit mir verbrachte. Warum sollte er mit mir abhängen? Würde er mich mögen, hätte er vorhin nicht den ahnungslosen Trottel gemimt.

Da ich nun schlechte Laune hatte, sah ich davon ab, Cassie anzurufen. Sie würde mich mit ihrem Geplapper nur nerven und außerdem schuldete ich ihr nichts. Basta. Stattdessen war es Zeit für einen Spaziergang.

Weil es mir auf freiem Feld zu warm war, steuerte ich den Wald an. Ich könnte ein bisschen am Rand im Schatten entlanggehen und versuchen, meinen Kopf frei zu bekommen. Und zwar von allem. Von Peter, von Cassie, von Herrn Traube, Frau Zielich, meinen Wahnvorstellungen und natürlich … von meiner Angst. Angst, den Verstand zu verlieren. Angst, überzuschnappen. Angst davor, was diese seltsamen Träume mit mir anstellten.

Grüne Smaragde blitzten in meinen Gedanken auf. Sie gehörten Streuner und nun trug sie der Junge in meinen Träumen.

Hatte ich ihn womöglich unterbewusst zu einem Menschen gemacht, damit ich richtig mit ihm befreundet sein konnte? Schließlich war mein Kater das einzige lebende Wesen dieses Planeten gewesen, das gern in meiner Nähe war.

Obwohl … Streng genommen hatte sogar er die Flucht vor mir ergriffen. Andernfalls wäre er noch hier. Diese Träume spiegelten vermutlich nur meine Wünsche und Hoffnungen wider.

Ich schüttelte verärgert über mich selbst den Kopf. So weit kam es noch, dass ich an mir selbst seelenklempnerte, irgendwelche Diagnosen aufstellte und mir einredete, Dinge zu wissen, obwohl ich ganz eindeutig nur die sture, einsame Greta war, die absolut gar nichts wusste. Es war doch völlig klar, dass andere meine Gesellschaft mieden, wenn nicht mal mein eigener Vater bei mir sein wollte.

Wütend rannte ich auf die Bäume zu und trat nach der nächstbesten Pflanze, die sich mir in den Weg stellte. Eine arme Pusteblume musste dran glauben, verteilte jedoch ihre Samen in alle Richtungen. Der Wind erfasste die kleinen weißen Schirmchen und trug sie davon. Weg von mir.

Die Ironie dieser Gegebenheit ließ mich auflachen. Weg von mir. Alles und jeder. Greta war allein. So wie sie es wollte. So wie es war und immer sein würde.

Weinen wollte ich nicht, also ließ ich es bleiben.

Wolken zogen über den Himmel. Eine hatte die Form eines Vogels.

Unbewusst griff ich an meinen Kopf, dorthin, wo der Falke mir seine Krallen in die Haut gebohrt hatte. Ich ertastete ein paar kleine Narben, die Wunde war ansonsten verheilt.

Bei der Erinnerung an dieses Ereignis schlich sich ein kleines Lächeln auf meine Lippen. Streuner hatte sich für mich todesmutig in den Kampf gestürzt und den Raubvogel vertrieben.

Mein Retter.

Ich schloss die Augen und schwelgte in Erinnerungen.

»Mau.«

Meine Hand lag neben mir im Gras. Mein Rücken gegen den Baum gelehnt, spürte ich etwas Warmes an meiner Seite. Etwas Weiches streifte meine Hand und ich zuckte erschrocken zurück. Dann öffnete ich die Augen und brach beinahe in Tränen aus.

»Streuner?«

Was für ein wunderbarer Traum. Mein verloren geglaubter Kater rieb schnurrend sein süßes Köpfchen gegen meinen Arm und leckte mir anschließend über die Haut.

Meine Finger zitterten, als ich sie hob, um sein schwarzes Fell zu streicheln. Aus Angst, ich könnte gleich wieder aufwachen, wagte ich es nicht, mich großartig zu bewegen.

Doch als ich ihn berührte, löste er sich Gott sei Dank nicht in Luft auf.

Hysterisch lachend saß ich da und schmuste mit meinem einzigen Freund. Für eine kurze Ewigkeit gab es einfach nur uns zwei. Ich war glücklich.

Als ich meine Umgebung das nächste Mal wieder bewusst wahrnahm, war die Sonne ein ganzes Stück weitergewandert. Ich musste mindestens drei Stunden hier gesessen und Streuners Anwesenheit genossen haben. Der hatte sich genüsslich neben mir ausgestreckt und meine Zuneigung aufgesogen wie ein trockener Schwamm, den man in einen vollen Eimer Wasser tunkte.

Ich wollte noch nicht gehen, wollte diesen Moment nicht beenden und für immer in ihm schwelgen. Ich drückte mein Gesicht in Streuners Fell und flüsterte: »Wirst du wieder verschwinden?«

Weil ich sein Kopfnicken nicht sehen wollte, sah ich nicht auf. Doch die Gewissheit bohrte sich wie ein glühendes Messer in meine Brust und brannte in meinem Inneren.

»Wohin nur?« Obwohl ich nicht hatte heulen wollen, tropften nun heiße Tränen von meinen Wangen und sickerten in die warme Erde.

Einen Wimpernschlag später war er weg.

Ungerecht und unfair. Das war mein Leben. Am liebsten würde ich meine Frustration in die Welt hinausbrüllen, mir die Seele aus dem Leib schreien, bis nichts mehr von mir übrig wäre, aber es ging nicht.

Niedergeschlagen drehte ich dem Wald, in den Streuner zweifelsfrei verschwunden war, den Rücken zu und trottete zurück ins Internat.

Peter, die Klette, wartete vor meinem Zimmer auf mich. Ich bedachte ihn mit einem bösen Blick und drückte seine Schulter zur Seite, die mir den Weg zur Tür versperrte.

»Greta, was ist denn los?«

»Verpiss dich einfach!«, zischte ich und schob mich an ihm vorbei.

Doch Peter wäre keine Nervensäge, wenn er sich so einfach abschütteln lassen würde. Ohne zu fragen, folgte er mir ins Zimmer und ließ sich auf meinem Drehstuhl nieder. Seine gesamte Haltung strahlte Hartnäckigkeit aus. Er würde erst verschwinden, wenn alles geklärt war. Nur gab es meiner Auffassung nach nichts, das wir hätten klären müssen.

»Ich gehe nirgendwo hin«, beharrte er, »wenn du nicht aufhörst, so eine sture Ziege zu sein.« Seine Finger nestelten an dem Verschluss seiner roten Sweatjacke herum. Dann fuhr er entschlossen fort: »Und bevor du mich zum Teufel schickst und beleidigst, würde ich gern auf deine Frage von heute Morgen antworten.«

»Ich will deine Antwort aber nicht mehr«, blaffte ich.

»Was würdest du jetzt sagen?«, mutmaßte Peter und tippte nachdenklich gegen sein Kinn. »Geht mir am Arsch vorbei?«

Dann stand er ruckartig auf, sodass der Stuhl ein paar Zentimeter nach hinten rutschte, kam zitternd auf mich zu und drückte mir völlig überraschend seine Lippen auf den Mund.

Klatsch.

Erschrocken wich Peter zurück und tastete nach seiner Wange. Ich starrte auf meine erhobene Hand, die ihm soeben eine Backpfeife verpasst hatte, und verstand die Welt nicht mehr. Dann weiteten sich seine Pupillen. »Ich … Es tut mir leid … Ich … Ich wollte nur …«

Er entschuldigte sich? *Ich* hatte doch *ihn* geschlagen, ihn im Affekt geohrfeigt. Das Schockierende daran war allerdings, dass ich ein schlechtes Gewissen hatte.

Peter war ohne Erlaubnis in meine Privatsphäre – eigentlich Intimsphäre! – eingedrungen, hatte mich geküsst. Normalerweise würde mir meine Notwehr nicht leidtun, doch nun schämte ich mich sogar für meine gewalttätige Zurückweisung.

Dieser verflixte Junge fing an, mir ans Herz zu wachsen, und dafür hasste ich ihn.

»Greta …«

Ich wich seinem entschuldigenden Blick aus. Meine Stimme war lediglich ein leises Flüstern. »Geh bitte.«

Er widersprach nicht und ließ mich mit meinem Gefühlschaos zurück.

Boru

Ob Mutter kommen würde, wusste ich nicht, aber ich war vorbereitet.

Es hatte funktioniert. Ich verwandelte mich zurück, wenn ich das Schulgelände betrat. Gregorian hatte nicht schlecht gestaunt, als ich wie ein Raubtier auf der Jagd durch die Grenze gehuscht war und plötzlich wieder als Mensch vor ihm gestanden hatte.

Peinlich war nur, dass meine Klamotten bei dem Spiel nicht mitmachten. Die lagen außerhalb der Grenze und ich hatte Gregorian, der bei meiner kleinen unfreiwilligen Entblößung einen Lachanfall bekommen hatte, anflehen müssen, sie mir zu bringen. Nackt wollte ich nun wirklich nicht zurück zur Schule.

Als mir allerdings klar wurde, was meine Entdeckung bedeutete, musste dieses Gebäude, das eher ein Gefängnis als ein Zuhause für mich war, warten. Ein einziges Wort drängte sich in den Fokus meiner Gedanken und ließ keinerlei Raum für etwas anderes.

Greta. Ich musste sie sehen. Streuner musste sie sehen.

Ich hatte mit ihr den schönsten Nachmittag seit Langem verbracht. Augenblicke so kostbar und wertvoll, dass ich sie für immer in meinem Herzen konservieren würde. Eingefroren für alle Zeiten. Unzerstörbar wie Diamanten. Doch auch die schönsten Momente fanden irgendwann ihr Ende.

Jetzt saß ich in meinem Zimmer, schwitzend, bangend, und wartete auf die Konsequenzen. Wenn ich Glück hatte, blieb mein Ausflug unbestraft. Immerhin war ich zurückgekommen. Und dass mein Aktivierungszauber nur außerhalb dieser Anstalt seine Wirkung entfaltete, war doch ein gutes Zeichen, oder?!

Unruhig begann ich, im Zimmer auf und ab zu gehen. Die Tür wurde aufgerissen und ich schnappte entsetzt nach Luft, doch es war bloß Gregorian.

»Na endlich!« Die Erleichterung stand ihm ins Gesicht geschrieben. »Ich dachte schon, sie hätte dich gelyncht und irgendwo im Wald verscharrt.«

Bei der Vorstellung, Mutter könnte einen Mord begehen, lachte ich auf. Dass es mir allerdings schwerfiel, zu glauben, mich würde sie nicht anrühren, erschreckte mich. Eigentlich sollte man keine Angst vor der eigenen Mutter haben. Offensichtlich war ich die große Ausnahme.

»Noch nicht«, antwortete ich mit zitternder Stimme und fügte hinzu: »Aber man soll den Tag nicht vor dem Abend loben.«

Glücklicherweise fing es bereits an, zu dämmern.

»Vielleicht akzeptiert sie deine Wünsche ja jetzt?«, äußerte er optimistisch.

»Vielleicht hat die Sonne morgen Lust, im Westen aufzugehen?«, erwiderte ich sarkastisch.

»Pessimist!«

»Realitätsverdränger!«

Daraufhin schnaubte Gregorian und wandte sich seinem Kleiderschrank zu. Er zog eine Schachtel Zigaretten hinter einem Stapel Klamotten hervor und zündete sie an.

»Spinnst du jetzt komplett?«, fuhr ich ihn an und zog das brennende Teil aus seinen Fingern. »Wenn du erwischt wirst …«

»Gute Idee. Du solltest rauchen, dann schmeißen sie dich raus und da es keine andere Schule für unsereins gibt, bist du aus dem Schneider«, schlug er vor und wollte sich seine Zigarette zurückstibitzen.

Elegant wich ich seiner Attacke aus und konnte nicht glauben, dass ich über seinen lächerlichen Vorschlag tatsächlich für ein paar Sekunden nachdachte.

Was war ich denn? Lebensmüde?

»Bist du bescheuert? Wenn Mutter erfährt, dass ich rauche – was ich ja gar nicht tue –, reißt sie mir ohne Prozess den Kopf ab«, erklärte ich aufgebracht.

»Was stimmt mit deiner Alten eigentlich nicht?«, fragte Gregorian und musste dabei zusehen, wie ich seinen heiß geliebten Tabak kurzerhand im Waschbecken hinunterspülte. Mich wütend anstierend, fuhr er fort: »Wenn du mich fragst, ist bei der 'ne Schraube locker.«

Tja, das glaubte ich mittlerweile auch.

Trotzdem war sie meine Mutter und ich hatte mich ihrem Willen zu beugen. Hauptsächlich weil ich gegen sie sowieso keine Chance hatte.

Am nächsten Morgen stand plötzlich Tante Emma vor unserer Tür. Sie strahlte mich fröhlich an und schloss mich in ihre Arme.

»Schön, dich zu sehen«, nuschelte sie in mein Haar und schrubbte mir über den Rücken. »Ich hätte dich früher besucht, aber Violet hat die Windpocken bekommen und bei uns ist gerade der Teufel los.«

Sie trat einen Schritt zurück, hielt mich an den Schultern fest und musterte mich eingehend. Ich bemerkte die Ringe unter ihren Augen und die roten Flecken auf ihren Wangen, die vom Stress verursacht wurden.

»Ich freue mich auch, dich zu sehen«, erwiderte ich ehrlich.

Tante Emma ließ mich wieder los. »Wie geht es dir?«

Ich machte einen Schritt zur Seite, während ich sprach, damit sie eintreten konnte. »Ganz gut. Hast du eigentlich in letzter Zeit mit Mutter geredet?«

»Tatsächlich war ich gestern bei ihr.«

Ich erstarrte mitten in der Bewegung. Mein Blut gefror zu Eis, mein Kopf wurde schwer. Hatte mein Herz gerade einen Schlag ausgesetzt?

Der eindringliche Ton in ihrer Stimme ließ keinen Zweifel daran, dass sie Bescheid wusste. Was wiederum bedeutete, dass Mutter von meinem – man konnte es ebenso gut als rebellischen Akt bezeichnen – Ausflug wusste.

Dann fiel es mir wie Schuppen von den Augen. »Deshalb bist du hier, nicht wahr? Weil ich wieder Scheiße gebaut habe.«

»Boru!« Dass ihr meine Wortwahl missfiel, kratzte mich wirklich herzlich wenig. »Ich wäre auch vorbeigekommen, wenn du nicht wieder die Nerven deiner Mutter gereizt hättest.«

»Ist sie sehr wütend?« Mir graute vor der Antwort. Ich lud Emma ein, auf meinem Bett Platz zu nehmen.

Meine Tante seufzte, dann ging sie langsam durchs Zimmer und setzte sich auf die Matratze. »Sie wird dich vorerst in Ruhe lassen, solange du nicht wieder davonläufst«, beruhigte sie mich.

Vor Überraschung und Freude fing mein Körper an, zu zittern. »Was ist mit Ausflügen?«, fragte ich hoffnungsvoll.

Ich wollte Greta sehen, sie wenigstens regelmäßig besuchen.

Tante Emma seufzte. »Wenn du es riskieren willst, ist das deine Entscheidung. Ich würde dir aber raten, nie länger als zwei Stunden fort zu bleiben. Sie lässt nicht gern mit sich verhandeln.«

Als ob ich das nicht wüsste.

Emma strich mit der flachen Hand über den Bezug und pustete sich eine Haarsträhne aus der Stirn. Dann fuhr sie fort: »Ich kann dir nicht garantieren, dass ich sie vollkommen überzeugen konnte, dir etwas Freiraum zu geben. Also strapaziere deine winzige Chance nicht über. Sie spürt es, Boru.« Um die Dringlichkeit ihrer Worte zu unterstreichen, sah sie mir fest in die Augen

Nun wurde ich wütend. Warum musste ich meine Wünsche immer hintanstellen? »Warum kann sie mich nicht einfach in Ruhe lassen?« Verärgert warf ich die Hände in die Luft. »Ich verstehe die Frau nicht. Egal, was ich tue, es interessiert sie nicht, aber sobald ich negativ auffalle oder aus der Reihe tanze, ist sie da.« Zähneknirschend zog ich an meinen schwarzen Haaren, bis ein paar einzelne Strähnen auf den Boden rieselten.

Emma legte den Kopf schräg und blinzelte mir mitfühlend entgegen. »Boru, ich kenne deine Mutter nicht gut genug, um zu wissen, was in ihr vorgeht, aber sie hatte es auch nicht immer leicht. Deine Familie ist ziemlich …«

»Streng!«, unterbrach ich sie. »Weiß ich doch. Wir sind Hexer! Wir sind ja so viel besser als alle anderen! Und so viel liebevoller.« Ich spuckte die Wörter aus wie Gift. »Du bist doch auch nicht so! Und mein Vater erst recht nicht«, fasste ich die Tatsachen zusammen.

Was nicht bedeutete, dass mein Vater besser war. Ihn interessierte ich immerhin auch nicht, selbst dann nicht, wenn ich Mist baute. Ich existierte eben. Punkt. Doch auf Mutters rare Aufmerksamkeit hätte ich gut und gern ebenso verzichtet.

»Deine Mutter ist aber anders aufgewachsen als wir. Sie sieht die Welt eben mit anderen Augen«, entschuldigte meine Tante sich für sie.

»Eine Scheißwelt ist das«, murmelte ich und hoffte, dass Emma mich nicht verstanden hatte. Wenn doch, ging sie nicht darauf ein.

»Bist du hier denn so unglücklich?«, wollte sie mit Sorge in ihrem Blick wissen. Sie streckte die Hand nach mir aus, um meine in ihre zu nehmen.

»Ja«, schoss es aus mir heraus. »Ich würde viel lieber auf meine Magie verzichten.«

Tante Emma klappte der Mund auf. Sie schloss ihn wieder und fummelte mit den Händen an dem pinken Gürtel herum, der um ihre Taille geschlungen war.

»Was ist?«, wollte ich wissen. Sie antwortete nicht, sondern schien ganz in Gedanken versunken zu sein. »Emma!«

»Du könntest es tun«, wisperte sie, als wäre ihr eben ein Licht aufgegangen.

»Was?« Ich war verwirrt.

»Verzichten!«, verkündete sie. Ich runzelte die Stirn. »Du kannst dir vom Rat dein magisches Potenzial entziehen lassen.« Aufregung schlich sich in ihre Stimme. »Aber du musst dir sicher sein. Einmal weg, bekommst du es nie wieder zurück. Du könntest niemals zaubern, nicht per Portal reißen, keine brauchbaren Tränke mixen. Überhaupt wärst du dann wie ein Normalo«, schloss sie ihre Offenbarung.

Was? Warum wusste ich von dieser Möglichkeit nichts? Und warum fragte ich eigentlich so blöd, die Antwort lag schließlich auf der Hand.

Mutter.

»Wo ist der Haken?« Es musste schließlich einen geben.

Bei der Aussicht, diesen ganzen Hokuspokus mit all seinen Facetten hinter mir zu lassen und völlig neu anzufangen, wurde mir ganz heiß. Vor Aufregung hätte ich am liebsten einen kleinen Freudentanz aufgeführt.

Freiheit. Plötzlich war sie wieder in greifbare Nähe gerückt.

»Du bist nicht volljährig.« Emma nahm mein Kissen und klopfte es aus. Anschließend legte sie es zurück an seinen Platz.

Sie schindete Zeit, das war nicht zu übersehen.

Gut, ich war nicht volljährig, doch sie hielt noch etwas zurück. Etwas, das sie mir ganze zehn Minuten vorenthielt, um es mir dann mit einem müden Lächeln wie eine Granate vor die Füße zu werfen. Eine Granate, die meine kurz zuvor aufgekeimte Hoffnung zerstörte.

»Du brauchst die Erlaubnis deiner Eltern und …«

Adieu, Freiheit!

»Und was noch?« Da kam noch mehr. Wahrscheinlich wollte ich es gar nicht wissen, trotzdem musste ich es hören. »Was noch, Tante Emma?«

Sie sah zur Seite. »Das wird dir nicht gefallen.«

GRETA

Nichts war so wie zuvor und wie vor dem zuvor und wie ganz früher. Dass sich das Leben ständig änderte, war mir bewusst, aber es sollte sich doch bitte ein angemessenes Tempo dafür aussuchen.

Streuner tauchte urplötzlich in meinem Leben auf, Streuner verschwand.

Cassie und ich fingen an, uns zu verstehen, Cassie verletzte sich und verschwand auf andere Weise.

Peter und ich freundeten uns an, Peter küsste mich und verschwand auf sichtbare Art. Er war noch da, aber nicht so wie davor. Ich mied ihn wie eine ansteckende Krankheit und er zog sich in einen Kokon zurück, der ihn vor der gemeinen Greta schützen würde.

Und zu allem Überfluss tauchte Streuner wieder auf, nur um mir kurze Zeit später das Herz aus der Brust zu reißen. Dabei war er nur ein verdammter Kater.

»Ich würde dich heute gern bitten, selbst vorzuschlagen, worüber du reden möchtest.« Frau Zielich sah von ihren Notizen auf und lächelte mir aufmunternd zu.

Warum sollte ich das tun? Es war doch schließlich ihre Aufgabe, mir meine seelischen Qualen aus der Nase zu ziehen, so wie man früher den einbalsamierten Pharaonen das Gehirn aus den Nasenlöchern gezogen hatte. Sie wurde schließlich dafür bezahlt!

»Greta?«

Ich zuckte hilflos mit den Schultern. »Ich weiß es nicht«, log ich.

Über Streuner und dass er mich erneut verlassen hatte.

»Vielleicht über deine Cousine?«, schlug Frau Zielich vor. Und schon hatte sie ihre Bitte an mich überflüssig gemacht und unser Thema des Tages selbst gewählt.

»Was soll es da schon zu reden geben? Sie hatte einen Unfall und keiner kann mir sagen, wie er passiert ist.« Ich klang vorwurfsvoll, obwohl unsere Pädagogin nicht das Geringste für meinen Gedächtnisverlust konnte. Allerdings war sie auch nicht in der Lage, mir weiterzuhelfen.

»Fühlst du dich schuldig, weil du nicht bei ihr warst?«

»Ein bisschen.« Aber auch nur, weil ich spürte, dass mehr dahintersteckte.

Ich war schuld! Oder doch nicht?

»Greta, du hast tief und fest geschlafen. Du hättest nichts tun können.«

Komisch, dass mir das jeder sagte. Ich war da anderer Meinung.

»Vermisst du sie?«, bohrte sie weiter.

Schulterzucken. Ich konnte nicht wirklich sagen, dass ich Cassies nervige Charakterzüge vermisste, die den Großteil ihres Wesens ausmachten, aber manchmal fehlte sie mir tatsächlich.

Da Frau Zielich wieder mal ihr Gesicht verzog, als hätte sie in einen sauren Apfel gebissen, ergänzte ich schnell: »Ja, schön, ich vermisse sie eben.«

Das laut auszusprechen, war unangenehm. Doch meine Therapeutin nickte zufrieden. In ihren Augen machte ich Fortschritte. In welche Richtung auch immer. Vermutlich nach vorn, nur wusste ich leider nicht, wo hinten war. Meine Charakterzüge waren schließlich kein Raum mit Weggabelungen. Wohin sollte ich schon gehen, wenn ich nicht aus meiner Haut konnte? Dämliche Redewendung.

»Es ist gut und gesund, seine Gefühle zu zeigen, Greta.« Geschäftig verschränkte sie ihre Finger auf dem Tisch.

Mein Blick glitt zu dem Kugelschreiber, den sie jeden Moment gerade rücken würde. Doch Frau Zielich schien sich ganz auf mich zu konzentrieren.

»Und nicht nur die negativen«, fuhr sie unbeirrt fort. »Mit denen hast du meiner Meinung nach keine Probleme.« Na vielen Dank auch. »Es sind die schönen, die dir Schwierigkeiten bereiten. Lache viel öfter, sag Menschen, die dir etwas bedeuten, dass du sie lieb hast, nimm die schönen Seiten deines Lebens bewusst zur Kenntnis.«

Sollte ich vielleicht auch noch ein paar Bäume umarmen?

Meine Hände zuckten bei dem Drang, ihr zu dieser wundervoll einstudierten Rede Beifall zu klatschen, doch ich schaffte es, sie in

Zaum zu halten. Meinen Sarkasmus voll auszuleben, hätte mich in ihren Augen sicher *zurück*geworfen.

Also schluckte ich auch meinen unangebrachten Kommentar hinunter und quetschte ein »Okay« aus meinem Mund.

»Was ist mit deinen Eltern?«

»Handgranate«, warf ich ihr vor die Füße.

Das sollte unser Codewort für gefährliches Terrain und Dinge werden, über die ich niemals sprechen würde, bei denen sie das Thema also gar nicht erst anzuschneiden brauchte.

»Wie bitte?«

»Themenwechsel«, übersetzte ich.

Sofort zückte Frau Zielich ihre Waffe und kritzelte auf ihr Notizbuch ein. Als sie fertig war, rückte sie einen Locher zurecht, der auf dem hellen Holz ihres Schreibtisches lag, und räusperte sich.

»Greta«, warum musste sie eigentlich alle zwei Sekunden meinen Namen sagen?, »ebenso wichtig, wie über angenehme Dinge zu reden, ist es, die unangenehmen nicht totzuschweigen. Du darfst Frust und Ärger nicht in dich hineinfressen, sonst werden sie dich von innen heraus zerstören.«

Oh, jetzt hatte ich aber Angst.

»Du brauchst überhaupt nicht deine Augen zu verdrehen. Nimm diese eine Stunde in der Woche bitte ernst. Ich weiß nicht, wie oft ich dich noch darum bitten soll.«

Ich ließ hörbar Luft aus meinen Lungen entweichen, protestierte jedoch nicht.

»Dann wäre das ja auch endlich geklärt«, freute sich die Psychotante und eröffnete ihren üblichen Monolog, den ich bei Fragen und an den richtigen Stellen mit Zustimmung fütterte.

Als wir endlich fertig waren, hatte ich wieder mal eine Stunde meines Lebens verschwendet.

Auf dem Rückweg zu meinem Zimmer lauerte mir Peter an einer Gabelung im Flur auf. Er versperrte mir völlig unerwartet den Weg, sodass ich beinahe in ihn hineingelaufen wäre, mich im letzten Moment jedoch bremsen konnte.

»Was soll das?«, motzte ich ihn an.

»Ich will reden«, erklärte er ohne Umschweife.

Ich stemmte die Hände in die Hüften. »Und warum lauerst du mir dann wie ein Vergewaltiger auf?«

Peter zuckte bei diesem Satz zusammen und presste seine Lippen aufeinander. »Weil du mir seit dieser Sache aus dem Weg gehst.«

Mit dieser Sache meinte er den Kuss. Und aus dem Weg ging nicht nur ich ihm. Er hatte sich desselben Verbrechens schuldig gemacht.

»Tu nicht so, als wärst *du* sonderlich bemüht gewesen, das zu klären. Warst du nämlich auch nicht«, zischte ich deshalb und schob mich an ihm vorbei.

Er beeilte sich, mich einzuholen, und ging schweigend neben mir her. »Kann ich den Kuss zurücknehmen?«

Seine Frage war völlig bescheuert. Eine Tat konnte nicht rückgängig gemacht werden, höchstens vergessen. Und weil mein Gedächtnis in letzter Zeit sowieso seine Arbeit nicht fehlerfrei verrichtete, fasste ich einen Entschluss.

»Kannst du nicht.« Seine Mundwinkel sackten nach unten. Er sah hundeelend aus. »Aber wir können so tun, als hättest du es.«

Zuerst runzelte er die Stirn, dann änderte sich der verwirrte Ausdruck in seiner Miene und machte der Erkenntnis Platz. Als er mich erleichtert anlächelte, lächelte ich ärgerlicherweise zurück.

Boru

Das war es also.«

Was ist, wenn du dich doch von der Schule schmeißen lässt?«, überlegte mein Kumpel laut.

»Dann wird Mutter mich zu Hause unterrichten. Nein danke!«, wehrte ich ab. Stöhnend fiel ich auf mein Bett und schlug die Arme über dem Kopf zusammen.

»Und Emma? Sie kann dir sicher helfen.«

»Versucht sie doch schon längst.«

Daraufhin schwieg Gregorian. Die Lage war ziemlich aussichtslos und ich musste mich wohl oder übel damit abfinden.

Als es gegen neun Uhr dunkel wurde, machte ich mich auf den Weg. Bevor ich die Grenze überquerte, zog ich mich bis auf die Boxershorts aus und verstaute meine Klamotten hinter einem Gebüsch. Hoffentlich waren sie später noch da.

Halb nackt huschte ich durch die Dunkelheit, die sich wie eine schützende Decke um mich hüllte und mich vor möglichen Blicken versteckte.

Niemand sah, wie sich der Junge in einen Kater verwandelte.

Die Waldstrecke brachte ich in einem schnellen Sprint hinter mich. Bäume und Pflanzen flog nur so an mir vorbei und bald nahm ich nur noch einen grünbraunen Tunnel war, an dessen Ende Greta auf mich wartete.

In Schwammberg war es ruhig. Ich betete, dass der Höllenhund Kunibert bereits in seinem Körbchen schlief, und schlich über das Feld in Richtung Internat.

Gretas Zimmer zu finden, war ein Klacks. Obwohl ich so lange nicht hier gewesen war, fand ich unsere Bank, auf der wir immer gegessen hatten, sowie Gretas Fenster, das sich gleich in der Nähe befand. Der Rollladen war zum Glück noch oben und der Rahmen gekippt.

Mit einem gewaltigen Satz sprang ich auf das Sims. Drinnen brannte noch Licht. Greta saß an ihrem Schreibtisch, über einen Block gebeugt, und kritzelte etwas auf das Papier. Sie trug ein weites Sweatshirt und blaue Shorts.

Mein Blick verfing sich in ihrem schwarzen Haar, das wie polierter Obsidian glänzte. Als sie ihren Kopf hob, um nachdenklich an die Decke zu starren, kräuselten sich die Haarspitzen auf ihren Schultern.

Mein Herz klopfte einen schnellen Rhythmus. Ich überlegte ziemlich lange, ob ich miauen oder mit meinem Kopf gegen die Scheibe klopfen sollte, um mich bemerkbar zu machen. Doch als ich gerade eine Entscheidung getroffen hatte, war es nicht mehr nötig, sie umzusetzen. Greta hatte mich entdeckt. Sie musste gespürt haben, dass ich vor ihrem Zimmer lungerte, zumindest würde ich das gern glauben.

»Streuner?« Ihre Stimme schnellte eine Oktave nach oben.

In Nullkommanichts hatte sie das Fenster aufgerissen. Zur Begrüßung rieb ich meinen Kopf an ihrer Hand, die sie mir entgegenstreckte, und schnurrte.

Ihr strahlendes Lächeln ließ mein Herz vor Freude überquellen. Musik erklang in meinen Ohren. Eine Melodie so rein und schön wie der Morgen.

Pures Glück.

In dieser Sekunde wurde mir klar, dass ich sie liebte.

Ich liebte es, wie ich mich in ihrer Nähe fühlte, liebte ihr Lachen, ihr Temperament, ihre Leidenschaft, ihren grimmigen Blick, wenn sie sich mit jemandem stritt, ihre Angst, Gefühle zu zeigen, wie sie mir durch das Fell strich, wie sie schmeckte, wie sie roch, wie ich (als Kater) in ihre Armbeuge passte. Und ich liebte dieses rabenschwarze Haar, das ihre Haut zum Leuchten und ihre Augen zum Glühen brachte. Den Klang ihres Namens. Greta.

»Wo kommst du bloß her, Streuner?« Ich sah eine Träne an ihren Wimpern hängen. Freude. Erleichterung. Sie hatte mich vermisst, das spürte ich.

Wenn ich könnte, würde ich ihr antworten, ihr alles erklären. Ich würde dafür sogar den Zorn von Mutter auf mich nehmen, aber Katzen konnten nun mal nicht sprechen.

»Ist ja auch egal«, lachte sie, legte mir eine Hand um den Bauch und zog mich an ihre Brust.

Ich fühlte ihren Herzschlag. Polternd jagte er meinen eigenen.

Als sie mich nach einer Ewigkeit auf meine vier Pfoten stellte, um das Fenster zu schließen, nutzte ich die Gelegenheit und machte es mir auf ihrem Bett bequem. Greta klaubte unachtsam ihre Schulunterlagen zusammen und kuschelte sich anschließend zu mir in die Laken.

»Ich habe dich so sehr vermisst«, flüsterte sie in mein Fell. »Und ich würde so gern wissen, wo du gewesen bist, aber das ist vermutlich ein Betriebsgeheimnis, hab ich recht?« Sie schmunzelte und ich ersparte mir ein Kopfnicken. »Weißt du, ich habe von dir geträumt.« Tatsächlich? »Na ja, nicht nur von dir. Da gibt es so einen Jungen. Ich kenne ihn zwar nicht, aber er taucht in meinen Träumen auf. Er hat deine Augen, aber Fell am Körper und er kann nicht sprechen.« Sie fuhr sich schüchtern mit der Hand durch die Haare. »Das klingt irgendwie total verrückt. Er ist eine Mischung aus dir und einem Typen, dem ich noch nie begegnet bin. Zumindest glaube ich das«, murmelte sie nachdenklich.

In meinem Hirn herrschte Hochbetrieb. Gleiche Augen? Konnte es sein, dass sie … dass sie von mir träumte? Also von mir als Mensch?!

Für ein paar Sekunden blieb mir die Luft weg. Ihr Unterbewusstsein erinnerte sich an mich, obwohl man ihr Gedächtnis gelöscht hatte? Unglaublich.

Wir hatten uns nur für wenige Minuten leibhaftig gegenübergestanden und dennoch musste ich einen solchen Eindruck bei ihr hinterlassen haben, dass sie mich nicht ganz vergessen konnte.

Ob sie eine Verbindung zu Streuner spürte? Hatte ihr Herz mich womöglich erkannt? Wahrgenommen, wer da wirklich vor ihr gestanden hatte? War es vielleicht sogar … Schicksal?

»Du wirst wieder verschwinden.« Greta stellte keine Frage. Sie schien es zu wissen.

Aber ich komme wieder, hätte ich ihr gern geantwortet. Stattdessen leckte ich über ihre Finger, um ihr Trost zu spenden. Sollten wir uns jemals wieder als Menschen begegnen, durfte ich diesen Fehler keinesfalls begehen. Menschen schleckten keine anderen Menschen ab. Zumindest nicht ohne Erlaubnis. Aber unter Tieren war das durchaus normal.

Eine Weile kraulte sie mich schweigend hinter den Ohren, bis sie seufzend weitererzählte. Ich war ein ziemlich guter Zuhörer.

»Es ist eine Menge passiert, während du weg warst. Du hast den ganzen Spaß verpasst«, lachte sie ironisch.

Wenn sie wüsste …

»Meine Cousine Cassie hatte einen Unfall. Sie war sogar im Krankenhaus, aber niemand kann mir Genaueres sagen. Es ist, als würden alle abschweifen und Dinge verdrängen, wenn ich Details erfahren möchte. Niemandem fällt es auf, nur mir.« Sie machte eine Pause. »Vermutlich bilde ich es mir aber ein. Wäre möglich, dass meine Therapiestunden ihre Wirkung komplett verfehlen.«

Greta war nicht verrückt. Ihr Hirn suchte nur verzweifelt nach einer Information, die nicht mehr vorhanden war. Dass sie allerdings die Existenz dieses Verlustes bemerkte, war ungewöhnlich.

»Na ja, ich muss wohl damit leben.« Ihre Hand wanderte zu meinem Nacken und ich rollte mich genüsslich auf den Rücken, damit sie auch meinen Bauch kraulen konnte. »Du siehst nicht aus, als würdest du wild leben«, stellte sie nachdenklich fest. »Womöglich bist du gar kein Streuner. Hast du eine Familie?«

Wenn ich jetzt nickte, würde sie das falsch verstehen. So falsch, wie sie es nur verstehen konnte, weil sie nicht wusste, dass ich eigentlich ihrer Spezies angehörte. Aber ich konnte nicht verhindern, dass mein pelziger Kopf vor und zurück wippte. Ich wollte Greta nicht belügen.

Sie sah mich mit großen Augen an, ihre Hand hörte auf, meinen Bauch zu liebkosen. Wir verharrten wie zwei Gegner vor einem Duell.

Ich sah Gedanken und Empfindungen über ihr Gesicht huschen, sah den Schmerz des Verrats, den sie unweigerlich empfinden musste. Spürte, wie sie sich emotional von mir entfernte, doch bevor ich sie verlor, hielt sie inne.

Ein neuer Gedanke, eine fixe Idee.

»Du hast eine Familie und kommst trotzdem immer wieder zu mir.«

Äußerst warm.

Ich bestätigte, dass sie in die richtige Richtung dachte, indem ich wieder nickte. Daraufhin schwieg sie und ich hätte am liebsten einen Drucker inklusive des Adapters für ihren Kopf zur Hand gehabt, um ihre Gedanken auszudrucken.

Warum konnte sie nicht laut nachdenken?

Endlich tat sie mir den Gefallen und flüsterte: »Ich hab dich lieb.«

Diese vier Worte würde ich nie wieder vergessen.

GRETA

Mein Kater war zurück. Zum zweiten Mal in einer Woche. Obwohl er, wie ich jetzt wusste, eigentlich nicht *mein* Kater war.

Er gehörte jemand anderem, hatte vermutlich in irgendeinem Haus ein warmes Körbchen, eine Katzenklappe, frisches Futter, kaltes Wasser, Spielzeug und Menschen, die ihn liebten. So sehr wie ich ihn? Das erschien mir eher unwahrscheinlich.

Natürlich schmerzte diese Tatsache auf der einen Seite. Es fühlte sich an, als würde er fremdgehen. Auf der anderen Seite war ich unendlich dankbar dafür, dass es ihm gut ging. Er sah gesund, wohlgenährt und zufrieden aus. Er hatte ein sicheres Zuhause, etwas, das ich ihm – in Anbetracht der Tatsache, dass ich ihn illegal beherbergt hatte – nicht bieten konnte. Mit diesem Wissen im Hinterkopf machte es mir fast nichts aus, dass ihn noch andere Leute im Arm hielten. Aber eben nur fast.

»Wehe, du tauchst eines Tages nicht mehr auf«, ermahnte ich ihn und stellte gleich klar, dass unentschuldigtes Fehlen nicht toleriert werden würde.

Doch so wie Streuner sich an mich kuschelte, schien es für ihn keine Option zu sein.

Plötzlich schoss mir ein Umstand durch den Kopf, der nicht ins Bild passte. »Wenn du doch eine fürsorgliche Familie hast, warum bist du dann damals halb verhungert hier aufgetaucht?«

Das machte keinen Sinn. Hatte er vielleicht ein neues Zuhause und war deshalb so lange verschwunden? Wurde er weitergereicht und konnte sich erst ein paar Wochen später davonstehlen? Ich würde es wohl nie erfahren.

Als es an der Tür klopfte, schreckte ich auf. Sicher war das Herr Traube, der seinen Kontrollgang machte. Konnte es sein, dass es bereits zehn Uhr war?

»Einen Moment«, rief ich und schnappte mir den Kater, um ihn unter dem Hochbett zu verstecken.

Streuner gab nicht einen Mucks von sich. Ich hatte den schlausten Kater der Welt. Oder eben den schlausten Kater der Welt *zu Besuch.*

Schnell knipste ich die Lampe auf meinem Schreibtisch aus und öffnete meinem Direktor die Tür.

»So, Schlafenszeit, liebe Greta. Alles in Ordnung bei dir?«

Ich lächelte höflich und nickte. »Ja, ich habe nur noch gelernt.«

Herr Traube zog die Augenbrauen nach oben, sagte allerdings nichts dazu. »Na schön, dann wünsche ich dir eine gute Nacht.« Er wandte sich ab, erinnerte sich dann jedoch an etwas. »Bevor ich es vergesse. Deine Cousine wird nächste Woche wieder zurückkommen.«

»Wann?«

»Bereits am Montag. Ich dachte, ich erzähle es dir gleich.«

Cassie kam wieder zur Schule. Sie war vollkommen gesund.

»Vielen Dank. Ich freue mich«, sagte ich und meinte es auch so.

»Sehr schön. Also, schlaf gut.«

Ich wünschte ihm ebenfalls eine gute Nacht und schloss mit einem leisen Klicken die Tür.

Wenn das mal keine guten Neuigkeiten waren. Mein anderes Highlight des Tages kroch in dieser Sekunde unter dem Bettgestell hervor.

»Du musst wohl los.«

Ich hatte mir gerade meinen Kulturbeutel unter den Arm geklemmt, um eine mitternächtliche Wasch-Nachhol-Aktion zu veranstalten, und entdeckte Streuner unter dem Fenster sitzen.

Sein Schwanz peitschte hin und her und er starrte durch die Scheibe hinauf zu den Sternen, die heute Nacht besonders hell leuchteten. Er drehte den Kopf in meine Richtung – sein kleines Näschen zitterte – und sah mich aus großen smaragdgrünen Augen an.

Ich seufzte. Leise öffnete ich das Fenster und strich ein letztes Mal über sein Fell. »Vergiss unsere Abmachung nicht.«

Besser gesagt, meine Drohung.

Er nickte, seine Schnurrhaare wippten dabei niedlich auf und ab, und sprang auf das Sims.

Hätte ich damals schon geahnt, dass es unsere letzte Begegnung sein würde … ich hätte ihn niemals gehen lassen.

Boru

Ich ahnte nicht, dass dies Streuners und Gretas letzte Begegnung sein würde.

Mit der guten Laune im Körper, die durch sämtliche Venen sprudelte und meine Haut vibrieren ließ, machte ich mich auf den Rückweg zur Schule. Die Nacht war so wunderschön und erfüllt von Frieden, dass ich am liebsten los gesungen hätte. Grillen zirpten im hohen Gras, hier und da schrie eine Eule, die Blätter trafen so sanft aufeinander, dass der Klang, den sie dabei erzeugten, eher einem Harfenspiel als einem banalen Rauschen glich, und die Erde unter meinen Pfoten knirschte ein liebliches Wiegenlied.

Ich gab meinem Drang nach und fing an, zu maunzen. Meine angestaute Energie entwich mir dadurch wie ein Ventil und hinterließ vollkommene Glückseligkeit.

Ich kam mir wie der größte Glückspilz auf Erden vor. Hatte ich überhaupt noch festen Boden unter den Füßen oder lief ich bereits auf Wolken?

Flatsch.

Das hatte sich eindeutig nicht wie eine weiche Wolke angefühlt. Und es roch auch nicht nach Zuckerwatte. Das Leben konnte seinen Sarkasmus wohl nicht zügeln.

Der Haufen, der jetzt zum Großteil zwischen meinen Krallen klebte, stank bis zum Himmel. Man durfte sich wirklich niemals zu früh freuen. Meine Träumereien hatten mich unachtsam werden lassen und das hatte ich nun davon.

Im Geiste fluchend und nach außen hin schweigend, rannte ich in den Wald und ignorierte den übel riechenden Schwall, der mir alle Nase lang in Kopfrichtung kroch. Ich freute mich bereits auf eine erfrischende Dusche, als mir ein Schauer über den Nacken lief.

Alarmiert blieb ich stehen und reckte mein Kinn in die Höhe. Tiere waren im Allgemeinen um einiges aufmerksamer als Menschen und mein tierischer Instinkt sagte mir, dass hier etwas im Busch war.

Tatsächlich war da ein Fuchs im Busch, dessen Augen erstaunliche Ähnlichkeit mit denen meiner Schwester hatten. Noch bevor ich diesen Gedanken zu Ende gedacht hatte, spürte ich Bessies Präsenz in meinem Kopf.

Ich ergriff als Erster das Wort. *Was für eine Überraschung. Wir haben uns ja eine Ewigkeit nicht mehr gesprochen.*

Ja, weil du mir in der Schule aus dem Weg gehst, motzte Bessie.

Stimmt doch überhaupt nicht. Wir sind eben nicht gerade in denselben Gebäudeteilen unterwegs.

Ach halt die Klappe, Boru.

Lieber nicht, sonst wirst du mir verraten, warum du mir mitten in der Nacht – verkleidet als Fuchs – auflauerst, und ich bin mir sicher, dass ich den Grund dafür nicht wissen möchte.

Also zuerst mal verkleide ich mich nicht, ich bin *ein Fuchs, und zum anderen hast du vollkommen recht.*

Fantastisch!

Du bringst mich zu ihr … Bitte sag mir, dass ich unrecht habe.

Tut mir leid, kleiner Bruder. Ich spiele mal wieder nur den Laufburschen.

Ich jaulte. *Es hat mich trotzdem gefreut, dich zu sehen,* äußerte ich niedergeschlagen.

Viel Glück.

Danke, Bessie.

Das Portal brachte mich direkt zu unserem Klippenhaus. Auch hier war es bereits dunkel und das offene Meer wurde vom Mond angestrahlt und zum Glitzern gebracht.

Mutter tauchte auf der Veranda auf und noch jemand, den ich nicht sofort erkannte. Ein Fingerschnippen später stand ich mal wieder nackt und unbedeckt vor den beiden.

»Papa?«

Mein Vater grinste verschmitzt und überreichte mir eine Decke, die ich mir um die Schultern hängte. »Hallo, Sohn. Schöne Nacht für ein Nacktbad, nicht wahr?«

Mein Vater, der Scherzkeks.

Mutter schnaubte missbilligend, drehte sich um und stolzierte ins Haus. Wir folgten ihr brav und versammelten uns im Wohnzimmer.

Zu meiner Überraschung war auch Emma anwesend. Die Tasse, an der sie nippte, war mit pinkfarbenen Mustern bemalt, und das Geschirr klirrte, als sie es zurück auf den Wohnzimmertisch stellte.

»Hallo, Borundrian.« Meinen vollen Namen nannte sie nur, wenn meine Mutter anwesend war.

»Hallo, Tante Emma.«

Sie zu sehen und in meiner Nähe zu wissen, nahm ein wenig den Druck von meinen Schultern. Solange ich nicht mit der Hausherrin allein gelassen wurde, würde mir sicher nichts passieren.

Stille breitete sich aus und ich schaute unruhig vom einen zum anderen. »Habe ich was angestellt?«

Was für eine bescheuerte Frage!

»Ich weiß nicht«, säuselte Mutter. »Hast du?!« Ihre Stimme wurde lauter und ich immer kleiner.

Auf dem Sofa kauernd, starrte ich auf den Boden.

Mein Vater schaltete sich ein. »Urlander, bitte. Wir haben das doch besprochen.«

Besprochen?

»Was habt ihr besprochen?« Mein Kopf fuhr ruckartig in die Höhe.

Ich sah Tante Emma an, die wie ein Honigkuchenpferd grinste, dann meinen Vater, der mir zuzwinkerte, und zum Schluss Mutter, die dreinschaute, als würde morgen die Welt untergehen, bevor sie Petunria ablösen und die oberste Hexe im Rat werden konnte.

Verdammt, konnte jetzt mal endlich jemand mit der Sprache rausrücken?!

»Papa?!«

Mein Vater setzte sich neben mich – das Sofa gab nach und ich rutschte ein Stück näher zu ihm –, schlang mir einen Arm um die Schultern und lächelte. »Deine Mutter und ich hatten ein sehr langes Gespräch über dich.«

»He, vergiss nicht, wer dir beigestanden hat!« Emma verschränkte beleidigt die Arme vor dem Oberkörper und setzte sich auf meine andere Seite, sodass wieder Gleichgewicht herrschte. »Übrigens ist deine Freundin ziemlich hübsch«, flüsterte sie mir ins Ohr.

»Du hast Greta gesehen?«

Dann erinnerte ich mich daran, dass sie ja nach ihr hatte sehen sollen, als dieser Dämon noch auf freiem Fuß gewesen war.

»Ja, aber ich glaube, ich habe ihr mit meinem mitternächtlichen Besuch einen ganz schönen Schrecken eingejagt.«

Wie bitte?!

»Was hast du getan?«, fragte ich schaudernd.

»Nur an ihr Fenster geklopft und ihr ihr Eigentum zurückgebracht«, gestand sie. Mein verwirrter Gesichtsausdruck veranlasste sie, ihre Erklärung zu spezifizieren. »Einen Rucksack, den sie im Wald verloren hatte.«

Meine Tante zwinkerte mir verschwörerisch zu, doch ich konnte nur an eines denken: »Mitten in der Nacht?«

Emma sah mich zerknirscht an. »Ich hätte mir wohl mehr Gedanken darüber machen sollen, dass ich das arme Mädchen damit zu Tode erschrecke. Entschuldige.«

Bei mir brauchte sie sich nicht zu entschuldigen, Greta war hier schließlich das Opfer.

»Wie hast du überhaupt herausgefunden, wo sie wohnt?«

Bei dieser Frage stieß Mutter ein freudloses Lachen aus.

Emma ignorierte das. »Borundrian, ich bin eine erwachsene, voll ausgereifte Hexe. Denkst du nicht, dass ich fähig bin, einen einfachen Ortungszauber auszuführen?«

Natürlich, Emma konnte zaubern, so viel sie wollte.

»Na siehst du«, sagte sie mütterlich.

Und Dinge zu finden, war bei drei Kindern immerhin ihre Spezialität.

»Hättest du ihr den Rucksack nicht unbemerkt bringen können?«, fragte ich stirnrunzelnd.

»Na ja, ich wollte sie eben ein bisschen kennenlernen, beobachten … nenn es, wie du willst.« Sie grinste schelmisch. »In Erfahrung bringen, ob sie gut genug für dich ist.«

Ich wurde rot, konnte aber die nächste Frage, die meinen Mund verließ, nicht zurückhalten. »Und?«

Alles, was Emma tat, war, grinsend einen Daumen in die Höhe zu recken.

Mutter unterbrach unsere Unterhaltung. »Dieses Gör wird garantiert niemals gut genug für einen Hexer sein.«

Hexer … Natürlich verallgemeinerte sie ihre Aussage. Ich war der entehrte Sohn, für mich wäre sie gut genug. Allerdings war mir Mutters Meinung plötzlich völlig egal und außerdem war ich immer noch ein Hexer und daher konnte ich diese Aussage durchaus auf mich bezogen interpretieren.

»Da das nun auch geklärt wäre«, mischte sich mein Vater ein, »können wir nun zu unserem eigentlichen Thema zurückkehren.«

Das wäre mir auch recht.

»Darf ich?« Emmas Hand schnellte in die Höhe, als wäre sie eine Schülerin, die unbedingt den Text vorlesen wollte, den der Lehrer verteilt hatte. »Bitte, ich will es ihm sagen.«

»Mir was sagen?«, drängte ich. Meine Geduld schrumpfte zusammen wie eine runzelige Rosine.

Mutter hatte sich während unseres Gesprächs immer weiter von uns entfernt und stand nun an der Treppe.

Bevor mein Vater das Wort ergreifen konnte, schrie Emma quietschend: »Du darfst auf Gretas Schule gehen.« Sie klatschte begeistert in die Hände und umarmte mich anschließend, während ich dasaß und nicht kapierte, was sie damit meinte.

»Hä?« Freude sah anders aus.

Auch Emma merkte das und sah sich gezwungen, ihre Aussage zu spezifizieren. »Du darfst auf dein magisches Potenzial verzichten.« Sie warf Mutter einen liebevollen Blick zu. Hatte sie mir etwa ihre Erlaubnis gegeben? »Und auf eine normale Schule gehen. Um genauer zu sein, auf die deiner Freundin.«

»Wir sind nicht zusammen«, flüsterte ich peinlich berührt und kratzte mich an der Schulter.

»Noch nicht«, freute sich Emma.

Dann wurde es wieder still und alle sahen mich gespannt an. Selbst Mutter hatte ihren stechenden Blick auf mich gerichtet.

»Und? Was sagst du?«, wollte Emma ungeduldig wissen.

»Wo ist der Haken? Es gibt schließlich immer einen.«

Erstaunlicherweise antwortete mir Mutter, die diese ganze Aktion wohl ziemlich zum Kotzen fand. Ich wollte gar nicht wissen, wie mein Vater und seine Schwester es geschafft hatten, sie zu überreden. »Du wirst dich nicht an Magie erinnern können«, erklärte sie mit einem Hauch Genugtuung in der Stimme.

Da ich mich nicht traute, zu fragen, was genau sie damit meinte, sah ich nur verständnislos in die Runde.

Mein Vater machte sich die Mühe, es mir zu erklären. »Wenn du ein Normalo werden willst, muss der Rat deine gesamte Magie entfernen. Also auch die Erinnerungen, die damit verknüpft sind.«

»Wieso?«, entfuhr es mir nervös. Unruhig rieb ich meine Hände an der Decke. Dass der Rat in meinem Kopf herumpfuschte, war in der Tat eine beunruhigende Vorstellung.

»Weil das die Regeln sind. Stell dir vor, die Normalos wüssten von unseren Kräften. Glaubst du, die würden uns auch nur für eine Sekunde in Ruhe lassen? Nein, die würden uns zwingen, Dinge für sie zu erledigen, und uns ausnutzen«, erklärte mein Vater.

»Aber wir sind viel mächtiger. Die könnten uns niemals etwas befehlen«, gab ich zu bedenken.

»Lass es mich anders formulieren: Normalos erfahren von uns, sind erst geschockt, sehen dann die Möglichkeiten, erlassen Gesetze über unsere Magie – vergiss nicht, dass viele Mitglieder der Mande getarnt mitten unter ihnen leben – und nutzen uns aus. Wir akzeptieren das nicht, wehren uns, und zack!« Mein Vater schnippte mit den Fingern. »Krieg!«

»Ist das nicht ein bisschen übertrieben?«, warf ich mit hochgezogenen Augenbrauen ein.

»Ganz und gar nicht«, erwiderte Emma statt meines Vaters.

»Na gut, und was bedeutet das jetzt?«, wollte ich wissen.

»Wir müssen deine Erinnerung an alles Magische löschen«, offenbarte Emma bedauernd.

Ich erstarrte. »Das heißt, ich werde meine Vergangenheit vergessen?«

Emma schüttelte den Kopf, zog währenddessen allerdings ihre Nase kraus, sodass ich den Eindruck bekam, sie wäre sich nicht ganz sicher, wie sie es mir verständlich erklären sollte. »Nicht ganz«, begann sie zögerlich. »Sie wird nur etwas modifiziert.«

Das musste sie schon genauer erläutern.

»Du wirst dich an die Schule erinnern, aber nicht an den magischen Unterricht. Du wirst dich an deine Freunde erinnern, aber nicht daran, wer sie wirklich sind. Du wirst uns natürlich nicht vergessen, aber dir wird nicht mehr klar sein, was wir können.« Abwartend sah sie mich an.

Ich wusste, dass ich mich darüber freuen sollte, aber alles, woran ich denken konnte, war Greta.

Tante Emma war offenbar dazu in der Lage, Gedanken zu lesen. »Das ist das Einzige, was wir leider nicht verhindern können, Boru.«

Meine Mutter warf ihrer Schwägerin einen hasserfüllten Blick zu, als Emma meinen Spitznamen benutzte.

»Du wirst dich an die Zeit mit ihr … auch nicht erinnern können«, vollendete meine Tante.

Diese Information war wie ein Schlag ins Gesicht. Natürlich wollte ich nicht nur wegen Greta auf meine Magie verzichten, aber ein großer Teil von mir hatte darauf gehofft, sich mit ihr anfreunden zu können. Eine Freundschaft zwischen zwei absolut normalen Menschen. Obwohl keiner von uns durchschnittlich war.

Wenn ich sie allerdings vergessen würde … konnten wir trotzdem Freunde werden? Es würde ein Neuanfang sein. Was aber, wenn ich sie dann nicht leiden konnte? Greta war im Umgang mit Menschen eher … schwierig. Ich hatte sie als Kater kennenlernen müssen, um ihre guten Seiten zu Gesicht zu bekommen. Was also, wenn wir uns überhaupt nicht verstanden?

»Schwierig, nicht wahr?« Mutter kam näher, stellte sich direkt vor uns. »Entweder deine kleine Freundin oder dein bescheuerter Traum.«

Das war's. Mutter hatte mir – ohne es zu wissen – die Entscheidung abgenommen. Niemals würde ich bleiben und ihre Marionette werden, so wie Bessie.

In einem Anflug von Selbstbewusstsein stand ich auf, baute mich vor ihr auf und sagte: »Ich gehe.«

Damit hatte sie offenbar nicht gerechnet. Überraschung kroch in ihre Miene, dann Zorn und zu guter Letzt … Respekt? War da sogar ein Anflug von Stolz in ihren Augen zu erkennen? Etwa, weil ich ihr die Stirn bot?

Sie kniff die Lippen aufeinander. »Na schön.« Dann ging sie.

Und ich hatte mich gegen meine Vergangenheit und für die Zukunft entschieden.

Greta

Die nächsten Tage verbrachte ich in einer erschreckend angenehmen Routine. Meistens war ich mit Peter zusammen, mit dem ich mich dank unserer Versöhnung besser denn je verstand.

Im Unterricht lief es gut. Ich schaffte es, nicht negativ aufzufallen, und Cassies Rückkehr trug zu meiner guten Laune bei.

Vor meiner nächsten Sitzung mit Frau Zielich gingen wir sogar in Schwammberg einkaufen und ich hörte mir alles an, was sie über Milow und sich zu erzählen hatte, ohne auch nur ein einziges Mal die Augen zu verdrehen oder genervt zu stöhnen. Cassie so lebendig neben mir zu wissen, stimmte mich ganz wohlgesonnen und zufrieden und ich war erstaunlicherweise glücklich.

»Er hat sich wirklich Sorgen gemacht, Greta. Ich glaube, er ist total in mich verknallt.« Cassie lächelte selig und strich über einen Stapel T-Shirts, der auf einem der Ausstellungstische in der Dorfboutique lag.

»Bist du auch in ihn verknallt?«, wollte ich grinsend wissen.

Cassie nickte. Dann hielt sie sich ein Shirt vor die Brust, schaute mich fragend an und warf es über ihren Arm zu den anderen Kleidungsstücken, als ich es für gut befand. »So, ich wäre dann fertig. Möchtest du noch ein Eis essen gehen?«

Ich zog mein Handy aus der Tasche, das ich extra zur Kontrolle der Uhrzeit mitgenommen hatte, und blickte meine Cousine entschuldigend an. »Ich muss los. Aber wir verschieben das Eisessen einfach auf ein anderes Mal.«

Statt auf meinen Vorschlag einzugehen, runzelte Cassie die Stirn. »Du bist so anders«, murmelte sie verwundert, als wäre ihr eben überraschend aufgefallen, dass ich nicht ihre Cousine war.

»Wie bin ich denn?«

»Ich weiß nicht genau. Irgendwie reifer.«

Sie hatte recht. Ich fühlte mich auch erwachsener, oder besser gesagt ein bisschen ausgeglichener. Es war kaum zu glauben, aber ich fühlte mich auf besondere Weise im Einklang mit mir selbst. Im Moment war alles so, wie es sein sollte.

Ich grinste meine Cousine an, die nur lachend ihre blonden Locken fliegen ließ, und verabschiedete mich von ihr. An der Kasse trennten sich unsere Wege und ich machte mich auf zu meiner Therapiesitzung. Dass es die vorletzte sein würde, wusste Frau Zielich noch nicht.

Am Montag darauf saß ich neben Peter im Matheunterricht und schrieb eine Aufgabe von der Tafel ab. Herr Grauhoff betupfte alle paar Minuten seine Stirn, die mit Schweißtropfen gesprenkelt war, und ich machte nicht eine unangebrachte Bemerkung über die Ausdünstungen meines Lehrers. Außerdem hatten wir bereits 25 Grad draußen und im Klassenraum stand die Luft.

Unter meinem Shirt bildeten sich allmählich ebenfalls Schweißflecken und Peter hatte heute Morgen verschlafen, daher keine Zeit zum Duschen gehabt, und fing an, streng zu riechen.

Ihm schien das nicht zu entgehen und er zog die Nase kraus. »Ich stinke wie eine Horde Wildschweine. Am liebsten würde ich jetzt in ein Becken mit Shampoowasser springen.«

Ich grinste in mich hinein, während ich einen Bruch kürzte. »Du müffelst wie ein Rudel Wölfe, nachdem es in einer Güllepfütze gebadet hat«, stichelte ich.

»Sehr witzig, Greta.«

»Also ich finde das durchaus amüsant.«

Herr Grauhoff warf uns einen mahnenden Blick zu und augenblicklich hielt ich meine Klappe. Herrje, da hatte mir einer eine ordentliche Gehirnwäsche verpasst und ich beschwerte mich nicht einmal.

Plötzlich ging die Tür auf und Herr Traube betrat den Raum. Ich überlegte fieberhaft, was ich angestellt haben könnte, doch der Direktor war nicht meinetwegen gekommen.

Hinter ihm kam ein Junge ins Zimmer. Ein Junge mit schwarzem Haar und grünen Augen. Mein Herz blieb stehen, die ganze Welt hörte auf, sich zu drehen, und ich hielt die Luft an.

Das war nicht irgendein Junge, das war der Junge aus meinem Traum. Wie hatte ich ihn noch mal genannt? Boru?

»Das hier ist euer neuer Mitschüler. Borundrian«, verkündete der Direktor feierlich. Dabei schob er den schüchtern lächelnden Jungen weiter ins Zimmer.

Ich schnappte entsetzt nach Luft und ein paar Köpfe drehten sich in meine Richtung. Auch Boru hatte sich nun mir zugewandt und als seine Augen meine fanden, klappte ihm der Mund auf.

Wie zwei Bekloppte starrten wir uns an. Also entweder fand er mich extrem hübsch und hatte sich in dieser Sekunde in mich verknallt oder er hatte ebenfalls von mir geträumt und war über meine Existenz genauso überrascht wie ich über seine.

Ich hielt Ersteres für unwahrscheinlich, beschloss aber, dass die zweite Möglichkeit auch nicht gerade logisch klang.

»Wie dem auch sei«, fuhr Herr Traube fort und warf mir einen strengen Blick zu. Was hatte ich getan? Vermutlich wurde man den Stempel des Störenfrieds niemals los. »Borundrian geht ab heute in eure Klasse. Seid bitte nett und führt ihn ein bisschen herum, in Ordnung?«

Einige Köpfe nickten – vor allem die der Mädchen –, Herr Traube lächelte zufrieden und ließ unseren neuen Mitschüler allein.

Herr Grauhoff schüttelte Boru die Hand und bedeutete ihm, sich einen Platz zu suchen, dann fuhr er mit dem Unterricht fort.

Borundrian, wie er eigentlich hieß, steuerte einen Platz in der hintersten Reihe an, zwei Mitschüler weiter. Ich versuchte, unauffällig zu ihm rüber zu linsen, doch das war nicht möglich. Auch er warf mir die ganze Zeit Blicke zu und daher verhakten sich unsere Augen immer wieder ineinander. Meine Konzentration schwand dahin.

Peter stupste mich mit dem Ellenbogen in die Seite. »Glotz doch nicht die ganze Zeit.« Und leise flüsterte er: »So gut sieht er überhaupt nicht aus.«

»Bist du etwa eifersüchtig?«, stichelte ich und handelte mir damit einen vernichtenden Blick von meinem besten Freund ein.

Dass er mich geküsst hatte, ignorierten wir zwar, aber vergessen würde ich es deshalb nicht. Peter schnaubte genervt und beschloss, mich für die restliche Zeit nicht zu beachten.

»Bringst du mir was zu essen mit?«

»Wo willst du denn hin?«, fragte ich verwirrt.

»Was glaubst du wohl? Duschen natürlich.« Peter hob einen Arm und ich wedelte mit der Hand vor meiner Nase, als mir der würzige Geruch seines Schweißes in die Nase stieg.

»Gute Idee«, lobte ich seinen Einfall und machte mich auf den Weg in den Speisesaal.

Unterwegs traf ich Cassie, die mir freudestrahlend davon erzählte, dass Milow sie ins Kino eingeladen hatte.

»Wo wollt ihr denn hier ins Kino?«, fragte ich stirnrunzelnd. In Schwammberg bestand die einzige vorhandene Freizeitgestaltung darin, Frösche beim Laichen zu beobachten.

Cassie grinste. »Seine Eltern sind am Wochenende in der Stadt« – mit Stadt meinte sie eigentlich Dorf – »und sie fahren uns zum nächsten Cinemaxx.«

Mein Lächeln war aufrichtig, als ich sagte: »Das freut mich für dich, Cousinchen.«

Sie fiel mir stürmisch um den Hals und machte sich auf, um ihren Freundinnen von diesen phänomenalen Neuigkeiten zu berichten.

Ich widmete mich wieder meiner Aufgabe und besorgte für Peter und mich jeweils eine Portion Spaghetti. Als ich die Teller nach draußen zu unserer Bank trug und Boru dort sitzen sah, wäre das gute Essen beinahe auf der Wiese gelandet. Jemand anderen außer Streuner, Peter oder mich dort vorzufinden, fühlte sich verkehrt an.

Apropos Streuner … der könnte sich ruhig auch mal wieder blicken lassen!

Der Junge mit den smaragdgrünen Augen schaute auf, als er Schritte hörte, und starrte mich einfach nur an.

Kurz überlegte ich, ob ich umdrehen und drinnen essen sollte, dann drängte sich jedoch meine Sturheit in den Vordergrund. Entschlossen überwand ich die letzten Meter zwischen uns und baute mich möglichst einschüchternd vor ihm auf.

»Das ist eigentlich mein Platz«, sagte ich freundlich, aber dennoch bestimmt. »Ich esse hier immer. Würde es dir also was ausmachen …«

Boru schwieg.

Mir fiel ein, dass er vorhin als Erster aus dem Klassenzimmer gestürmt war. Als würde er vor etwas davonlaufen.

Als er immer noch nichts sagte, befürchtete ich allmählich, dass er stumm war. Hatte er, seit er hier war, überhaupt etwas gesagt? Dann fiel mir ein, dass er in meinen Träumen auch nicht sprechen konnte. War da womöglich etwas dran?

»Weshalb die zwei Portionen?«

Vor Überraschung vergaß ich seine Frage in der Sekunde, in der er sie stellte. Seine Stimme. Bei ihrem Klang machte mein Magen einen Satz. In meinem Bauch lief einer umher und kitzelte mich mit einer Feder.

Meine Hände fingen an, zu zittern. Ich musste diese Teller abstellen, bevor sie mir noch herunterfielen. In dem Versuch, seine einnehmende Person zu ignorieren, stellte ich Peters und meine Mahlzeit auf dem warmen Holz ab.

Borus Blick ruhte auf mir, ich spürte ihn bis in meine Zellkerne. »Greta?«

Ich fuhr hoch. »Woher kennst du meinen Namen?«

Plötzlich wirkte er unglaublich schüchtern. Mit den Händen umklammerte er die Sitzfläche meiner Bank und blinzelte. »Ehrlich gesagt weiß ich es nicht so genau.«

»Aha.«

Bevor er eine weitere Erklärung abgeben konnte, bog Peter um die Hausecke. Bei Borus Anblick verfinsterte sich seine Miene. »Wie ich sehe, führst du unseren neuen Mitschüler herum.« Peter spuckte uns die Worte förmlich entgegen.

Ich hatte ihn noch nie so … zornig erlebt.

Borundrian merkte, wie unerwünscht er war, und ergriff die Flucht. »Also … bis dann.«

Verwirrt sah ich ihm hinterher.

Boru

Komisch. Dieses Wort beschrieb diesen Tag wohl am besten. Natürlich wusste ich, dass ein Schulwechsel nie reibungslos über die Bühne ging, aber dieses Mädchen hatte mich völlig aus dem Konzept gebracht. Ich kannte sie. Vage erinnerte ich mich daran, dass sie mal an meiner alten Schule aufgetaucht war.

Hatte sie dort jemanden besucht? Ich konnte es beim besten Willen nicht sagen. Viel wichtiger war allerdings, dass es den Anschein machte, als würde sie mich ebenfalls kennen. Aber woher?!

Da ich keinen Hunger hatte, nutzte ich die Zeit, die die anderen beim Essen verbrachten, um meine Sachen auszupacken. Der Direktor hatte mich in ein Zimmer gebracht, das ich mir mit drei anderen Jungs teilte. Einen von ihnen hatte ich heute Vormittag bei meiner Ankunft bereits kennengelernt. Sein Name war Milow und er machte einen netten Eindruck. Die anderen beiden würden im Laufe des Tages sicher noch auftauchen.

Ich fing an, meine Klamotten in dem Schrank neben meinem Bett zu verstauen. Den MP3-Player meines Vaters legte ich auf mein Nachttischchen.

Da es an meiner alten Schule keinen Chor und keine Bands (irgendwie komisch) gegeben hatte, beschloss ich, die Sache dieses Mal selbst in die Hand zu nehmen. Egal ob es ein paar Musiker gab und sie sich trafen oder nicht, ich würde eine Musikgruppe gründen oder ein Teil von ihr werden. Und später würde ich Gesang studieren. Ohne Wenn und Aber.

Mutter hatte versucht, mir diesen Traum auszureden, weil ihr dieser Beruf zu risikobehaftet war, aber mir war das egal. Ich hatte nur dieses eine Leben und es war verdammt noch mal meine Pflicht, es zu nutzen.

Während ich meinen Gedanken nachhing, klopfte es und kurz darauf kam ein blonder Junge ins Zimmer. »Hey, du bist der Neue, oder?«

Ich nickte. »Ich bin Boru.«

»Freut mich. Justin.« Wir schüttelten uns die Hände. »Peter wohnt auch noch hier, aber der hängt mal wieder mit seinem *Bad Girl* herum.«

Ich runzelte die Stirn.

Justin erklärte seinen Kommentar: »Greta. Die ist dir bestimmt schon aufgefallen. Schwarze Haare, grimmiger Blick, immer eine Beleidigung auf den Lippen. Obwohl …« Er kratzte sich nachdenklich am Kinn. »In letzter Zeit ist sie weniger … feindselig. Sie sitzt in Mathe in der letzten Reihe.«

Ich kannte sie. Vermutlich besser, als ich es selbst wusste, und das machte mich ganz verrückt.

Innerlich seufzte ich. Peter war bestimmt der Junge, der mich vorhin vertrieben hatte. Und so wie er sich verhielt, war er in Greta verknallt.

»Peter ist der Klassenstreber. Wie die zwei zueinandergefunden haben, ist mir echt ein Rätsel«, hing Justin seinen Gedanken nach und warf sich auf sein Bett.

»Gibt es hier eigentlich eine Schulband?«, wechselte ich das Thema und faltete weiter Hosen zusammen.

»Wir haben einen Chor«, schlug Justin vor, doch ich schüttelte den Kopf. Ich wollte als Solokünstler Karriere machen, nicht als Kirchenjodler. »Na ja, du kannst auch selbst eine Band gründen. Hier freut man sich immer über neue Aktivitäten. Wir bekommen am Arsch der Welt ja sonst nichts zu sehen.«

»Vermutlich werde ich das auch in Angriff nehmen«, nickte ich.

Justin setzte sich auf. »Jetzt echt? Ich kann übrigens Gitarre spielen, falls ich es noch nicht erwähnt habe.« Mein neuer Zimmergenosse sprang auf und zog einen Gitarrenkoffer hinter der Tür hervor.

Ich grinste. »Perfekt.«

Als Peter am Abend im Zimmer erschien, war er wenig begeistert, dass er mir ab jetzt nicht mehr aus dem Weg gehen konnte, und zeigte mir die kalte Schulter. Für einen Jungen war er ziemlich … launisch.

Justin und ich verstanden uns blendend. Wir schmiedeten bis spät in die Nacht Pläne für unser Bandprojekt – er schlug Freunde vor, von denen er wusste, dass sie ein Instrument beherrschten, und machte den Vorschlag, dass man die Sporthalle für Proben nutzen könnte – und machten erst weit nach Mitternacht die Augen zu.

Als ich sie das nächste Mal öffnete, waren gerade mal zwei Stunden vergangen. Draußen war es noch dunkel und im Zimmer war es bis auf das Schnarchen von Peter still.

Aus einer Laune heraus streifte ich mir Schuhe über und machte mich auf den Weg in den Hof. Wie von einer unsichtbaren Macht gelotst, steuerte ich die Bank an, die mich bereits heute Mittag magisch angezogen hatte, und setzte mich hin.

Den Blick in den Himmel gerichtet, betrachtete ich die Sterne. Es fühlte sich normal an, hier zu sitzen, wenn nicht sogar vertraut. Dieser Ausblick hatte sich meinem Herzen schon oft geboten, nur mein Hirn war nicht davon überzeugt.

Drei Meter neben mir ging das Fenster auf. Jemand lehnte sich aus dem Rahmen und wisperte: »Streuner? Streuner?!«

Beinahe wäre ich aufgestanden und dem Ruf gefolgt. Verrückt.

Gespannt wartete ich, ob jemand auftauchen würde, doch die Person am Fenster verlor ziemlich schnell die Geduld. Die Enttäuschung, mit der es zugeschlagen wurde, spürte ich bis hier.

Ich blieb bis zum Sonnenaufgang sitzen, wartete auf das erste warme Licht des Tages und genoss die Ruhe. Meine neue Schule gefiel mir ziemlich gut.

GRETA

Streuner war schon seit einer Woche nicht mehr aufgetaucht. Die Tatsache, dass er wenigstens ein sicheres Zuhause hatte, konnte mich nur mäßig beruhigen. Warum kam er nicht?

»Greta.«

Hatte er mir nur etwas vorgespielt?

»Greta?!«

»Was?«, fauchte ich genervt.

Cassie ließ ihre Hand, die einen Fetzen Stoff umklammerte, sinken und sah mich vorwurfsvoll an. »Hast du mir überhaupt zugehört?«

Verflucht, nein.

»Tut mir leid, ich war in Gedanken«, entschuldigte ich mich und rieb mir die Schläfen.

Meine Cousine schnaubte. »Willst du es jetzt oder nicht?«

Wieder hielt sie mir den pastellfarbenen Stoff unter die Nase. Skeptisch beäugte ich das mädchenhafte Shirt und rümpfte die Nase.

»Ich denke nicht, dass mir das steht«, beschloss ich.

»Bist du sicher? Ich finde, es würde wunderbar zu deinen schwarzen Haaren passen. Außerdem hat deine Garderobe eine Generalüberholung nötig.«

Dass Cassie meinen Kleidungsstil kritisierte, war nichts Neues. Allerdings weigerte ich mich strikt, ihre modischen Ratschläge anzunehmen, da bunte Farben nun wirklich nicht in mein Repertoire gehörten.

»Ich denke nicht«, wiederholte ich meine Bedenken und machte keine Anstalten, ihr das Shirt abzunehmen.

Ungefragt öffnete Cassie meinen Kleiderschrank und stopfte es zu den anderen Sachen.

»He …«, protestierte ich, doch meine Cousine winkte leichtfertig ab.

»Du kannst es dir ja noch überlegen«, meinte sie.

»Wo ist eigentlich Milow?«, fragte ich in dem Versuch, sie loszuwerden.

Cassie hob verzweifelt die Arme und ließ sie wieder fallen. »Der ist mit seinem neuen Busenfreund unterwegs. Dieser Boru, oder wie er heißt, hat ihm und Justin einen Floh ins Ohr gesetzt. Die wollen eine Band gründen und sind schon den ganzen Tag am Planen. Sie wollen morgen Herrn Traube um Erlaubnis und die Turnhalle bitten.«

Es war mehr als unangenehm, dass mein Herz schneller schlug, sobald jemand seinen Namen erwähnte. Ich hoffte, Cassie würde nicht bemerken, wie ich anfing, zu hyperventilieren, und schob sie aus meinem Zimmer.

»Vielleicht kannst du ihnen ja helfen«, schlug ich vor und knallte meiner verdutzten Cousine die Tür vor der Nase zu.

Tut mir leid, Cassie.

Als es plötzlich an meiner Scheibe klopfte, dachte ich schon, es wäre Streuner, doch leider streckte nur Peter seinen Kopf ins Zimmer.

»Hey, Zicke, sollen wir Eis essen gehen?«

»Ich bin keine Zicke mehr«, motzte ich und Peter lachte.

»Einmal zickig, immer zickig«, kommentierte er kühl meinen Protest und drehte sich um, um bei der Bank auf mich zu warten.

Rasch zog ich mir ein frisches – schwarzes! – Shirt über und kletterte aus dem Fenster.

»Wenn du das immer offen lässt, bricht noch jemand bei dir ein«, meinte der Streber.

»Und klaut meine Schulsachen? Super!«

Peter verdrehte die Augen und wir liefen um die Wette.

Am Abend beschloss ich, nach Streuner zu suchen, und fischte meine Taschenlampe aus den Tiefen meines Schranks. Vielleicht trieb er sich in der Nähe herum und hatte mich nur vergessen. Dann würde ich ihm aber gehörig die Meinung geigen.

Als ich nach draußen kletterte, erschrak ich fast zu Tode. Boru saß auf meiner Bank. Die Arme auf seine Knie gelegt, starrte er in den Nachthimmel. Sein Anblick erinnerte an einen meditierenden Mönch.

Durch die Geräusche, die ich unweigerlich verursacht hatte, bemerkte er mich. »Du warst das also. Und? Hast du Streuner gefunden?«

Misstrauisch kam ich näher und beäugte ihn von Kopf bis Fuß. »Woher weißt du schon wieder, was du nicht wissen solltest?«, erwiderte ich stirnrunzelnd.

Boru lächelte. »Ich habe dich gestern gehört. Du hast dich aus dem Fenster gelehnt und nach Streuner gerufen.« Er zeigte in die Richtung, aus der ich gekommen war.

»Ach so.«

Stille, die er nach ein paar Sekunden brach.

»Wer ist Streuner?«

»Ein Kater«, schoss es aus mir heraus.

Verdammt, ich könnte mir die Zunge abhacken. Obwohl es ihn eigentlich nichts anging und ich diesen Jungen außerhalb meiner Träume überhaupt nicht kannte, verriet ich ihm, wer mein allerbester Freund war. Dass er mich nicht auslachte, musste ich ihm hoch anrechnen. Andererseits konnte er ja nicht wissen, wie viel mir dieses Tier bedeutete.

»Ist er weggelaufen?«, erkundigte Boru sich besorgt.

Unschlüssig, ob ich diese Unterhaltung vorzeitig beenden sollte, sah ich hin und her.

Ach, was schadete es schon, wenn ich mit ihm redete. Also überwand ich die kurze Distanz zwischen uns und setzte mich neben ihn.

»Eigentlich kann er gar nicht ›weglaufen‹.« Ich malte Gänsefüßchen in die Luft.

»Wie das?« Boru konnte mir offensichtlich nicht folgen. Ich erklärte es ihm.

»Er gehört gar nicht mir, aber wir haben … viel Zeit miteinander verbracht. Und er kam in gewisser Weise zu Besuch.«

Boru nickte, als würde er jetzt verstehen. Mondlicht fiel auf sein Gesicht und betonte die Schatten unter seinen Augen.

Peter hatte vollkommen unrecht. Dieser Junge sah gut aus, sogar ziemlich gut. Ohne Fell sogar noch besser. Der Junge aus meinen Träumen hatte mit diesem lebendigen Exemplar bis auf die Augenfarbe absolut nichts gemeinsam.

Boru strich mit den Handflächen über seine Oberschenkel. Dann kratzte er sich im Nacken. »Warst du eigentlich in letzter Zeit bei einer anderen Schule zu Besuch?« Anstatt mich anzusehen, blickte er in den Himmel.

Diese Frage kam völlig unerwartet und hatte keinerlei Zusammenhang mit dem bisherigen Thema unseres Gesprächs. Schließlich drehte Boru den Kopf in meine Richtung. Zwei Smaragde funkelten mir entgegen.

»Äh … nicht dass ich wüsste«, antwortete ich, nicht ganz überzeugt von meinen eigenen Worten. Auf meine Erinnerung war im Moment schließlich kein Verlass. »Warum?«

»Ach, nur so.« Er winkte ab.

Wieder Stille.

»Ich habe gehört, dass ihr eine Band gründen wollt«, hielt ich das etwas seltsame Gespräch am Laufen. Und wunderte mich darüber, dass ich tatsächlich die Initiative ergriff. Bei einer Unterhaltung. Mit einem Menschen. Noch dazu einem Jungen. Der nicht Peter war.

Lustig, wie man sich in manchen Situationen selbst überraschen konnte.

Boru hob eine Augenbraue. »Spricht sich das so schnell herum?«, schmunzelte er.

Ich warf ihm einen vielsagenden Blick zu. »Also falls es dir noch nicht aufgefallen sein sollte, unsere Schule ist nicht besonders groß. Neuigkeiten verbreiten sich wie ein Buschfeuer und Gerüchte machen da keine Ausnahme. Pass also auf, was du den Leuten erzählst.«

Was so viel heißen sollte wie: Wenn du irgendjemandem das mit Streuner verrätst, wirst du das schneller bereuen, als du schwarzer Kater sagen kannst!

Borus rechter Mundwinkel bog sich nach oben. Während er einen Stern fokussierte, fragte er: »Soll das eine Drohung sein?«

Ich lächelte süffisant. »Nur ein freundlicher Hinweis darauf, dass es klüger wäre, manches für sich zu behalten. Man wird hier sehr schnell … in eine Schublade gesteckt. Und ich möchte meinen schlechten Ruf nicht vollständig ruinieren, weil ein dahergelaufener mysteriöser Fremder meint, mein Geheimnis ausplaudern zu müssen.«

»Geheimnis? Bedeutet das, dein Peter weiß auch nichts von Streuner?« Boru klang überrascht und … geschmeichelt.

Etwa weil ich *ihm* davon erzählt hatte?

Mein Hals wurde plötzlich ganz trocken. Ich versuchte, die Zunge von meinem Gaumen zu lösen und unbeteiligt zu klingen, als ich erwiderte: »Nicht alles. Und er ist nicht *mein* Peter.« Warum war es mir so wichtig, das klarzustellen?

Jetzt sah Boru wieder mich an. »Und ich weiß alles?« Er lächelte.

Nein! Ja? Keine Ahnung. Es fühlte sich jedenfalls an, als wüsste er sehr viel mehr über mich, als er sollte.

»Erzähl es bitte einfach nicht weiter, in Ordnung?«, appellierte ich an sein Gewissen.

Nicht nur, dass Haustiere hier verboten waren, ich wollte auch nicht, dass jemand von Streuner erfuhr. Seine Zuneigung gehörte nur mir.

»Ich verrate nichts.« Boru legte die Hand auf seine Brust. »Versprochen.«

Erleichtert atmete ich auf. »Danke.«

Boru

Die Nacht war lau. Wir saßen in kurzen Sachen draußen und ich fror nicht im Geringsten. Greta hatte offensichtlich vergessen, dass sie ihren Kater suchen gehen wollte, denn sie drehte eine Taschenlampe zwischen ihren Fingern und starrte ins Leere.

Während ich sie betrachtete, kam mir ein spontaner Einfall. »Spielst du eigentlich ein Instrument?«, erkundigte ich mich.

Sie sah mich an, als hätte ich vorgeschlagen, in einer Kläranlage schwimmen zu gehen. »Sehe ich so aus, als wäre ich in irgendeiner Weise kreativ oder begabt?«, wollte sie mit hochgezogenen Augenbrauen wissen.

»Man soll Leute doch nicht nach ihrem Äußeren beurteilen«, erwiderte ich grinsend.

»Ja, aber wer hält sich denn schon daran?«, schoss sie zurück.

»Also spielst du kein Instrument.«

»Nein.«

»Kannst du singen?«

Sie schüttelte den Kopf. Dann lachte sie. »Sicher nicht. Allerdings habe ich es noch nie ausprobiert.«

»Dann kannst du es auch nicht wissen«, stellte ich klar.

Greta verdrehte die Augen. Offenbar ahnte sie, was jetzt komme würde. »Ich werde ganz sicher nicht singen«, verneinte sie meine Frage, bevor ich sie stellen konnte.

Mir drängte sich der Verdacht auf, dass sie eine wunderschöne Stimme hatte. Mit ihr zu singen, wäre bestimmt atemberaubend.

»Komm schon. Ich werde auch nicht lachen«, versprach ich.

»Menschen behaupten viel, wenn der Tag lang ist«, entgegnete sie.

Ich seufzte. »Dann stell dir vor, ich wäre Streuner.«

Um meiner Imitation mehr Authentizität zu verleihen, hockte ich mich auf meine Knie und stellte die Hände wie Pfoten gekrümmt vor mir ab.

Greta schnaubte, schaffte es jedoch nicht, ihr Grinsen vollständig zu unterdrücken.

Ich perfektionierte meine Darbietung, indem ich mir über den Handrücken leckte.

»Okay, du bist wirklich gut«, lachte sie und boxte mich in die Seite.

Mein Bauch fing an, zu kribbeln. »Und? Machst du es?«, fragte ich hoffnungsvoll.

Sie lehnte sich entspannt zurück, sah zu den Sternen und sagte: »Vielleicht ein anderes Mal.«

»Ich werde dich daran erinnern«, blieb ich hartnäckig.

»Natürlich wirst du das.« Ihr Mundwinkel bog sich süß nach oben und ein kleines Grübchen kam auf ihrer Wange zum Vorschein.

Ich musste meinen Blick losreißen, um sie nicht anzustarren.

Schweigend sahen wir eine Weile in den Himmel. Eine Sternschnuppe zog am Firmament vorüber.

Begeistert zeigte ich mit dem Finger darauf. »Siehst du das?«

»Denkst du, ich bin blind?« Sie verschränkte belustigt die Arme vor der Brust.

»Nein, aber anscheinend süchtig nach Sarkasmus«, konterte ich neckend.

Das brachte mir einen weiteren sanften Schlag gegen die Seite ein, obwohl Greta diejenige war, die unhöflich auf meine Frage reagiert hatte. Allerdings störte es mich nicht.

Wir beobachteten die Sternschnuppe, bis sie am Horizont verschwand.

»Hast du dir was gewünscht?« Ihre Stimme war zu einem Flüstern geschrumpft, sodass ich mir nicht sicher war, ob ich sie richtig verstanden hatte.

Mein Wunsch war immer derselbe. Ich wollte Sänger werden, also antwortete ich: »Ja. Und du?«

Sie sah mich nicht an, nickte aber.

»Und was?«

Greta grinste. »Wenn ich dir das verrate, geht es nicht in Erfüllung.«

»Das sagt man doch nur so.«

»Trotzdem.«

»Na schön, dann verrate es mir eben nicht.«

Erheitert beobachtete sie, wie ich ihre Haltung imitierte und gespielt beleidigt meine Arme vor dem Oberkörper verschränkte. Greta lockerte ihre Haltung und fuhr sich abwesend mit einer Hand durch das pechschwarze Haar. Mir war das noch nicht richtig aufgefallen, aber wir hatten in etwa die gleiche Haarfarbe.

Unvorhergesehen wechselte sie das Thema. »Weshalb hast du eigentlich die Schule gewechselt?«

Schulterzucken meinerseits. »An meiner alten gab es keine Möglichkeit, Musik zu machen.«

»Wirklich?« Sie zog die Stirn in Falten. »Wieso?«

»Ich weiß nicht. Es war wohl nicht üblich. So im Nachhinein betrachtet, war die Einrichtung ziemlich seltsam.« Grübelnd starrte ich auf die Wiese vor uns, die im Dunkeln lag. Etwas weiter weg waren ein paar Büsche und ein Zaun auszumachen.

»Verstehe«, bemerkte Greta nachdenklich.

Wieder Stille.

Sie wischte sich die Handflächen an ihren Beinen ab. »Na dann werde ich mal …« Sie zeigte mit dem Daumen auf ihr Fenster und erhob sich.

»Wolltest du nicht deinen Kater suchen?«, erinnerte ich sie.

Greta schlug sich mit der flachen Hand auf die Stirn. »Stimmt.« Dann ließ sie die Schultern hängen. »Wahrscheinlich ist er sowieso nicht hier.«

»Das kannst du nicht wissen, wenn du nicht nachsiehst«, warf ich ein. »Vielleicht ist er ganz in der Nähe und wartet nur darauf, dass du ihn findest.«

Greta legte den Kopf schräg und schaute mit hochgezogenen Augenbrauen auf mich herab. »Klingt ziemlich kitschig, wenn du mich fragst. Und ist eher unwahrscheinlich«, beschloss sie pessimistisch.

Ich stand ebenfalls auf und klopfte mir unsichtbaren Staub von der Hose. »Egal. Ich werde dir bei der Suche helfen«, verkündete ich.

»Wie großzügig«, erwiderte sie mit honigsüßer Stimme.

»Mach ich doch gern. Außer du willst Peter wecken und ihn fragen.« Ich konnte mir ein schelmisches Grinsen nicht verkneifen.

Gretas Finger zuckten. Bestimmt hatte sie mir wieder einen Stoß in die Seite versetzen wollen, sich allerdings – aus welchem Grund auch immer – dagegen entschieden. Seufzend sagte sie: »Bitte fang nicht auch noch damit an.« Ihr Lächeln war verschwunden und sie verdrehte genervt die Augen.

»Womit?«, stichelte ich weiter.

Greta warf mir einen Blick zu, der ausdrückte: Du weißt genau, wovon ich spreche. Trotzdem machte sie sich die Mühe, es mir zu erklären. »Mit diesen Eifersüchteleien.«

Die Antwort überraschte mich dann doch. »Peter ist eifersüchtig? Etwa auf mich? Warum?«

Natürlich war es dunkel und ich konnte es mir durchaus einbilden, aber wenn ich raten müsste, würde ich vermuten, dass Greta gerade rot wurde.

»Äh … ist 'ne lange Geschichte«, wich sie dem Thema aus.

»Ich habe Zeit«, erklärte ich, schnappte mir ihre Taschenlampe und lief los.

Epilog
Greta

Acht Monate später …

Ich reckte den Hals, um die Menschenmenge zu überblicken, die sich auf der Wiese und dem Schotterweg vor dem Internat versammelt hatte. Aufgeregte Unterhaltungen wurden geführt und Begrüßungen ausgetauscht. Die vielen Stimmen verwandelten sich in ein kollektives Brummen, das ich, so gut es ging, ausblendete.

Das Wetter war fantastisch. Keine einzige Wolke tummelte sich am Himmel und die Sonne wärmte ungehindert den Nachmittag.

Nervös rieb ich meine Hände aneinander und trippelte von einem Bein auf das andere. Sie würde nicht kommen. Ich wusste es. Obwohl ich mir vorgenommen hatte, nicht enttäuscht zu sein, ließ es sich nicht vermeiden. Natürlich kam sie nicht.

Als jemand meinen Namen rief, warf ich den Kopf herum und entdeckte Peter, der mit schnellen Schritten in meine Richtung eilte. Die letzten Meter lief ich ihm entgegen.

»Was ist?«, fragte ich, etwas genervter als beabsichtigt. Er konnte ja nichts dafür, dass ich litt, nur weil meine Mutter, die sich noch nie sonderlich für mich interessiert hatte, mal wieder mit Abwesenheit glänzte. Am meisten ärgerte ich mich über diesen verdammt mickrigen Hoffnungsschimmer, dass sie sich eines Tages ändern würde, der sich partout nicht abschütteln lassen wollte. Sie würde niemals mein Leben über ihr eigenes stellen. Damit musste ich mich endlich abfinden.

Peter, der meine biestige Art gewöhnt war, ließ sich davon nicht einschüchtern. Wie immer ignorierte er den unhöflichen Ton in meiner Stimme und antwortete: »Es geht gleich los. Die anderen warten nur noch auf dich.«

War es zu spät, einen Rückzieher zu machen? Bei dem Gedanken, gleich vor all diesen Leuten auf einer provisorischen Bühne zu stehen, die der Hausmeister aus ein paar Europaletten gezimmert hatte, wurde mir schlecht. Wieso hatte ich mich nur zu diesem Schwachsinn überreden lassen?

Peter zog fragend die Augenbrauen nach oben. Seine Brille war etwas nach unten gerutscht und er brachte sie mit einer routinierten Bewegung wieder in Position. »Also, kommst du jetzt mit?«, drängte er.

Ich knackte mit meinen Fingern, schaute in die Menge.

Peter folgte meinem suchenden Blick. »Wartest du auf jemanden?«

Irgendwie schon. »Nein«, beeilte ich mich, zu sagen, und zwang meine Gedanken zu dem bevorstehenden Auftritt.

Meine Bank und den sicheren Platz, den ich mir hier geschaffen hatte, zu verlassen, trieb mir das Lampenfieber in den Körper. Meine Finger begannen zu kribbeln, ich bekam Bauchschmerzen. Normalerweise begab ich mich nicht freiwillig in den Mittelpunkt der Aufmerksamkeit. Wer wollte schon gern einer ganzen Menschenmasse wie ein Ausstellungsstück präsentiert werden? Die Greta vor einem Jahr hätte sich niemals darauf eingelassen.

Peter marschierte voraus und lotste mich geschickt um eine Ansammlung von Lehrern und Eltern herum, an Cassie, der er mit einem Kopfschütteln zu verstehen gab, dass wir keine Zeit für ein kleines Pläuschchen hatten, und ihren Freundinnen vorbei und direkt zu der winzigen Bühne. Die anderen Bandmitglieder waren bereits da und machten sich an ihren Instrumenten zu schaffen. Justin klimperte auf seiner Gitarre herum, Milow drosch mit den flachen Händen auf seine Kistentrommel ein und …

»Wo ist Boru?« Suchend sah ich mich um.

Peter zuckte mit den Schultern, lief zu dem Keyboard, das leider nicht mit auf die Bühne gepasst hatte und deshalb auf der Wiese daneben stand, und fing an, seine Finger über die Tasten fliegen zu lassen. Mit seiner augenscheinlich gleichgültigen Reaktion machte er mir nichts vor. Ich wusste, dass er Boru noch immer nicht leiden konnte. Der angespannte Kiefer verriet ihn.

Justin dagegen verhielt sich nicht wie ein eifersüchtiger Depp und deutete auf das Schultor. »Da drüben. Bei seiner Tante.«

Die Frau, der Boru gegenüberstand, hatte Ähnlichkeit mit einem bunten Blumenstrauß. Das gelbe Kleid, das sie trug, wollte nicht recht zu dem pinkfarbenen Gürtel passen, der um ihre Taille geschlungen war, und ... Waren das giftgrüne Schuhe? Bei diesem schrägen Anblick legte ich den Kopf schief und kniff die Augen zusammen. Boru stand mit dem Rücken in meine Richtung und gestikulierte wild. Ob er aufgebracht oder aufgeregt war, ließ sich schwer sagen.

Da ich seine Tante zwar nicht persönlich kannte, Boru allerdings immer ein Lächeln auf den Lippen trug, wenn er von ihr sprach, musste es die Aufregung sein.

Plötzlich drehten beide die Köpfe in meine Richtung. Ertappt riss ich die Augen auf und wandte mich dann hastig ab. Jemanden anzustarren, war nicht cool.

Milows erleichtertem Blick nach zu urteilen, machte sich unser Front-Sänger nun auf den Weg zu uns. Ich fuhr mir mehrmals durch die schwarzen Haare, zupfte an meinem T-Shirt herum, auf dem smaragdgrüne Flammen und ein schwarzer Schriftzug mit dem Namen unserer Band *The Dreamers* aufgedruckt waren, und entfernte Fussel von meiner Schulter, die überhaupt nicht vorhanden waren. Es ging mir gewaltig auf die Nerven, dass ich immer so unsicher und nervös wurde, wenn er in der Nähe war.

Als hätte ich einen übernatürlichen sechsten Sinn, spürte ich, dass Boru hinter mir stand. Ich atmete so unauffällig durch, wie es ging, und drehte mich um.

»Da bist du ja.« Sein strahlendes Lächeln übertrug sich automatisch auf mein Gesicht. Wie zwei Bekloppte grinsten wir uns an.

»Da bin ich«, bestätigte ich. Was für eine bescheuerte Erwiderung! So einen einfallslosen Quatsch gab sonst nur meine Cousine Cassie von sich.

Boru verlagerte sein Gewicht auf das linke Bein und sah in die Runde. »Gleich geht's los. Unser allererster Auftritt als Band.«

Seine Augen leuchteten vor Begeisterung. Er wirkte wie ein kleiner Junge, den man mit den Taschen voller Geld in einen Süßwarenladen geschickt und gesagt hatte: Kauf alles, was du willst. In meiner Brust breitete sich eine angenehme Wärme aus. Noch so ein Effekt, der auftrat, wenn er bei mir war.

Ich konnte mir immer noch nicht erklären, wie er es geschafft hatte, mich dazu zu überreden. Es war jedenfalls nicht mein Verstand gewesen, der der Idee, mit ihm gemeinsam vor Publikum zu singen, zugestimmt hatte. Daraus schloss ich, dass bei mir nicht mehr alle Tassen im Schrank waren. Obwohl … Waren sie das je gewesen?

Während unser ehrenwerter Herr Direktor Traube die Menschenansammlung um Ruhe bat und wir unsere Plätze einnahmen, spürte ich, wie Boru seine Hand nach meiner ausstreckte. Da aller Augen und Ohren auf Herrn Traube gerichtet waren, der eine kleine Rede zum Besten gab, sah keiner, wie wir unsere Finger miteinander verschränkten.

Ich versuchte wirklich, mein Grinsen unter Kontrolle zu bekommen, aber meine Mundwinkel streikten. Ich linste zu Boru, der so dicht neben mir stand, dass sich unsere Arme und Schultern berührten. Als ich seinen Gesichtsausdruck sah, brachen eine Million Schmetterlinge in meinem Bauch aus und stifteten Unruhe. Woher sie genau kamen, war mir unbegreiflich.

»Du starrst mich an«, flüsterte Boru, den Blick nach vorn gerichtet.

Ich wurde rot, zuckte aber mit den Schultern und gab zu: »Kann schon sein.«

Sein Grinsen wurde breiter. Eine Strähne hing ihm in die Stirn und es juckte mich in den Fingern, sie zur Seite zu streichen.

Er drehte so unvorhergesehen den Kopf in meine Richtung, dass ich erstarrte. Unfähig, wegzusehen, registrierte ich, wie er sich ein Stück – beinahe schüchtern – nach vorn lehnte.

»Es gibt da jemanden, der dich gern kennenlernen würde«, gestand er.

Die Frage, ob ich das auch wollte, hing unausgesprochen, aber vorhanden in der Luft. Leider verschluckte ich meine Zunge und konnte nicht antworten. Also nickte ich. Unsere Nasenspitzen würden sich jeden Moment berühren und ich schluckte angestrengt.

Als wir uns küssten – nicht zum ersten Mal –, war es, als würde jemand die Welt um uns herum ausknipsen. Die Geräusche verstummten, die leichte Brise legte sich, die ganze Welt hörte auf, sich zu drehen. An dieses Gefühl hatte ich mich noch nicht gewöhnt und wahrscheinlich würde ich das auch niemals. Aber es ließ sich nicht abstreiten: Ich war glücklich.

Unsere Lippen trennten sich wieder und ich öffnete die Augen. Über Borus Schulter hinweg glitten sie wie von Zauberhand gelenkt durch die Menge und fixierten letztendlich den lebendigen Blumenstrauß, der am Rande stand.

Dieses Mal wandte ich mich nicht ab. Borus Tante sah direkt in unsere Richtung. Sie schaute mich an, ihre Augen hielten meine gefangen, schienen mich nicht loslassen zu wollen.

Ein Lächeln breitete sich auf ihren orange angemalten Lippen aus. Und ich lächelte zurück.

Dank

Ich habe es meiner Unfähigkeit, ein Datum richtig zu entziffern, zu verdanken, dass diese Geschichte ihren Weg in meinen Computer gefunden hat. Dass ihr sie jetzt in den Händen haltet, verdanke ich allerdings ein paar wundervollen Menschen, die an mich glauben, die ihr Wissen, ihre Erfahrungen mit mir teilen und mir geholfen haben, aus Gretas und Borus Geschichte das Beste herauszuholen.

Corinne, ich versuche oft, zu begreifen, was alles in so kurzer Zeit passiert ist und dass Träume tatsächlich wahr werden können. Du hast mir eine Chance gegeben und mir meinen größten Wunsch erfüllt. Es ist mir eine Ehre, ein Teil deines Verlags zu sein. Danke. Ich kann es bis heute nicht richtig fassen.

Martina, danke, dass du Boru und Greta den letzten Schliff verpasst hast. Jetzt bin ich mir sicher, dass Überarbeiten so viel mehr Spaß macht, als ich je vermutet hätte. Das verdanke ich dir und Corinne.

Alex, danke für dieses atemberaubende Cover. Ich sitze oft davor und starre es einfach nur an. Mit einem dicken Grinsen im Gesicht.

Danke, Mama. Du weißt, wofür.

Und danke an jeden einzelnen Leser. Danke, dass ihr dieser Geschichte eine Chance gegeben habt. Ich hoffe, sie konnte euch ein Lächeln ins Gesicht zaubern und Mut machen, denn es ist vielleicht nicht einfach, seinen Träumen zu folgen, aber es lohnt sich. Und vergesst niemals: Jeder Traum ist es wert, verfolgt zu werden.

Bonusmaterial

Stefanie Scheurich

1) Das sagt die Autorin über sich und das Schreiben

2) Blogger fragen – Stefanie Scheurich antwortet

1) Das sagt die Autorin über sich und das Schreiben

Ich kann mich nicht mehr an den Zeitpunkt erinnern, an dem ich für mich persönlich entschieden habe, dass ich mit dem Schreiben ernst machen will. Das liegt vielleicht an meinem schlechten Gedächtnis oder aber daran, dass die Zeit am Computer, in der ich mich dem Leben einer erfundenen Person widme, schleichend ein fester Bestandteil meines eigenen Lebens wurde. Heute kann ich mir gar nicht mehr vorstellen, eines Tages nicht mehr zu schreiben. Das gehört zu mir wie die Zweifel, die Ängste, die Selbstkritik und die unbeschreibliche Freude über einen persönlichen Erfolg.

Grundsätzlich bin ich ein sprunghafter Mensch. Beispielsweise habe ich als Kind sehr viele Hobbys ausprobiert und nach einer gewissen Zeit entschieden, dass sie doch nichts für mich sind. Ich kann mich oft nicht für einen Film entscheiden oder herausfinden, was ich gern zu Mittag essen würde. Ich wollte schon Tierärztin werden, Chirurgin, Sängerin, Schauspielerin und dann doch wieder Tierärztin. Und nach dem Abitur wusste ich plötzlich nicht mehr, was ich tatsächlich mit meinem Leben anfangen sollte. Also tat ich das, was ich immer tue, wenn ich mir selbst auf die Nerven gehe: Ich schrieb über eine andere Person, die dann sich auf die Nerven gehen konnte. Und es half.

Ich schreibe eigentlich immer für mich, weil ich mich danach besser fühle, und denke auch, dass es nur sehr wenige Menschen gibt, die das nicht so handhaben. Ich gehe auch gern ins Ballett – das mache ich entgegen meiner Sprunghaftigkeit, seit ich klein bin

–, weil ich mich danach besser fühle, egal in welcher Stimmung ich mich davor befand. Ich kann mich immer darauf verlassen, dass mich das Schreiben glücklich macht, so wie es meine Familie oder ein gutes Buch kann. Und wenn mich jemand fragt, warum ich schreibe, kann ich ohne jeden Zweifel antworten: weil ich glücklich sein will.

Kontakt:
Homepage: www.stefaniescheurich.de
Facebook: www.facebook.com/SteffiScheurich

2) Blogger fragen – Stefanie Scheurich antwortet

Blog: Aus dem Leben einer Büchersüchtigen.

Boru verwandelt sich mit Betreten der Menschenwelt in einen schwarzen flauschigen Kater. Hast du selbst denn auch Fellknäule in deiner Nähe, wenn ja, wie heißen sie?
Tatsächlich habe ich keine Katze sondern einen kleinen Hund, der George heißt. Er ist ziemlich eigenwillig und ich liebe ihn über alles. Ich frage mich ziemlich oft, was er wohl alles von sich geben würde, wenn er reden könnte.

Ich finde, du beschreibst das Verhalten einer Katze ziemlich gut und manchmal frage ich mich auch, was meine Katzen sagen würden, wenn sie sprechen könnten. Was war denn dein erster

Gedanke dazu? Welche Frage ging dir als erstes durch den Kopf?

Ja, bei meinem Vierbeiner frage ich mich das auch sehr oft. Ich fände es unheimlich spannend zu erfahren, wie es sich anfühlt eine Katze, ein Hund oder auch jedes beliebige Tier zu sein. Wie es wäre, nicht auf zwei Beinen zu laufen, nachts besser sehen oder grundsätzlich besser riechen oder hören zu können. Man kann versuchen, sich das vorzustellen, aber aus erster Hand berichten könnten es nur unsere flauschigen Freunde. Echt schade, dass es nicht möglich ist, sich mit ihnen zu unterhalten.

Ein weiteres Thema der Geschichte ist ja die Musik: Singst du ebenfalls gerne und hast das deshalb aufgegriffen?

Ja. Als Kind wollte ich eine Zeit lang Sängerin werden. In der Grundschule habe ich im Chor gesungen (teilweise die Solo-Strophen) und später hatte ich sogar ein Jahr Gesangsunterricht. Mittlerweile ist das Singen für mich so etwas wie ein privates Hobby, das ich in meinen vier Wänden ausübe.

Beim Lesen musste ich das ein oder andere Mal schmunzeln, weil ich bei der Schule automatisch den Vergleich mit Hogwarts im Kopf hatte. Was hat dich denn zu dem ›zwei Welten‹-System und allem anderen inspiriert?

Oh ja, Hogwarts und generell die Geschichte um Harry Potter sind eine riesige Inspiration für mich. Ich liebe die Welt, die Rowling erschaffen hat.

Bei Streuner hatte ich zu Beginn nur die Begegnung von Greta und Boru im Kopf. Die Idee war, dass sich zwei Menschen ineinander verlieben, ohne es wirklich zu wissen. Mir hat es unheimlichen Spaß gemacht, die zwei sich treffen zu lassen, den jeweils anderen lieb zu gewinnen, aber ihnen niemals zu offenbaren, wen sie da eigentlich vor sich haben.

Die zwei verschiedenen Welten aus denen die beiden kommen, haben sich dann von alleine entwickelt. Ich wusste, dass Greta aus der Normalo-Welt und Boru aus der Zauberer-Welt stammen sollte. Was mir aber auch von Anfang an bewusst war, war, dass sich ihre Welten nicht vermischen würden. Greta kommt zwar eine Zeit lang mit Zauberei in Berührung, hat später aber keine Erinnerung mehr daran.

Während dem Schreiben ist mir auch aufgefallen, dass sich ihre Leben sehr ähneln. Beide haben ein angespanntes Verhältnis zu ihren Müttern, beide fühlen sich mit ihrer Situation unzufrieden, bei beiden ist der Vater mehr oder minder abwesend und beide besuchen ein Internat. Dass sie auch noch die gleiche Haarfarbe haben, fand ich dann irgendwie passend.

Letzten Endes unterscheiden sich ihre Welten nur in dem Aspekt, dass Boru mit übernatürlichen Fähigkeiten zu tun hat. (Was seiner Mutter die Bestrafungen erleichtert.)

Manja

Blog: Manjas Buchregal

Warum hast du ausgerechnet eine Katze gewählt in die sich Boru verwandelt? Es hätte ja auch ein Hund oder ein Vogel sein können.

Eine Katze war das erste Tier, an das ich bei der Szene denken musste. Im Grunde hätte es wirklich jedes Tier werden können. Während dem Schreiben habe ich mich dann an Boru als Katze gewöhnt und es dabei belassen. Außerdem passt es ganz gut in die Story, da Katzen ja sehr eigensinnig sein sollen. (Ebenso wie Boru mit seinem Traum.)

Wie viel von dir selbst steckt in deinen Protagonisten Boru und Greta?

Eine interessante Frage, da ich mich grundsätzlich nie mit meinen Protagonisten vergleiche. Für mich sind es unabhängige, selbstständige Menschen. Allerdings wäre ich gerne ein bisschen mehr wie Greta, die einfach sagt, was sie denkt und ziemlich direkt ist. Wenn von mir etwas in den beiden steckt, dann ist es bei Boru vor allem der Wunsch nach Selbstbestimmung und der freien Gestaltung seines Lebens und bei Greta die Fähigkeit alleine zu sein. Aber im positiven Sinne.

Warst du eigentlich selbst auf einem Internat oder warum hast du diese Form der Schule gewählt?

Das Internat war reiner Zufall. Ich schreibe am Anfang immer los, ohne großartig zu planen (das kommt dann erst später) und lasse die Geschichte einfach laufen. Als ich Gretas erste Szene schrieb, war sie in einem Internat. Das hatte sie ihrer Mutter zu verdanken, die keine Nerven für ihre Tochter hatte, und sie daher (was die bequemste Lösung darstellte) in ein Internat steckte. Und wer bin ich schon, die Entscheidungen fremder Menschen in Frage zu stellen.

Deine Protagonisten rebellieren ja beide gegen ihre Eltern. Stecken da eigen Erfahrungen drin?

Überhaupt nicht. Ich habe nie das Bedürfnis verspürt, mich gegen meine Eltern aufzulehnen. Nötig war, ist und wird es sowieso niemals sein. Meine Mutter erschrickt immer ein bisschen, wenn sie meine Geschichten liest, weil die Mütter darin meistens die ›Bösen‹ sind. Ich versichere ihr dann jedes Mal, dass ich sie bei keiner in irgendeiner Weise zum Vorbild hatte. Ich glaube, ich schreibe oft über Dinge, die ich nicht persönlich kenne oder erfahren habe, weil es mehr Spaß macht Neues auszuprobieren und sich an etwas ›Unbekanntes‹ heranzuwagen. Also, Mama, wenn du das liest: Du bist die Beste und ich liebe dich über alles.

Yvonne

Blog: Yvi's kleine Wunderwelt

Boru wird ja zwangsweise in eine Katze verwandelt. Wenn du einmal einen Tag lang ein Tier sein könntest, welches wäre es und warum?
Wenn ich einen Tag lang ein Tier sein könnte oder dürfte, wäre es auf jeden Fall ein Vogel. Vielleicht ein Bussard oder eine Krähe. Fliegen zu können, wäre der Wahnsinn.

Musik spielt für Boru eine wichtige Rolle. Hat dich beim Schreiben des Buches auch Musik inspiriert und begleitet?
Ehrlich gesagt, nein. Ich kann nicht schreiben, während ich Musik höre. Denn dann ist meine Konzentration schneller weg, als ich das erste Wort tippen kann. Allerdings lasse ich mich gerne mal von einem Song mitreißen und in eine gewisse Gefühlslage versetzen, die (nach dem Anhören) für das Schreiben einer Szene hilfreich sein kann. Manchmal singe ich auch selbst ein bisschen, wenn ich von all den nervenaufreibenden Ereignissen eine Pause brauche.

Greta möchte unbedingt vom Internat fliegen und lässt sich so einige Streiche einfallen. Hast du in deiner Schulzeit auch schon mal einen Streich gespielt oder eine besondere Situation erlebt, die du mit uns teilen möchtest?

Ich glaube, da muss ich dich leider enttäuschen. In der Schule war ich ziemlich durchschnittlich und unauffällig. Was sich Greta alles herausnimmt und wie sie sich gegenüber ihren Lehrern (und auch allen anderen) verhält, hätte ich mich niemals getraut. Nachsitzen musste ich allerdings zwei Mal. Die Gründe dafür sind aber harmlos und auch etwas lächerlich. Das eine Mal habe ich meine Karteikarten vergessen und das andere Mal bin ich nach Hause gegangen, ohne die Tafel zu putzen. Das war nur in der Hinsicht schlimm, dass ich Tafeldienst hatte. Mein damaliger Lehrer hat dann abends bei uns zuhause angerufen und mich für den nächsten Tag zum Nachsitzen bestellt. Kein Scherz.

Boru flieht von der Hexenschule, um sich seinen großen Traum erfüllen zu können. Welches ist dein größter Traum?

Ganz klar: Menschen mit meinen Geschichten begeistern und etwas erschaffen, das für jemanden Bedeutung hat. Und wenn es nur eine Person ist.

Jasmin

Blog: Bücherleser

Wer ging dir leichter von der Hand – Boru oder Greta?

Lustiger weise Greta, obwohl sie mit ihrer aufsässigen Art so ziemlich das Gegenteil von mir ist. Ich hatte unheimlich viel Spaß mit ihr und ihre Gedanken und Gefühle waren so präsent in meinem Kopf, dass ich mich oft fragen musste, ob es tatsächlich ›meine‹ eigenen sind.

Gibt es ein Buch, Märchen oder eine Geschichte, die deine Kindheit geprägt haben?

Ich weiß noch, dass mein älterer Bruder als Kind den ersten Band einer Reihe geschenkt bekommen hat. Das war ›Gregor und die graue Prophezeiung‹ von Suzanne Collins. Er hat es, glaube ich, nicht lesen wollen oder kein Interesse daran gehabt, also hat er es mir überlassen. Ich habe das Buch und alle weiteren Bände inhaliert. Das war die erste Reihe, die mich so richtig mitgerissen hat. Danach habe ich Harry Potter gelesen und mich generell mehr mit Büchern beschäftigt.

3. Was macht dich glücklich? Worüber kannst du dich ärgern?

Das Schreiben macht mich glücklich. Es macht mich glücklich, dass ich eine tolle Familie habe. Ich bin glücklich darüber, so wundervolle Menschen kennenzulernen, die einfach an mich glauben und mir vertrauen. Da gibt es noch so viel mehr, aber das würde wohl die Anzahl der Seiten sprengen.

Worüber ich mich ärgern kann, sind eindeutig Vorurteile oder wenn jemand voreilige Schlüsse zieht. Was mir auch passiert und mich wiederum noch mehr ärgert. Ich hasse es, wenn jemand gemein und gehässig ist, aber das geht wohl uns allen so. Manchmal meint er es ja auch gar nicht so. Das habe ich im Übrigen von Greta gelernt.

4. Wer ist dein/e Held/in des Alltags?

Eine wirklich coole Frage. Die Antwort darauf ist: meine Mutter. Sie ist der Menschen, den ich immer zuerst nach einem Rat oder ihrer Meinung fragen würde. Zu ihr kann ich immer gehen, wenn mir etwas zu schaffen macht oder ich einfach nur reden möchte.

Andere Titel aus unserem Fantasy-Programm

Maya Shepherd

Die Grimm-Chroniken (Band 1): Die Apfelprinzessin

2. Februar 2018, Sternensand Verlag

146 Seiten, broschiert

€ 8,95 [D]

Urban Fantasy

Als Taschenbuch

C. M. Spoerri

Leon: Glück trägt einen roten Pony

Januar 2018, Sternensand Verlag

252 Seiten, broschiert

€ 12,95 [D]

Urban Fantasy

Als Taschenbuch, Hardcover und E-Book

Fanny Bechert

Elesztrah (Band 1): Feuer und Eis

3. November 2016, Sternensand Verlag

468 Seiten, broschiert

€ 12,95 [D]

High Fantasy

Als Taschenbuch und E-Book

Miriam Rademacher

Banshee Livie (Band 1): Dämonenjagd für Anfänger

13. Oktober 2017, Sternensand Verlag

370 Seiten, broschiert

€ 12,95 [D]

Urban Fantasy

Als Taschenbuch und E-Book

Hrsg. C. M. Spoerri

Winterstern (Anthologie)

12. Februar 2017, Sternensand Verlag

362 Seiten, broschiert

€ 12,95 [D]

Fantasy-Kurzgeschichtensammlung

Als Taschenbuch und E-Book

Jasmin Romana Welsch

Krieger des Lichts (Band 1): Nihil fit sine causa

20. Oktober 2017, Sternensand Verlag

616 Seiten, broschiert

€ 16,95 [D]

Urban Fantasy

Als Taschenbuch

STERNENSAND VERLAG

Besucht uns im Netz:

www.sternensand-verlag.ch

www.facebook.com/sternensandverlag